TINA SESKIS

Tina Seskis vit à Londres avec son mari et son fils. *Partir* (Le Cherche Midi, 2015) est son premier roman. Il est suivi en 2016 de *Six femmes*, paru chez le même éditeur.

Retrouvez toute l'actualité de l'auteur sur :
www.tinaseskis.com

PARTIR

TINA SESKIS

PARTIR

ROMAN

Traduit de l'anglais
par Florianne Vidal

Titre original :
ONE STEP TOO FAR
Penguin

Pocket, une marque d'Univers Poche,
est un éditeur qui s'engage pour la préservation
de son environnement et qui utilise du papier fabriqué
à partir de bois provenant de forêts gérées
de manière responsable.

ISBN : 978-2-266-25090-0

À ma mère

PREMIÈRE PARTIE

1

Juillet 2010

Sur le quai de la gare, la chaleur est si palpable que je dois la repousser pour pouvoir avancer. Je ne sais pas si j'ai raison de le faire mais je monte dans le train et je m'assois, toute raide, parmi la foule des banlieusards. Le wagon m'emporte vers une nouvelle vie, à mille lieues de la précédente. Malgré la canicule qui règne à l'extérieur, il fait étonnamment frais dans ce compartiment bondé, dont il se dégage pourtant une étrange impression de vide. Cette ambiance m'apporte un peu de calme. Ici, personne ne connaît mon histoire, je suis anonyme enfin, une jeune femme chargée d'un gros sac comme tant d'autres. Je suis détachée de la réalité, absente au monde. Seule la sensation bien tangible du siège sous mes fesses prouve que je suis là. Les façades arrière des maisons défilent à toute vitesse de l'autre côté de la vitre. Voilà, c'est fait, j'ai franchi le pas.

C'est drôle comme, finalement, il n'est pas si difficile de changer de vie. Il suffit d'avoir assez d'argent pour redémarrer et de détermination pour éviter de penser aux êtres qu'on laisse derrière soi. Ce matin, j'ai essayé de fuir sans me retourner mais à la dernière seconde, malgré moi, je suis allée jusqu'à sa chambre pour le regarder dormir – comme un nouveau-né au premier jour de sa toute nouvelle vie. Je n'ai même pas osé entrebâiller la porte de Charlie, sachant que cela le réveillerait et qu'après je n'aurais plus la force de partir. Alors j'ai fermé le verrou sans faire de bruit et je les ai quittés.

La femme assise près de moi se bat avec son café. Elle a un tailleur sombre et une allure stricte, comme moi autrefois. Elle a beau tirer dessus, le couvercle en plastique reste coincé. Alors elle s'énerve, le gobelet s'ouvre brusquement et le café chaud se déverse sur nous deux. La femme se répand en excuses. Moi, je me contente de secouer la tête, histoire de la rassurer, et je baisse les yeux. Je devrais me dépêcher de nettoyer les taches marron sur ma jolie veste en cuir grise – elle va être fichue, pourquoi je ne bouge pas ? –, mais cette soudaine explosion liquide m'a tant bouleversée que des larmes tièdes se mélangent aux gouttes de café. Si je ne lève pas les yeux, peut-être qu'on ne me verra pas pleurer.

J'aurais dû m'acheter un journal tout à l'heure, mais sur le moment l'idée de faire la queue devant un kiosque avec des gens *normaux* m'a paru déplacée. Maintenant, je le regrette. J'aimerais bien avoir quelque chose à lire. Je pourrais m'immerger entre les lignes imprimées, évacuer mes idées noires à force de concentration. Mais non, je n'ai rien d'autre à faire que regarder par la vitre en espérant que personne ne s'intéresse à moi. J'observe le paysage d'un œil morne. Manchester disparaît au loin et je me dis que je ne reverrai peut-être jamais cette ville que j'aimais. Le train file à travers les champs brûlés par le soleil, dépasse des villages inconnus et, malgré la vitesse, j'ai l'impression que ce voyage ne finira jamais, tant mon corps fourmille d'impatience. J'ai hâte de me lever, de prendre la fuite, mais à quoi bon ? Je suis déjà en train de fuir.

Soudain j'ai froid. La climatisation, agréable quelques minutes plus tôt, m'est devenue insupportable. Je croise les bras en claquant des dents. Je suis très douée pour pleurer discrètement mais, à nouveau, ma veste me trahit – en tombant sur le cuir, les larmes dessinent de grosses auréoles. *Pourquoi avoir choisi cette tenue ? C'est ridicule. Je ne pars pas en excursion, je m'évade, je refais ma vie.* Les bruits qui résonnent dans ma tête se mêlent à ceux du train sur les rails. Je garde les yeux fermés en attendant que la panique se disperse dans l'air comme une poudre magique et, quand c'est fait, je ne les rouvre pas.

Lorsque le train s'arrête en gare de Crewe, je descends et me dirige vers le kiosque à journaux, à l'entrée du grand hall. J'achète des quotidiens, plusieurs magazines et un livre de poche pour faire bonne mesure, puis je me réfugie aux toilettes. Dans le miroir, j'aperçois une femme blême portant une veste abîmée. Pour couvrir les taches, je détache mes longs cheveux. Non sans effort, j'esquisse un sourire crispé, artificiel, mais un sourire quand même. Le plus dur est passé, du moins pour aujourd'hui. J'ai chaud, je me sens fiévreuse. Je m'asperge le visage et par la même occasion rajoute des auréoles sur ma veste. De toute façon, elle est fichue. Je l'enlève et la fourre dans mon sac. Une étrangère au regard vide m'observe dans la glace. Je ne suis pas si mal avec les cheveux lâchés, ça me rajeunit, tout compte fait. Ils rebiquent un peu car ils gardent la forme de mon chignon banane ; cette coiffure ébouriffée me donne un petit air bohème. Le sèche-mains réchauffe la bande de métal autour de mon annulaire. Je me rends compte que je porte encore mon alliance. Je ne l'ai pas enlevée une seule fois depuis le jour où Ben me l'a passée au doigt, sur une terrasse donnant sur la mer. Je la retire et j'hésite. Que dois-je en faire ? C'est l'anneau d'Emily, pas le mien. Je m'appelle Catherine désormais. Les trois petits diamants qui scintillent sur leur support de platine me renvoient ma tristesse. *Il ne m'aime plus.* Alors je dépose la bague sur le lavabo, près du savon, je l'abandonne dans les toilettes publiques du quai n° 2, et je prends le prochain train pour Euston.

2

Plus de trente ans auparavant, lors d'une journée parfaitement ordinaire, Frances Brown était allongée dans un hôpital de Chester, les jambes maintenues en l'air par des étriers. Les médecins s'activaient autour d'elle. Frances était en état de choc. Pour un premier accouchement, les choses s'étaient déroulées avec une rapidité inhabituelle, d'après ce qu'elle en savait du moins, car personne ne lui avait vraiment expliqué ce qui l'attendait ; les choses se passaient ainsi, à l'époque. Mais Frances n'était pas au bout de ses surprises : quand la tête était apparue et que la petite chose rouge et visqueuse avait jailli de ses entrailles, l'équipe médicale lui avait annoncé qu'il y en avait une autre.

Frances s'était doutée de quelque chose, quand l'ambiance était devenue électrique dans la salle d'accouchement. Les sages-femmes au grand complet avaient rappliqué autour de son lit. D'abord, elle avait cru que le bébé n'allait pas bien. Mais dans ce cas, pourquoi s'agiter ainsi entre ses jambes au lieu de porter secours à sa petite fille ? Quand enfin le docteur leva le nez, elle fut surprise de le voir sourire. « Le travail n'est pas terminé, madame Brown, dit-il. Nous avons là un autre bébé. Il va falloir se remettre à pousser.

— Je vous demande pardon ? » avait-elle bredouillé.

L'accoucheur fut obligé de répéter. « Félicitations, madame Brown, vous serez bientôt la maman de deux jumeaux. Vous allez avoir un autre bébé.

— C'est quoi cette histoire ? avait-elle hurlé. J'en ai déjà un, merde ! »

Elle était allongée là, abasourdie, avec une seule chose en tête : un bébé, très bien, mais pas deux. Surtout pas deux. Elle n'avait prévu qu'un seul berceau, un seul landau, un seul trousseau, une seule vie.

Frances était une femme organisée qui détestait les surprises, surtout de cette taille. Sans compter qu'elle était bien trop épuisée pour remettre ça – le premier accouchement avait certes été rapide, mais aussi très pénible, et le bébé était arrivé presque trois semaines en avance. Elle ferma les yeux en se demandant si Andrew allait finir par débarquer. Elle n'avait pas pu le joindre à son bureau, apparemment il était en rendez-vous à l'extérieur. Alors, quand l'écart entre les contractions était passé en dessous d'une minute et demie, comprenant qu'elle devrait se débrouiller seule, elle avait appelé une ambulance.

Frances avait donc accouché de son premier enfant dans un bain de sang et un abîme de solitude – et voilà qu'on lui demandait d'en expulser un deuxième alors que son mari n'était toujours pas là. Andrew ne sautait déjà pas de joie à l'idée d'avoir un bébé, alors comment prendrait-il la nouvelle ? Frances se mit à pleurer, et ses sanglots encombrés de morve résonnèrent bientôt dans toute la maternité.

« Madame Brown, enfin, maîtrisez-vous ! » s'écria

la sage-femme. Frances la détestait, avec son air méchant et sa voix criarde – pourquoi avait-elle choisi ce métier ? songea-t-elle amèrement. Cette personne était si revêche que, par sa seule présence, elle détruisait la beauté du plus heureux des événements.

« Puis-je voir mon bébé ? demanda Frances. Je ne l'ai pas encore vu.

— On est en train de l'examiner. Pour l'instant, concentrez-vous sur le suivant.

— Je ne veux pas me concentrer. Je veux mon vrai bébé. Donnez-moi mon vrai bébé. » Elle hurlait, à présent. La sage-femme s'empara du masque à gaz et, d'une main ferme, l'appliqua sur le visage de Frances, qui faillit s'étouffer. Quand le gaz fit son effet, Frances abandonna la lutte et quelque chose en elle mourut, à cet instant même, sur ce lit d'hôpital.

Andrew arriva quelques secondes trop tard pour assister à la naissance de sa deuxième fille. Il paraissait énervé, mal à l'aise, d'autant plus que, au lieu du fils espéré, on venait de lui annoncer qu'il était père non pas d'une fille, mais de deux petites jumelles. L'une était jolie comme un cœur, parfaitement formée ; l'autre devait être cette créature bleuâtre qui gisait sur les draps souillés, étranglée par le cordon qui, empêchant l'air d'irriguer ses poumons, retardait dangereusement le début de son existence à l'extérieur de la matrice. Il n'aurait pu tomber plus mal tant l'ambiance était pesante et la situation critique. L'obstétricien déroula adroitement le cordon, le coupa, et Andrew regarda le sang s'écouler du petit corps qu'on emportait en réanimation tandis qu'une infirmière armée d'un aspirateur s'employait à débarrasser ses voies respiratoires des excréments et du mucus qui les obstruaient. Quelques instants plus tard, on l'entendit brailler de colère et d'angoisse. Elle avait exactement une heure de moins que sa sœur mais, autant par son aspect que par les sons qu'elle proférait, cette enfant aurait aussi bien pu venir d'une autre planète.

« Ma pauvre chérie. Je suis affreusement désolé », murmura Andrew en prenant la main sanglante de son épouse livide et dépenaillée.

Frances dévisagea son mari puis ses yeux glissèrent sur sa cravate défaite et le costume qui lui donnait un faux air de l'inspecteur Harry. « De quoi es-tu désolé ? D'être en retard ou d'avoir des jumelles ? »

Il n'arrivait pas à la regarder en face. « De tout, répondit-il. Mais maintenant je suis là et nous avons notre petite famille à nous. Ce sera merveilleux, tu verras.

— Monsieur Brown, intervint la sage-femme. Veuillez attendre dehors. Il faut qu'on lui fasse sa toilette et qu'on recouse la déchirure. On vous appellera quand ce sera fini. » Elle l'expédia dans le couloir et Frances se retrouva seule avec sa culpabilité, sa peur et ses deux petites filles.

Frances avait toujours pensé qu'elle serait une bonne mère. Autrefois, elle se disait que les gestes lui viendraient tout naturellement – ce ne serait pas une partie de plaisir mais elle s'en sortirait, grâce à l'instinct maternel, son beau gosse de mari et le soutien de sa famille. Mais au moment de passer aux choses sérieuses, ça avait été une autre histoire, d'autant plus qu'au traumatisme de l'accouchement s'était ajouté le doublement inattendu de ses espérances. Elle n'avait pas un bébé mais deux – et elle avait l'impression de passer *tout son temps* à les nourrir, les bercer, les changer. Et pour tout arranger, dès le jour où l'enfant (les enfants !) avait commencé à grandir dans son ventre, son mari s'était éloigné d'elle.

Ils eurent un mal fou à trouver un prénom pour la deuxième. Des semaines auparavant, ils s'étaient accordés sur celui d'Emily, dans le cas d'une fille, ou plutôt Catherine Emily – Frances trouvait que ça sonnait mieux dans ce sens. Mais comment imaginer qu'il y aurait besoin d'un prénom de secours ? Toujours pragmatique, Andrew suggéra d'appeler l'une des jumelles Catherine et l'autre Emily, mais comme Frances refusait de séparer les deux prénoms qui allaient si bien ensemble, disait-elle, ils se remirent à cogiter. Leur choix s'arrêta sur Caroline Rebecca, même si Frances ne raffolait d'aucun des deux – mais c'était l'idée d'Andrew et, de toute façon, elle n'avait pas envie de se fatiguer à chercher un prénom pour sa cadette. Elle se garda bien d'en parler – un non-dit qui fut le premier d'une longue série –, et ce silence suffisait à prouver que si l'accouchement avait duré quelques secondes de trop, si le cordon ombilical avait été un peu plus serré et si la pauvre Caroline Rebecca avait cessé de respirer avant même de naître, Frances n'en aurait pas trop souffert. Elle ravala donc cette pensée et la garda enfouie au fond d'elle-même (à qui aurait-elle pu se confier ?) pendant de longues années. Et cet effort prolongé transforma en pierre son cœur de jeune mère attentionnée.

Frances passa sept jours à l'hôpital, ce qui lui donna le temps de se remettre, en apparence du moins, de ses divers traumatismes – son double accouchement plus l'absence de son mari au moment crucial – et de se faire à l'idée qu'elle était la mère de deux jumelles. Comme elle n'avait pas le choix, elle en prit son parti en se disant qu'à la longue elle finirait peut-être par trouver la chose agréable. Mais c'était loin d'être simple car, dès le départ, Emily et Caroline se démarquèrent l'une de l'autre. Côte à côte, les deux bébés ressemblaient à tout sauf à des jumelles – Emily était une jolie poupée rose et dodue, Caroline, enfant pâle et maladive, pesait presque deux livres de moins que sa sœur. Comme Caroline refusait de téter le lait de sa mère alors qu'Emily se nourrissait sans problème, elle continua à perdre du poids tandis que sa jumelle en prenait.

Frances n'était pas femme à se décourager pour si peu. Elle essaya d'allaiter Caroline jusqu'à ce que ses seins se mettent à saigner et que ses nerfs lâchent, car elle tenait absolument à traiter ses deux bébés de la même manière – tel était son devoir maintenant qu'elles étaient nées. Le quatrième jour, il fallut qu'une infirmière intervienne en disant que l'enfant risquait de mourir de faim. On fourra un biberon dans la petite bouche de Caroline, qui se mit à téter goulûment devant les yeux de sa mère, laquelle prit cela comme un échec supplémentaire. Et un autre lien fut rompu.

Au cours des mois suivants, la courbe de poids de Caroline rattrapa celle d'Emily. Elle adorait son biberon. Ses membres maigrichons s'étoffèrent, son petit corps devint grassouillet, elle prit des fossettes, des joues pleines et vermeilles – que Frances s'évertuait à trouver adorables. On aurait dit que Caroline avait hâte de grandir, de dépasser Emily. Déjà, à cet âge précoce. Elle fut la première à marcher à quatre pattes, à marcher pour de bon, la première à cracher sa purée au visage de sa mère. Frances la trouvait épuisante.

Avec le temps, leur ressemblance physique devint plus évidente. Quand elles eurent 3 ans, elles perdirent leurs rondeurs de bébés, leurs cheveux gagnèrent en épaisseur et en raideur aussi. Frances leur faisait des coupes au carré, les habillait de manière identique – c'était une pratique courante dans les années 1970 –, tant et si bien qu'on avait vraiment du mal à les différencier.

En revanche, elles n'avaient pas le même caractère. Née heureuse et placide, Emily s'entendait avec tout le monde et se contentait de ce qu'elle avait. Caroline était une gamine insupportable. Elle avait horreur des surprises, ne supportait pas la contradiction, piquait des crises de colère quand il y avait trop de bruit et, par-dessus tout, n'acceptait pas l'affection que sa mère portait à sa sœur. Caroline essayait de trouver du soutien auprès de son père, mais Andrew ne semblait guère passionné par son rôle de parent. Cette famille était un peu trop *vivante* pour lui. Résultat, Caroline finit par poser sur les siens un regard désabusé, comme si elle n'avait pas sa place parmi eux. Frances se faisait un devoir de ne pas afficher sa préférence – les jumelles mangeaient la même nourriture, portaient les mêmes vêtements, recevaient les mêmes bisous au moment de dormir –, mais les efforts prodigieux que leur mère devait déployer pour y arriver n'échappaient ni à l'une ni à l'autre. Et chacune en souffrait à sa manière.

Par un après-midi froid et humide, dans un lotissement de Chester, les jumelles de 5 ans s'ennuyaient. Leur mère étant partie faire des courses, Andrew était censé s'occuper d'elles tout en écoutant d'une oreille un match de foot sur la radio crachotante qu'il avait ramenée de la remise. Mais cela faisait des heures qu'Andrew s'était enfermé dans la cuisine pour passer un coup de fil, comme il en avait pris l'habitude en l'absence de Frances, et, sans l'aide de leur père, les petites n'arrivaient pas à assembler les pièces de leur puzzle représentant une carte de géographie. Avachies à chaque extrémité du canapé en velours marron, elles s'amusaient à se balancer des coups de pied vagues mais un peu douloureux quand même, leurs robes en tartan rouge retroussées en haut des cuisses, leurs hautes chaussettes fantaisie plissées en accordéon.

« OUUUUUUILLE. Papa ! hurla Caroline. Emily m'a donné un coup de pied. PAAAPA ! »

Andrew passa la tête par la porte en étirant le cordon du téléphone fixé au mur de la cuisine jusqu'à ce que la spirale se transforme en ligne droite.

« Je n'ai rien fait, papa, dit Emily sans mentir. On s'amuse, c'est tout.

— Arrête ça, Emily », dit-il doucement avant de disparaître dans la cuisine.

Caroline récupéra ses jambes mêlées à celles de sa sœur, se jeta sur elle et lui pinça méchamment le bras. « Si, tu l'as fait, siffla-t-elle.

— Papa ! » brailla Emily. Andrew ressortit la tête, mais à présent il était fâché. « Vous allez arrêter, toutes les deux ? gronda-t-il. Je suis au téléphone. » Puis il claqua la porte.

Comprenant que son père ne lui serait d'aucun secours, Emily cessa de pleurer et, sur la pointe des pieds, traversa le grand tapis beige pour rejoindre la maison de poupée posée à l'autre bout du salon, près des portes-fenêtres donnant sur la terrasse. C'était son jouet préféré mais elle devait le partager avec Caroline – comme la plupart de ses affaires –, laquelle adorait changer l'ordre des meubles à l'intérieur des pièces, quand elle ne les en sortait pas tout bonnement pour que le chien les mange. Caroline la suivit en disant sur un ton cajoleur : « Si on jouait avec les ours en peluche ? » Emily accepta, même si elle se méfiait parfois des intentions de sa sœur. Les jumelles disposèrent leurs peluches autour d'une dînette et jouèrent assez gentiment durant quelques minutes. Lorsque Caroline, fatiguée de faire semblant, se leva pour aller retrouver son père, Emily entendit une voiture s'arrêter devant le garage logé dans l'aile gauche de leur maison de style chalet.

« Coucou, maman ! » Emily sauta du canapé pour traverser le salon en courant. Au même instant, elle entendit sa mère ouvrir la porte d'entrée.

Caroline revenait de la cuisine où elle s'était offert un biscuit au chocolat. En la voyant ouvrir la boîte en métal rangée dans le placard près de la cuisinière, son père avait vite raccroché et l'avait laissée se servir, chose étonnante car il était presque l'heure du dîner. Dans un premier temps, Caroline s'était contentée de croquer la tête de la vache en se disant qu'elle prendrait le temps de savourer le reste ensuite, par petits morceaux. Tout à coup, elle enfourna toute la bête et se dépêcha de mâcher. Quand elle traversa le vestibule en essuyant les miettes collées sur son visage, elle vit Emily courir vers elle. Par réflexe, elle s'écarta pour la laisser passer.

« Coucou, maman ! » lança Emily de loin. Dans l'entrée, Frances se penchait pour déposer les sacs de courses et embrasser ses deux filles. Caroline vit la joie qui brillait dans les yeux d'Emily, la même joie illuminer le visage de leur mère, et ce spectacle la contraria ; il fallait que ça cesse. Ayant lâché le dernier sac sur le tapis orange, Frances leva la tête et vit Caroline claquer violemment la porte vitrée du salon.

Une fraction de seconde plus tard, il y eut un bruit d'explosion. Emily venait de passer à travers la vitre.

Andrew poursuivit Caroline autour de la table à manger ovale pendant que Frances extrayait les éclats de verre fichés dans le visage, les bras et les jambes d'Emily. Par miracle, les coupures n'étaient que superficielles, mais Caroline fut quand même envoyée dans sa chambre jusqu'à l'heure du dîner. Andrew eut beau plaider sa cause en disant que l'enfant n'avait pu prévoir les conséquences de son geste – elle était trop jeune, elle n'avait pas agi délibérément – et que la punition lui paraissait excessive, Frances ne se laissa pas fléchir. Elle n'avait jamais été aussi furieuse de toute sa vie.

Par la suite, Andrew émit l'hypothèse suivante : si la puissance d'impact avait été plus importante, Emily aurait sans doute connu le même sort que Jeffrey Johnson, le gamin qui vivait à quatre numéros de chez eux. L'enfant avait lui aussi traversé une porte vitrée et en avait gardé une affreuse balafre de cinq centimètres sur la joue. Cela dit, Emily se retrouvait quand même avec une belle entaille au genou, qui s'effaça au fil du temps sans toutefois disparaître entièrement. Chaque fois qu'elle regardait sa cicatrice, Emily pensait à sa sœur et, forcément, avec les années, la marque livide lui rappellerait toutes les méchancetés dont Caroline se rendrait coupable en grandissant. De simple souvenir d'enfance, elle se transformerait en un symbole menaçant. Les Brown remplacèrent la porte en verre par une autre en bois, ce qui eut pour inconvénient d'assombrir le salon. Mais Frances trouvait que c'était mieux ainsi.

3

Je retrouve la même moiteur en descendant du train à Euston. Les passagers se déversent sur le quai et se précipitent vers le but qu'ils se sont fixé. Je m'arrête près d'un pilier pour retirer le sac à main coincé sous mon aisselle et l'enfoncer dans mon fourre-tout. Il ne manquerait plus que je le perde. Mes vêtements sont trop chauds pour ce qui me reste à faire mais je n'ai pas le temps d'en changer – il faut que j'achète un nouveau téléphone, que je trouve un endroit où habiter, que je démarre ma nouvelle vie. Je suis sûre de moi, à présent. Je m'interdis de penser à Ben ou à Charlie, c'est hors de question. Ils sont sûrement réveillés, à cette heure-ci, ils ont compris que j'étais partie. Mais ils s'en sortiront ; ils sont deux, après tout. Et avec le temps, ils verront que c'est mieux ainsi, j'en suis sûre. J'ai fait ce qu'il fallait faire.

J'ai passé mes dernières semaines à Manchester – période totalement démente où je m'appelais encore Emily – à rechercher un logement à Londres sur Internet. J'effaçais systématiquement l'historique sur notre ordinateur pour que Ben ne devine pas mes intentions. Jusqu'à ce que je trouve un boulot, je dois éviter de me ruiner en loyers et, comme j'ignore combien de temps durera la somme que j'ai emportée, je vais plutôt opter pour une colocation – une maison partagée par huit ou neuf personnes (des Australiens, la plupart du temps, je crois) dont toutes les pièces servent de chambres, hormis la cuisine et la salle de bains. Ce système possède un autre avantage : on ne vous demande ni vos papiers ni vos références. Pas question de laisser des traces. Je refais la queue chez un autre marchand de journaux et, au sortir de la gare, je me risque sous le soleil de plomb à peine voilé par une brume de chaleur.

Où dois-je aller ensuite ? Je me sens perdue, paniquée, j'ai presque envie de remonter le temps et de rentrer chez moi en courant retrouver mon garçon, comme si j'avais commis une terrible erreur. Je promène mon regard atterré sur les formes qui m'entourent puis je commence à me repérer. Devant moi, une route affreuse, très encombrée, saturée de gaz d'échappement. La sueur dégouline sous mon bras droit ; mon épaule est trempée à l'endroit où repose la sangle du fourre-tout. L'odeur qui émane de moi me ramène à la réalité. J'ai franchi le pas et maintenant je suis ici. Je traverse au feu et continue tout droit, le long d'une avenue, traverse une place, dépasse une statue, celle de Gandhi, je crois. Je marche longtemps, sans but précis. Finalement j'aperçois une boutique de téléphones portables sur le trottoir d'en face. Je me sens soulagée, comme si j'avais franchi une première étape. La boutique est vaste et peu accueillante, malgré les affiches et les écrans vidéo qui présentent les dernières offres commerciales – curieusement, les publicités colorées défilant sur les moniteurs rendent l'endroit encore plus déprimant. Je suis la seule cliente. Deux vendeurs lèvent le nez une seconde avant de reprendre leurs activités en m'ignorant ostensiblement. Je ne suis pas dupe, je sais qu'ils me surveillent. Le magasin propose des abonnements à tous les réseaux existants mais j'ignore lequel choisir, pour moi tous les téléphones se ressemblent. Au bout de deux minutes, un jeune homme en uniforme noir s'avance discrètement vers moi et me demande comment je vais.

« Bien, merci, dis-je.

— Puis-je faire quelque chose pour vous ? Que recherchez-vous exactement ? » Il a une voix mélodieuse, un beau visage et une barbe noire bien taillée, mais nos yeux s'évitent, préférant regarder les rayonnages ponctués d'appareils, factices bien sûr ; il en manque la moitié, et à leur place il y a des câbles avec rien au bout.

« Je cherche un nouveau téléphone. » Je m'exprime d'une voix ténue qui me surprend.

« Certainement, madame. Avec qui êtes-vous, en ce moment ?

— Personne », dis-je, et aussitôt je pense que c'est la *pure vérité*. « Je veux dire, j'ai perdu mon téléphone.

— Vous étiez chez quel fournisseur ? insiste le vendeur.

— Je ne m'en souviens pas. Je veux seulement acheter un portable prépayé, ce que vous avez de moins cher. » J'ai dit cela sur un ton sec, je ne suis pas aussi impolie d'habitude. Pour donner le change, je m'empare d'un téléphone factice parmi les plus minables.

« Celui-ci m'a l'air bien. Combien coûtent les appels sur ce portable ? »

L'homme m'explique patiemment que cela dépend du fournisseur de réseau. Je me dis qu'il doit me prendre pour une gourde mais il faut avouer que c'est la première fois que j'achète un mobile. Mes parents m'en ont offert un quand j'ai quitté le collège, et depuis je me suis contentée de recevoir les modèles suivants, au fur et à mesure des améliorations techniques, ou d'utiliser les appareils fournis par mon employeur. Le vendeur me fait subir un interrogatoire en règle. Il veut savoir combien d'appels je compte passer, combien de textos, si je veux l'accès à Internet. Tout cela pour mieux me conseiller. Mais moi, je m'en fiche royalement, après ce que je viens de traverser. Je ne saisis pas un traître mot de ce qu'il raconte, de toute façon. Plus vite je sortirai de cette boutique, mieux ce sera. Il faut que je téléphone aux annonces de colocation avant qu'il soit trop tard, avant que la panique me gagne. Je n'ai nulle part où dormir, cette nuit.

« Écoutez, donnez-moi la formule la plus économique. Je vous laisse décider à ma place. » Je regrette aussitôt mes paroles car le vendeur a l'air vexé.

« Désolée. » Horrifiée, je m'aperçois que je suis en train de pleurer. Il me prend par les épaules et, de sa belle voix suave, me dit que tout va s'arranger, et, malgré mon embarras, je me demande comment j'ai pu devenir aussi désagréable. Il me tend un mouchoir et choisit pour moi un modèle de téléphone qui, dit-il, me conviendra parfaitement ; il va jusqu'à me faire une ristourne. Résultat, je me retrouve dans la rue avec un nouveau portable parfaitement paramétré et prêt à l'emploi. Le vendeur s'est montré si gentil que, grâce à lui, je me suis soudain rappelé que le monde ne se limitait pas à ma misérable petite personne – un jour, je reviendrai pour le remercier.

Sur le trottoir, je recommence à trembler comme une feuille – il faut que je trouve un coin tranquille où m'asseoir pour souffler et passer mes appels, ici c'est trop bruyant. À la station Holborn, je saute dans le premier bus qui passe. Il parcourt tout Piccadilly et quand il arrive à Green Park, je descends. Je ne connais pas ce quartier mais je me fie aux panneaux. En revanche, je sais que Green Park est au centre de Londres et qu'à partir de là je pourrai rejoindre ma future maison, où qu'elle se trouve.

Le parc est étonnamment calme dès qu'on s'éloigne des grandes allées, des chaises longues et des touristes. Je repère une petite colline où l'herbe n'a pas été tondue, j'y grimpe et je trouve un coin d'ombre où poser mon sac. D'un coup de pied, je me débarrasse de mes ballerines avant de m'allonger dans l'herbe sèche. Il n'y a pas un chat dans le coin. Seul le lointain bourdonnement de la circulation me rappelle que je suis au cœur de la capitale. Le soleil qui s'insinue entre les feuilles me caresse le visage. Je ferme les yeux, je me sentirais presque bien, contente même. Et puis l'image imprimée au fer rouge dans mon âme ressurgit, toujours aussi vivace. Pour la énième fois, je me recroqueville au-dedans de moi. C'est étrange mais je n'ai pas ressenti cela dans le train, alors que la douleur du départ était si forte. Et voilà que ça m'arrive maintenant, juste au moment où j'allais goûter un semblant de bonheur, sans doute grâce à la fatigue physique, au calme de ce parc où personne ne me connaît, à la promesse d'un nouveau départ dans cette grande ville. Et le bonheur, Catherine, ça, c'est *interdit*.

Je réponds à neuf ou dix offres de colocation, un peu partout dans Londres. Soit les logements sont déjà pris (« Ah, vous avez lu ça dans le journal, ma pauvre, c'est un peu tard, il faut réagir dès que l'annonce paraît en ligne »), soit personne ne décroche, soit les gens au bout du fil parlent mal anglais et ne comprennent pas ce que je veux dire. Je pourrais toujours prendre une chambre d'hôtel, mais cette idée me déprime. Si je veux arriver jusqu'au bout, il faut que je commence dès aujourd'hui, *tout de suite.* Dans un hôtel, je sais que je tournerai en rond, que je ne cesserai de réfléchir à ce que j'ai fait, à ce que j'ai perdu – je me laisserai complètement aller et je finirai par m'ouvrir les veines, sans même y penser. Je ne me fais pas confiance.

J'appelle la dernière annonce sur ma liste – chambre individuelle dans maison, Finsbury Park, quatre-vingt-dix livres la semaine. Je ne vois pas du tout où ça se trouve et je ne comptais pas mettre si cher. Ça sonne mais personne ne répond. Excédée, je suis près de raccrocher quand, au tout dernier moment, une voix s'élève.

« Finsbury Park Palace », dit une voix de femme rieuse. J'hésite. « Allô ? » insiste-t-elle. Elle a un accent de l'Essex, du moins c'est ce que je crois deviner.

— Euh, allô, je cherche une chambre, j'ai vu votre annonce dans *Loot.*

— Ah bon ? Il n'y a pas de chambre ici, trésor. » Mon doigt est quasiment posé sur la touche « Terminer », quand je perçois une autre voix dans le fond.

« Attendez ! Ne quittez pas, reprend la femme. Il paraît que quelqu'un a déménagé aujourd'hui mais on n'a pas encore passé d'annonce. La chambre dont vous parlez est louée depuis belle lurette.

— Combien coûte celle-ci ?

— Je vous préviens, ce n'est guère plus qu'un placard et Fidel était un vrai cochon. Je vous la fais à quatre-vingts livres – comme ça, on économise le prix de l'annonce et, surtout, vous m'avez l'air plus normale que les cinglés qui téléphonent d'habitude.

— Ça me va, dis-je. J'arrive aussi vite que je peux. » Elle me donne l'adresse et je raccroche.

Je n'ai rien avalé de la journée. La faim me fait une boule au ventre. Je sors du parc et me mets en quête d'un truc à manger, n'importe quoi. Je ne vois pas trop dans quelle direction aller, j'ai perdu mes repères, alors je prends à droite, comme la plupart des gens qui m'entourent. J'achète un paquet de chips et un Coca dans un kiosque, ils n'ont rien d'autre de toute manière. Mon hésitation semble agacer le vendeur. Il doit me prendre pour une touriste alors que je n'en suis pas une. Je suis une fugitive. Je me restaure debout au milieu du trottoir, mon gros sac coincé entre mes pieds, j'ai trop peur de le perdre. Après cela, je suis la foule dans l'escalier carrelé menant au métro qui, par chance, vient d'entrer dans la station et m'emmène vers ma nouvelle maison.

Le quartier est moche et la maison parfaitement minable. Non seulement je n'ai pas envie d'entrer mais je me demande ce que je fais ici. (*J'ai peut-être fini par devenir folle.* Ç'aura mis du temps, en tout cas.) J'ignore ce qui m'attend à l'intérieur mais ça ne peut pas être pire que ce que j'ai devant les yeux – une haie encombrée de broussailles que personne n'a taillée depuis une éternité, des caisses remplies de bouteilles vides empilées dans un coin, trois grosses poubelles à roulettes dégageant une odeur immonde, des rideaux à gros motifs suspendus de guingois derrière des fenêtres en alu, une façade en briques ébréchées, peintes à la va-vite, un porche en PVC. Je pense à notre magnifique cottage de Chorlton fleurant bon la lavande, à sa porte d'entrée vert bouteille, à ses fenêtres ornées de jardinières débordant de géraniums. Je revois notre quartier de bobos, paisible mais toujours animé. L'endroit idéal pour fonder une famille. C'est pour cela que nous l'avions choisi au départ. On avait tout sur place : des bistrots sympas, des marchés, des concerts en plein air, une grande brasserie avec une terrasse verdoyante et, bien sûr, de magnifiques sentiers de randonnée le long de la Mersey. Ben avait même dit qu'on pourrait acheter un chien. Je lui avais souri parce que nous avions eu la même idée au même moment, comme toujours.

À présent, je n'arrive pas à détacher mes yeux de cette baraque pourrie. Je devrai m'en satisfaire si je veux dormir avec un toit sur la tête, cette nuit – l'heure tourne, alors parons au plus pressé. Je respire à fond, redresse le dos, rajuste la sangle de mon fourre-tout qui me scie l'épaule et pose le pied sur le perron.

Une fille noire à la mine revêche ouvre la porte. « Oui ? dit-elle.

— Bonjour, je viens pour la chambre.

— Quelle chambre ? Il n'y a pas de chambre ici.

— Oh. J'ai discuté avec… » Je réalise que la fille de l'Essex ne m'a pas donné son nom. Je fais une deuxième tentative.

« J'ai discuté avec une personne au téléphone, cet après-midi. Elle disait que quelqu'un avait déménagé, qu'une chambre était libre…

— Vous devez vous tromper d'adresse, désolée. » Elle commence à repousser le battant.

« Non, s'il vous plaît, dis-je. C'était, euh, la chambre de Castro, je crois. Il est parti aujourd'hui, paraît-il. Est-ce que je peux parler à quelqu'un qui serait au courant ? »

La fille prend un air agacé. « Personne ne s'appelle Castro, ici. Je vous l'ai déjà dit, vous vous êtes trompée d'adresse. » Elle me claque la porte au nez.

Je tourne les talons, le visage baigné de larmes. Quelle humiliation ! Je vacille sous le poids de mon sac, alors je le pose sur le trottoir au pied de la haie et je m'assois dessus. Personne ne peut me voir depuis la maison. J'ai l'impression que je vais m'évanouir. J'ai chaud, j'ai faim, je n'ai nulle part où aller, tout me file entre les doigts. Je colle ma tête entre mes genoux en attendant que le manège cesse de tourner. Je veux rentrer chez moi, je veux mon mari. Soudain, j'entends la porte s'ouvrir, une fille courir dans l'allée en m'interpellant. Je garde la tête baissée sans répondre et, quand je m'aperçois qu'elle est debout devant moi, je me force à lever les yeux et je vois… un ange. « Tu es venue pour la chambre de Fidel ? Allons, trésor, ne pleure pas, cette nana est vraiment insupportable quand ça lui prend. Il ne faut pas faire attention. Viens, entre, je vais te préparer un verre, tu m'as l'air d'en avoir besoin. » Et c'est ainsi que je fais la connaissance d'Angel, mon ange gardien, mon salut.

4

Emily avait rencontré Ben dans des circonstances pour le moins insolites, lors d'un stage de parachutisme. Au début, elle ne fit guère attention à lui, c'était un garçon tellement discret. Même quand ils se retrouvèrent dans la même voiture, ils échangèrent à peine quelques mots pendant l'heure que dura le trajet vers le petit aérodrome. Le troisième passager était un certain Jeremy, un grand échalas couvert de piercings dont on se demandait ce qu'il faisait là ; il était trop angoissé, trop maladroit pour se jeter impunément d'un avion en vol. Emily elle-même regrettait déjà de s'être laissé embrigader. Son ami Dave s'était montré persuasif, c'était pour une œuvre de charité, mais quand même. Si l'on y réfléchissait bien, il fallait être complètement barge pour sauter d'un avion. En plus, que faisait-elle dans la vieille guimbarde de Dave, coincée sur la banquette arrière à côté de ce Jeremy long comme un jour sans pain ? Pour tenir assis, il devait remonter les genoux sous le menton. Pourquoi n'était-il pas à l'avant où il aurait pu déplier ses jambes ? C'est alors qu'une idée lui vint à l'esprit. Ben était peut-être gêné de s'asseoir à côté d'elle. Il avait peut-être insisté pour occuper le siège avant. Puis dans un deuxième temps, elle trouva cette idée stupide car jamais personne ne s'intéressait à elle. Sauf que, en réalité, c'était tout le contraire. Soudain, elle remarqua la présence d'un horrible furoncle enflammé sur la nuque de Ben, juste à la racine des cheveux. Elle était triste pour lui. Le pauvre s'évertuait à le cacher sous sa veste sans toutefois oser relever son col, car ce geste l'aurait trahi. Emily devinait que Ben sentait son regard posé sur son cou, aussi faisait-elle l'impossible pour détourner les yeux, mais elle y revenait quand même, indiciblement attirée par le bouton rouge qui, sans doute, devait la distraire du pensum qui l'attendait à l'arrivée. Mais était-ce le furoncle ou Ben lui-même qui l'attirait ainsi ? Emily frissonna. Il faisait pourtant une chaleur d'enfer dans cette voiture dont le chauffage était détraqué. Emily n'était vraiment pas en forme.

L'aérodrome bordé d'immenses haies feuillues était perdu au milieu des champs verdoyants. Quand ils passèrent l'entrée, Emily trouva que les petits avions ressemblaient à des vaches qui broutaient ensemble pour se tenir compagnie. Des hangars en tôle ondulée fermaient les trois côtés d'un rectangle – un hangar pour ranger les parachutes, un deuxième pour abriter les avions la nuit et un dernier servant de salle de jeux. Les parachutistes y passaient de longues heures à attendre les bonnes conditions météo. Comme Emily était trop nerveuse pour songer à s'amuser, elle s'excusa et s'assit dans un coin avec une tasse de thé fumant et un livre – Dieu merci, elle avait pensé à prendre de la lecture, seule manière pour elle de se changer les idées. Son ami Dave la rejoignit et tenta de lui remonter le moral en lui débitant des blagues pas drôles. Elle essaya de rire pour lui faire plaisir mais, au fond, elle lui en voulait de l'avoir embarquée dans cette aventure. Dave finit par comprendre le problème et la laissa ruminer dans son coin. Elle avait l'impression de faire tapisserie pendant que les autres aspirants parachutistes tuaient le temps en jouant au billard ou au Scrabble. Si elle avait eu sa propre voiture, elle aurait pu les planter là mais, hélas, elle était coincée en pleine cambrousse, au fin fond du Cheshire. Il n'était pas question de rentrer à pied et, de toute manière, comme elle faisait cela pour une œuvre de charité, elle se voyait mal annoncer aux nombreux donateurs qu'elle avait changé d'avis au dernier moment. Elle irait jusqu'au bout. Les mains crispées sur son livre, elle essayait désespérément de se concentrer mais son esprit battait la campagne – il ne s'agissait pas d'un simple entraînement, cette fois-ci, elle n'allait pas sauter d'une plate-forme dans un gymnase, non, elle allait se jeter dans le vide et, maintenant qu'elle avait vu les avions, la chose lui semblait atrocement réelle.

« Dis donc, Emily, tu veux faire une partie de billard ? » Elle leva les yeux. Dave la regardait avec impatience. Les poils drus de sa barbe naissante ressemblaient à des pattes d'araignée sectionnées. À cela s'ajoutaient des cheveux gras et la veste de cuir qu'il n'enlevait jamais, ouverte sur un T-shirt noir portant le logo d'un groupe de heavy metal.

« Non merci, ça ne me dit rien, honnêtement, Dave, répondit-elle. Ne t'inquiète pas pour moi, je suis plongée dans mon roman.

— Tu ne vas pas rester assise là toute la journée, viens, on va rigoler. Toi et moi contre Jeremy et Ben. »

Emily tourna la tête vers la table de billard, un

meuble éraflé et bancal, juste à temps pour voir Ben mettre la bille rouge dans la blouse, un coup quasiment impossible à réussir. Au lieu de hurler de joie, il se borna à passer de l'autre côté pour continuer.

« Je suis nulle au billard, je te ferais perdre.

— Mais non, tu te débrouilles bien, insista Dave. Amène-toi », et il prit la main d'Emily pour l'obliger à le suivre. Comme ils s'approchaient de la table, Ben leva les yeux un bref instant et replongea très vite dans son jeu. Peut-être qu'il l'aimait bien finalement, pensa-t-elle encore une fois et, encore une fois, elle se traita d'idiote. De toute façon, sortir avec des garçons ne l'intéressait pas vraiment, elle n'était pas comme sa sœur.

Une fois que Ben eut administré une raclée à Jeremy dont la haute taille l'obligeait à plier les genoux pour pouvoir jouer, ils débutèrent une partie en double. Quand vint le tour d'Emily, elle se pencha sur le tapis vert, visa une boule jaune de l'autre côté de la table et dérapa sur la feutrine. La boule blanche obliqua paresseusement, sortit de sa trajectoire et manqua de peu sa cible.

« Désolée, Dave », s'excusa-t-elle. Dave lui fit un grand sourire pendant qu'elle tendait sa queue à Ben. Pendant une demi-seconde, ils tinrent ensemble la tige de bois. Emily trouva ce geste si intime qu'elle retira vite sa main. Ben bredouilla un merci, détourna le regard et, quand il se pencha pour viser la boule rouge la plus facile, rata son coup, lui qui avait battu Jeremy à plates coutures deux minutes auparavant.

« Bordel, dit-il en rougissant un peu, puis il tendit la queue à Dave.

— Deux coups », lui rappela ce dernier. Ben s'excusa, reprit la queue et rata une bille encore plus facile que la précédente. Fier comme un coq, Dave parvint à blouser coup sur coup, et comme Jeremy comptait pour du beurre et que Ben avait l'air complètement à côté de ses pompes, quand arriva son tour, Emily n'avait plus qu'à blouser la boule noire pour remporter la partie. Elle n'était toujours pas dans son assiette – était-ce l'appréhension du saut en parachute ou la gêne qui s'était installée entre elle et Ben ? – et sa boule partit de travers mais finalement, peut-être à cause de la table bancale, la noire fila droit dans le trou.

« Oups, désolée, dit-elle.

— Yessss ! » clama Dave. Il faillit la serrer dans ses bras, mais à la dernière seconde, jugea préférable de lui taper dans la main. Jeremy la félicita en disant « Joli coup ! ». Quant à Ben, il lui fit un sourire penaud et s'éloigna en direction de la cantine.

La journée avançait mais le ciel refusait de s'éclaircir. La température descendit brutalement, comme s'il allait pleuvoir. Emily buvait du thé dans son petit coin lecture pendant que Ben et Jeremy trompaient l'ennui en jouant aux échecs et que Dave se faisait battre au ping-pong par Jemima, un petit bout de fille qui avait au moins trois cents sauts à son actif. Quand Emily regarda sa montre pour la énième fois et vit qu'il était déjà quatre heures, elle posa son livre et sentit naître une lueur d'espoir – il était trop tard pour sauter vu qu'il ferait bientôt nuit. Mais où donc était passé Dave ? Elle allait de ce pas lui demander s'il ne serait pas temps d'y aller, puisqu'il n'y avait aucune raison de s'attarder dans ce trou. Elle se levait, toute ragaillardie, quand le chef instructeur apparut au seuil du hangar, visiblement gonflé à bloc, comme s'ils étaient tous dans la Somme et qu'il commandait un escadron de troufions sur le point de se lancer à l'assaut de l'ennemi. « Le ciel est clair, hurla-t-il. Prenez votre barda, et que ça saute ! » Ils se mirent à courir comme des gosses excités, sauf Emily qui traînait derrière, les jambes en coton, l'âme en peine. Ayant retrouvé son assurance, Ben n'était plus ni gauche ni timide. Dans sa combinaison noire, il avait fière allure. Il s'approcha d'Emily, l'aida à passer son harnais, la fit pivoter sur elle-même et hissa le sac à parachute sur son dos.

« Penche-toi », dit Ben. Il resserra les sangles en haut des cuisses d'Emily. L'instant d'après, alors qu'elle se redressait, son buste décrivant un arc de quatre-vingt-dix degrés, elle tomba amoureuse.

Trois mois s'écoulèrent avant qu'Emily revoie Ben. Quand elle s'était élancée dans le vide, elle avait emporté dans sa chute le souvenir de ses doigts sur ses cuisses. Mais ensuite, sa timidité naturelle avait repris le dessus. Ben n'était pas vraiment son type d'homme, même si elle n'avait pas vraiment de type d'homme : mais quand même, un comptable parachutiste doublé d'un joueur d'échecs ! Elle n'osait imaginer la réaction de sa sœur Caroline. Sur la route du retour, elle avait contemplé avec amour le furoncle enflammé en rêvant qu'elle se penchait pour l'embrasser. Elle se disait que, à force de le fixer, Ben sentirait la chaleur de ses lèvres sur son cou. Mais en arrivant à Chester, il ne lui accorda pas un regard et marmonna un au revoir sans même tourner la tête. Elle resta plantée sur le trottoir et, quand Dave fit hurler le moteur, claqua tristement la portière et regarda pendant de longues secondes la voiture s'éloigner dans un nuage de fumée noire. Puis, n'ayant plus rien à regarder, elle ravala sa frustration et rentra chez elle.

Emily avait supposé qu'elle finirait par croiser Ben au bureau un jour ou l'autre, mais pour l'instant rien de tel ne s'était produit. Cela dit, leur bâtiment abritait presque trois mille salariés, d'après ses renseignements. Elle alla même jusqu'à envisager une autre séance de parachutisme mais finit par y renoncer (une fois ça suffit !) car, chaque lundi matin, elle parvenait à se convaincre que *cette* semaine serait la bonne. L'absence de Ben ne faisait qu'attiser sa flamme et sa détermination – ce qui ne lui ressemblait guère –, mais il faut dire qu'elle n'avait jamais été amoureuse auparavant. Emily allait jusqu'à trouver l'attente agréable – le matin, elle s'éveillait pleine d'espoir, arpentait, frissonnante, la cantine en sous-sol à la recherche de ses boucles brunes, scrutait l'espace autour d'elle quand elle entrait ou sortait du hall de réception, les nerfs à fleur de peau. En bref, chaque jour voyait défiler une myriade de rencontres possibles sauf que la vraie rencontre n'arrivait jamais.

Un matin de février, Emily se réveilla en retard. Il pleuvait si fort que de grosses flaques luisaient sous la lumière orangée des réverbères. Soit son réveil n'avait pas sonné, soit elle ne l'avait pas entendu. En tout cas, elle avait la gueule de bois et une migraine carabinée. Malheureusement, il n'était pas question de rester au lit car elle avait un rendez-vous important dans l'après-midi, et en plus on était vendredi. Plus qu'un jour avant le week-end. Elle se prépara un thé bien fort, mangea une banane, avala quelques pilules, prit une douche de quinze minutes, ce qui améliora quelque peu son état tout en accroissant son retard. Elle enfila une tenue pratique, une robe rouge unie avec une ceinture et des bottes, tira ses cheveux mouillés en queue-de-cheval et ne prit pas le temps de se maquiller. Puis, en sortant, elle s'aperçut que son anorak orange, qu'elle mettait d'habitude pour se balader, n'allait franchement pas avec sa robe. Non seulement il était trop court, mais ces deux couleurs ensemble juraient atrocement. Tant pis, se dit-elle, de toute façon, il pleuvait des cordes.

Une heure plus tard, en pénétrant sur le parking du boulot, Emily n'avait toujours pas émergé. Elle ne se sentait pas d'attaque pour travailler, et encore moins pour affronter le regard de Ben qui, à présent, marchait dans sa direction après être sorti du bâtiment, un gobelet de café à la main, une fille en remorque. Cela ne faisait pas partie des nombreux scénarios qu'elle avait échafaudés. Elle se mit à paniquer, piqua un fard, dit « Salut » et déguerpit sans demander son reste. Ben était plus séduisant que dans son souvenir – ses cheveux avaient poussé, il portait un costume bien coupé, des chaussures cirées, une cravate en laine marron. En somme, il n'avait rien du comptable fraîchement diplômé. En la voyant, il n'avait pas paru spécialement ravi – poli, sans plus. Cette fille n'était pas sa copine, Emily l'aurait parié – elle n'était pas son genre, pas elle ! Bref, rien ne s'était passé comme prévu. En effet, Emily avait fini par se convaincre que leurs retrouvailles se dérouleraient simplement : ils se croiseraient, s'arrêteraient pour discuter, iraient prendre un café ensemble, et ainsi de suite. Mais manque de bol, le jour où enfin ils tombaient nez à nez, elle avait une tête à faire peur et lui, il était avec une femme. Un vrai désastre.

Emily avait tenu le coup pendant trois longs mois mais, à présent, c'était bien fini. Il fallait qu'elle agisse. Elle fila à son bureau, jeta l'horrible anorak sur le dossier de sa chaise, s'assit et passa en revue les options qui s'offraient à elle. Se rendre au dix-septième étage spécialement pour le voir – arpenter les couloirs jusqu'à trouver son bureau, lui demander un entretien privé, chercher partout une salle de réunion libre, faire semblant de ne pas remarquer les regards posés sur eux ? Non, ce serait odieux. Prétexter un truc à faire au dix-septième étage, longer le couloir d'un pas nonchalant et lui dire bonjour en passant ? Pas naturel. En plus, comme elle ignorait où se trouvait le bureau de Ben, elle pouvait difficilement marcher d'un pas nonchalant. Chercher son numéro de téléphone et l'appeler ? C'était mieux, plus discret. Lui envoyer un mail ? Solution de facilité mais résultat non garanti – et s'il ne répondait pas ? Si le message ne lui parvenait pas ? Elle choisit toutefois d'opter pour cette dernière solution. Il fallait s'y mettre tout de suite, aujourd'hui.

« Salut, Ben, écrivit-elle. Ça m'a fait plaisir de te voir ce matin. Si on prenait un verre dans la soirée ? C'est important. Dis-moi ce que tu en penses par retour de mail. Sinon voici mon numéro. Merci, Emily. »

Elle cliqua sur « Envoyer » et se cala contre son dossier, soulagée d'un grand poids. Elle l'avait fait, c'était parti. Emily était certaine d'avoir agi pour le mieux, après tout il avait flashé sur elle, cela ne faisait aucun doute. Elle vérifia son emploi du temps – rien à part cette réunion en début d'après-midi. Mais entre-temps, il se serait forcément manifesté.

À cinq heures, Emily avait le moral dans les chaussettes. Elle qui pensait dur comme fer trouver un message de lui en revenant à son bureau ! En découvrant sa boîte vide, elle avait commencé à douter. Que lui était-il passé par la tête ? Pourquoi lui avoir écrit un truc aussi direct ? Elle se relut : « C'est important. » OK, à la rigueur, ça voulait dire qu'elle avait besoin de lui parler. Mais de quoi ? De parachutisme, évidemment. « Prendre un verre ? » Trop énorme. Mon Dieu, il allait la prendre pour une dragueuse, une nymphomane. De toute manière, il avait une copine, elle les avait vus ensemble – et même à supposer qu'il soit célibataire, avec la dégaine qu'Emily avait ce matin, rien d'étonnant à ce qu'il ne se précipite pas pour lui répondre.

« EMILY ? » Penchée vers elle Maria, sa collègue de bureau, agitait les mains devant le visage d'Emily, laquelle sursauta et leva les yeux. « Tu es sourde ou quoi ? Est-ce que je peux emprunter ton agrafeuse, la mienne a disparu. Hé, qu'est-ce qui t'arrive ?

— Rien. J'ai la migraine.

— Tu as une mine effroyable, pourquoi tu ne rentres pas ? conseilla Maria.

— Je termine ce rapport et après je me tire. Tiens, prends ça. » Emily lui tendit l'agrafeuse et se détourna bien vite. Des larmes s'écrasèrent sur son clavier. Elle vérifia ses messages encore une fois – rien – puis éteignit son écran sans prendre la peine de se déconnecter. « Salut », lança-t-elle à Maria en se levant pour courir vers l'ascenseur.

Emily était sur des charbons ardents depuis qu'elle avait regagné son domicile. Elle ne cessait de vérifier son portable comme si elle avait pu rater un appel.

Sauf que c'était impossible parce que l'appareil était dans sa poche et qu'elle l'avait réglé pour qu'il sonne et vibre en même temps. Ben lui avait peut-être répondu par mail, songeait-elle en regrettant de ne pouvoir consulter sa messagerie professionnelle de chez elle. Mais à une heure pareille, il aurait appelé plutôt que d'écrire, n'est-ce pas ? Il avait son numéro. *Alors, pourquoi n'appelait-il pas ?* Elle avait mal au cœur, comme lorsqu'on meurt de faim après une cuite, mais n'arrivait pas à bouger ne serait-ce que pour se préparer un sandwich. Dans le frigo, elle trouva un bout de cheddar tout desséché, des gressins moisis au fond du placard, qu'elle grignota pour calmer ses crampes d'estomac avant d'allumer la télé. Elle tomba sur un vieil épisode des *Simpsons* qu'elle avait déjà vu. L'histoire lui passa par-dessus la tête. Sa mère appela – Emily sursauta puis s'aperçut, déconfite, que ce n'était pas Ben, alors elle laissa sonner. Elle fit couler un bain mais faire trempette dans l'eau chaude lui donnait des bouffées de honte. À la fin elle alla se coucher et, une fois passé dix heures, décida de se faire une raison. Il n'appellerait pas ce soir, elle ferait donc mieux d'arrêter de se tourmenter. Et elle tomba d'épuisement dans les bas-fonds du roman historique qu'elle lisait à ce moment-là.

Réveillée par le vibreur combiné à la sonnerie, elle empoigna son portable posé sur la table de nuit – 23:28.
« Allô.

— Emily ? C'est Ben. Allô ? Euh, c'est Ben – du stage de parachutisme. Excuse-moi d'appeler si tard, j'étais en formation toute la journée et après je suis allé au pub et après, en rentrant chez moi, je ne sais pas pourquoi, je me suis connecté à ma messagerie et j'ai vu ton mail.

— Ah, dit Emily.

— Tu parlais d'un truc important, insista Ben, apparemment éméché.

— Oh, ça n'a plus d'importance.

— Tu veux quand même qu'on prenne un verre ce soir ?

— Il est vingt-trois heures trente, dit Emily. À cette heure, tout est fermé.

— Je pourrais passer. Tu habites toujours à Chester ?

— Oui, dit-elle. Et toi, tu es où ?

— Trafford. C'est quoi ton adresse ?

— Mais c'est au bout du monde ! Ça va te prendre des plombes.

— Je viendrai en taxi. Je serai là dans une heure… » Emily ne réagit pas.

« … Si ça te fait plaisir de me voir. »

Emily hésitait encore. Tout à l'heure, elle n'en avait pas espéré tant mais, à présent, elle ne savait plus quoi penser. Il était si tard. Elle le connaissait à peine. Dans quoi se lançait-elle ?

« Oui, s'il te plaît, finit-elle par articuler.

— J'arrive », répondit-il d'une voix si douce qu'elle fut rassurée.

Une heure et sept minutes plus tard, coup de sonnette. Emily avait enfilé un jean, un pull large et remonté ses cheveux au sommet de sa tête. Elle alla ouvrir pieds nus d'un air méfiant. Ben portait le même costume sombre et sa cravate marron était desserrée. Il sourit et entra dans le vestibule exigu en essayant de ne pas trop se coller à elle. Il sentait la bière et l'humidité car il pleuvait encore. Quand ils passèrent dans la cuisine, la lumière au néon leur fit des mines de déterrés.

« Désolée. Finalement, je n'ai rien à boire, dit Emily d'une voix haut perchée, contrefaite. Tu veux du café ? Ou tu préfères un Nesquik ? » Elle voulut rire mais ce n'était pas franchement drôle.

Ben accepta le café puis la regarda faire sans un mot. Quant à Emily, elle ne trouvait rien à dire. Elle inclina la bouilloire, se brûla avec l'eau chaude, jura entre ses dents mais continua de verser en remuant. Elle sortit le lait du frigo, lui proposa du sucre et le précéda dans le salon où elle posa la tasse sur la table qu'elle avait en toute hâte débarrassée des papiers, livres et autres fourbis qui y avaient élu domicile. Puis elle s'enfonça dans le canapé. Ben prit le seul autre siège, à des kilomètres d'elle. Emily se releva pour mettre de la musique – les Smiths. Une mélodie lugubre remplit tout l'espace. Morrissey égrenait ses malheurs. Résumons-nous, se dit-elle. Elle lui avait proposé par mail de sortir ensemble et il semblait d'accord puisqu'il l'avait appelée en pleine nuit. Mais maintenant qu'ils étaient face à face, ils se regardaient en chiens de faïence, incapables d'aller plus loin. Les mots leur manquaient – Ben était timide et Emily, sur le point de franchir un cap dans son existence, ignorait tout bonnement comment s'y prendre.

Elle vit le corps tomber comme une pierre. Après une chute de quatre mètres environ, il s'arrêta brutalement, rebondit, resta suspendu par les chevilles puis se mit à gigoter, à se tortiller comme un ver pour tenter de dégager ses longues jambes coincées dans les cordes. Emily contemplait la scène d'un air horrifié. L'adrénaline dont l'afflux l'avait aidée à tenir jusqu'à présent se dissipa sous le choc. Résultat, elle était raide de peur. Le corps se détacha d'un coup sec, pivota de cent quatre-vingts degrés et, enfin, la corolle rouge et jaune se déploya. Jeremy poursuivit sa chute, à une vitesse plus normale, du moins plus proche de ce qu'elle pensait être la normale. Quand elle leva les yeux vers l'instructeur, elle comprit soudain à quoi servait l'entraînement qu'elle avait subi : avant de sauter, il fallait absolument s'asseoir au bord de la trappe, moitié dedans, moitié dehors. « Ça va pour toi ? » hurla Greg par-dessus le bruit du moteur. Il lui saisit le bras pour plus de sûreté. Emily secoua la tête négativement. C'était trop pour elle. Le rugissement du vent dans ses oreilles, l'odeur métallique de l'avion, le trou béant dans la carlingue à la place de la porte, la vision de sa propre jambe droite qui pendait inutile au-dessus des champs et des hangars réduits à la taille de jouets, le souvenir de ce garçon qui se débattait la tête en bas. Elle se sentait défaillir. Elle aurait dû sauter la première parce que, maintenant, il n'en était plus question. Greg lui fit un gentil sourire, lui serra l'épaule puis la poussa brusquement dans le vide.

« À quoi tu penses ? » demanda Ben.

Emily se rappela soudain où elle était – dans son salon rangé en quatrième vitesse pour accueillir son collègue comptable parachutiste – et combien ce saut en parachute avait bouleversé son existence.

« Je me demandais comment on fait pour se jeter dans le vide une deuxième fois, quand on sait ce que ça représente.

— Tu as vécu une mauvaise expérience, c'est tout, dit Ben. Jeremy a fait 6'3'' et il n'a aucune coordination.

Tu aurais pu trouver mieux comme modèle. Ce type n'est pas bâti pour le parachutisme.

— J'ai eu peur quand je l'ai vu tomber, dit-elle, mais le pire, c'est quand l'instructeur m'a poussée. Je n'aurais jamais cru qu'un prof puisse faire un truc pareil, c'est trop cruel. » La scène repassa devant ses yeux. Puis autre chose lui revint en mémoire, un souvenir si lointain qu'elle l'avait oublié. Soudain, elle se sentit nerveuse, déprimée.

« Il y était obligé, renchérit Ben. Sinon, tu aurais raté le terrain de saut. En fait, tu ne courais aucun risque.

— J'ai eu l'impression du contraire. Je cours un risque en ce moment aussi.

— Qu'entends-tu par là ? » demanda Ben, alarmé. Peut-être avait-il eu tort de venir, finalement.

« Je me suis mal exprimée. » Elle laissa passer plusieurs secondes interminables, inspira, attendit encore puis, chose qui la surprit elle-même, chercha le regard de Ben et, les yeux dans les yeux, lui fit sa déclaration.

« Je crois que je ne pourrai plus jamais mettre les pieds dans un endroit où je ne serai pas totalement dingue de toi. »

Ben sourit. « J'espérais que tu dirais quelque chose dans ce genre. » Il s'extirpa du fauteuil en osier qu'Emily avait trouvé dans une salle des ventes et recouvert d'une couche de peinture aérosol argentée. Elle se leva également, contourna lentement la table basse en verre et le rejoignit de l'autre côté. Ils se regardèrent fixement, à un mètre de distance, suspendus entre angoisse et désir, puis enfin – nul ne saura jamais qui prit l'initiative – tombèrent dans les bras l'un de l'autre et restèrent enlacés pendant un temps infini.

5

Je suis assise dans la cuisine de Finsbury Park Palace, entre des portes de placard en chêne rustique et des plans de travail en Formica imitation marbre. J'ai une vodka tonic devant moi, un truc que je n'ai jamais bu avant, je le jure. Je sens des miettes rouler sous la semelle de mes ballerines mais je dois admettre que cette cuisine est plus propre que je ne l'avais imaginé quand j'étais dehors. En revanche, la puanteur douceâtre des ordures me donne la nausée. *Combien de tonnes de détritus cette maison produit-elle ?* me dis-je en repensant aux poubelles trop remplies que j'ai aperçues dans le jardinet. Angel est assise en face de moi, trop jolie, trop étincelante pour cet environnement. Son gilet à franges, son jean étroit me donnent un coup de vieux. Un garçon maigre à la peau basanée est penché près de l'évier, ses longs cheveux plats lui tombent dans les yeux. Un certain Fabio, si j'ai bien compris. Il est en train d'éplucher des légumes bizarres et, visiblement, ne souhaite pas se mêler à la conversation. On dirait que la fille revêche de tout à l'heure a disparu. Angel dit que ses colocataires sont encore au boulot.

« Tu te sens mieux, trésor ? demande Angel en s'envoyant une bonne rasade de vodka.

— Oui, merci beaucoup pour ton aide.

— C'est rien, laisse tomber, dit-elle avec un sourire angélique, sa marque de fabrique apparemment. Au fait, d'où tu viens ?

— À la base, je suis des environs de Chester, mais ces derniers temps je vivais à Manchester, dis-je. J'ai cassé avec mon copain et, du coup, j'ai eu besoin de changer de paysage. Comme j'ai passé ma vie dans la région de Manchester, je me suis dit que je devrais essayer Londres, avant d'être trop vieille. » Je ricane nerveusement.

Cette tirade, je l'ai répétée, peaufinée, jusqu'à ce que les mots coulent bien, et j'y ai inséré des détails véridiques, pour faire plus vrai. Je la débite d'une traite, avant même qu'on me le demande, mais tout cela sonne faux. J'ai l'air de m'excuser.

« Trop vieille ! On n'est jamais trop vieux pour découvrir Londres, s'esclaffe Angel. En revanche, tu es peut-être trop vieille pour vivre dans une baraque pourrie avec une bande de cinglés. Tu m'as l'air trop bourge pour un taudis pareil.

— Non, non, c'est bon, dis-je. C'est juste qu'il me faut un logement bon marché, le temps que je me retourne. En plus, je me disais qu'une colocation serait un bon moyen pour se faire des amis.

— Ne t'emballe pas trop, trésor. Les gens qui vivent ici seraient plutôt du genre qu'on évite de croiser dans la rue. Ne t'inquiète pas pour lui, poursuivit-elle en désignant du menton la nuque de Fabio. Il ne parle pas anglais. » Angel fouille dans son sac. « Tu veux une clope, trésor ?

— Non merci. Je ne fume pas.

— Ça t'ennuie si j'en prends une ? »

Je la rassure d'un signe de tête, que puis-je faire d'autre ? Et pourtant je me sens de plus en plus mal entre la chaleur, les poubelles, la faim et maintenant la vodka. Je réalise tout à coup que j'ai à peine mangé depuis que j'ai quitté Chorlton, il y a quatorze heures. Mon jean me colle à la peau, mes pieds me font souffrir et j'ai terriblement besoin de m'allonger. Mais comme je ne veux pas paraître impolie, je prends une gorgée de vodka.

« J'adore ton prénom », dis-je pour meubler. Décidément, je suis toujours aussi bien élevée, même dans la peau de Catherine.

Angel éclate de rire. « J'ai juste enlevé le *a* de la fin. Mais ça a carrément changé mon image, je te raconte pas. » Une idée me vient à l'esprit. Je me sens un peu bête mais cette fille m'inspire, alors je lui demande : « Angel, que dirais-tu de m'appeler Cat ? Je ne veux pas te copier mais j'ai toujours détesté mon nom de baptême.

— Comme tu voudras, trésor », fait Angel en souriant. Et c'est ainsi que je change de prénom pour la deuxième fois de la journée.

6

Ben se réveilla de bonne heure et, quand il vit qu'Emily n'était plus dans le lit, il se dit qu'elle avait encore eu une insomnie. Elle devait être en bas, dans le canapé du salon, avec un bouquin. Ces derniers temps, Emily semblait relire tous les vieux classiques. Elle les dévorait littéralement. Ben supposait qu'ils l'aidaient à s'évader vers un monde assez plaisant – le sud des États-Unis, le Wessex de Thomas Hardy, les landes du Yorkshire – pour lui faire oublier sa vie actuelle. Il existait divers moyens de faire obstacle à la douleur et Ben sentait qu'il valait mieux laisser sa femme à ses lectures, pour l'instant. Alors, il se faisait discret et s'occupait de Charlie en espérant qu'un jour elle se sentirait mieux et reprendrait sa place parmi eux.

Ben se tourna sur le côté et finit par se rendormir d'un sommeil superficiel, agité. Il transpirait sous la couette d'hiver qu'ils avaient omis de troquer contre une couverture plus légère, alors qu'on était déjà fin juillet. D'habitude, c'était Emily qui s'en chargeait dès les premiers beaux jours. Elle veillait toujours à ce genre de détails et rajoutait même un jeté de lit en cachemire qu'elle déposait au pied du lit pour les nuits plus fraîches. Ces minuscules perturbations domestiques contribuaient à ternir leur quotidien déjà douloureux, achevaient de les convaincre que rien n'allait, que rien ne s'arrangerait. Ils se retrouvaient régulièrement à court d'eau de Javel, de beurre, de pain, de céréales pour le petit déjeuner ; Ben portait des chemises sales ; on oubliait d'ouvrir le courrier ; les jardinières aux fenêtres étaient envahies de mauvaises herbes. Emily avait été attentive à toutes ces menues choses, *avant*, non par sens aigu du sacrifice, ni pour pallier la paresse de Ben. Les tâches ménagères étaient simplement réparties selon leurs talents respectifs. Emily avait toujours pris soin de leur intérieur tandis que Ben adorait faire la cuisine et les gros travaux. Cet arrangement leur convenait à tous les deux. À présent, Emily ne faisait rien et Ben se gardait bien de lui reprocher quoi que ce soit.

Ben n'émergea de son demi-sommeil fiévreux qu'en entendant sonner le réveil. Il commença par extraire ses jambes moites du duvet et les étala dessus, restant un moment allongé à se demander ce qu'il dirait à sa femme quand il la rejoindrait en bas. Puis il décida de se doucher d'abord – il se sentait si sale. Après, il irait chercher Charlie et ils descendraient ensemble lui dire bonjour. Malgré les années et ce par quoi ils étaient passés, il ressentait toujours un petit frisson d'excitation à l'idée de la revoir. Il lui préparerait une tasse de thé et tenterait de la convaincre de manger deux ou trois tartines beurrées avec un tout petit peu de confiture, comme elle les aimait. Puis il lui dirait au revoir et partirait au travail. Un trajet de six kilomètres. La vie doit continuer, se dit Ben, même si parfois il se demandait avec inquiétude si Emily partageait son avis.

Le jet de la douche faisait presque mal. Ben avait réglé la température au maximum malgré la chaleur extérieure. L'eau qui frappait son visage l'aidait à oublier, ne serait-ce que l'espace d'une ou deux secondes, comme si la brûlure cautérisait la plaie ouverte dans son cerveau. Emily ne lui reprochait plus le temps infini qu'il passait sous la douche. Ces derniers temps, elle ne s'intéressait plus guère à ce qu'il faisait. Ben espérait encore retrouver leur ancienne complicité, un jour peut-être, dans très longtemps.

Quand il poussa la porte plaquée chêne du salon et ne vit pas Emily sur le canapé, Ben comprit qu'elle était partie. Pas besoin d'aller vérifier à la cuisine ni dans les toilettes du rez-de-chaussée. Le vide de son absence était comme un cri emplissant les moindres recoins de la maison. Devait-il appeler les urgences, s'arracher les cheveux, se jeter par la fenêtre ? Il remonta dans leur chambre et ouvrit la garde-robe. Tout semblait normal. Elle était peut-être allée se balader, il faisait tellement beau, pensa-t-il. Il décida de préparer le petit déjeuner et de s'offrir un bon cappuccino. Il pourrait toujours appeler le bureau pour dire qu'il arriverait en retard. Entre-temps, Emily serait rentrée.

Ben avait bu son café mais Emily n'était toujours pas là. Il remonta dans leur chambre, s'agenouilla sur le tapis crème et regarda sous le lit. Charlie l'avait suivi en pleurnichant. Ben l'ignora. Bon, la grosse valise était encore à sa place. Il la sortit et l'ouvrit. Le fourre-tout en cuir qu'ils avaient acheté à Marrakech ne se trouvait plus à l'intérieur, à sa place habituelle. Il était forcément quelque part, un peu plus loin, se dit Ben en s'étalant à plat ventre sur le sol. Il tendit le bras et trouva tout un tas d'affaires qu'il sortit au fur et à mesure avec des gestes de plus en plus nerveux – un matelas gonflable, une petite valise à roulettes, une tente d'enfant, un sac à dos de randonnée, une poche remplie de bric-à-brac, une chaussette qu'il croyait perdue. La poussière qu'il soulevait demeurait suspendue dans les rayons obliques du soleil matinal. Quand il n'y eut plus rien sous le lit, Ben resta sans bouger, le visage enfoui dans le tapis. Il accueillit sa défaite par un unique sanglot puis il s'assit et prit le pauvre Charlie dans ses bras.

L'inspecteur Bob Garrison considérait d'un air navré l'homme qui se tenait en face de lui, dans la petite pièce aveugle servant aux interrogatoires. Ben Coleman était bien à plaindre, il ne le savait que trop. Maintenant il allait devoir lui annoncer que la police était impuissante dans ce genre de situation. Les victimes d'enlèvement ne vidaient pas leur compte en banque, n'emportaient pas de bagages et encore moins leur passeport. Ce pauvre bougre devrait se faire à l'idée que sa femme l'avait quitté, tout simplement, songea l'inspecteur Garrison. Il en avait vu défiler, des gens comme lui, mais, allez savoir pourquoi, il avait du mal à parler franchement à cet homme désespéré dans son costume bien coupé. Et pourtant, il devait lui faire comprendre que, à part inscrire le nom de sa femme sur la liste des personnes disparues, il ne pouvait rien pour lui.

Alors que Ben savait pertinemment qu'Emily était partie de son propre chef, qu'elle avait choisi de le quitter, il continua de la chercher. Il s'était mis en tête qu'elle voulait qu'il agisse ainsi, qu'elle n'attendait que cela. Peut-être était-ce un genre d'épreuve qu'elle lui imposait. Il échafaudait des plans, essayait de deviner où elle vivait, sous quel nom, mais autant racler le fond de la mer pour y trouver une bague perdue. Au cours des premières semaines, il avait surveillé les opérations sur leur compte en banque, au cas où elle se serait servie de sa carte de crédit. En vain. Il contacta tous les amis d'Emily mais ils n'étaient au courant de rien, et Ben voyait bien qu'ils ne mentaient pas. Il rencontra toutes les associations d'aide aux familles de personnes disparues mais, à part lui montrer des photos de cadavres, elles ne pouvaient pas grand-chose pour lui. Il n'ignorait pas que les passants le dévisageaient quand il collait des photos d'Emily sur les arbres, à la poste, devant la gare, mais que pouvait-il faire d'autre ? Il créa même un compte Facebook et, au début, ses amis contribuèrent à diffuser ses messages, mais au bout de quelques mois leurs commentaires se raréfièrent, comme si sa vaine recherche en ligne ne faisait que les renvoyer à leur propre impuissance. Le soir du 15 novembre, jour de l'anniversaire d'Emily, quand les parents de Ben débarquèrent chez lui avec son plat favori, une tourte au bœuf et à la Guinness, sa mère suggéra que peut-être il était temps de renoncer. Ben entra dans une rage folle et lui cria qu'elle ferait mieux d'imaginer ce qu'elle ressentirait en se réveillant *chaque* jour seule dans son lit, sachant qu'il en serait ainsi à tout jamais. Après cela, ses parents n'évoquèrent plus le sujet, se bornant à le soutenir du mieux qu'ils pouvaient. Et Ben continua sa vie en solitaire.

7

Angel nous commande une pizza. Elle est infecte mais je la dévore à belles dents. Après cela, je n'ai plus mal au cœur. Angel a remarqué que quelque chose ne tournait pas rond chez moi mais, malgré son allure bohème, elle est trop polie pour m'interroger. De mon côté, j'évite de m'appesantir sur cette histoire de rupture avec mon soi-disant copain, j'ai trop peur de me trahir par étourderie.

En revanche, Angel n'est pas avare de confidences. Quand elle parle de sa vie, je la trouve drôle, émouvante. Autrefois, une telle accumulation de drames personnels m'aurait sans doute choquée. Aujourd'hui c'est différent, j'en ai eu plus que ma part, moi aussi. C'est proprement hallucinant, tout ce qui a pu se passer en un seul jour : le matin, Mme Emily Coleman quitte son domicile de Chorlton, Manchester, laissant derrière elle Ben et Charlie ; le soir, sous le nom de Cat Brown, elle est assise dans sa nouvelle maison de Finsbury Park, quelque part au nord de Londres, avec sa nouvelle amie Angel, à boire de la vodka en mangeant de la pizza. Et personne n'a la moindre idée de l'endroit où elle se trouve. Personne n'a la moindre idée de l'endroit où *je* me trouve. Finalement, j'ai de la chance dans mon malheur : sur mes papiers, je me nomme Catherine Emily Brown, bien qu'on m'ait toujours appelée Emily tout court, et depuis cinq ans que je suis mariée, je suis Emily Coleman. J'ai été bien inspirée en ne faisant pas changer mon passeport – par féminisme mal placé, comme dirait Ben. Cela m'aidera à décrocher un boulot, ouvrir un compte bancaire, vivre normalement dans ma nouvelle peau. En plus, Brown est un nom tellement courant qu'il doit y avoir des centaines de Catherine Brown en Grande-Bretagne. Je suis tranquille.

Pendant que je papote avec Angel, diverses personnes rentrent (du travail ?). Elles vont et viennent dans la cuisine puis ressortent en m'accordant plus ou moins d'attention. Pour commencer, je vois débarquer Bev – une roadie originaire de Barnsley, comme je le découvrirai par la suite – avec ses dreadlocks et son menton en galoche. Elle me fait des grands bonjours, comme si j'avais toujours vécu ici, et déclare : « On crève de chaud, pas vrai ? », puis elle ouvre le frigo, fouille dedans pendant des plombes et, instantanément, sa bonne humeur s'évanouit. Elle pousse un rugissement angoissé comme une lionne qui aurait perdu ses petits.

« Où est mon chocolat ? glapit Bev. Quel est l'enfoiré qui a bouffé mon chocolat ? Angel, c'est toi qui as bouffé mon putain de chocolat ?

— Hé, du calme, Bev. Ce coup-ci, j'y suis pour rien, je te jure. Demande-lui », ajoute Angel en désignant le géant placide qui vient d'entrer en chaloupant. Il porte un jean bleu foncé, un sweat-shirt Abercrombie et des baskets d'une taille démesurée. Avec ses jambes trop courtes pour son corps et sa bouille joufflue, il m'évoque un gosse qui aurait grandi trop vite. J'ai presque envie de le serrer contre moi.

« Nooon, c'est pas moi, Bev. Lâche-moi un peu, tu veux ? » dit Brad avec un accent australien et un sourire affectueux. Mais Bev ne décolère pas. Elle arrête de gueuler, s'assoit à la table de la cuisine et commence à se balancer d'avant en arrière sur sa chaise. « J'en ai marre de cette maison de merde. C'était mon chocolat, dit-elle maintenant en pleurnichant. Mon putain de chocolat. » Dans sa bouche, le mot « putain » sonne presque comme une caresse, et je la plains de tout mon cœur pour la perte de son chocolat. Je ne trouve pas les mots. Elle paraît si triste. J'ai l'impression d'assister à une veillée funèbre.

Soudain, Angel se lève pour allumer son iPod et pousse le volume à fond. Je ne reconnais pas le morceau mais le chanteur ne cesse de répéter le titre : « Où as-tu la tête ? » Ce qui tombe fort à propos. Mais Bev ne semble pas saisir le comique de la situation. Elle n'est plus en colère. Quelqu'un d'autre fait irruption dans la cuisine – je devine tout de suite que c'est la copine de Brad. Sa minirobe mauve imprimée met en valeur son petit corps parfait, lequel contraste fortement avec ses traits ordinaires. On dirait qu'un ouvrier de l'usine de poupées s'est trompé dans l'assemblage. Elle se plante à côté de Brad et m'examine d'un œil torve. « Erica, je te présente Cat. Elle va occuper la chambre de Fidel », dit Angel toujours aussi simple et cordiale. Erica reste coite, trop occupée à me foudroyer du regard.

« Qui lui a filé cette chambre ? On n'a même pas passé d'annonce. » Sa voix est aussi laide que sa figure, avec une vibration discordante typiquement australienne qui me porte sur les nerfs.

« Ouais, mais Cat avait terriblement besoin d'un logement, pas vrai, trésor ? Et comme ça, tout s'arrange », dit Angel pour clore la discussion. J'adore cette fille. Elle est gentille et belle à tomber et, en plus, elle est à l'aise dans toutes les situations. Je me demande pourquoi elle vit ici. (*Elle a l'étoffe d'une star,* me dis-je, mais ça, c'est avant sa quatrième vodka et les histoires incroyables qu'elle va me raconter sur son enfance, sa mère irresponsable et ses « tontons » en série.)

« Est-ce que Chanelle est au courant ? » insiste Erica. Je ne vois pas de qui elle parle, jusqu'à ce que je me rappelle la fille désagréable qui m'a ouvert tout à l'heure, avant les trois vodkas. En fait, je ne l'ai pas revue depuis.

« Ouais, ma cocotte, elle est au courant. Ça baigne. »

Erica a l'air terriblement contrariée. D'un coup de coude, elle pousse Brad hors de la cuisine, comme pour lui signifier de ranger ses jouets et d'aller se laver les mains. Angel renifle, goguenarde. Je glousse. Je ne sais pas si c'est la vodka, ma renaissance ou ces personnages hauts en couleur, mais je commence presque à m'amuser. Cela fait des mois que je n'ai pas rigolé comme ça. C'est dingue. Je me sens coupable mais je me raisonne : ne regarde pas en arrière, tu as pris la bonne décision pour tout le monde. De toute façon, je n'ai plus le choix.

Le garçon basané réapparaît. Il est penché sur la cuisinière maintenant. Les légumes qu'il épluchait tout à l'heure cuisent dans une grande poêle et, chose assez extraordinaire pour qu'on la signale, sa tambouille dépasse en puanteur les miasmes des poubelles. Un deuxième garçon surgit, bâti sur le même modèle, avec en plus un casque de moto sous le bras et une combinaison en Lycra jaune trempée de sueur. Il embrasse le numero un, échange quelques mots avec lui – en portugais, je pense. Ils m'ignorent complètement. Angel sourit et remplit nos verres.

J'ai l'impression de connaître Angel depuis toujours. Nos chemins se sont croisés au bon moment, je pense. Nos tristesses se ressemblent. Je ne peux pas lui raconter mon histoire mais peu importe, elle me comprend quand même.

Angel est croupière dans un casino du West End. N'ayant jamais connu personne exerçant ce métier, j'ignore s'il est terriblement glamour ou terriblement minable. Elle vit dans cette baraque depuis trois mois, me dit-elle entre deux interruptions. Elle a besoin de prendre un peu de distance, de se faire oublier, mais comme elle ne semble pas vouloir dire pourquoi, je me demande ce qu'elle a pu faire de répréhensible. C'est par son ami Jerome qu'elle a trouvé ce logement. Jerome est videur ; en principe, il occupe la dernière chambre mais il passe le plus clair de son temps chez sa copine à Enfield. Chanelle est la cousine de Jerome et c'est à elle qu'appartient la maison – elle la tient de ses parents et, aux dires d'Angel, elle s'y connaît en affaires car elle a transformé toutes les pièces en chambres, sauf la cuisine et la salle de bains. Angel est la seule à savoir s'y prendre avec Chanelle. Elle dit que Chanelle est une vraie chipie mais qu'au fond elle n'est pas si mauvaise. Elle gagne à être connue. Pour ma part, j'espère ne pas retomber sur elle aujourd'hui.

Je suis crevée, j'ai la tête qui tourne à cause de la vodka. Il faut que je m'allonge. Il est vingt et une heure trente, la nuit tombe mais il fait toujours aussi chaud et moite. À vomir.

« Je t'ai prévenue, trésor, ne t'attends pas à un quatre étoiles », dit Angel pendant que nous montons. Le tapis de l'escalier est tire-bouchonné, ma tête aussi, la chambre est à hurler, le matelas répugnant. Les cloisons en contre-plaqué recouvertes d'une peinture blanc cassé tirant sur le rose pêche luisent dans la pénombre du soir. Il y a une armoire vide en Formica beige et marron. La pièce empeste les vieux emballages de plats à emporter et quelque chose d'autre, un truc indéfinissable, le tapis est raide de poussière et de Dieu sait quoi. Ma bonne humeur retombe d'un coup. Je me sens vidée, mortifiée. J'ai dû faire une erreur, me tromper d'endroit, encore une fois. Je n'ai pas emporté de draps et il n'est pas question que je dorme sur ce matelas. Quant au sol, il est presque pire. *Comment ma vie tout entière a-t-elle pu se dissoudre pour se reconstituer ici, maintenant ? Pourquoi un tel gâchis ?*

Angel voit ma tête. « Écoute, trésor, je ne veux rien t'imposer mais je vais bientôt partir travailler et je ne rentrerai que demain matin. Pourquoi tu ne prendrais pas mon lit pour cette nuit ? C'est bon, j'ai changé les draps aujourd'hui. » Elle me fait sortir dans le couloir pour passer dans une autre chambre, en désordre certes, mais assez propre. Il y a une couette garnie de marguerites brodées. Je serre Angel dans mes bras, la remercie plusieurs fois et, avant même qu'elle soit partie, je balance mon jean, mon chemisier trempé de sueur et m'écroule dans son lit, mon sac à main rempli d'argent coincé entre le matelas et le mur.

Le lendemain matin, je me réveille de bonne heure en me demandant où je suis. Puis je revois les événements de la veille au soir, les vodkas, les odeurs de bouffe, les poubelles… le taudis qui me sert de chambre. Je me rappelle aussi que je n'y suis pas, Dieu merci. Je suis chez Angel. C'est vrai, ma piaule est inhabitable. Je sors du lit, enfile mes vêtements de la veille et retourne jeter un œil. À la lumière du jour, elle est encore plus moche, si tant est que ce soit possible. Malgré mes efforts, une image s'impose à moi rien qu'une seconde. Je vois la jolie chambre où je vivais hier encore, à Chorlton. Il faut que je prenne une décision ou je vais devenir folle pour de bon. Je descends me préparer une tasse de thé. À cette heure-ci, je ne risque pas de croiser mes voisins dans la cuisine. Donc, avec un peu de chance, je pourrai chiper des sachets de thé et du lait. Je suis tombée bien bas. La bouilloire en plastique rouge est dégoûtante, entartrée à l'intérieur et si crasseuse à l'extérieur qu'on pourrait y tracer son nom avec le doigt. Toutes les tasses sont tachées, la plupart ébréchées. Je vais à la pêche dans les placards au-dessus de l'évier et trouve une boîte contenant des sachets de thé. Comme je verse l'eau bouillante dans la meilleure tasse que j'aie pu trouver, Chanelle, la maîtresse des lieux, fait son entrée. Sa robe courte en éponge jaune, usée jusqu'à la trame, découvre ses longues jambes minces de marathonienne.

« Tiens, fait-elle. C'est toi ! »

C'est gênant, je ne l'ai pas revue depuis qu'elle m'a claqué la porte au nez, hier. J'ai l'impression d'être une cambrioleuse.

« Salut, dis-je mollement. Au fait, merci pour la chambre.

— Remercie plutôt Angel, marmonne Chanelle. Elle a plaidé ta cause. Elle recommence à jouer à la bonne Samaritaine, à ce que je vois. Si ça peut lui faire plaisir… »

Ne trouvant rien à répondre, je souris poliment et j'écrase piteusement mon sachet de thé volé sur le bord de ma tasse avant de le déposer au sommet du tas d'ordures, dans la poubelle.

« Cette chambre est un peu bordélique, poursuit Chanelle, légèrement plus aimable. Sinon, Fidel l'a laissée en bon état. Je comptais l'arranger avant l'arrivée du prochain locataire.

— Je veux bien m'en charger, dis-je précipitamment. J'adore faire ce genre de choses. De toute façon, il faut que j'achète des draps et tout ça, alors j'en profiterai pour prendre deux ou trois bricoles en plus. À mes frais, bien sûr. Y a-t-il un Ikea ou autre dans le coin ? »

Chanelle semble apprécier le tour que prend la conversation. Elle est presque amicale maintenant. Elle m'explique comment me rendre dans un quartier qui s'appelle Edmonton et me propose même du lait ; elle le garde dans le frigo qu'elle a dans sa chambre. Je prends cela comme un honneur.

Le magasin Ikea vient d'ouvrir ses portes et, comme on est mardi matin, il est presque désert. Je me sens minuscule et solitaire sur le tapis roulant qui m'emmène au cœur du gros cube bleu. Mon sac jaune à la main, je suis le parcours fléché du temple de la déco, passe devant des cuisines intégrées rutilantes, des systèmes de rangement ingénieux, des salons qui donnent envie de s'asseoir. Tout va bien, je me sens presque normale, comme n'importe quel client – jusqu'à ce que, au détour d'un virage, je débouche inopinément sur le rayon des chambres d'enfant. Je suis entourée de lits en forme de voiture, de coffres à jouets imitant des dragons, de petites armoires pastel. Une haute pile de cartons remplis d'adorables peluches se dresse devant moi. Une petite fille s'en approche en trottinant, attrape un singe et fait un grand sourire à sa mère qui lui dit de poser le jouet. Le visage de mon fils apparaît brusquement devant mes yeux. Dans ma poitrine, une douleur explose, me rappelle que je suis un être vivant, pas un personnage de dessin animé. Je me mets à courir dans l'allée, tête baissée, et, une fois sortie de ce rayon, je m'appuie contre un mur près des ascenseurs pour reprendre mon souffle et je me dis que je ferais mieux de laisser tomber, de disparaître, de me fondre dans le néant.

Je ne suis pas de taille.

Si je veux vraiment tourner la page, il va falloir que j'apprenne à me contrôler, à mettre de côté tout ce qui constituait mon ancienne existence, à devenir indifférente aux enfants. Je me redresse, bombe le torse et respire un bon coup. Heureusement, personne n'a remarqué ma crise de panique mais je dois être plus prudente désormais, cesser de me comporter comme une folle. Me voilà devant la cafétéria. Entre deux battements de cœur, je me rends compte que j'ai faim. Alors je prends un plateau et j'entasse dessus un gros sandwich au pain de mie, une banane, une pomme, un yaourt, un genre de gâteau suédois, une briquette de jus d'orange, une tasse de thé. Je vais m'asseoir à une table donnant sur le parking et j'engloutis le tout jusqu'à la dernière miette. Je suis tellement concentrée sur mon repas que j'oublie mon malaise, je passe à autre chose. Quand je regagne les rayons, j'ai l'impression qu'ils sont plus animés. Il y a pas mal d'enfants autour de moi, mais cette fois je suis prête. J'étudie le plan et me dirige droit vers les lits, sans tenir compte des flèches. Je me faufile entre les canapés, coupe derrière les miroirs, sans regarder les autres clients. Je choisis un lit blanc pour une personne, vraiment pas cher pour un meuble aussi solide et joli. J'inscris le code sur mon calepin avant de sélectionner un matelas convenable. Ensuite, je passe aux armoires. C'est pratique, elles sont un peu plus loin dans l'allée. Mon choix s'arrête sur une simple penderie en tissu blanc avec fermeture à glissière. J'ai si souvent traîné mes guêtres chez Ikea que les étapes suivantes se déroulent sans problème. Je traverse les rayons à la vitesse de la lumière en remplissant mon sac jaune d'objets basiques. Mes gestes s'accélèrent au fur et à mesure, comme si j'étais en transe ou dans une émission de télé consumériste. Après cela, je fonce à l'entrepôt en libre-service, mes numéros de code en main. Encore un tournant et j'arrive dans la zone de collecte des articles encombrants. Un jeune Asiatique avec un beau regard limpide m'aide à charger le lit et le matelas sur mon chariot. Il n'y a presque personne aux caisses. Il doit être encore tôt. Maintenant, la facture. Pour un lit, un matelas, une penderie, des draps, des coussins, une descente de lit, un abat-jour et des rideaux – j'ai tout pris en blanc ou en crème –, je paie un peu moins de trois cents livres. Ça m'a pris une bonne heure et demie, déjeuner compris. C'est idiot mais je suis fière de moi. Je pars en laissant tout sur place, même les petits objets. Ils me livreront dans l'après-midi. Et je saute dans le bus, direction Finsbury Park.

Je m'arrête dans une petite quincaillerie vieillotte pour acheter un énorme pot de peinture blanche brillante plus un rouleau et quelques pinceaux. Quand je rentre chez moi (chez moi !), je tombe sur le garçon basané numéro un, toujours occupé à cuisiner un plat dégageant une odeur infecte. Il m'ignore totalement, comme s'il était sourd. J'avale d'un trait un verre d'eau du robinet. Il est déjà treize heures trente, il faut que je me dépêche. Je file à l'étage, passe un T-shirt et le seul short que j'ai emporté, pousse le vieux lit et l'armoire au milieu de la pièce et me mets à peindre.

Il fait aussi chaud qu'hier ; on étouffe dans cette chambre. Mais je déborde d'énergie – une question d'instinct animal sans doute, je fais mon nid, comme si… J'arrête de penser et me remets au boulot. Les surfaces sont minuscules. Je peins tout en blanc – sans me fatiguer à nettoyer les murs avant. Je passe le rouleau, encore et encore, par-dessus la crasse et la poussière. Et comme après la première couche on aperçoit toujours le contre-plaqué rose pêche, j'en remets une deuxième puis une troisième – avec cette chaleur, ça sèche vite et je n'ai pas besoin d'attendre longtemps entre deux. Je badigeonne aussi le cadre de la fenêtre – dans la même teinte, vu que je n'ai rien d'autre, mais ce n'est pas grave puisque mon seul but consiste à faire disparaître ce qui était avant.

J'entends sonner en bas, un joli carillon à l'ancienne. Mes meubles ! Je dévale l'escalier et j'ouvre vivement la porte. Le livreur entasse les cartons dans le vestibule. Il y en a beaucoup. Je me dis que mes colocataires vont râler si je les laisse ici. *Il faut que je me dépêche.* Je remonte l'escalier en courant et reprends mes travaux de peinture, comme si ma vie en dépendait. Ce qui n'est peut-être pas si faux. Quand tout est blanc autour de moi, j'empoigne le vieux matelas dégoûtant, je le passe par la porte, le traîne sur toute la longueur du palier et le précipite au bas des marches en suivant des yeux sa chute. La pente est raide, il glisse bien, emporté par son élan. Mais au moment où il arrive en bas, la porte d'entrée s'ouvre sur un colosse, lequel manque recevoir un matelas pourri sur la tête.

« Zut, désolée, dis-je.

— Qu'est-ce que vous foutez ? » s'écrie-t-il. Mais dès qu'il m'aperçoit en haut des marches avec mon short, couverte de peinture, il se calme.

« Salut, je suis Emi… Cat, dis-je. Je viens d'emménager. J'arrange un peu ma chambre.

— C'est ce que je vois », dit l'homme. Je suis presque sûre qu'il s'agit du fameux Jerome, le cousin de Chanelle. « Je vais vous donner un coup de main. » Il ramasse le matelas comme si c'était une boîte de corn flakes et le jette dehors, près des poubelles.

« Vous avez l'intention de balancer autre chose dans l'escalier ? » demande-t-il. Je pense : Merci, mon Dieu, et je réponds que oui, si ça ne l'ennuie pas, j'ai un cadre de lit et une armoire. Jerome va chercher une masse dans la resserre au fond du jardin, derrière la maison. Quand je le vois revenir, je m'inquiète, non parce que je suis très peu vêtue, seule avec un inconnu de taille gigantesque qui, détail supplémentaire, brandit un gros marteau dans ma direction, mais plutôt parce que je n'ai pas songé à la réaction de Chanelle quand elle verrait ses meubles au rebut. Nous n'avons pas vraiment discuté de mes projets d'aménagement. Finalement, je me dis qu'au pire je pourrai la dédommager, en espérant qu'elle sera d'accord, et je conduis Jerome jusqu'à ma chambre. Il a tôt fait d'éventrer l'armoire en Formica à coups de masse puis s'attaque au lit et entasse tous les morceaux dehors, derrière la haie. Ça lui prend dix minutes.

« Vous voulez que je vous aide à monter les neufs ? » propose-t-il. Mais je ne veux pas abuser de sa gentillesse.

« C'est bon, je vais y arriver », dis-je sans grande conviction. J'ai un coup de barre tout à coup. Jerome s'en aperçoit. Une heure plus tard, je comprends qu'il est également spécialiste des meubles en kit. J'ai à peine le temps d'installer ma fragile penderie en tissu que mon nouveau lit est monté. Il sort le matelas de sa housse en plastique et le pose sur le sommier aussi facilement que s'il était rempli d'air. Quand il a terminé, il disparaît dans sa propre chambre en refusant d'écouter mes remerciements. Je déballe les draps, la couette, la housse de couette – il y a des sacs vides partout –, je fais le lit en évitant de le coller contre les murs encore humides. J'ai même pensé à acheter des cintres. Je vide mon fourre-tout et suspends mes quelques vêtements. Jerome a laissé son tournevis et, même s'il me faut trois fois plus de temps qu'à lui, j'arrive à dévisser la tringle au-dessus de la fenêtre en grimpant sur une chaise. Je retire les rideaux couleur abricot moisi et j'accroche les miens à la place. La peinture n'est pas tout à fait sèche mais ce n'est pas grave, ils touchent à peine les murs. Bien résolue à terminer mon travail, je vais chercher l'aspirateur pour nettoyer au mieux la moquette, troque le vieil abat-jour contre un neuf, emporte les emballages vides au rez-de-chaussée et les empile au-dessus du reste. Je suis vannée mais, une fois remontée dans ma chambre, je déroule la descente de lit crème à longs poils. Impeccable. Elle couvre presque toutes les taches sur la moquette. Ça y est, la métamorphose est achevée. En l'espace de trente-six heures, je suis devenue une autre femme, j'ai une nouvelle maison, une nouvelle amie, un nouveau nom et maintenant une chambre flambant neuve. *Mais pas d'enfant, pas de mari*, ajoute une petite voix surgie de nulle part. Je la fais taire et je fonce sous la douche.

8

Réveillé en sursaut, le père des jumelles bondit hors du lit sans accorder ne serait-ce qu'un regard à la forme immobile qui ronflait doucement à côté de lui, puis il fila dans la petite salle de bains attenante pour se débarrasser des fluides corporels que la fille avait laissés sur lui. C'était embêtant qu'elle soit encore là – d'habitude, il s'arrangeait pour qu'elles déguerpissent une fois la chose faite –, mais cette fois-ci, à cause de la fatigue, il avait aussitôt sombré dans un sommeil pâteux. Il couvait peut-être une grippe.

Il n'était que six heures, trop tôt pour le petit déjeuner. Sa deuxième journée de congrès ne démarrait qu'à neuf heures mais Andrew comptait partir avant que la fille se réveille, pour éviter une scène gênante, trop intime à son goût. Elle n'avait pas l'air de bouger, de toute façon. Il faut dire que, la veille au soir, elle était complètement bourrée. Andrew avait beau se creuser la tête, il ne se rappelait pas son prénom. Tout compte fait, il décida de sortir faire une petite balade – avec un peu de chance, elle serait partie à son retour, ce qui résoudrait le problème.

Il s'habilla prestement en s'efforçant de ne pas

regarder le lit, ouvrit la porte le plus discrètement possible – elle grogna et se tourna sur l'autre côté – et réussit à quitter la chambre sans la réveiller. Le long couloir morne était flanqué de portes anonymes. Posé devant l'une d'elles, un plateau-repas pourrissait depuis le dîner. Andrew ne reprit son souffle qu'au moment où les portes à miroir de l'ascenseur se furent refermées sur lui. Il contempla son reflet doré. Andrew se savait bel homme mais, depuis quelque temps, il se trouvait moins séduisant. Peut-être à cause de son ventre ou de sa calvitie naissante, à moins que, plus simplement, la détresse qui l'habitait n'ait commencé à déteindre sur son visage.

Andrew traversa le hall en regardant droit devant lui, sans saluer le veilleur de nuit assis derrière le comptoir – il ne voulait pas être impoli mais préférait que l'homme ne voie pas la honte dans ses yeux.

Andrew ne savait quelle direction emprunter. Ce quartier n'était pas propice à la promenade. Il prit à gauche, au hasard, le long de la grande route déjà encombrée de voitures. Au bout de cinq cents mètres, il commençait à se dire qu'il ne trouverait jamais de sortie quand il croisa une rue moins large. Il tourna à gauche et marcha encore trois cents mètres jusqu'à ce que la chaussée se resserre aux abords d'un lotissement coquet, semblable à celui qu'il habitait avec sa famille, à Chester. Il vit des lumières s'allumer aux fenêtres et, tout en contemplant d'un œil morne les grosses berlines familiales garées dans les allées gravillonnées, les plates-bandes chargées de soucis dont les teintes criardes luisaient déjà dans la clarté de l'aube, se demanda ce qui pouvait se passer derrière ces portes bien proprettes. La vie des autres était-elle aussi dérisoire que la sienne ?

Sa vie à lui partait en quenouille depuis longtemps. Tout avait commencé le jour où Frances lui avait annoncé sa grossesse. Ils venaient de se marier, il n'était pas prêt. Et il avait réagi de la manière la plus ringarde qui soit, en s'amourachant de la nouvelle secrétaire dont la présence lui faisait oublier le tour de taille de son épouse. Son cœur se remettait à battre quand leurs regards se croisaient, quand elle se penchait sur son bureau pour prendre des lettres en sténo. Même s'ils en avaient très envie tous les deux, il ne pouvait se résoudre à la toucher et cet interdit rendait leur proximité encore plus délicieuse. Au bout d'un moment, ils prirent l'habitude de déjeuner ensemble, de rester le soir tard au bureau. Puis vinrent les confidences sur fond de désir inassouvi. Andrew résista autant qu'il put mais, un midi alors qu'ils mangeaient ensemble, elle s'était mise à pleurer en disant que son père était gravement malade. Andrew avait proposé de la raccompagner à son domicile ; elle était trop bouleversée pour travailler, avait-il insisté. Sur l'instant, il n'avait pas pensé à mal, mais elle l'avait invité à entrer et, pendant que l'eau chauffait dans la bouilloire, s'était remise à sangloter. Alors, forcément, il l'avait réconfortée. Il se souvenait de leur premier baiser comme d'un événement extraordinaire. L'attrait de l'interdit, du danger, avait décuplé ses sensations, comme un shoot à l'adrénaline. Et ensuite seulement, il s'était demandé ce qu'allait devenir son mariage.

En regagnant son bureau dans la peau d'un autre homme, cet après-midi-là, il avait trouvé trois messages de Frances et deux autres de l'hôpital. Perclus de remords, il avait filé à la maternité sous les regards désapprobateurs de ses collègues. Il découvrit ensuite que le choc d'avoir raté la naissance de ses filles – des jumelles par-dessus le marché – n'avait fait que renforcer ses sentiments pour Victoria. Quelques semaines plus tard, leur liaison reprit, malgré la culpabilité, malgré les promesses qu'il s'était faites. Il aimait passionnément sa secrétaire mais, surtout, il avait besoin de fuir sa femme constamment épuisée, mal fagotée, et ses deux nourrissons braillards. Il « travaillait tard » plus souvent, passait toujours moins de temps à la maison. Et un beau jour, Frances cessa de lui demander quand il rentrerait, où il était allé. Elle parut accepter la situation. Andrew se persuada qu'elle se moquait de ce qu'il faisait ailleurs, et cela lui procura un profond soulagement.

Tout en déambulant tristement entre les maisons du lotissement Telford, Andrew prenait la mesure du gâchis de son existence. Comment avait-il pu coucher avec une autre femme, alors qu'il était marié depuis moins d'un an et père de deux petites filles ? À l'époque, il s'était senti incapable d'abandonner physiquement Frances, il était donc resté et l'avait abandonnée d'une autre manière en devenant un mari absent, volage, et un père apathique pour leurs deux bébés qui, au fil des ans, s'étaient transformés en deux fillettes parfaitement dissemblables, l'une calme et gentille comme sa mère, l'autre instable et névrosée.

Lorsque Victoria, fatiguée de ses promesses non tenues – « Tu verras, quand les filles auront 5 ans, 6, 7 ans... » –, avait mis un point final à leur relation, Andrew avait commencé à coucher à droite à gauche, profitant des occasions que lui offrait son métier de commercial. Et quand il trouvait le temps trop long entre deux voyages d'affaires, il s'envoyait en l'air dans des hôtels minables de Manchester avec des prostituées d'âge mûr. Il se dégoûtait.

Andrew regarda l'heure – sept heures et quart, il était temps de faire demi-tour. Il se promit d'appeler Frances avant le début du congrès, pour savoir comment allait Caroline qui faisait un séjour prolongé en clinique – elle commençait à reprendre du poids et les médecins espéraient qu'elle atteindrait bientôt les quarante kilos. Il était si triste pour sa fille, cette gamine de 15 ans *mal aimée* par sa mère, *délaissée* par son père. Cette pensée lui fit l'effet d'une révélation tandis qu'il marchait face au soleil levant, le long de la grande route qui le ramenait à son hôtel.

Assise à son bureau, dans sa chambre de jeune fille, Emily essayait de se concentrer sur ses révisions de maths. En l'absence de Caroline, la maison était étrangement vide et morne – sa jumelle rendait l'atmosphère si électrique. Elle lui manquait mais Emily était bien contente de la savoir entre de bonnes mains. Sa sœur allait enfin guérir. Elle appréciait également la réaction de sa mère qui, du jour au lendemain, était devenue plus responsable, plus affectueuse envers Caroline. Ce soudain changement l'étonnait un peu mais elle se sentait soulagée de n'être plus l'unique objet de ses attentions. En outre, cela ne pourrait qu'améliorer les relations entre les deux sœurs – Emily avait toujours fait de son mieux pour s'entendre avec Caroline, elle lui pardonnait ses méchancetés, ses sautes d'humeur. Après tout, quoi d'étonnant à ce que sa sœur soit jalouse ? Emily avait toujours été la préférée. Bizarrement, il avait fallu cette séparation pour qu'elle en prenne vraiment conscience.

Emily était une fille adorable. Son père lui avait légué sa nature fantasque mais aucune de ses faiblesses. De sa mère, elle tenait sa force et une certaine sagesse. Cette combinaison faisait merveille. Elle était douce de caractère, travaillait bien à l'école, ses camarades l'appréciaient et elle avait de l'humour. Tout le contraire de Caroline, son double inversé. Plus dure, plus brillante qu'Emily – la dépassant aussi en beauté et en intelligence –, elle semblait incapable de se faire aimer. Comble de l'ironie, alors qu'Emily la timide se serait bien passée de susciter un tel engouement, Caroline dont tout le monde se méfiait souffrait d'un terrible manque d'affection.

D'après Emily, telle était la raison des problèmes de Caroline. Elle devait penser qu'en s'affamant elle maîtriserait davantage son existence solitaire. Emily ne savait pas grand-chose de cette maladie mais s'étonnait de ce que personne n'ait rien remarqué avant. Il fallait avouer que Caroline cachait bien son jeu. Quand elle avait refusé de manger à la table familiale, on avait mis cela sur le compte de son mauvais caractère ; quand elle avait commencé à s'habiller en noir de la tête aux pieds, on avait cru qu'elle entrait dans sa phase gothique ; quand ses pommettes saillantes s'étaient mises à briller sous sa peau blême, on avait pensé à un nouveau maquillage. Emily avait honte, à présent. C'était sa sœur jumelle, après tout. Comment avait-elle pu être aussi aveugle ? Elle tourna la page de son livre de maths – des équations simultanées. Emily adorait ces exercices, ils lui donnaient un sentiment de confiance, de stabilité. Les équations étaient complexes à résoudre mais la solution l'attendait toujours à l'arrivée. C'est un peu comme la vie, songea-t-elle. Il suffit de chercher la bonne réponse pour l'obtenir. Enfin presque toujours. Voilà pourquoi, en dépit de tout, Emily demeurait optimiste. Elle était convaincue que l'appel au secours de Caroline avait été entendu et que les choses s'arrangeraient pour elle. De même, leurs relations à toutes les deux finiraient par devenir plus faciles ; Emily se promit de tout faire pour cela. Elle se replongea dans l'énoncé :

Un homme achète 3 parts de poisson et 2 portions de frites pour 2,80 livres.

Une femme achète 1 part de poisson et 4 portions de frites pour 2,60 livres.

Combien coûtent les frites et le poisson ?

Emily se leva de son bureau posé près de la fenêtre et regarda la route – son père n'allait pas tarder à rentrer. Elle se tourna pour examiner sa chambre, le lit fait au carré, les énormes coussins que Frances avait recouverts d'un tissu de style aztèque, disposés au hasard le long du mur pour que ses amis s'y assoient comme sur un canapé. Elle venait de s'acheter deux nouveaux posters, l'un de Madonna en soutien-gorge conique, l'autre de Michael Bolton avec son visage anguleux et ses cheveux fous. Elle les aimait mieux que ceux dont Caroline avait décoré sa propre chambre : des groupes grunge dont Emily n'avait jamais entendu parler, comme les Stone Temple Pilots ou Alice in Chains, et ces horribles chanteurs punk façon Sex Pistols – ces quelques semaines de séparation avaient au moins eu l'avantage de lui épargner le tintamarre qui traversait la cloison séparant leurs deux chambres, car sa sœur écoutait sa musique à fond et de préférence quand Emily faisait ses devoirs. Elle regagna sa chaise pour terminer l'équation. Elle venait de découvrir que les frites coûtaient cinquante pence (ce qui l'aiderait à trouver le prix du poisson) quand elle entendit la voiture de son père rouler dans l'allée. Toute joyeuse, elle sortit sur le palier du premier et cria dans l'escalier :

« Bonjour, papa ! Comment s'est passé ton congrès ? »

Elle s'immobilisa en haut des marches, baissa les yeux vers le salon, au rez-de-chaussée, vit leur nouveau canapé d'angle en cuir, le beau tapis en peau de mouton, et son père, planté comme un piquet, sa mallette luisante sous le bras, les yeux débordant de larmes. Emily descendit lentement les deux volées, le prit dans ses bras et le laissa enfouir sa tête au creux de sa jeune épaule, comme si c'était lui l'enfant et elle l'adulte.

« Oh, Emily, quel père lamentable j'ai été pour vous deux. En voyant Caroline dans cet horrible hôpital… » Sa voix se brisa et, après toutes ces années, Andrew se sentit libéré.

Allongée sur son lit, Caroline surveillait du coin de l'œil sa mère assise sur les couvertures. La chambre faussement gaie était peinte en jaune, avec des photos sinistres accrochées aux murs et d'abominables rideaux à carreaux verts pendus à la fenêtre. Un vase de jonquilles en bouton reposait crûment sur une table en faux bois, près du fauteuil où Caroline aurait préféré que sa mère s'assoie, au lieu d'envahir son lit. Son accès de colère l'étonna elle-même. En perdant du poids, elle avait aussi perdu une partie de ses perceptions sensorielles et, depuis qu'elle passait ses journées à compter les calories, elle avait l'impression que son esprit dérivait loin des zones dangereuses où se nichaient les plus douloureux de ses sentiments – la rancœur, le mépris et la haine qu'elle éprouvait respectivement pour sa mère, son père et sa sœur. Il était plus facile de choisir entre manger un quart ou une moitié d'orange au petit déjeuner que de décider laquelle des deux, de sa mère ou de sa sœur, elle souhaitait voir crever en premier. Et voilà que maintenant Frances pleurnichait au pied de son lit en disant qu'elle était désolée de l'avoir laissé tomber mais qu'elle l'aimait très fort. Alors que Caroline savait pertinemment qu'elle MENTAIT.

Caroline avait déjà assez de mal à se supporter. Pourquoi est-ce qu'on ne lui foutait pas la paix ? Pourquoi ne la laissait-on pas peinarde dans son petit monde aseptisé, où rien n'était plus important que composer des menus et additionner les calories, un monde où, pour la toute première fois, elle se sentait en sécurité et responsable d'elle-même ? Elle n'avait aucune envie de se retrouver seule face à sa mère dans cette chambre hideuse. Elle avait passé tant de temps à espérer que Frances se consacre enfin à elle plutôt qu'à Emily. Elle avait essayé tant de stratégies pour que sa mère l'accepte et l'aime. Et maintenant qu'elle avait renoncé à tout cela, Frances se ramenait en reniflant, comme si sa seule présence pouvait tout arranger. C'était ridicule.

« Je suis désolée, ma chérie, je n'imaginais vraiment pas.

— Tu n'as jamais rien imaginé me concernant, répliqua Caroline.

— Je ferai des efforts, tu verras, on va te sortir d'ici, tu iras mieux.

— Tu ne voudrais pas plutôt te débarrasser de moi ? Comme ça, tu n'auras plus qu'Emily à t'occuper. C'est ça que tu souhaites, non ? »

Frances revit le jour épouvantable où Caroline était venue au monde, à ce bébé non désiré dont elle avait espéré la mort avant même qu'il ait poussé son premier vagissement. Elle avait gardé ce souvenir enfoui pendant si longtemps que la question de Caroline lui fit l'effet d'une explosion nucléaire. Et de son cerveau brûlant ressurgit brutalement toute cette horrible histoire. Caroline regarda le visage de sa mère et vit que la réponse était oui.

Au même instant, Frances passa par une série d'émotions. Il y eut le déni, puis la honte, et enfin un intense soulagement. Elle avait enfin partagé son secret. Pour elle, le fait de s'être libérée devant Caroline, la première concernée, était secondaire. Elle avait expulsé la boule empoisonnée qui depuis quinze ans l'étouffait et changeait l'amour en haine. La mère et la fille se regardèrent, l'une avec tendresse, l'autre avec désespoir. Puis Frances se jeta dans les bras maigrichons de Caroline, la serra tendrement contre elle pour la toute première fois, mais quinze ans trop tard pour les sauver l'une et l'autre.

9

Je me réveille dans ma nouvelle chambre. Ça sent la peinture. En rêve, j'ai vu défiler des toiles abstraites pleines d'éclaboussures multicolores, comme celles de Pollock. Si je n'ouvre pas les yeux, elles resteront collées à ma rétine. Mon matelas est assez confortable même si je ne suis pas habituée aux lits à une place. Ça me fait bizarre de ne pas être allongée le dos tourné vers mon mari, sans le toucher certes, mais en sachant qu'il est là. Dans les derniers temps, notre lit conjugal était devenu le lieu le plus solitaire du monde. J'essaie de ne pas penser à lui ni à notre fils. Pour y arriver, je me focalise sur mon nouvel environnement. Les draps sont encore un peu raides, c'est assez agréable. Le soleil filtre à travers les rideaux immaculés. Il est six heures à mon nouveau téléphone. Ces voilages sont peut-être jolis mais, pour ce qui est d'obscurcir une chambre, ils laissent à désirer. Je réfléchis vaguement à ce que je vais faire aujourd'hui. Ces deux derniers jours, mon emploi du temps a été si chargé – trouver un logement, rendre ma chambre habitable… – qu'à présent je ressens comme un vide. Ça ne va pas durer, je vais devoir me trouver un travail, ouvrir un compte en banque. Soudain, tout cela me paraît insurmontable. Mon corps me dit que je suis fatiguée, que j'ai besoin de temps pour récupérer du choc affectif, du stress, de mon tout dernier trauma. Je suis une rescapée, après tout. Il est trop tôt pour se lever mais, comme je suis bien réveillée, je cherche sous le lit le journal de lundi, celui que j'ai acheté à Crewe. Je redresse mes nouveaux oreillers contre le mur bosselé et je feuillette. Dans un article, il est question d'une maladie qui affecte les chardonnerets ; leur gorge enfle au point qu'ils ne peuvent plus se nourrir : un demi-million d'entre eux sont morts de faim l'année dernière. Malgré moi, je vois tous ces petits oiseaux morts et mes yeux se mouillent. Changeons de rubrique. Un homme a violé et tué sa nièce de 12 ans qui était venue regarder un match de football chez lui. Sa tante était sortie, sinon elle serait encore en vie. Je tourne la page. Un banquier d'affaires a été arrêté pour le meurtre de l'amant de sa femme alors qu'ils campaient tous les trois en Bretagne. La cliente d'un magasin a été battue à coups de bâton par des voleurs, la vidéosurveillance a tout enregistré – le film est probablement disponible sur YouTube.

J'arrête de lire. Les nouvelles me donnent le bourdon. J'essaie de me rendormir mais dans ma tête ça tourne à cent à l'heure. Mon petit garçon s'immisce dans mes pensées. J'ai bien peur que tous les progrès que j'ai faits depuis deux jours ne soient balayés maintenant que je vis dans cette chambre blanche. Je n'ai emporté aucun livre avec moi, hormis le roman débile que j'ai acheté à Crewe. Je n'ai pas trop envie de retourner dans la salle de bains, même si j'ai beaucoup transpiré cette nuit. Aujourd'hui, il faut que je pense à acheter des tongs pour la douche, et peut-être une de ces trousses de toilette qu'on accroche et qui se déplient. Ça me fera une occasion de sortir et je pourrai peut-être utiliser la salle de bains le cœur plus léger. Je préfère éviter de poser quoi que ce soit sur les étagères ou ailleurs. Je suis trop énervée, alors je rouvre le journal à la page des brèves mais je ne comprends rien de ce que je lis. Au moment où je le replie, mon regard tombe sur le sudoku, près des mots croisés. Je n'ai jamais fait de sudoku, j'ai toujours considéré cela comme une perte de temps. Or c'est exactement ce dont j'ai besoin tout de suite, perdre du temps, oublier les minutes qui s'éternisent. La grille est de difficulté moyenne, paraît-il. Mais j'ai beau essayer, je n'arrive pas à remplir une seule case. Le sudoku a quelque chose à voir avec les modèles mathématiques, disait ma sœur *(oublie-la)*. Je fixe la page jusqu'à ce que les chiffres se mettent à danser et, quand enfin je trouve, j'inscris mon premier chiffre puis je m'interromps. Je suis bonne en maths mais en réalité ce jeu n'a rien de mathématique. C'est plutôt un truc compulsif. Je persiste et finalement j'y prends goût, mais dès que j'arrive à la dernière case, je m'aperçois qu'il y a deux 6 et pas de 3. J'ai dû faire une erreur quelque part dans la ligne. Impossible de comprendre où. Dans ma vie, c'est pareil – tout marche comme sur des roulettes et, soudain, je découvre que j'ai deux 6 et pas de 3. Et après, c'est fichu, définitivement. Encore une fois, j'ai les larmes aux yeux ; elles coulent en silence, jettent un voile sinistre sur cette chambre. Je la vois sous son vrai jour, à présent – une piaule minable dans une maison minable dans un quartier minable. Et moi aussi, je me vois comme je suis : une sale bonne femme tellement lâche, tellement centrée sur son nombril qu'elle a préféré abandonner Ben et Charlie plutôt que regarder la vérité en face. C'est Charlie qui me manque le plus en ce moment, son odeur de biscuit, la sensation de son petit corps serré contre moi, même quand il gigote pour se dégager, et le plaisir que ce contact nous procure à tous les deux, malgré tout.

J'entends frapper doucement à ma porte. Je sursaute en m'essuyant les yeux. Angel passe sa tête dans l'embrasure.

« Ah, tu es là, trésor, je voulais juste voir si tu allais bien. » Elle promène son regard dans la pièce. « Seigneur, on se croirait dans l'émission *D&CO* ! Mais c'est magnifique. Si tu veux, tu pourras t'occuper de la mienne après.

— Ouais, je suis partie en expédition hier, dis-je aussi joyeusement que possible. J'en ai parlé à Chanelle, elle était d'accord – c'est mieux, n'est-ce pas ? » Je regarde son chemisier rouge en satin. « Tu sors ?

— Non, je viens de rentrer, trésor. Moi je bosse quand les autres dorment. Là, je meurs de faim. Ça te dirait d'aller prendre le petit déj' dehors ? Il y a un café assez sympa au bout de la rue.

— Oui, j'aimerais beaucoup, dis-je, aussitôt ragaillardie.

— Je vais juste me changer, donne-moi deux secondes. » Et elle disparaît.

Je saute du lit, passe en revue les vêtements accrochés dans ma nouvelle penderie : deux jeans, un tailleur pour le boulot, deux robes T-shirt, un pantalon en lin, une veste en cuir hors de prix (fichue), quelques corsages, une jupe en denim, un pull à torsades. Rien ne me plaît. J'opte pour un jean et un haut en jersey bleu avec un col boule. Une fille comme Cat ne peut pas porter des fringues aussi tristes, me dis-je, même si je la connais à peine. Dix minutes plus tard, Angel réapparaît. Elle a troqué sa petite jupe noire et son chemisier rouge *(est-ce son uniforme ?)* contre une robe indienne en coton blanc. Ses cheveux blond cendré sont tirés en arrière et comme ils ne sont pas assez longs, des mèches s'échappent de sa queue-de-cheval. Elle n'a aucun effort à faire pour être à la fois élégante et décontractée. Son petit visage en cœur lui donne l'air d'une gamine. Rien à voir avec l'image qu'on a des personnes qui travaillent dans les casinos. Puis je réalise que je n'ai jamais vu de croupier, sauf dans *Ocean's Eleven,* et ça ne compte pas.

« Amène-toi, trésor », lance Angel. Je la suis docilement dans l'escalier pentu, sous le porche jonché de baskets et de manteaux, et nous passons du jardin-poubelle à la rue dorée par le soleil du matin.

10

Angela se frayait un chemin entre les jambes des clients. Elle dépassa des tabourets aussi hauts qu'elle et s'éloigna du bar en direction de la scène. Au passage, une main inconnue lui ébouriffa les cheveux, comme si elle était un chien. Les clients étaient habitués à voir une petite fille blonde traîner dans le cabaret. Angela ne faisait plus attention à eux. Pourtant, elle détestait la fumée qui la faisait tousser et l'ambiance de l'endroit en général. Il y avait trop d'adultes ici. Au fond d'elle-même, elle savait qu'une gamine comme elle n'avait rien à faire là. Parfois, des messieurs la regardaient bizarrement, elle ne comprenait pas pourquoi mais cela lui déplaisait, surtout quand ils lui pinçaient les fesses. Depuis le temps, elle s'était trouvé des occupations pour tuer l'ennui. Quand Lorraine, sa serveuse préférée, était de service, Angela essuyait les verres à bière, juchée sur un tabouret de bar, et Lorraine était franchement contente de son aide. Sinon, elle jouait avec les produits de maquillage de sa maman, dans la petite loge derrière la scène ; elle prenait bien soin d'effacer ses traces sur le bâton de rouge ou le fard à paupières pour éviter les réprimandes ; ou alors elle faisait une partie de dominos avec l'oncle Ted, quand elle arrivait à le décider. Ça ne l'amusait plus beaucoup de venir ici le soir, et en plus le lendemain elle avait du mal à se réveiller pour aller en classe. Malheureusement Ruth, qui la trouvait assez grande maintenant, l'emmenait de plus en plus souvent avec elle au boulot. Cela lui faisait des économies de baby-sitter et c'était mieux que de la laisser à la maison toute seule.

Lorsque Angela arriva devant la scène, Ruth n'y était plus. Le pianiste rangeait déjà ses partitions. Alors, plutôt que de rejoindre la loge en contournant le bar, elle décida de couper par le plateau. Elle levait les bras pour escalader l'estrade quand un client se porta à son secours. « Un petit coup de main, mon cœur ? » Il l'attrapa, la hissa au-dessus de sa tête et la déposa à quatre pattes sur les planches. Angela tira sur sa robe à pois rouge pour cacher sa culotte, puis traversa la scène en diagonale en courant de toute la force de ses petites jambes.

« Coucou, maman », dit Angela en soulevant timidement le rideau de la loge. Elle adorait sa maman mais la savait sujette à des sautes d'humeur.

« Coucou, mon ange ! dit Ruth en se penchant pour serrer sa fille contre elle. As-tu été gentille avec l'oncle Ted ? » Elle portait une robe moulante bleu nuit piquetée de strass. Avec ses cheveux crêpés et ses yeux bordés de khôl, c'était la plus belle de toutes les mamans du monde. Angela adorait sa voix rauque, si poignante. Malgré son jeune âge, elle savait qu'une telle voix devait cacher beaucoup de tristesse et de désillusion.

« Oui, maman. Et si on rentrait à la maison, maman ? Je suis fatiguée.

— Je sais, mon cœur. Laisse-moi juste enlever cette

robe. On va boire un verre avec l'oncle Ted et après, au lit.

— Mais moi je veux rentrer tout de suite, maman, insista Angela.

— Je te l'ai dit, ma puce, un verre vite fait et on part. Maman a beaucoup chanté, elle a soif.

— Maman s'il te plaît, je veux rentrer. Je veux aller faire dodo.

— J'ai dit non, Angela, trancha Ruth. Je te commande une limonade ?

— NON ! explosa Angela, ivre de fatigue. Je veux rentrer MAINTENANT.

— Ne me parle pas sur ce ton, jeune fille, dit Ruth. Nous rentrerons quand je l'aurai décidé. »

Angela cessa de hurler et se carra dans l'unique siège de la loge, un vrai fauteuil de coiffeuse avec des pieds dorés et des accoudoirs rembourrés, recouvert d'un velours rose fané taché sur l'assise. La mine boudeuse, Angela balançait ses petites jambes sans rien dire – elle savait que lorsque sa mère était énervée, mieux valait ne pas répondre, si elle ne voulait pas se prendre une gifle.

Debout devant le miroir, Ruth retira sa robe de soirée. Avec son soutien-gorge et sa culotte en dentelle bleu pétrole et ses escarpins à talons hauts, elle était toujours aussi sexy. Elle se passa une lingette humide sous les aisselles, les aspergea d'un produit contre la transpiration, en mit aussi sur son ventre plat et le haut de ses cuisses, puis enfila une tenue plus pratique, composée d'un pantalon corsaire noir et d'un corsage noir à manches très courtes qui épousait ses formes. Elle ne toucha ni à sa coiffure ni à son maquillage. Malgré ses cheveux noir corbeau, on aurait pu la prendre pour une doublure de Marilyn Monroe quand on la voyait marcher sous cette lumière. D'un geste plus ferme que rude – elle n'était pas *trop* fâchée, apparemment –, Ruth saisit la main d'Angela et l'emmena dans la salle enfumée où Ted, qui les attendait au bar, offrit à l'enfant une limonade et un paquet de chips à la crevette. La première tournée fut suivie de trois ou quatre autres, si bien qu'Angela finit par s'endormir sur son tabouret, la tête posée sur ses petits bras minces repliés sur le comptoir trempé de bière.

11

Attablée dans un coin avec Angel, je m'aperçois avec surprise que j'ai encore une faim de loup – c'est comme si je rattrapais toutes les calories perdues à Manchester. Le bar est tenu par des Grecs, un vieux couple charmant. Le café est bon et la nourriture franchement excellente. J'engloutis des œufs au bacon, des champignons, des haricots, des tomates frites, des toasts. Mon estomac fait ce qu'il peut pour me convaincre qu'il reste de la vie en moi tandis que mon cœur prétend le contraire. Angel a les traits tirés quand on la regarde de près, mais son visage conserve cette douceur naturelle qui, chez de rares personnes, permet de faire oublier les poches sous les yeux.

« À quoi vas-tu consacrer ta journée, trésor ? demande-t-elle.

— Je ne sais pas. Il faut que j'achète à manger. Peut-être que je passerai à la banque si j'y arrive, et demain je me mettrai à chercher du boulot. » Cette tâche me semble insurmontable tout à coup.

Je m'interromps et, pour alléger l'atmosphère, j'ajoute :

« Ah oui, aujourd'hui il faut absolument que je me

trouve des tongs – comment fais-tu pour te laver dans cette salle de bains répugnante ? »

Angel éclate de rire. « Je me douche au travail le plus souvent possible. Et de toute façon, croisons les doigts, je ne resterai pas des années dans cette maison, trésor. C'est juste pour avoir la paix pendant quelque temps. En d'autres circonstances, je n'aurais pas emménagé dans ce trou à rats. Mais nécessité fait loi.

— Oh. » Je baisse les yeux.

« Et pour toi, c'est quoi la raison, trésor ? renchérit Angel d'une voix si douce que mes yeux s'embuent.

— Pareil que toi, j'imagine. Je sais que ça peut paraître idiot mais si j'ai décidé de rester dans cette horrible baraque, c'est parce que tu étais là.

— Ne t'en fais pas, trésor, répond Angel. Je ne suis pas encore partie. »

Je me sens ridicule de lui avoir fait une telle déclaration mais Angel ne paraît nullement choquée – je crois qu'elle a l'habitude de prendre les autres sous son aile, elle aime ça, elle aime se sentir utile. Par certains aspects, je la trouve plus mûre que je ne l'ai jamais été. Pourtant, j'ai dix ans de plus qu'elle, j'étais mariée et mère de famille.

« J'espère qu'on restera en contact quand tu t'en iras, dis-je sans grande conviction.

— Bien sûr, trésor. Cela dit, ce n'est pas encore d'actualité et je t'avoue que tu es la seule personne dans cette bicoque avec qui j'ai envie de traîner. » Elle me sourit et je vois un éclair de malice dans ses yeux. « Te prends pas la tête, mademoiselle Brown, fait-elle en singeant l'accent américain. Toi et moi, on va se payer du bon temps. »

Je pousse un petit cri de ravissement comme une

gamine devant un gros cornet de glace. Angel a fini son assiette mais ne montre aucun signe d'impatience, alors nous restons à papoter toutes les deux, à boire d'autres cafés, et moi à manger jusqu'à ce qu'il ne reste plus une seule tartine beurrée sur la table.

En rentrant, Angel file directement au lit et, comme je ne sais pas quoi faire, je vais jeter un œil dans la cuisine pour voir s'il y a quelqu'un. Je n'ai toujours pas compris qui fait quoi dans cette maison. Est-ce que ces gens travaillent ? À quelle heure rentrent-ils ? Comme il n'y a pas de salon, je pensais qu'ils se rassemblaient tous dans la cuisine mais, jusqu'à présent, je n'y ai pas vu grand monde. Je n'ai pas recroisé Bev, la fille originaire de Barnsley qui pleurnichait sur son chocolat volé, depuis l'autre soir. Elle se tient devant l'évier. Il est trop tard pour faire demi-tour, elle m'a entendue approcher et se retourne avec un grand sourire. «'Jour ! dit-elle. Foutus clébards, je viens de marcher dans la merde de chien. Je comprends pas les gens qui ont des chiens. Ils pourraient au moins ramasser leurs merdes mais, dans ce quartier, ils sont tellement IGNARES. » Mon regard tombe sur le sabot en bois qu'elle s'évertue à racler avec un couteau de table, au-dessus de la vaisselle sale entassée dans l'évier. Elle voit ma grimace.

« Oh, ne t'inquiète pas, le liquide vaisselle c'est génial, ça enlève 99,9 % des microbes. J'ai lu un article là-dessus. Pas de souci. »

Je ne sais que répondre. Sur ce, Erica l'Australienne débarque, vêtue d'un tailleur aubergine qui accentue encore son incroyable minceur. Son visage ingrat est tartiné de maquillage et ses cheveux bruns relevés par une grosse pince. Au lieu de me rendre mon sourire, elle me décoche un regard noir puis s'avance vers l'évier et découvre l'étrange activité de Bev.

« Pour l'amour du ciel, Bev ! s'écrie-t-elle.

— Oh, laisse tomber, Erica, je nettoierai tout après.

— C'est DÉGUEULASSE », articule Erica et, même si je n'aime pas trop cette fille, je dois admettre qu'elle a raison. Bev éclate de rire sans cesser de racler sa chaussure.

Erica tourne les talons, sort en trombe de la cuisine et claque la porte.

« Bonne chance pour ton entretien », lance joyeusement Bev avant d'ajouter à mi-voix : « Espèce de sale conne. » D'habitude, ce mot me choque mais, là, je ne trouve rien à redire. J'ai presque envie de rire.

J'hésite et, comme le courant passe bien entre nous, je me lance : « Bev, saurais-tu où on trouve des tongs dans le quartier ? Tu sais, des claquettes en caoutchouc ?

— Quoi ? Tu te crois au bord de la mer, ma chérie ? Tu voudrais pas une putain de bouée, aussi ? » Bev rit de sa propre blague mais je ne me formalise pas. Cette fille me plaît, avec son langage de charretier et son total désintérêt pour les conventions sociales. C'est rafraîchissant.

« Essaie au Nag's Head, ils ont des tas de boutiques de discount et des magasins de chaussures aussi. Tu trouveras peut-être ton bonheur. En même temps, achète des sacs-poubelle, des grands bien solides, on en manque toujours. » C'est la première fois que je l'entends prononcer une phrase sans gros mots. J'acquiesce docilement et je sors, laissant derrière moi l'odeur de merde.

Comme Bev l'a prédit, j'ai beaucoup de mal à trouver des tongs en caoutchouc à Holloway. Je cherche aussi une trousse de toilette à suspendre mais les commerçants n'ont pas l'air de savoir de quoi je veux parler. Une fois que j'ai épuisé toutes les possibilités, je me demande ce que je vais bien pouvoir faire ensuite – à quoi les fugitifs passent-ils leur temps habituellement ? Je décide de visiter mon nouveau quartier, histoire de m'occuper l'esprit. Je quitte la rue principale et reprends la direction de la maison par le chemin des écoliers en longeant des immeubles délabrés hérissés d'antennes satellites, des murs écroulés, des poubelles à roulettes. J'aperçois une bicoque avec des barreaux aux fenêtres et je me dis que les pauvres gens qui vivent là doivent se sentir en prison. Au hasard, je tourne à gauche dans une autre rue sans âme et, tout à coup, j'arrive sur une jolie place fleurie, entourée de coquettes villas. Je m'assois dans l'herbe en offrant mon visage aux rayons du soleil. La chaleur est supportable, il fait meilleur aujourd'hui. Sur un banc, une mère vêtue à la dernière mode tend une cuillerée de yaourt à un enfant invisible enfoui dans une poussette rouge vif. Un grand sourire illumine son visage. J'arrive à trouver cette scène charmante, mais je ne m'éternise pas. Deux jeunes hommes en bras de chemise mangent des sandwiches enveloppés dans du papier sulfurisé, qu'ils font descendre avec du Coca sans sucre. Je m'allonge, la tête posée sur mon sac. Une agréable sensation de fatigue m'envahit, j'ai l'impression que je ne me relèverai jamais, que mon corps va être aspiré jusqu'au centre de la terre vers un lieu de pardon, de sommeil éternel…

Je me réveille en sursaut. Quelle heure est-il ? Mon

cœur bat la chamade. Qu'est-ce qui m'a pris de m'endormir avec tout cet argent sur moi ? Quelle imbécile je suis ! Décidément, il faut que j'ouvre un compte en banque. Je ne peux pas continuer à me balader avec des liasses de billets, surtout ici. Je saute sur mes jambes et je fais le chemin à l'envers en passant par les mêmes rues abandonnées, devant des voitures sans vignette, des portes d'entrée dégradées, mais cette fois, contrairement à tout à l'heure, j'ai peur qu'on me vole. Pas la moindre banque à l'horizon et je ne vois personne susceptible de m'en indiquer une. Voilà que je deviens parano. Alors je continue ma route jusqu'à Holloway Road où je finis par trouver une agence. Pour l'instant, un simple compte-dépôt suffira amplement. Ce sera facile puisque je suis vraiment Catherine Emily Brown. Mon passeport est là pour en attester. J'éprouve un curieux sentiment de reconnaissance envers ma mère. Elle a bien fait d'insister pour que mes prénoms soient inscrits dans cet ordre sur mon certificat de naissance – même si on m'a toujours appelée Emily –, alors qu'elle avait sûrement d'autres chats à fouetter à la maternité, avec deux jumelles sur les bras.

L'agence est un local sombre et exigu. Je reste assise un temps infini à regarder les gens aller et venir et, enfin, une femme affairée vêtue d'un tailleur en polyester noir se présente et m'introduit dans une petite pièce cafardeuse avec un bureau et un distributeur de prospectus à moitié vide posé dessus, comme une frontière entre nous deux. Elle se montre assez cordiale mais je sens qu'au fond elle se méfie : je n'ai pas d'attestation de domicile et je trimballe presque deux mille livres en coupures de cinquante dans mon sac à main. J'anticipe sa question en lui racontant une histoire bidon, comme quoi je reviens d'un long séjour à l'étranger. Je doute qu'elle y ajoute foi mais elle consent à m'ouvrir un compte. Elle doit en voir de toutes les couleurs dans ce quartier.

Rassérénée, je reprends mon shopping sans grande conviction, passant d'un magasin à l'autre, peu importe ce qu'ils vendent. Je regarde à peine les autres clients. Chez un brocanteur – il y en a à tous les coins de rue – je tombe sur une vieille affiche poussiéreuse, une photo bien connue qui montre des ouvriers assis en rang d'oignons sur une grue, les pieds dans le vide, à New York. Ils mangent leur casse-croûte d'un air nonchalant. Je ne raffole pas de cette image qui me donne un peu le vertige, mais elle ne coûte que sept livres et je pense qu'elle ferait bien sur le mur inégal au-dessus de mon lit. En plus, c'est la bonne taille. Alors je l'achète et je continue mes emplettes au supermarché d'à côté où une foule de gens moroses pousse des Caddies remplis de paquets de chips et de maxibouteilles de sodas, sans doute destinés à leurs enfants déjà obèses. J'ai envie de leur crier : *Occupez-vous d'eux. Vous avez de la chance de les avoir.* Ça y est, c'est officiel, j'ai pété un câble.

Je contiens mon énervement juste le temps d'acheter des céréales, des fruits, de la salade en sachet, du chocolat (sera-t-il en sécurité dans cette maison ?) et plusieurs plats préparés. Je ne me sens pas encore le courage de faire la cuisine. Ils vendent des assiettes en carton dans ce magasin, je suis d'abord tentée mais ensuite je me dis que mes colocataires ne vont pas apprécier que je fasse vaisselle à part. Je m'abstiens donc en essayant d'écarter l'image de Bev frottant ses chaussures crottées au-dessus de l'évier. Après tout, elle a peut-être raison au sujet du liquide vaisselle. Transporter les sacs de courses en plus de la photo relève de la performance. J'ai acheté plus de choses que je ne prévoyais. Les anses en plastique me scient les poignets. Ça me rappelle Caroline. Je me demande vaguement comment elle réagira quand elle apprendra que j'ai disparu. Sera-t-elle triste ? Tout compte fait, je me fiche éperdument de ce qu'elle pense. Je monte à l'avant d'un bus presque vide et m'assois dans le sens contraire de la marche, sur l'un des sièges réservés aux personnes handicapées. Les autres passagers ont l'air abattus, écrasés de chaleur, comme s'ils étaient littéralement en train de fondre. Il m'arrive d'oublier que je ne suis pas la seule à avoir des problèmes. La dame en face de moi a les chevilles enflées, et quand elle change de position sur son siège une odeur de transpiration se dégage de sa personne. Elle porte un T-shirt Barry Manilow. Je croyais qu'on n'en trouvait plus. Ensuite je me demande pourquoi je remarque ce genre de détails. Cela tend peut-être à démontrer – après la partie de rigolade avec Angel et mes travaux de décoration – que je commence à me réveiller, que je retrouve la raison tout doucement et que certains pans de ma personnalité sont en train de se reconstituer autour de ma nouvelle identité. Je devine déjà que Cat Brown sera différente d'Emily Coleman. Cat est une fille plus fragile, plus proche de Caroline peut-être. Je frémis. Cette histoire est tellement étrange. Mlle Catherine Brown est assise dans un bus à Holloway. Elle habite Londres comme il est inscrit sur le formulaire de la banque. Cat Brown, c'est moi, je suis vivante et personne ne me retrouvera jamais.

12

Avant de présenter Ben à sa famille, Emily lui avait expliqué certaines choses. Il était donc préparé à tout, ou presque. « Maman est charmante et j'adore mon père. Parfois, il paraît un peu distant. Tu comprendras quand tu le verras. En revanche, je te préviens, Caroline a ses humeurs. Mais dès qu'on la connaît, c'est une fille formidable. Je suis sûre qu'elle va t'aimer. »

Ben ne se faisait pas à l'idée qu'il sortait avec une fille ayant une vraie jumelle. De drôles d'idées lui venaient à l'esprit. Que se passerait-il s'il les confondait ou s'il trouvait Caroline à son goût ou si *elle* flashait sur lui ? Pendant qu'Emily garait sa voiture devant chez ses parents, Ben fut pris d'une irrépressible angoisse. Il était sincèrement amoureux d'Emily, il était même prêt à passer sa vie avec elle – bien qu'il se soit abstenu d'en parler jusqu'à présent, c'était prématuré. Cette rencontre avait donc une grande importance pour lui. Il espérait de tout son cœur qu'on l'apprécierait.

C'était une maison moderne, construite dans les années 1970, avec un toit pointu, des lambris peints en blanc, quatre chambres, un jardinet bien entretenu à l'avant et une BMW rutilante face au portail du garage. Un environnement un peu trop *banal* pour une fille aussi spéciale qu'Emily, dit-il en songeant à la vaste villa qu'occupait sa famille à lui, dotée d'une grande allée gravillonnée et d'un immense jardin. Un jour, eux aussi habiteraient ce genre de propriété – ils pourraient se l'offrir tôt ou tard puisqu'ils avaient de bons métiers tous les deux, lui comptable, elle juriste. Quelle drôle d'idée, se dit-il. Un mois seulement s'était écoulé depuis le soir où il avait rejoint Emily à son appartement de Chester en taxi – une course qui lui avait coûté les yeux de la tête – depuis Manchester. Mais d'un autre côté, le stage de parachutisme avait eu lieu trois mois auparavant, et entre-temps il avait pensé à elle presque constamment. C'était quand même étonnant qu'ils ne se soient pas croisés sur leur lieu de travail, vu qu'il avait passé ses journées à la chercher. Et quand il avait fini par tomber sur elle dans la rue, il s'était laissé prendre au dépourvu. Pire encore, ce jour-là il se rendait à une séance de formation avec Yasmine, une collègue profondément ennuyeuse. Résultat, il avait bredouillé un vague bonjour – sans même s'arrêter pour prendre de ses nouvelles, lui demander si elle s'était remise du saut en parachute, ou n'importe quelle autre banalité susceptible de lui montrer qu'il s'intéressait à elle, comme un ami du moins. Ben sourit en repensant à cette journée de formation dont il aurait pu se passer puisqu'il avait été incapable de se concentrer tant il s'en voulait d'avoir tout gâché.

Et voilà qu'à présent il était assis dans la voiture d'Emily, à deux doigts de rencontrer ses parents. Jusqu'à ce qu'il ouvre son mail, il était persuadé de n'avoir *aucune* chance de lui plaire, quoi qu'il fasse.

Elle était mille fois trop belle pour lui. Alors, quand il avait lu son message en sortant du pub à moitié ivre, il avait sauté de joie en frappant l'air du poing comme s'il avait encore été devant le match de foot. Et il l'avait appelée avant de s'inquiéter de l'heure qu'il était. Il l'aurait fait même s'il l'avait su.

Emily gara sa voiture derrière la BMW de son père, de telle sorte que son coffre dépassait sur le trottoir. Avant même que Ben ne descende, la porte en plastique blanc de l'entrée s'ouvrit et la mère d'Emily lui fit bonjour en agitant la main. C'était une jolie femme blonde. Son visage, autrefois marqué par l'amertume, affichait aujourd'hui un air résigné – face à sa maison sans caractère, son mari volage (elle ne se faisait plus d'illusion), son insupportable fille cadette.

« Bonjour, vous devez être Ben, dit-elle en lui serrant la main. Je mourais d'envie de vous rencontrer. D'habitude, Emily ne nous présente pas ses petits amis, alors nous sommes terriblement excités.

— Maman », fit Emily, embarrassée. Mais c'était vrai. Emily ne s'était jamais intéressée aux garçons, surtout parce qu'elle ne supportait pas la concurrence de Caroline. Après que sa sœur avait fait la paix avec leur mère, elle s'était choisi un nouveau terrain de bataille : les hommes. Si bien qu'Emily lui avait laissé le champ libre, préférant se consacrer à ses amies et à ses livres. D'autant plus que, en grandissant, elle avait remarqué que les garçons la fuyaient – visiblement, elle n'émettait pas les bons signaux – et fini par penser qu'elle manquait de charme. Elle était bien sortie avec quelques-uns mais n'avait jamais osé les présenter à sa famille, par prudence.

Avec Ben c'était différent. Elle trouvait tout naturel

qu'il assiste au déjeuner dominical. Quoique, au départ, elle avait eu peur de le lui proposer, craignant peut-être de se montrer trop hardie, trop sérieuse. Pourtant Ben avait accepté d'emblée. Voilà ce qu'elle aimait chez lui, sa spontanéité, sa franchise et l'empressement qu'il lui témoignait. En revanche, ils hésitaient encore à exprimer leurs sentiments, à faire des projets d'avenir ; peut-être redoutaient-ils de gâcher leur bonheur tout neuf. Alors ils utilisaient des périphrases et laissaient leurs yeux et leur corps parler à leur place.

« Emily, *hou hou !* insista Frances. Je t'ai demandé si tu voulais du thé ou du café.

— Oh, désolée maman. Du café s'il te plaît.

— Venez vous asseoir, Ben, Andrew sera là dans une minute, il termine son travail dans la resserre. Il est impatient de vous rencontrer.

— Où est Caroline ? demanda Emily pour changer de sujet.

— Oh, elle a dû sortir, ma chérie, mais elle ne va pas tarder.

— Ça doit vous changer de l'avoir à nouveau à la maison, dit Emily avec un clin d'œil à Ben.

— Oh, tu sais ce que c'est. On ne peut pas accéder à la salle de bains. Elle écoute son horrible musique bien trop fort. En fait, on a l'impression qu'elle n'est jamais partie. » Frances s'interrompit. « Mais je pense qu'elle comprend que c'est pour son bien, en attendant. » Elle se tourna vers Ben. « Je suppose qu'Emily vous a parlé de la dépression nerveuse de Caroline ?

— Maman ! » s'écria Emily. Elle en avait effectivement parlé à Ben mais ne comprenait pas que sa mère mette ainsi les pieds dans le plat. Cela ne lui ressemblait guère. Ben baissa le nez et se mit à contempler les joints gris entre les carreaux blancs de la cuisine. Il les trouva trop propres, trop nets, on se serait cru dans un hôpital.

« Désolée, ma chérie, je voulais juste que ce soit bien clair pour tout le monde avant de passer à table. Ainsi nous apprécierons mieux le déjeuner.

— Comment va-t-elle ? s'inquiéta Emily.

— Bien, je trouve, étant donné les circonstances. » Frances se tourna vers Ben. « Nous pensions qu'elle était sortie d'affaire – elle avait un appartement à Londres, un bon travail dans la mode, mais allez savoir comment fonctionnent certaines personnes ! »

Ben hocha la tête nerveusement, ne sachant que répondre.

Est-ce que sa mère était tombée sur la tête ? songea Emily. Elle ne s'était jamais comportée ainsi. C'était inquiétant.

« J'estime que Ben a le droit de savoir, c'est tout, reprit Frances. Si nous comptons passer un agréable moment ensemble. » Soudain Emily comprit où elle voulait en venir. Frances était en train de prévenir Ben – de toute évidence, elle se méfiait de Caroline et craignait qu'elle n'essaie de voler le petit ami de sa propre sœur jumelle.

On entendit la clé tourner dans la serrure. Caroline entra en traînant les pieds. Elle avait une allure étonnante. Ses cheveux méchés d'ambre, plus courts que ceux d'Emily, étaient coupés au carré mais de manière asymétrique. Elle ne manquait pas de style, tout en contrastes et en lignes droites, et il y avait en elle quelque chose de félin et de dangereux. Remarquant ses yeux étonnamment brillants, Ben se demanda d'où elle venait mais s'abstint de tout commentaire.

« Salut, Emy, dit-elle en embrassant sa sœur sans la toucher. Ça roule ? C'est lui, ton copain ? » À l'entendre parler, on lui aurait donné 16 ans, et non 26. Emily se hérissa.

« Salut. Ravi de te rencontrer », répondit Ben, soulagé de voir à quel point elle était différente d'Emily. Les deux sœurs n'avaient vraiment rien en commun. Il chercha le regard d'Emily et lui signifia que tout se passerait bien, après tout.

Caroline enleva son blazer d'un geste théâtral. En dessous, elle portait un T-shirt orange très moulant, marqué « *Let's Talk* » en lettres bleu marine étalées sur sa maigre poitrine. Elle balança la veste sur le dossier d'une chaise de cuisine et s'assit.

« Il paraît que vous avez eu le *coup de foudre* l'un pour l'autre, dit Caroline. C'est mignon. »

Emily cherchait une réponse appropriée quand elle vit Andrew revenir du jardin. Il n'était guère à son avantage. Son jean mal coupé lui montait jusqu'à la taille, ses mains étaient sales, ses cheveux hirsutes. Il cache sa calvitie en se coiffant sur le côté, remarqua Emily pour la première fois. Elle se sentit désolée pour lui. Andrew avait toujours été si bel homme, le voir ainsi lui fendait le cœur.

« Bonjour, papa, je te présente Ben », dit-elle. Instinctivement, Ben tendit la main. Lorsque Andrew la lui serra, de la terre tomba sur le carrelage immaculé. Tout le monde se mit à rire nerveusement, sauf Caroline.

« Tu es venue demander la permission, c'est ça ? » fit-elle avec un rictus méprisant. Et pour la énième fois, Emily s'étonna de constater les efforts que sa sœur déployait pour se rendre haïssable.

« Pas cette fois-ci », rétorqua Ben. Emily pensa qu'il avait trouvé la réponse parfaite et l'en aima encore davantage.

Au cours du repas, Ben remarqua que Caroline remplissait son verre de vin sans attendre qu'Andrew lui en propose et serve les autres convives. D'abord, il se demanda pourquoi personne n'intervenait, puis il réalisa qu'elle n'était plus une enfant et que, à moins de la faire interner de nouveau, ils ne pouvaient que subir ses mauvaises manières. Ben trouvait son comportement scandaleux. Lorsque Emily lui avait confié qu'elle avait une sœur jumelle, cette première nuit à Chester, il avait été abasourdi. Quelqu'un quelque part était donc la copie conforme de celle qu'il aimait ? C'était inconcevable. Mais jamais il n'aurait soupçonné une chose pareille. Cela, c'était positivement effrayant.

Emily lui avait parlé des problèmes de sa sœur mais par allusions, alors qu'ils étaient couchés dans son lit, étroitement enlacés. Caroline et elle ne s'étaient jamais vraiment entendues ; à l'âge de 15 ans, Caroline avait été hospitalisée pour une anorexie dont elle s'était remise assez vite, en même temps que s'étaient miraculeusement améliorées ses relations avec sa mère ; Caroline avait passé ses examens haut la main, s'était inscrite à la Central Saint Martins pour étudier la mode et toute la famille avait applaudi lorsqu'elle avait présenté son défilé de fin d'études avec des mannequins habillés en araignées géantes. Elle avait même eu les honneurs de la presse. Elle sortait avec des garçons très beaux dont elle se lassait très vite. Elle s'était même trouvé un appartement chic près de Spitalfields. Bref, tout le monde la croyait guérie. Et puis un jour, son amie Danielle avait appelé Frances, dont elle avait trouvé le numéro sur le portable de Caroline, pour la supplier de venir – *tout de suite* – parce que de Caroline voyait des terroristes dans les murs et des araignées grosses comme le poing dans les prises de courant. Cela faisait deux mois que Frances n'avait pas vu sa fille. La découvrir dans un tel état lui causa un grand choc. Elle mit cette dernière crise sur le compte de l'attentat à la bombe auquel Caroline avait assisté à Soho, quelques années auparavant (bien évidemment, elle préférait opter pour cette explication), et dans lequel elle avait failli mourir avec son petit ami de l'époque. Ce traumatisme vécu à un âge encore tendre était resté longtemps enfoui mais avait fini par ressurgir, sans doute à cause de son mode de vie, de ses relations éphémères et de sa tendance à tout dramatiser. Ne voyant pas d'autre recours, Frances avait appelé les urgences.

Peu compatissants, les secouristes lui conseillèrent seulement d'emmener sa fille chez le psy (« C'est pour son bien, madame »). De toute façon, leur journée de travail se terminait et ils avaient hâte de passer le relais à l'équipe suivante. Caroline fit huit semaines d'hôpital. Quand on la laissa sortir, elle semblait remise, un peu amorphe peut-être mais tous les espoirs étaient permis. Comme Frances refusait de la laisser seule à Londres, elle exerça pour une fois son autorité maternelle et ramena Caroline au domicile familial – juste le temps qu'elle reprenne des forces, avait-elle précisé.

Ben n'en revenait pas. Dans sa propre famille, il n'y avait jamais de crises. Il se rappelait bien quelques épisodes sortant légèrement de l'ordinaire : un jour, au volant de la sacro-sainte Rover de son père, sa mère avait embouti le mur du jardin en faisant une marche arrière ; un cousin avait eu le mauvais goût de quitter sa femme après seulement un an de mariage. Mais en matière de drames familiaux, c'était à peu près tout.

Ben se tourna vers Andrew. « Quels travaux faites-vous dans le jardin ? demanda-t-il en avalant la dernière bouchée du rôti dominical.

— Oh, un peu de tout. Je désherbe, je repique les plants de tomates, j'arrose les capucines. Je nettoie, vu que le printemps a l'air de se décider à venir. » Ne connaissant rien au repiquage et encore moins aux capucines, Ben hocha la tête poliment et resta coi.

« Encore des pommes de terre, Ben ? proposa Frances.

— Oui, merci, elles sont délicieuses, vraiment croquantes. »

Caroline eut un petit sourire en coin. « Encore un peu de sauce, Ben », dit-elle en poussant vers lui la saucière ovale ornée d'un motif marron comme les assiettes.

« Merci », marmonna-t-il. Au moment où il attrapa la petite anse arrondie, ses doigts effleurèrent ceux de Caroline, ce qui fit tanguer la sauce.

« Qu'est-ce que vous faites dans la vie, Ben ? » demanda Andrew, même s'il connaissait déjà la réponse, Frances lui en ayant parlé le matin même.

— Je suis comptable, hélas, dit Ben.

— Ouah, ça m'a l'air excitant, s'écria Caroline. Vous devez avoir des tas de trucs à vous raconter. »

Emily lui lança un regard noir. « Le rôti était vraiment savoureux, maman, où est-ce que tu l'as acheté ?

— En ville, chez le boucher, ma chérie. Je trouve que la viande est meilleure qu'en grande surface.

— Certes, lâcha Caroline. Je préfère largement les animaux morts quand ils sont du quartier.

— Caroline », dit Andrew d'une voix posée. Un ange passa. La fourchette de Ben dérapa sur son assiette en produisant un crissement angoissant. Emily prit une gorgée de vin rouge.

« Si on sortait le chien, après manger ? dit-elle pour briser le silence. Il fait tellement beau, nous pourrions l'emmener au bord de la rivière.

— Bonne idée, ça vous embête si je vous accompagne ? demanda Caroline.

— Pas de problème, s'empressa de répondre Ben. En fait, nous pourrions y aller tous ensemble.

— Oh, non. Il faut que je nettoie la cuisine, dit Frances. Et Andrew a encore du travail dans le jardin. » Elle hésita. « Allez-y, vous, les jeunes.

— OK, alors on y va tous les trois, dit Caroline. Super.

— En fait non, maintenant que j'y pense, il faut qu'on rentre, se reprit Ben. J'ai des choses à faire à la maison. Ça ne t'ennuie pas, Emily ?

— Pas du tout, comme tu voudras, dit Emily.

— C'est trop dommage », articula Caroline en jouant avec ses légumes. Elle les repoussait autour de son assiette comme si elle les torturait. « Moi qui adore les balades du dimanche après-midi quand il fait beau. »

Ben observa Caroline assise en face de lui en se demandant encore une fois comment elle faisait pour paraître si normale – malgré son caractère de chien et son penchant pour la bouteille – alors qu'elle était officiellement folle et anorexique. Caroline surprit son regard, leva son verre avec un sourire moqueur, « Tchin tchin », et le vida cul sec.

13

Quand je pousse le portail du jardin, je m'aperçois que les éboueurs sont passés car l'espace a été déblayé. Ne restent que les poubelles à roulettes et les meubles démantibulés. Et soudain je réalise que j'ai oublié d'acheter les sacs-poubelle. Merde, je n'ai pas très envie d'essuyer les reproches de Bev mais, d'un autre côté, je me vois mal rebrousser chemin avec mes emplettes et mon poster encombrant. Alors je serre les dents et j'entre. Des éclats de rire jaillissent de la cuisine – un rire que je ne connais pas, comme des rafales de mitraillette. Je dépose les sacs en plastique dans le vestibule et je file à l'étage avec la photo. Je la déroule sur mon lit et me rends compte que, finalement, je l'aime bien. Ces ouvriers qui déjeunent dans le ciel ont l'air aussi insouciants et naturels que s'ils étaient assis sur un banc dans un jardin public. Je voudrais tant leur ressembler, oublier mon angoisse face à la vie. Je descends ranger mes courses et, dans la cuisine, je tombe sur Jerome le bricoleur et une fille brune comme une Sud-Américaine. Une créature plantureuse, avec des seins débordants, des extensions capillaires et de gros bijoux clinquants. C'est forcément elle qui riait tout à l'heure. Elle m'accueille avec gentillesse, « Salou, ma chérrrie », et un accent à couper au couteau. Je comprends qu'Angel vient de faire une plaisanterie. Elle est assise dans un coin et sa robe de chambre blanche duveteuse la fait paraître encore plus douce et rose. Elle doit sortir de la douche car ses cheveux sont encore humides. Comment fait-elle pour avoir l'air si propre, étant donné l'état de la salle de bains, et de la maison en général ?

« Tiens, voici la fille dont je te parlais, Dolores. Celle qui a tenté de me tuer avec un matelas volant. » Jerome me fait un clin d'œil, Angel pouffe et Dolores tire une autre rafale de mitraillette. Le garçon basané numéro un – à moins que ce ne soit le numéro deux – est planté devant la cuisinière. Cette fois-ci, il touille un ragoût à l'odeur âcre. Quand je dis ragoût, ce pourrait tout aussi bien être sa combinaison de moto en Lycra. J'entends la chanson de David Bowie, *Let's Dance*. Autrefois j'adorais ce morceau. Du coup, je m'aperçois que cela fait des mois que je n'écoute plus de musique. Il y a tellement de gens dans cette cuisine que ma timidité me reprend. Je regarde ma montre, il est presque dix-huit heures. C'est fou comme le temps a passé vite, aujourd'hui.

Le frigo est bourré de bocaux, de bouteilles et de Dieu sait quoi d'autre. Comment vais-je faire pour ranger mes provisions ? Il fait trop chaud pour les laisser à l'extérieur. Je me risque à repousser certaines choses pour faire de la place et en farfouillant je découvre une courgette liquide enveloppée dans un film plastique, le quart d'une boîte de haricots recouverts d'une épaisse couche de moisissure verte, une saucisse d'un âge indéterminé posée sans protection parmi les légumes flétris qui se décomposent dans le compartiment du bas, et enfin une tranche de jambon recroquevillée. Toutes les surfaces sont enduites d'une épaisse couche de graisse et une tache bordeaux imprègne la paroi du fond, autrefois blanche. C'est franchement dégoûtant mais j'imagine qu'il serait grossier de tout balancer à la poubelle, surtout après ce que j'ai fait dans ma chambre, donc je me contente d'empiler mes affaires au mieux et je referme la porte en poussant de toutes mes forces.

« Qu'est-ce que tu as fait de ta journée, trésor ? » demande Angel. Je déroule le récit de mes diverses activités en enjolivant un peu le tableau. Mais tous ces regards braqués sur moi me mettent mal à l'aise.

« C'était mon jour de repos, dis-je en guise de conclusion. Demain, je commence à chercher du boulot.

— Tou fais quoi, dans la vie, pétit chat ? » intervient Dolores avec un sourire enchanteur.

J'ai déjà tout prévu, j'ai même rédigé mon C.V. en secret quand j'étais encore à Chorlton, mais je ne l'ai pas imprimé – puisque je ne connaissais ni ma nouvelle adresse ni mon nouveau numéro de téléphone.

« Je suis réceptionniste, dis-je. Avant, je bossais dans un cabinet d'avocats mais j'ai eu envie de changer. J'espère trouver une boîte un peu plus excitante.

— Réceptionniste ? s'exclame Angel. C'est justement le métier de Dolores, n'est-ce pas, ma chérie ? » Je regarde cette fille pétillante, extravertie, moulée dans sa tenue sexy, et soudain je n'arrive plus à me rappeler pourquoi j'ai choisi la profession de réceptionniste. Je pensais sans doute qu'il s'agissait d'un job facile à décrocher, pas trop exigeant intellectuellement parlant, et surtout discret. L'essentiel pour moi étant de passer inaperçue.

« Ma bien sour, ma chérrrie. J'adooore ce travaaaail, c'est le meilleur du monde – HA HA HA. »

J'ai quelques doutes sur ses talents de réceptionniste, entre son accent et sa façon bien à elle de pratiquer la langue anglaise. D'un autre côté, Dolores est avenante, drôle, elle présente bien. Quant à moi, il faut avouer que je n'ai pas vraiment le profil du poste, loin de là. Dans le tailleur que je réserve pour les entretiens d'embauche, j'ai l'air trop guindée, trop juriste. En plus, je ne me maquille quasiment pas et je n'ai plus un seul bijou depuis que j'ai laissé mon alliance dans les toilettes de la gare de Crewe.

Le garçon basané s'éloigne de la cuisinière pour prendre deux bols sur l'égouttoir à vaisselle. J'espère pour lui que Bev a tout nettoyé correctement comme elle a promis de le faire ce matin, après l'incident des chaussures. Il plonge une louche dans le ragoût marronnasse qu'il déverse dans les bols, sort deux fourchettes du tiroir, deux verres du placard, remplit ces derniers au robinet et glisse les fourchettes dans la poche arrière de son jean, pointes vers le haut et l'extérieur. Ensuite, il pose un bol en équilibre sur son bras droit, comme un serveur professionnel, coince les deux verres entre le pouce et l'index de sa main gauche, de telle manière que ses longs ongles crasseux plongent dans l'eau, et avec sa main droite attrape le deuxième bol de ragoût. Ainsi équipé, il traverse prudemment la cuisine, accroche la porte avec son pied droit et tire le battant vers lui. Quelques gouttes de bouillon s'écrasent par terre, qu'il essuie d'un pied négligent. Quand il s'éclipse enfin, je ne peux éviter de me dire qu'il aurait été plus rapide de faire un premier voyage avec les bols et de revenir chercher l'eau et les fourchettes. Il y a sûrement une leçon à tirer de tout cela mais je ne vois pas trop laquelle. La dernière chanson se termine, un morceau bruyant que je ne connaissais pas (je crois que l'iPod est réglé sur aléatoire ou bien c'est une playlist très éclectique), et tout de suite après retentissent les premières notes de *You Are The Sunshine Of My Life*. Dès que Stevie Wonder entame la deuxième phrase, les larmes me montent aux yeux. Angel le remarque, alors je m'abîme dans la contemplation de mes mains, le regard braqué sur la base de l'annulaire gauche.

« Comment tou vas trouver le travail, ma chérrrie ? », renchérit Dolores. Je ravale mes larmes pour lui dire que je compte m'inscrire dans une agence d'intérim, histoire de tâter le terrain. Dolores me conseille l'agence d'une amie, pas loin de Shaftesbury Avenue, spécialisée dans les sociétés de média. Je devrai demander Raquel et dire que je viens de la part de Dolores. Je la remercie sincèrement, encore que je ne sois pas certaine que me réclamer de Dolores soit une bonne chose. Elle quitte sa chaise, se penche pour embrasser Angel, deux bises de chaque côté, et tire sur la chemise de Jerome pour l'obliger à se lever. « *Bye bye*. Et tou n'oublies pas, tou dis à Raquel qué c'est la grrrande Dolores qui t'envoie – HA HA HA », me lance-t-elle en sortant de la cuisine, perchée sur ses hauts talons, son magnifique postérieur se balançant au rythme de ses pas. Jerome la suit docilement comme une marionnette géante tirée par des fils. Je présume qu'ils vont chez Dolores à Enfield, bien que j'ignore où ça se trouve.

Je reste en tête à tête avec Angel. Rien qu'à mon air, elle comprend qu'il vaut mieux ne pas me poser de questions. Elle bâille. « Ouf, j'ai besoin de me détendre, ce soir, dit-elle. Je suis crevée. » Elle se verse une vodka tonic et m'en propose une. Je regrette de n'avoir pas pensé à acheter une bouteille au supermarché. J'abuse. Même si je n'ai pas très envie d'une vodka, j'acquiesce et, en échange, lui offre de partager mes plats surgelés. Elle accepte. Je glisse dans le four une barquette de lasagnes et une autre de cannelloni puis je déballe la salade en sachet. J'ouvre le placard sous l'évier ; ça sent le moisi mais je trouve un flacon d'eau de Javel. Je retire la vaisselle sale accumulée dans le bac, verse l'eau de Javel pure et me mets à frotter. Après, je rince, je recommence toute l'opération puis je remplis l'évier d'eau chaude savonneuse et récure le reste des assiettes déjà lavées avant de les empiler en vrac sur l'égouttoir. Angel me regarde faire, éberluée. Elle doit me prendre pour une maniaque de la propreté. Je lui raconte l'histoire de Bev et de la crotte de chien et nous rions ensemble à gorge déployée. L'air est tellement moite que nous avons du mal à reprendre notre souffle. L'eau de Javel m'a desséché les mains. D'un coup de langue, je m'humecte le bout des doigts, une habitude répugnante que j'avais perdue. Je descends ma deuxième vodka et je finis par confier mes inquiétudes à Angel : je n'ai rien à me mettre sur le dos pour le lendemain. Angel me dit de la suivre dans sa chambre. Je ne peux pas porter ses vêtements, elle est trop menue, mais elle me prête une ceinture argentée, un sac assorti et un foulard rayé noir et argent. De quoi égayer ma robe noire. Pendant qu'Angel s'habille pour aller au travail, je rejoins ma chambre, l'âme en peine. C'est le pire moment de la journée car je n'ai rien d'autre à faire que penser à Ben et à Charlie. Je ne vais quand même pas rester allongée sur mon lit à me demander pour la énième fois si j'ai bien fait. C'est trop tard, de toute façon, je ne peux pas revenir en arrière. Alors j'essaie de m'occuper l'esprit en réfléchissant à ce qui m'attend. Immobile dans la pénombre, je m'oblige à regarder vers demain – mes pensées courent le long de fils téléphoniques emmêlés, survolent des fax qui bipent, des listes de numéros de poste. Je passe mes vieux souvenirs dans le broyeur et, enfin, le sommeil m'emporte.

14

Emily apprit par la suite que le manoir datait de 1877 et qu'un gentilhomme l'avait fait construire pour sa maîtresse, le grand amour de sa vie. D'après la légende, cette femme était tombée en admiration devant la vue qu'on avait depuis la colline. Sur la demande de son amant, elle avait lancé une pierre en direction de la mer et, à l'endroit où la pierre était tombée, il avait fait creuser les fondations. Ce fut d'ailleurs un véritable casse-tête pour les architectes. La demeure était cachée parmi les arbres, si bien qu'on ne l'apercevait de nulle part sauf de la mer, et ceux qui approchaient en bateau s'étonnaient de la voir accrochée à la falaise comme si elle redoutait de glisser et de se fracasser sur les récifs. On se serait même cru ailleurs qu'en Angleterre, tant le paysage était grandiose et serein, sur ces hauteurs. Les arbres vert doré, la mer bleue et calme rappelaient indiciblement les rivages de la Méditerranée. Ben et Emily avaient découvert ce petit paradis lors d'une escapade. Pour échapper au repas de la Saint-Sylvestre chez Andrew et Frances (où Caroline vivait encore), ils avaient pris la voiture de Ben et roulé vers le sud jusqu'à la côte du Devon en se disant qu'ils trouveraient bien un hôtel. En chemin, ils avaient traversé une série de villages endormis. Emily commençait à se demander s'ils avaient eu raison de partir sans réserver une chambre quelque part, par précaution. C'était leur premier jour de l'an ensemble et elle craignait que l'aventure ne tourne au désastre. Elle allait proposer de s'éloigner de la côte et de s'arrêter dans une petite auberge de campagne – elles étaient souvent bondées à cette époque de l'année, mais ce serait agréable d'y passer la soirée – quand Ben tourna le volant et s'engagea sur un sentier en pente qui slalomait entre les arbres. Après le dernier virage, ils tombèrent sur une vieille pancarte marquée « Shutters Lodge, chambres, demi-pension ».

« Si on allait voir ? » dit Ben. Emily acquiesça d'un air dubitatif. Ils passèrent le portail, suivirent une allée qui grimpait à travers un petit bois et, au bout d'un temps qui leur parut infini, débouchèrent dans une clairière accueillant un grand manoir, si parfait, si irréel qu'ils crurent d'abord à une apparition. Ils se garèrent et descendirent de voiture. Personne aux alentours. On n'apercevait même pas la porte d'entrée. C'était peut-être une maison particulière, peut-être que la pancarte indiquant un hôtel n'était plus d'actualité. Emily se pelotonna dans son cardigan pour tenter d'échapper au vent glacial. Il était quatre heures de l'après-midi et le ciel plombé absorbait ce qu'il restait de clarté hivernale. Craignant de passer pour des intrus, ils longèrent la bâtisse et s'engagèrent sous un portique de pierre abritant une gigantesque porte en chêne. Faute de trouver la sonnette, Emily tourna l'anneau de bronze. Le battant grinça, s'ouvrit. Une bouffée d'air tiède les invita à pénétrer dans le vestibule.

« Bonsoir ! » cria Emily. Pas de réponse. Ils allaient faire demi-tour quand ils entendirent des pas. Un vieux majordome plus vrai que nature se matérialisa devant leurs yeux et leur fit signe d'entrer, comme s'il n'attendait qu'eux. Il les conduisit dans le grand salon où il leur servit du thé et du cake aux fruits devant la cheminée. C'est ainsi qu'ils découvrirent le lieu où un jour ils célébreraient leur mariage.

Aux yeux d'Emily, cette nuit de Saint-Sylvestre fut en tout point la plus agréable de sa vie. D'habitude, elle détestait les réjouissances obligatoires. Depuis longtemps, elle ne rejoignait même plus ses anciens camarades de classe au pub où tout le monde rappliquait ce soir-là. Parce que c'était le jour de l'an, les mecs se croyaient tout permis, y compris de vous rouler des pelles. L'année d'avant, elle était restée chez elle avec sa collègue Maria et deux autres copines. Les quatre filles s'étaient mitonné un vrai festin et l'avaient dégusté en regardant Jools Holland et *Out of Africa* qu'on rediffusait à la télé. Une soirée parfaite : pas de problème pour rentrer chez soi, pas de comportements débiles et dangereux, pas de Caroline traînant dans les parages. De toute façon, sa sœur n'aurait fait que boire comme un trou et aurait été odieuse. Emily s'était donc gardée de l'inviter – elle se serait ennuyée dans une soirée aussi pépère. En plus, elle savait que Caroline passait la nuit en boîte à Londres.

Emily et Ben dînèrent à l'hôtel. On leur servit de la nouvelle cuisine, plus prétentieuse que bonne. Des carottes curieusement coupées gisaient à côté d'un morceau d'agneau trop cuit, le tout piètrement décoré de gouttes de vinaigre balsamique. Mais quelle importance ? La salle était si chaleureuse, avec ses cloisons lambrissées, et le vin valait le détour. Pendant tout le repas, ils discutèrent à bâtons rompus comme s'ils avaient hâte de tout se raconter de leur enfance. Ils revenaient inlassablement sur les circonstances de leur rencontre et ils riaient. Emily ne regrettait pas d'avoir tu ses problèmes familiaux avant de connaître Ben. Lui seul était capable de comprendre sans la juger, sans les juger. Et pour la première fois, elle se rendit compte qu'elle avait toujours souffert de la solitude sans même le savoir. Cela lui semblait dingue, rétrospectivement. Comment pouvait-on être seule quand on avait une sœur jumelle ?

« … et au dernier moment, dit Emily, Caroline a violemment refermé la porte en verre, si bien que je suis passée au travers. C'était comme au cirque quand les acrobates traversent un cerceau en papier. Mon père s'est mis à la poursuivre autour de la table de la salle à manger mais il n'arrivait pas à l'attraper. Ma mère hurlait comme une folle, et moi, pendant ce temps, je me vidais tranquillement de mon sang. » Elle pouffa de rire, et Ben se mit à rire lui aussi. Il l'avait déjà interrogée sur la cicatrice qu'elle avait au genou mais elle n'avait pas dit la vérité, allez savoir pourquoi. Ce n'était pas comme si Caroline avait tenté de la tuer.

« Tout compte fait, je suis content d'être fils unique, conclut Ben. La pire chose qui me soit arrivée quand j'étais petit, c'était à la fête de l'école. Je chantais "Je suis une petite théière" et soudain le bec verseur s'est décroché de mon costume. Je ne me suis jamais remis de cette humiliation. »

Emily regarda Ben d'un air pensif. Elle mesurait combien leurs enfances avaient été différentes. Les parents de Ben, plus âgés que les siens, l'avaient entouré de leur affection. Personne ne l'avait jamais harcelé.

« Ce ne te faisait pas bizarre de ne pas avoir de frères et de sœurs ? demanda-t-elle. Moi, si j'avais été fille unique, j'aurais dû me taper *EastEnders*[1] tous les jours à la télé. Je crois que je me serais ennuyée sans Caroline.

— Non, je n'en ai pas souffert. Comme mes cousins n'habitaient pas loin, je traînais tout le temps avec eux. Et nous avions un chien aussi. » Il marqua une pause. « Mais tu as raison, ça me fait bizarre maintenant. Depuis que je te connais, je m'aperçois que quelque chose me manquait. Que ce soit bien clair, je ne te prends pas pour ma petite sœur… » Ils se firent une grimace complice. « Mais à la seconde même où je t'ai vue, j'ai eu l'impression de te connaître depuis toujours. Encore que, au début, tu n'avais rien de sympathique…

— Je suis désolée mais j'étais morte de trouille… Je ne sais pas ce qui m'a pris d'accepter ce stage de parachutisme. J'ai une sainte horreur des avions, et en plus j'ai le vertige. J'imagine que Dave a dû m'avoir par les sentiments. Je n'aurais jamais dû dire oui.

— Mais non, tu as très bien fait », répliqua Ben, et elle lui sourit. « J'ignore comment tu t'y es prise, mais tu m'as fait prendre conscience de moi-même… et du furoncle qui fleurissait sur mon cou », ajouta-t-il en plissant les yeux.

Emily éclata de rire. « Navrée mais, de là où j'étais, j'avais une vue plongeante sur lui. J'ai bien cru qu'il allait m'exploser à la figure.

1. Soap opera très populaire en Grande-Bretagne. (*N.d.T.*)

— Tu l'aurais mérité, méchante fille, dit-il en lui prenant la main à travers la table.

— Vous avez fini, madame ? » intervint le serveur qui, bien que vêtu d'un élégant gilet, avait l'air tellement vieux et rabougri qu'on s'étonnait qu'il soit encore de ce monde, et plus encore qu'il travaille. Le personnel de l'hôtel et l'hôtel lui-même semblaient dater d'un autre âge. Il débarrassa les assiettes d'une main tremblante pendant que le jeune couple échangeait des petits sourires. Emily sentit ses yeux se remplir de larmes.

« Si nous faisions une balade, après dîner ? s'empressa de proposer Ben. La nuit est si belle.

— Il fait trop sombre, on va se tuer, répliqua Emily.

— Mais non, c'est la pleine lune. Elle est énorme. Allons faire un tour sur les falaises à minuit. Ce sera génial. »

Emily contempla son amoureux dans cette ambiance joyeuse et feutrée propre à Noël. Comment avait-elle pu le prendre pour un geek ? Ce garçon était *formidable*. Elle aimait son caractère passionné, sa soif de vivre, la profondeur de son regard, loyal comme celui d'un chien. À cet instant précis, dans cet hôtel perdu au fin fond du Devon, il lui apparut comme une évidence que Ben était l'homme de sa vie et que jamais, au grand jamais, ils ne se quitteraient.

Ils s'étaient emmitouflés pour sortir. Emily avait passé tous ses vêtements les uns par-dessus les autres. Ils avaient dû supplier le majordome de leur confier la clé car la porte était verrouillée, à cette heure de la nuit. L'homme les avait regardés comme s'ils étaient fous mais leur avait quand même remis une grosse clé en fer forgé, pareille à celle d'une prison. Ivres de vin, ils avaient couru sur le sentier en emportant le reste de la bouteille cachée sous le manteau de Ben, comme des garnements qui auraient sauté le mur de l'internat. Ben avait raison – la lune était incroyablement lumineuse, parfaitement ronde, comme si Dieu l'avait découpée avec ses propres ciseaux pour leur en faire cadeau. Ils grimpèrent jusqu'au bord de la falaise et contemplèrent la mer calme qui bruissait en contrebas. Le sol ondulait sous leurs pas, se dilatant puis retombant comme la poitrine d'un gigantesque dormeur.

« Viens, approchons-nous, dit Ben.

— Tu es sûr que ce n'est pas dangereux ? » Emily n'était pas à l'aise. Certes, elle avait le vertige, mais autre chose la gênait. Une chose enfouie au fond de sa mémoire.

« Je te promets que nous ne courons aucun danger. Il suffit de ne pas marcher tout au bord. Ne t'inquiète pas, je te surveille. »

Pourtant, Emily n'osait pas trop approcher du vide. Elle contemplait le clair de lune qui se reflétait sur la mer argentée, quand soudain des images confuses affluèrent en grand désordre dans son esprit. *Emily pleurait ; Andrew hurlait ; Caroline se glissait près d'elle, lui prenait la main ; les murailles d'une forteresse ; sa mère toute pâle, murée dans le silence ; des cornets de glace, il y avait des cornets de glace quelque part ; une empoignade, Emily se bagarrait avec sa jumelle, comme si elle luttait pour survivre ; un bain chaud.*

« Que t'arrive-t-il, Emily ? » demanda Ben en entendant son souffle s'accélérer. Pourtant, elle n'avait rien dit, pas bougé un membre. Les paroles de Ben la ramenèrent dans le présent, et elle se mit à courir loin du précipice. Au bout d'une dizaine de mètres, elle se jeta dans l'herbe, hors d'haleine, et resta immobile jusqu'à ce que le vertige cesse.

« Pas étonnant que j'aie paniqué quand le moniteur m'a poussée hors de l'avion », finit-elle par articuler. Elle voulut rire mais ne réussit qu'à éclater en sanglots. Ben la serra contre lui et, entre deux hoquets, Emily lui décrivit les visions effrayantes qui l'avaient assaillie. Ben sentit son cœur exploser de tendresse. Il aimait Emily de toute son âme et détestait Caroline avec la même force. Comment une femme si normale, si douce, pouvait-elle avoir une jumelle aussi mauvaise ?

15

Je me réveille en pleurs. Mes cauchemars m'ont suivie jusqu'ici. Je décide de rester couchée, il est trop tôt pour se lever. Sous le lit, je retrouve mon vieux journal, celui de Crewe. Je me lance dans un autre sudoku, le plus difficile, et quand je le termine, je me sens vaguement fière de moi. Je me prends par la main pour descendre manger dans la cuisine. Ensuite je me douche et je passe ma tenue améliorée. Les accessoires d'Angel rajoutent un peu de gaîté mais je ne suis pas vraiment satisfaite du résultat – Cat ne porterait jamais ce genre de fringues. L'âme en peine, je sors de la maison et, comme d'habitude, dès que je suis dehors, mon moral remonte de quelques degrés. Quel soulagement ! Ici, je peux circuler incognito, personne ne me montre du doigt, ne chuchote dans mon dos. Angel m'a conseillé d'aller en métro jusqu'à Covent Garden. Pas besoin de prendre une correspondance, Shaftesbury Avenue n'est qu'à quelques minutes de marche. Elle m'a prêté un petit plan de la ville. Je me sens plus tranquille ainsi, je ne me perdrai pas.

Le métro est immonde. Ça pue la sueur – la sueur fraîche des coursiers qui sont tout le temps pressés, la sueur rance des gens qui, comme moi, n'ont pas de vraie salle de bains, et enfin la sueur qui imprègne les sièges des voitures depuis des jours, des mois, des années, et remonte en surface à la faveur de la canicule. C'est celle-là qui me révulse le plus. Alors je reste debout même si toutes les places ne sont pas prises et j'empoigne la barre jaune verticale au-dessus d'une main noire soignée aux ongles ornés de petits papillons. La propriétaire de la main semble nerveuse – elle est peut-être en retard au travail. Elle pianote sur la barre, les papillons frétillent au même rythme, puis elle regarde sa montre à son autre poignet, le talon de son pied droit magnifiquement chaussé martèle le sol comme si ce geste pouvait forcer le train à filer plus vite à l'intérieur du tunnel sans fond.

Je cherche un cybercafé où corriger mon C.V. Il faut que j'ajoute ma nouvelle adresse, mon nouveau numéro de téléphone, que j'abrège mon nouveau prénom. C'est embêtant de ne pas avoir accès à Internet. Pourquoi ai-je tellement insisté l'autre jour pour acheter le mobile le moins cher ? J'aurais dû écouter le charmant vendeur au lieu de jouer à la cliente exécrable. Ce manque me fait l'effet d'une nouvelle perte, d'une privation supplémentaire. Si j'arrive à décrocher un boulot rapidement, je pourrai m'offrir un ordinateur portable ou un chouette smartphone. *Si seulement je pouvais demander à Ben, il me conseillerait.* Je m'interromps. Je ne peux pas demander à Ben.

Contre toute attente, je ne trouve pas de cybercafé. J'interroge quelques personnes dans la rue mais elles ne savent pas. La plupart des gens n'ont pas besoin de fréquenter les cybercafés, ils possèdent une connexion chez eux ou au bureau. Alors je renonce et je marche au hasard dans les rues, comme une âme en peine, de nouveau au bord des larmes. Soudain, j'aperçois une bande de filles aux cheveux hirsutes, avec des anneaux dans le nez, des jupettes plissées, des leggings et des Converse. Sans grande conviction, je les aborde pour leur poser la question. Elles ne parlent pas bien anglais mais connaissent un cybercafé. Je repars en direction de Leicester Square.

Assise devant un écran au fond d'une salle impersonnelle bondée de postes informatiques, je regarde les humanoïdes qui m'entourent en me demandant quel genre de vie ils mènent dans le cyberespace. Leurs avatars ont-ils quelque ressemblance avec leurs êtres de chair ? Les choses sont allées si vite qu'en l'espace de dix ans les relations humaines ont changé du tout au tout. Comment cette évolution se traduira-t-elle dans l'avenir ? Mais à quoi bon s'interroger ? J'ai toujours détesté les cybercafés – d'abord le terme est impropre puisque personne ne me sert de café. Celui-ci me donne l'impression de faire de la figuration dans un film de science-fiction à deux balles. Un claquement métallique retentit brusquement au-dessus du bourdonnement des disques durs et du cliquetis des touches. Je sursaute puis je découvre que quelqu'un vient de décapsuler une canette de Coca Zéro achetée au distributeur automatique posé dans le coin.

Mon C.V. est attaché au seul mail – en dehors des spams – qui figure dans ma nouvelle messagerie, celle que j'ai créée au nom de Catherine Brown à l'époque où je m'appelais encore Emily. Pour le rédiger, j'ai veillé tard une nuit, en prétextant du courrier à écrire.

Un mensonge parmi les dizaines que j'ai servis à Ben au cours des semaines qui ont précédé mon départ. (Quand je pense qu'avant nous n'avions pas de secrets l'un pour l'autre.) Mon ancien moi a envoyé le C.V. en pièce jointe à mon futur moi puis il a supprimé le fichier texte, vidé la boîte d'envoi, la corbeille et enfin l'historique. Il a suffi de deux clics de souris pour effacer mes traces.

Sur le site d'une grande agence d'intérim, je trouve l'adresse d'un de leurs bureaux à Holborn, au cas où l'amie de Dolores n'aurait rien à me proposer – ce tuyau ne me dit rien qui vaille mais je vais quand même me présenter, pour faire plaisir à Dolores qui semblait si heureuse de m'aider. Une fois corrigé le texte du C.V., je sauvegarde et me renvoie le fichier pour le conserver. J'appuie sur la touche « Imprimer » et le tire en dix exemplaires. Ça me coûte une fortune, mais au moins je pourrai me dispenser de revenir dans ce genre d'endroit pendant quelque temps. Ou définitivement, sait-on jamais. Je regarde la machine aspirer la feuille intacte et la recracher couverte de mensonges impeccablement formatés. Je paie le gars à la caisse – il émane de lui une forte odeur de marijuana –, qui me rend la monnaie sans m'accorder un seul regard.

Mon plan des rues à la main, je rejoins Charing Cross Road puis je tourne à gauche dans une ruelle qui sent la cuisine chinoise et l'air chaud des climatiseurs. Il est presque midi et j'ai faim. En ce moment, j'ai tout le temps faim. Mais peu importe, je continue à marcher tant que j'en ai encore le courage. Je trouve le bon numéro. C'est une porte en métal épais avec plusieurs sonnettes sur le côté droit. Le bouton du milieu est marqué « Mendoza Media Recruitment ». C'est forcément ça. Je sonne et j'attends.

Je m'aperçois que je tremble. J'ai abandonné ma famille, mon C.V. est complètement bidon, j'ai modifié mon nom, mon métier, les adresses de mes employeurs, j'ignore comment fonctionne un standard téléphonique.

« Montez », dit une voix avec un fort accent. L'interphone bourdonne, je pousse la grosse porte et me retrouve dans un hall vétuste. À gauche, une plaque à moitié effacée indique Smile Telemarketing. Devant moi, des marches peintes en gris. Ne voyant pas d'autre option, je monte. Sur le palier, une fille brune m'attend.

« Vous venez pour MMR ? » demande-t-elle. Je hoche la tête. « Vous avez pris rendez-vous ?

— Non, euh, je viens de la part d'une amie. Elle m'a dit de m'adresser à Raquel.

— OK, c'est quoi votre nom ? » demande la fille. Elle est un peu grassouillette, sa jupe et son chemisier sont trop serrés, mais elle a un joli visage. Je la soupçonne d'être plus jeune qu'elle n'en a l'air.

« Cat Brown, dis-je avec assurance. De la part de Dolores.

— Dolores qui ? » dit-elle, et comme je suis incapable de lui fournir un nom de famille, la fille lève les yeux au ciel, juste assez pour que je le remarque. Elle a raison, je suis stupide. Elle m'introduit dans un petit hall d'accueil pourvu d'un canapé gris passé de mode et d'une table basse en verre surmontée d'une fougère mourante. Ce n'est pas l'idée que je me faisais d'un bureau de recrutement pour sociétés de média, encore que ce domaine me soit inconnu, mais j'obtempère quand elle me fait signe de m'asseoir et disparaît par une porte derrière moi.

Après vingt minutes d'attente, j'ai envie de partir. La fille n'est pas revenue, Raquel demeure invisible et j'en ai assez de poireauter pour rien, l'angoisse et la faim au ventre. Je suis sur le point de me lever quand j'entends la sonnette du bas et des pas lourds dans l'escalier. Une femme corpulente hors d'haleine s'encadre sur le seuil. Elle porte un caftan et son visage tire sur l'orangé, probablement à cause d'un abus de peelings et d'U.V. Ses cheveux longs sont teints en blond platine, ce qui jure avec sa peau. Elle m'invite à la suivre dans son bureau où je découvre une grande photo d'elle, prise en studio, où elle est dix fois plus belle et cent fois plus mince. Je m'assois, pleine d'empathie pour elle face à cette déchéance physique, et m'efforce de ne pas penser au *Muppet Show*.

« Alors comme ça, vous connaissez Dolores ? » dit-elle en examinant mon C.V. Elle s'exprime avec un très léger accent moyen-oriental, israélien peut-être.

« Je vis en colocation avec son petit ami, dis-je. Je viens d'arriver à Londres et je cherche un poste de réceptionniste. »

Elle me demande ce qui me plaît le plus dans ce métier, comment je gère les clients difficiles, ce que je fais quand j'ai cinq appels en attente, ce genre de choses. J'essaie d'oublier que je mens, que ce boulot est nettement plus compliqué que le droit des sociétés, et je réponds du mieux possible. Elle remue quelques papiers sur son bureau, dit qu'elle n'a rien à me proposer pour le moment mais qu'elle m'inscrit sur sa liste d'attente. Je m'apprête à partir, moitié déçue, moitié soulagée, quand son téléphone sonne. Elle décroche, écoute, fronce les sourcils, me fait signe d'attendre en pointant un doigt vernis de rose et dit à son interlocuteur qu'elle le rappellera.

« Vous êtes libre demain ? »

La panique me prend. « Oui.

— On vient de me proposer un remplacement de deux semaines dans une agence de pub à Soho. » Elle regarde mon foulard à rayures d'un air dubitatif. « Je suppose que vous ferez l'affaire. Vous avez des références ? »

J'ai préparé des lettres imprimées à l'en-tête de deux grosses boîtes où je n'ai jamais mis les pieds, à Manchester. Je me dis que Raquel ne vérifiera pas, et je lui fais le plus beau sourire dont je dispose.

Raquel passe un coup de fil. « Salut, Miranda, oui, j'ai quelqu'un pour demain… Oui, elle s'appelle Cat Brown… C'est ça, Cat comme un chat. Huit heures quarante-cinq ? Super… Elle y sera. Bye bye. »

Elle me donne l'adresse de Carrington Swift Gordon Hughes, une grosse agence de publicité sur Wardour Street, à Soho, et je quitte son bureau en état de choc, abasourdie de constater combien la chose a été facile, au moins dans le sens pratique du terme.

16

Emily avait du mal à se concentrer sur son travail depuis qu'elle fréquentait Ben. Ce garçon occupait toutes ses pensées et il lui arrivait souvent de sourire bêtement ou même de bayer aux corneilles pendant des réunions importantes où toute son attention était requise. Elle avait l'impression de ressusciter, d'avoir toujours vécu derrière un voile, tant son passé lui semblait flou. Ben apportait une telle lumière, une telle intensité dans son existence que son quotidien de juriste lui paraissait morne en comparaison, la détournait des choses essentielles. Elle avait fini par interdire à Ben de lui envoyer des textos au bureau car ils achevaient de la distraire de son travail. En effet, quand elle recevait un message de lui, elle répondait avec un trait d'humour puis attendait le retour, lui renvoyait quelques lignes et patientait trois minutes pour lire son nouveau texto, le cœur battant, l'estomac noué d'excitation. Ils déjeunaient rarement ensemble (Emily ne voulait pas que leur relation s'ébruite), mais quand elle descendait au réfectoire elle le prévenait et lui s'arrangeait pour la croiser et échanger deux mots avec elle, de telle sorte qu'elle remportait à son bureau le souvenir de son sourire timide, ce qui lui permettait de tenir tout l'après-midi. Bien sûr, avec le temps, elle finit par regagner un minimum de concentration mais ne retrouva jamais son ancienne passion pour ce métier auquel elle avait tant donné.

Quelques mois plus tard, un lundi matin de bonne heure, Ben et Emily étaient assis autour d'une tasse de café infect, spécialité de la cantine. Ils avaient passé le week-end à escalader les deux points culminants du Peak District et n'avaient presque pas fermé l'œil – il avait plu, leur tente prenait l'eau et, de toute façon, leurs nuits étaient courtes. Rompus de fatigue, ils avaient choisi de s'installer près de l'entrée, à la vue de tous – ils avaient depuis longtemps cessé de feindre l'indifférence et leurs collègues avaient depuis longtemps cessé de les taquiner en leur balançant des blagues salaces sur le thème du parachutisme. Désormais, on les acceptait en tant que couple, point barre. On les appelait même Bemily, ce qui leur était parfaitement égal. Ils étaient trop heureux pour se formaliser de quoi que ce soit, à cette époque.

Pourtant, ce jour-là, Emily se sentait gênée. D'habitude, elle tenait sa tasse à deux mains, le menton posé dessus, les coudes plantés sur la table en Formica. Ce matin, elle ne semblait pas décidée à utiliser sa main gauche et la tenait cachée.

« Vas-y, dis-leur, murmura Ben. Ça ira mieux après. »

Quand elle posa les yeux sur ses genoux étincelants, son cœur s'emballa et se mit à galoper dans ses entrailles en passant par ses poumons, ses reins, son gros intestin. Par la même occasion, elle réalisa qu'elle n'avait encore rien dit à sa sœur. Peut-être devraient-ils commencer par lui en parler avant de répandre la nouvelle. Ben la fixait d'un air interrogatif. Emily ne voulait pas qu'il se méprenne sur ses intentions, qu'il la croie réticente – après tout, elle pourrait toujours téléphoner à Caroline plus tard.

« Pourquoi est-ce forcément à moi de m'y coller ? dit-elle enfin. C'est horriblement sexiste. Je ne suis pas ta propriété. Tu ne m'as pas gagnée dans une tombola.

— Ouh là là, mademoiselle fait sa chochotte, dit Ben. C'est bon, donne-la-moi. » Elle retira la bague et la lui jeta pour rire. Il l'attrapa adroitement, juste au-dessus de son café, la glissa au petit doigt de sa main gauche où elle resta coincée, se leva et se précipita vers le comptoir du petit déjeuner en agitant les mains à la manière d'une grande folle. Il était beaucoup moins réservé, ces derniers temps.

« Assieds-toi, espèce d'idiot », siffla-t-elle sans vraiment plaisanter. Mais c'était trop tard. Deux collègues avaient vu la scène, et l'une d'elles poussa un petit cri de ravissement. « C'est ce à quoi je pense ? » dit-elle en parlant assez fort pour que tout le monde lève le nez, à commencer par le chef d'Emily, penché sur le grille-pain. Très vite, un attroupement se forma autour d'eux. Les uns s'extasiaient devant la bague, les autres les félicitaient, les embrassaient. Emily, qui d'habitude détestait attirer l'attention sur elle, ne s'en formalisa pas.

17

Aujourd'hui, c'est ma première journée de travail. Je remets ma robe noire – à part elle, je n'ai rien d'adapté à une agence de publicité – et les accessoires prêtés par Angel. En fait elle m'a dit que je pouvais les garder, mais non, je ne peux pas accepter. Je me lève assez tôt pour profiter de la salle de bains puis je découvre qu'Erica m'a brûlé la priorité. Alors j'attends et, quand elle finit par sortir, la pièce est un vrai bain de vapeur. Ça sent le soufre et le dentifrice. Je me demande si elle est aussi vénéneuse à l'intérieur qu'elle paraît l'être de l'extérieur. J'essaie quand même de lui sourire mais elle me foudroie du regard et passe rapidement devant moi, drapée dans une serviette délavée qui découvre ses petites jambes parfaites.

Je n'ai toujours pas trouvé de tongs mais je commence à prendre mes marques dans cette salle de bains. Il me suffit de ne rien toucher, d'éviter que le rideau de douche moisi glisse sur mon corps. Une fois propre, je me tiens en équilibre sur un pied tout en me rinçant la plante de l'autre avec le pommeau, puis je la sèche avec la serviette suspendue sur la tringle de la douche pour qu'elle n'entre en contact avec rien, je glisse mon pied sec dans la pantoufle avant de laver l'autre pied, une jambe par terre, l'autre dans la baignoire, et ainsi de suite. Mes exigences en matière d'hygiène deviendront moins rigoureuses avec le temps, j'en suis sûre, mais, pour l'instant, c'est ainsi que je m'y prends.

Brad et Erica sont dans la cuisine, il est cordial, elle non. Pourquoi un type aussi sympa s'est-il acoquiné avec une fille comme elle ? J'essaie de l'ignorer. Pourtant, je devrais avoir l'habitude des emmerdeuses, ayant grandi avec Caroline. Je m'assois tranquillement devant un bol de muesli et une tasse de thé sucré bien fort, comme ma mère m'en faisait autrefois.

Pour ne pas être en retard, je pars très tôt. Le trajet en métro, direct jusqu'à Oxford Circus, me prend à peine une demi-heure. Ensuite, je longe Oxford Street, tourne à droite sur Wardour Street et trouve l'immeuble cent mètres plus loin sur le trottoir de droite. Il n'est que huit heures vingt-cinq. Je plisse les yeux pour voir ce qui se passe à l'intérieur, derrière les vitres étincelantes. Dans le hall d'accueil trônent des fauteuils en forme de reins ou d'autres organes. Au-dessus de la porte d'entrée à deux battants figure l'élégant logo de la société. Ma robe et mes ballerines me paraissent tristes et ringardes. J'ai piètre allure. On est vendredi. Je suis à Londres depuis cinq jours, je poireaute devant un bâtiment rutilant, élevé à la gloire de ses quatre fondateurs à l'ego surdimensionné, et soudain j'ai envie de m'enfuir en courant – mais pour aller où ? J'aurais peut-être dû m'installer sur la côte, puisque j'aime la mer. *Accroche-toi, ma fille. Tu t'es déjà enfuie une fois, tu ne vas pas recommencer. C'est ça ou rien.* Je ravale les souvenirs de l'époque où j'étais heureuse, je lisse ma robe avec mes mains, je rectifie mon foulard et je patiente sagement sur le trottoir jusqu'à ce qu'il soit l'heure d'entrer.

18

Caroline rajusta le voile d'Emily pour la toute dernière fois. Ensemble, elles pivotèrent vers le miroir où deux jeunes filles très dissemblables les regardaient attentivement. La mariée avait un visage avenant, naturel. Ses cheveux blond foncé coiffés en chignon mettaient en valeur son long cou gracile. Elle portait un boléro de satin blanc aux manches étroites avec de minuscules boutons sur le devant. Sa jupe évasée lui descendait aux genoux et ses chaussures à talons hauts étaient un clin d'œil aux années 1940. Le voile court donnait la touche finale. Caroline n'avait jamais vu sa jumelle si élégante. Au départ, Emily avait hésité à lui confier la confection de sa tenue de mariage mais Caroline s'en faisait une telle joie qu'elle avait fini par s'y résoudre. Un refus aurait été trop cruel. Sa sœur était styliste, après tout – et si on la contrariait, elle risquait de mal réagir. Tout compte fait, Emily s'était inquiétée pour rien car son ensemble était superbe.

Pour sa part, Caroline avait choisi une tenue rose pétard, terriblement courte, et une coiffure très originale, couleur acajou tirant sur le rouge, un carré avec une frange épaisse, comme quand elle avait 3 ans.

Pour couronner le tout, elle s'était maquillée comme une voiture volée. Nul n'aurait pu deviner qu'elles étaient sœurs.

Lorsque Frances entra dans la pièce et vit ses deux filles côte à côte, elle dut s'avouer surprise tant elles semblaient heureuses et, n'ayons pas peur des mots, complices. Ce qui en soi n'avait rien d'étonnant, puisqu'elles étaient jumelles. Frances se prit même à espérer que la vie familiale rentrerait un beau jour dans la norme. Andrew lui-même paraissait plus disponible ces derniers temps, un peu moins inexistant. Peut-être que le séjour en clinique de Caroline leur avait fait du bien à tous, finalement. Le personnel soignant lui avait rendu son équilibre mental à force de patience et de persuasion. Ensuite, Frances avait insisté pour que sa fille s'installe à la maison et n'avait pas eu à le regretter. Bien sûr, au début, il avait fallu se réhabituer à sa musique tonitruante, au capharnaüm qu'elle laissait dans la salle de bains et à son sale caractère mais, le premier choc passé, sa présence avait été bénéfique pour tout le monde. C'était la première fois qu'ils vivaient à trois, Frances, Andrew et Caroline. Comme Emily occupait déjà son petit appartement à l'autre bout de la ville, Caroline n'était plus en compétition permanente avec elle. Cela faisait plus d'un an que Caroline habitait chez ses parents – ils n'auraient jamais imaginé que son séjour durerait autant – et Frances la trouvait plus aimable. Avait-elle enfin appris à vivre en société ? Elle avait décroché un emploi de bureau dans une maison de couture, à Manchester, et ça marchait bien pour elle. Depuis quelque temps, on aurait dit que Caroline avait oublié sa haine envers sa sœur. Et maintenant, grâce à elle, Emily resplendissait littéralement. Frances se sentait terriblement émue mais elle ravala ses larmes pour ne pas abîmer son maquillage.

Une heure avant la cérémonie, Ben s'habillait dans la chambre de son témoin, qui donnait sur l'arrière de l'hôtel et ne bénéficiait donc pas de la vue sur la mer. À sa grande surprise, tout s'était bien passé jusqu'à présent – pas le moindre incident lors du dîner de la veille – mais, connaissant la famille Brown, il restait sur ses gardes. Caroline lui tapait toujours autant sur les nerfs. Elle avait le chic pour embarrasser les gens, à tel point qu'ils finissaient par dire des bêtises qu'elle ne manquait pas de reprendre ensuite pour se moquer d'eux – mais son comportement s'était sensiblement amélioré et elle n'avait rien fait ni dit d'ouvertement désagréable concernant ce mariage. Elle avait même cousu la robe de mariée, ce qui l'avait inquiété au départ, mais Emily en semblait enchantée, il n'y avait donc plus à s'en soucier. Pourtant Ben n'était pas totalement détendu, allez savoir pourquoi. Ce jour était censé être le plus beau de sa vie, la cérémonie allait se dérouler dans l'hôtel le plus romantique du monde, avec son décor baroque et son atmosphère décadente, et sa future épouse était la femme idéale à tous points de vue.

Il entendit frapper à la porte. C'était sûrement Jack qui lui amenait son gilet de smoking, pensa-t-il. Tout en allant ouvrir, il termina son nœud de cravate et enfonça sa chemise dans son pantalon.

« Tiens, salut », dit Ben. Il y avait chez Caroline un je-ne-sais-quoi qui le mettait mal à l'aise, comme par exemple la façon qu'elle avait, à ce moment-là, de s'appuyer contre l'embrasure en se déhanchant de manière provocante. Malgré lui, le regard de Ben passa rapidement de ses yeux étonnamment bleus à sa bouche rose vif, glissa le long de sa robe en soie, dérapa sur ses jambes nues, avant d'atterrir sur le parquet.

« Le voilà, mon petit Ben, dit Caroline en lui tendant le gilet magenta qu'elle avait dessiné pour lui. Désolée pour le retard, j'avais quelques petites retouches à faire. » Ben n'aimait pas tellement ce gilet mais avait accepté de le porter pour faire plaisir à Emily. Lorsque Caroline l'aida à l'enfiler, il la laissa faire, non sans réticence. Puis elle insista pour agrafer tous les petits boutons, en prétextant que Ben avait les doigts trop gros et qu'il abîmerait la soie. Elle prit son temps et, quand elle eut terminé, elle le regarda lentement de la tête aux pieds, comme s'il était nu.

« Ouah, c'est la grande classe, s'exclama-t-elle. Ma chère sœur a touché le jackpot. » Il allait s'éloigner quand elle se pencha vers lui en murmurant : « Bonne chance, Ben, je te souhaite beaucoup de bonheur avec Emily », et avant qu'il réalise ce qui lui arrivait, elle l'embrassa sur la bouche, avec sensualité. L'espace d'une nanoseconde, Ben sentit son corps réagir. Tout de suite après, il la raccompagna à la porte, marmonna un merci et referma derrière elle.

En enfilant ses chaussures neuves un peu trop serrées, Ben sentait ses joues brûler. Mais il était prêt. Jack son témoin passa la tête par l'embrasure. « C'est bon pour toi, mon vieux ? Hé, tu as un drôle d'air, tu vas bien ?

— Très bien, j'ai un peu le trac mais c'est normal, je pense.

— Bon, tout baigne, l'officier d'état civil est arrivé,

je viens de croiser Frances et Andrew dans leurs beaux habits et les premiers invités sont là. J'ai préparé la musique. Ça va bien se passer.

— Je l'espère, dit Ben.

— Oh, bon Dieu, tu ne vas quand même pas changer d'avis ? Je vais te chercher un verre.

— Non, non, ce n'est pas ça. Je suis sûr d'aimer Emily. C'est sa famille qui m'inquiète.

— Tant que c'est pas l'inverse, s'esclaffa Jack. Viens. Il n'y a rien de tel qu'une bonne bière pour voir la vie en rose. » Il prit Ben par le bras et l'emmena ainsi jusqu'au bar.

Andrew avait repéré Danielle dès la veille au soir, à leur arrivée sur les lieux. Pendant des jours, Caroline n'avait cessé de se plaindre en disant qu'elle n'avait pas de cavalier et qu'elle détestait assister seule à ce genre de cérémonie. Si bien qu'à la fin, Emily et Ben lui avaient proposé d'inviter une amie. Danielle et Caroline s'étaient connues à Londres – c'était Danielle qui avait appelé Frances à la rescousse la nuit où Caroline avait eu son « accident », comme ils l'appelaient à présent. Elle vivait toujours dans la capitale et avait fait le voyage tout spécialement, ce qu'elle ne regrettait pas maintenant qu'elle avait découvert ce cadre enchanteur. Elle trouvait l'hôtel splendide, extravagant et tellement gothique avec son immense terrasse fleurie et sa vue à tomber par terre. Le grand salon était si froid qu'on y faisait du feu, même en plein été. On voyait les flammes crépiter dans les cheminées monumentales placées de chaque côté de la salle, face à des canapés Chesterfield en cuir craquelé disposés en U. Les lourdes tentures ocre qui masquaient les fenêtres plongeaient la pièce dans une agréable pénombre. Par un large escalier incurvé, on accédait à une galerie ouverte qui desservait les douze chambres de l'établissement, lesquelles présentaient un vif contraste avec le salon de réception. Lumineuses, ensoleillées, ouvertes aux embruns, leurs murs étaient peints couleur tourterelle, leurs lits tendus de draps blancs en coton égyptien avec des traversins assortis et, dans les salles de bains attenantes, on trouvait de jolis savons et des baignoires posées sur des pieds griffus. Danielle était aux anges. Tout le monde s'était montré si gentil avec elle, un peu trop gentil dans le cas d'Andrew, mais Danielle n'était pas une oie blanche et ce type avait beaucoup de charme pour son âge. C'était le genre de fille que les hommes trouvaient attirante, les femmes un peu moins. Elle savait que parfois son naturel joyeux et spontané pouvait passer pour de la provocation mais tant pis, elle ne voyait aucune raison de changer.

Sous les accents mélancoliques d'une chanson des Smiths intitulée *There Is A Light That Never Goes Out*, Emily s'avança le long de la travée – créée pour l'occasion –, entre les chaises recouvertes de tissus crème, disposées en rangs dans le jardin donnant sur la mer. Frances trouvait étrange ce choix musical dont seul le jeune couple connaissait la signification. Cette ballade leur rappelait leur premier baiser. Ils avaient décidé de réduire le nombre des invités à une quarantaine, préférant n'être entourés que de personnes bien intentionnées qui se réjouiraient sincèrement de leur bonheur et ne feraient pas de commentaires oiseux sur la robe de la mariée ou la cérémonie interminable. Au début, Emily avait même pensé ne rien faire du tout.

Ils auraient pu se marier seuls, sur une plage quelque part. Tout cela pour ne pas mécontenter Caroline. Pour une fois, Ben était intervenu et lui avait judicieusement rappelé leur séjour dans ce magnifique hôtel du Devon. N'avaient-ils pas trouvé l'un comme l'autre que cet endroit serait idéal pour un mariage ? Même si, à l'époque, ils n'osaient pas encore énoncer clairement leur désir de s'unir pour la vie. Caroline ne trouverait rien à y redire, avait-il plaidé. Après tout, ce n'était pas leur faute si elle n'avait pas de petit ami, et de toute façon, elle était dans de bien meilleures dispositions ces derniers temps. En effet, songea Emily en se présentant devant l'officier d'état civil, Caroline avait bien pris la chose. Elle semblait vraiment heureuse pour eux, ce qui était adorable de sa part.

En voyant leur fille prononcer ses vœux, Andrew et Frances repensèrent à leur propre mariage. Ce jour leur paraissait si lointain. Frances se demanda si Andrew avait été sincère en lui jurant fidélité – Andrew se le demandait aussi. Ni l'un ni l'autre ne connaissait la réponse. Mais cela n'avait plus aucune espèce d'importance maintenant. Frances laissa son regard dériver vers la mer plate comme un lac. Elle songeait aux premiers jours qu'ils avaient passés ensemble. Leur lune de miel. Puis tout s'était précipité. Il y avait eu cette double naissance dramatique. Les premières années avaient été épuisantes avec les deux gosses à élever. Elle avait cru qu'Andrew la quitterait dès que les filles auraient grandi, car elle savait très bien qu'il voyait une autre femme. Andrew, lui, essayait d'imaginer sa vie avec Victoria. Comment les choses auraient-elles tourné s'il l'avait rencontrée avant Frances ? Et, pour la énième fois, il se demanda pourquoi il n'était pas parti. L'amour n'était-il pas plus important que tout ? Mais il était trop tard à présent. Il avait tenté de garder à la fois Victoria et sa famille et, en voulant ménager la chèvre et le chou, il avait tout fichu par terre. Rien d'étonnant à ce que Victoria ait fini par se lasser. Quand elle avait rompu, Andrew avait tant souffert qu'il s'était jeté à corps perdu dans la luxure, multipliant les aventures d'un soir. Qu'aurait-il pu faire d'autre ? Par la suite, il s'était rendu compte que Frances lui était indispensable. Il avait besoin de sa solidité, de son calme, de sa présence au foyer lorsqu'il rentrait à la maison après ses escapades.

Et Frances alors, pour quelle raison n'était-elle pas partie ? Debout à côté d'Andrew, elle espérait toujours qu'il lui prenne la main car, malgré tous ses mensonges et sa faiblesse de caractère, elle n'avait cessé de l'aimer. C'était un brave homme, après tout, et elle le trouvait encore séduisant. En plus, elle se sentait incapable de vivre seule.

« Je vous déclare mari et femme », conclut l'officier d'état civil, un Gallois à la voix douce qui avait réussi l'exploit de captiver son auditoire avec des paroles justes et profondes, dont la brise avait emporté l'écho. « Vous pouvez embrasser la mariée. »

Quand Ben se pencha pour donner à Emily le plus tendre des baisers, Caroline s'agita sur son siège et se mit à bâiller.

On servit le lunch à l'extérieur, dans des assiettes en porcelaine dépareillées. Il y avait un rosbif délicieux, un saumon de taille respectable, huit sortes de salades et des pommes de terre du jardin. Un pudding remplaça le gâteau de mariage puis Emily vit apparaître une énorme pile de profiteroles. Elle n'en avait jamais vu autant, même en rêve. Le beau temps était de la partie et, comme on était en juillet, elle n'avait même pas prévu de solution de repli, tant elle était sûre que le soleil brillerait sur leur bonheur. Elle voulait juste que tout le monde se régale, boive du champagne et profite de la vue. Le reste était secondaire.

« Les bonnes personnes, le bon endroit, et tout ira pour le mieux », avait-elle dit et Ben, le cœur gonflé d'amour, s'était félicité de n'être pas tombé sur une de ces femmes qui se mettent la rate au court-bouillon quand il s'agit de choisir la couleur des menus et les fleurs à disposer sur la table. Caroline passait d'un groupe à l'autre, un verre à la main, ses cuisses de danseuse bien en évidence, en racontant à qui voulait l'entendre comment elle avait conçu les costumes. Elle s'ingéniait à flirter avec Jack, juste pour faire enrager sa femme. Elle abordait les gens et leur faisait des compliments à double sens. Puis, en fin d'après-midi, elle passa à la vitesse supérieure. Quand elle se mit à clamer haut et fort qu'elle aimerait bien se trouver un gentil mari elle aussi, mais pas un bonnet de nuit comme Ben, Frances la prit à part et lui fit entendre sans s'énerver qu'elle commençait à dépasser les bornes.

« Les bornes de quoi ? ricana Caroline. De la petite fille modèle ou de son mari gerbant ?

— Caroline ! se récria sa mère. C'est le mariage d'Emily. Je pensais que tu serais contente pour elle.

— Maman, fit Caroline d'une voix lasse, alourdie par le champagne. Bien sûr que je suis contente pour elle, c'est ma sœur jumelle, elle a trouvé l'amuuuur, mais je vois pas pourquoi elle se pavane comme ça devant moi. » Voyant que Caroline n'arrivait presque plus à articuler, Frances décida de l'éloigner des invités – ils écoutaient la scène, et elle ne voulait pas de problèmes. Elle jeta un regard anxieux en direction d'Andrew, lequel discutait encore avec cette fille aux gros seins, l'amie de Caroline – une poitrine pareille n'était forcément pas naturelle. Frances avait apprécié l'attitude de Danielle, la nuit où on avait dû interner Caroline. Elle lui était également reconnaissante d'être restée en contact avec sa fille alors que ses autres soi-disant amis l'avaient laissé tomber. En revanche, elle n'aimait pas la voir rire bêtement aux blagues d'Andrew, d'autant qu'ils ne se lâchaient pas d'une semelle et que les gens allaient jaser.

« Andrew, appela-t-elle. *Andrew !* » Les deux premières fois, il feignit de ne pas entendre, mais, à la troisième injonction, il dut se résoudre à regarder autour de lui. Ses yeux se posèrent alors sur sa femme et sa merveilleuse fille rose et orange, cramponnée à sa mère. Ses longues jambes ne la portaient plus guère, ses yeux vitreux erraient dans le vague. Il soupira en pensant : Quoi encore ? Pourquoi ne le laissait-on pas s'amuser, pour une fois ? En les rejoignant, il comprit que Caroline était effectivement bourrée comme un coing. Ça s'était passé si vite, peut-être à cause du soleil. En tout cas, il fallait l'emmener ailleurs avant qu'elle provoque un scandale. Andrew prit Caroline par l'épaule et, avec l'aide de sa femme, essaya de la conduire dans sa chambre.

« Mais je ne veux pas aller dans ma chambre, maman, on rigole trop ici. C'est le mariage de ma sœur jumelle, je veux attraper le bouquet, bredouillait-elle.

— Viens, ma chérie, la cajola Frances. Tu vas te mettre à l'ombre, boire un peu d'eau et tout ira bien. »

Caroline trébucha. Les talons de ses stilettos magenta venaient de s'enfoncer dans l'herbe. Elle voulut dégager son pied droit mais la chaussure resta fichée en terre, si bien qu'elle manqua basculer. Andrew se baissa, récupéra l'escarpin à brides et saisit Caroline par le bras, plus fermement cette fois. Malheureusement, quand il fit ce geste, le talon aiguille de la chaussure qu'il tenait à la main s'enfonça dans les côtes décharnées de sa fille.

« Aïe, aïe. Lâche-moi, espèce de connard, hurla Caroline. Tu ferais mieux de me foutre la paix et de retourner peloter ma copine, gros nul. »

Une chape de silence s'abattit sur la pelouse. On aurait pu entendre clapoter les vagues, bien que la mer soit très loin en dessous. Cette situation était humiliante pour tout le monde, quoique pour des raisons différentes.

Ce fut Ben qui brisa le sort. « Il se fait tard, annonça-t-il d'une voix aussi calme que possible. Si nous passions à l'intérieur ? Les musiciens sont prêts et il reste des litres de champagne. » Les convives s'exécutèrent, soulagés de pouvoir ainsi échapper à la vision navrante de la mariée frappée de stupeur.

De longues heures plus tard, dans le noir total, Caroline, encore vêtue de sa robe fuchsia, dormait à poings fermés sur son lit une place. Sur celui d'à côté, dont le sommier grinçait péniblement, Andrew était allongé, le visage enfoui dans les seins de Danielle qui se démenait à califourchon sur lui. Et quand ce fut terminé, Andrew sentit le dégoût de lui-même le submerger lentement, au rythme de la mer qui se retire.

19

Pendant que j'attends devant l'agence, je vois une fille superbe marcher vers moi d'un pas chaloupé. Elle s'engouffre dans le bâtiment. Ses longs cheveux bruns sortent d'une publicité pour shampooing et ses vêtements d'une boutique de créateur – minirobe écarlate, spartiates dorées. À côté d'elle, j'ai l'air encore plus mal fagotée. C'est sûrement Polly, la fille que je suis censée rencontrer. J'ignore pourquoi je me sens à ce point à côté de mes pompes. D'habitude mon apparence ne me pose guère de problèmes, mais aujourd'hui j'ai l'impression de passer une audition pour un rôle de composition. Quand je me décide à entrer, je vois bien qu'elle m'a repérée tout à l'heure dans la rue et qu'elle est d'accord avec moi : je ne suis pas assez élégante pour le poste. Pourtant elle me sourit, m'offre un café et m'emmène derrière le comptoir pour me montrer la procédure. Polly est une fille tranquille, jolie, le genre de nana qui vous terrifie. Je ne trouve rien à lui dire, comme si j'avais avalé ma langue. Pendant qu'elle m'explique l'essentiel – qui sont les quatre associés, de quelle manière ils souhaitent être contactés, lesquels veulent bien qu'on communique leur numéro de portable, quelles sont les diverses lubies des gros clients –, je me regarde en train de l'écouter. Et je me trouve encore plus déplacée ici que dans cette bicoque merdique du nord de Londres. Je prends conscience qu'autrefois le job de standardiste me paraissait aller de soi – on me passait des appels, on me prévenait que des clients m'attendaient dans le hall, on me réservait des salles de réunion… Je n'imaginais même pas le travail qu'il y avait derrière. Les réceptionnistes de ma société, à Manchester, étaient des personnes comme moi, pas des prix de beauté exposés comme des fleurs exotiques. Peu à peu, je vois arriver les salariés, rien que des gravures de mode – certains garçons ont des jeans de marque, des T-shirts imprimés de slogans, les cheveux sales, sans doute des créatifs ; d'autres portent des lunettes à monture épaisse, des pantalons étroits, des chaussures cirées à bout carré et des serviettes en cuir en bandoulière. Les filles, juchées sur des talons de quinze centimètres, arborent le genre de tenues que je pourrais à la rigueur porter lors d'une soirée, et d'énormes sacs à main de créateurs. Ils sont tous différents et pourtant on dirait qu'ils sont en uniforme. Ils débarquent par petits groupes, leurs gobelets de café à la main, point trop pressés, on est vendredi après tout. À neuf heures vingt-cinq, un type plus âgé, en costume sur mesure et tennis blanches, entre d'un pas guilleret et lance : « Bonjour Polly, ma chérie », puis il me jette un regard vague en hochant la tête. Je lui souris et, quand il s'engouffre dans l'ascenseur, Polly m'explique : « C'est Simon Gordon, Dieu le Père. » Le téléphone sonne, Polly décroche, écoute et dit : « OK, donne-moi juste une seconde. » Puis elle disparaît quelque part, me laissant seule au comptoir.

Bien évidemment, le standard se met à clignoter et, comme j'ai oublié ce que je dois faire, j'appuie sur le premier bouton. « Bonjour, Carrington Swift Gordon Hugues, que puis-je faire pour vous aider ? » Le temps que je termine mon annonce, la personne au bout du fil a commencé à s'énerver.

« Passez-moi Simon, dit une voix féminine *extrêmement* maniérée.

— Simon comment ? » Je vois deux Simon sur la liste plastifiée que Polly m'a donnée.

« Simon Gordon », réplique-t-elle sur un ton tellement méprisant qu'il la dispense d'ajouter « pauvre conne ».

« Qui dois-je annoncer ? » ai-je le temps de répondre avant de l'entendre se présenter comme « Sa femme ». Je vérifie le numéro de poste de Simon – 224 –, compose le 224, la liaison s'effectue et, après deux sonneries, il décroche. « Votre femme est en ligne, Simon. » Il s'exclame : « Oh », s'interrompt et ajoute : « Merci ». Je presse la touche de transfert et, soudain, une série de bips furieux résonne dans mes écouteurs.

Merde. Je sens la sueur couler sous mes aisselles. Le standard se remet à clignoter et, comme je sais qui appelle mais pas ce que j'ai fait de mal, je reste pétrifiée devant le voyant lumineux, redoutant de décrocher et de réitérer ma bêtise. Je commence à paniquer, peut-être est-il préférable de ne pas répondre que de lui raccrocher au nez ? La mort dans l'âme, j'attends que le clignotement cesse mais il ne cesse pas. Cette terrible lumière ressemble à un avertissement. Si je me plante encore une fois, ils vont me virer. C'est alors que Polly surgit comme une bénédiction au coin du couloir et, quand elle remarque mes signes désespérés, elle s'approche de moi juste au moment où je décroche.

« Allô, vous êtes la femme de Simon ? Je suis terriblement désolée », dis-je le plus courtoisement du monde en essayant d'effacer mon accent du Nord. Je refais le 224 en fixant sur Polly mon regard atterré, et pendant que Simon dit : « Où est passée ma femme ? », Polly, aussi souple qu'un léopard, se penche au-dessus du large comptoir en verre et, de la pointe de son ongle manucuré, transfère la communication.

Chose étonnante, je découvre que Polly est vraiment une gentille fille. Nous avons peu de choses en commun et elle est bien trop raffinée pour moi, mais elle a bon cœur. Elle m'explique très précisément le fonctionnement du standard. Ce n'est pas bien compliqué mais il faut connaître. Comme Simon a oublié son portable à la maison, tous ses correspondants doivent transiter par moi pour le joindre, sa femme ayant réussi à rediriger les appels. Je passe une moitié de la matinée à me concentrer pour ne pas raccrocher au nez des gens, tout en rassurant les personnes qui tombent sur moi en croyant parler en direct à Simon. Au bout de deux heures, je commence à me débrouiller. Polly m'a dit que je n'étais pas obligée d'annoncer *in extenso* Carrington Swift Gordon Hugues, que CSGH suffisait amplement. Heureusement, Simon ne s'est pas formalisé de l'incident avec sa femme, il l'a même trouvé drôle (« Ça dépend de son humeur, Cat », a dit Polly). Du coup, ça nous crée un petit lien (« Ha ha, je suis content de ne pas être le seul à me faire engueuler par ma femme, ce matin »). Polly m'explique qu'il doit déjeuner à l'Ivy tout à l'heure, mais pas avec des clients barbants. C'est plutôt une bouffe sympa avec son meilleur copain, patron d'une chaîne satellite.

Franchement, vendredi est le jour idéal pour démarrer ce boulot : comme le week-end approche, tout le monde est soit de bonne humeur, soit complètement déconnecté. Par conséquent, on vous pardonne plus facilement vos erreurs (cette règle ne concerne pas la femme de Simon, de toute évidence) que les autres jours de la semaine. J'ai bien fait de m'enfuir un lundi (en termes de timing, du moins), même si ce n'était pas calculé, évidemment. Ainsi, j'ai pu rencontrer Angel et j'ai eu toute la semaine pour me retourner. Et bien que, chaque nuit, mon âme hurle de désespoir en me reprochant d'avoir abandonné mon fils, je trouve que je ne m'en sors pas si mal. Je suis fière d'avoir réussi à sauter le pas, d'avoir trouvé une maison, un travail, une manière d'oublier.

20

L'oncle Max prit la main d'Angela et lui fit traverser la rue encombrée. Angela l'aimait mieux que tous ses oncles précédents, même l'oncle Ted, mais quand même, elle aurait préféré rentrer à la maison. Non seulement ces promenades obligées l'ennuyaient, mais elle détestait cordialement les habits du dimanche dont on l'affublait. Ils continuèrent le long de New Brook Street et, après avoir flâné un peu, entrèrent dans une autre bijouterie. L'oncle Max voulut voir des bagues. On lui en montra une ornée d'un énorme saphir, une autre avec un assez beau rubis entouré de minuscules diamants et quelques bagues de fiançailles plus traditionnelles. Quand Angela se dressait sur la pointe des pieds, elle les voyait briller sur le comptoir en verre, mais ces bijoux ne l'intéressaient pas, elle s'ennuyait et ne comprenait pas pourquoi on s'ingéniait à la traîner dans ces boutiques. L'oncle Max lui avait promis un milk-shake si elle se tenait bien, alors elle attendait sagement sans rien dire.

La porte de la bijouterie s'ouvrit. La femme qui entra portait un corsaire noir, un épais manteau de fourrure, avait des cheveux bruns crêpés, des sourcils noirs redessinés et une tonne de maquillage. Le genre de personne qui attirait l'œil, comme une vedette de cinéma. La vendeuse qui s'occupait de l'oncle Max leva la tête un instant pour la saluer. Sa collègue était déjà occupée avec un client. Trouvant sans doute qu'on la négligeait, la femme frappait le sol d'un talon impatient. Au lieu de la regarder, Angela concentra son attention sur les bagues étalées devant l'oncle Max. Toujours plus agacée, la nouvelle venue se mit à pousser de gros soupirs et à arpenter la petite boutique en répandant autour d'elle une traînée de parfum entêtant. Elle en était à son troisième aller-retour quand, en s'approchant du comptoir, elle parut se tordre la cheville, poussa un petit cri et, non sans une certaine élégance, tomba sur les genoux, tête baissée dans une attitude de supplication. Son manteau de fourrure s'ouvrit comme un gibier qu'on aurait éventré. Coincées derrière le comptoir, les vendeuses effarées virent l'oncle Max se précipiter à son secours. Elles n'avaient pas assisté à une scène aussi excitante depuis des lustres. Max se plaça derrière la femme, se pencha, la prit sous les aisselles, la souleva et l'aida à s'asseoir sur une chaise, la tête posée sur les genoux pour que la circulation se rétablisse. Elle s'était évanouie, rien de plus, les rassura-t-il. À cet instant, une troisième vendeuse sortit de l'arrière-boutique avec un verre d'eau et, pendant que la femme buvait, l'éventa au moyen d'un prospectus. Angela ne bougea pas de sa place, devant le comptoir, et fit ce qu'on lui avait dit de faire. La femme retrouva vite ses esprits, tout rentra dans l'ordre, l'oncle Max se replongea dans l'examen des bagues de fiançailles mais finalement n'acheta rien. Quand ils sortirent de la bijouterie, il était de si bonne humeur qu'il emmena Angela au cinéma. Ils virent *Maman j'ai raté l'avion*, et Angela eut même droit à du pop-corn.

21

Angel me propose d'aller faire les magasins pour trouver des vêtements. J'avoue que ma garde-robe est minable mais pour l'instant je n'ai pas d'argent à dépenser. Mon contrat se termine dans deux semaines et j'ignore si je trouverai un autre emploi après. Angel éclate de rire en me disant de lui faire confiance, elle connaît les bons plans et, en plus, elle ne travaille pas le samedi soir. Le mieux serait de partir en fin d'après-midi pour courir les boutiques et d'aller boire un verre ensuite. Je m'entends répondre oui. Après tout, j'ai deux jours à meubler, un peu de distraction ne me fera pas de mal avant de reprendre le collier, lundi. D'ailleurs, je n'ai pas d'autres projets – pourtant, l'idée de sortir m'amuser me hérisse, surtout quand je pense à tout ce qui s'est passé. Je me demande si ce sentiment de culpabilité s'effacera un jour.

Angel compte dormir jusqu'à quatorze heures car elle a travaillé la nuit dernière. Comme il fait soleil ce matin, je vais peut-être aller me promener – histoire de passer le temps. Avec un peu de chance, l'air frais m'aidera à faire le tri dans ma tête. Notre jardin de Chorlton me manque soudain. Je regrette aussi toutes les menues activités qui m'occupaient les jours où il faisait trop beau pour rester enfermée. Je désherbais mes plantations, taillais mes rosiers ou, mieux que tout, j'étalais une couverture sur l'herbe et je jouais au train avec mon petit garçon.

Arrête ça tout de suite.

Brad me parle d'une ligne de chemin de fer abandonnée, transformée en un sentier de randonnée qui traverse la ville à partir de Finsbury Park pour rejoindre un endroit charmant dont j'ai oublié le nom. C'est une balade très agréable, insiste Brad. On peut même continuer jusqu'à Hampstead Heath. Ce nom me dit quelque chose. Erica fait la tête, comme si elle m'en voulait de discuter avec son copain. Je pense que cette fille n'aime pas partager quoi que ce soit avec quiconque, même des broutilles. Elle me rappelle vraiment ma sœur.

J'ai besoin de me défouler après le stress que j'ai accumulé hier au travail – à force de raccrocher au nez des gens, de mal comprendre leur nom, de répéter CSGH des milliers de fois en surveillant l'heure dans l'impatience de voir la journée s'achever et baisser le rythme des appels. C'est sourire qui m'a paru le plus difficile. Heureusement, on dirait que Simon Gordon m'a à la bonne, malgré mes débuts balbutiants. Je l'aime bien, il est gentil, même s'il se laisse parasiter par des conneries. Nous ne nous connaissons pas mais je crois qu'il m'a percée à jour. J'ai l'impression qu'il devine ce que j'ai fait et aimerait avoir le courage (ou la lâcheté, tout dépend de quel côté on se place) d'envoyer tout promener lui aussi. J'ai vu passer deux de ses associés – il ne me reste plus qu'à rencontrer Carrington (prénom Tiger !) –, ils sont moins charismatiques. Visiblement, c'est Simon qui a monté et développé l'entreprise. Mais il m'a l'air fatigué de tout cela, aujourd'hui. Quand il est sorti rejoindre son pote au restaurant, il m'a demandé de lui réserver une voiture pour la fin d'après-midi, car il devait se rendre à Gloucester. « Vous partez en week-end, Simon ? » ai-je dit. Et il m'a répondu : « Non, c'est là que j'habite. Je ne vis à Londres que durant la semaine », d'un air si triste et résigné que je me suis demandé si sa femme était aussi garce avec lui qu'avec moi.

« Oh ! ai-je répliqué pour être polie. Ce doit être agréable d'avoir un pied-à-terre en ville et une vraie maison à la campagne. » Simon m'a regardée bizarrement et Polly m'a dit ensuite que, en fait de pied-à-terre, il possédait une grande maison à Primrose Hill. Simon est *plein aux as*. Je me demande comment il peut gagner autant d'argent avec ces pubs débiles pour les chips ou les lotions après-rasage et être si triste en même temps. J'ai pitié de lui, au fond.

La coulée verte de Parkland Walk me surprend agréablement. Je galère un peu pour trouver l'endroit où elle commence, mais une fois que j'y suis, il suffit de suivre l'allée tout droit. Cela me convient parfaitement, j'aimerais que la vie soit ainsi. Elle traverse le nord de Londres mais, comme c'est l'été et que les arbres touffus cachent les maisons, on oublie presque qu'on est en ville. De temps à autre, je passe sous un tunnel couvert de graffiti ou sur un terrain de jeu envahi par la végétation devenu trop dangereux pour les petits enfants auxquels il était destiné à la base. Comme je longe un ouvrage ferroviaire soutenu par des arches, mon œil est attiré par une créature en pierre perchée au-dessus de ma tête, un genre de démon qui semble escalader le mur pour mieux fondre sur moi. Cette vision me donne la chair de poule. Je suppose que cette chose est censée être une œuvre d'art mais je ne m'attarde pas.

Je n'en finis pas de m'étonner du chemin que j'ai parcouru depuis moins d'une semaine. Finalement ce n'est pas si difficile de prendre un nouveau départ. Peut-être que tout va s'arranger maintenant que j'ai sauté le pas. Tout ira bien tant que je ne penserai pas à Ben et à Charlie, à ce qu'ils sont en train de faire en ce moment, pour leur premier week-end sans moi. J'évite de considérer mon geste comme une folie, une erreur impardonnable – Ben ne m'aime sans doute plus mais il doit se faire un sang d'encre, se demander où je suis, comment je vais, si je suis morte ou vivante. Charlie, lui, n'est pas en mesure de comprendre, il souffrira plus tard.

Je préfère me concentrer sur le rythme de mes pas sur le sol meuble en repassant dans ma tête les divers événements de cette semaine, et je me prends si bien au jeu que soudain je m'aperçois qu'une heure s'est écoulée. J'ai presque atteint la fin de cette trouée de verdure qui m'a aidée à reprendre contact avec la terre. Le soleil a dû passer derrière un nuage car les verts brillants, les jaunes dorés s'assombrissent tout à coup. La température chute. Je tourne à gauche, les brindilles sèches craquent sous mes pieds, et je grimpe l'étroit sentier qui file entre les arbres. Au-delà, j'entends les rumeurs de la ville.

Le dos tourné vers le lac, je suis en admiration devant la grande maison blanche de style Régence qui se dresse de l'autre côté de la pelouse. J'ignorais qu'il existait de si belles choses à Londres. J'ai réussi à parcourir sept ou huit kilomètres sans trop me mêler aux familles bourgeoises qui promenaient leurs gosses, leurs chiens et leur insupportable innocence. Aurais-je déjà oublié que j'étais comme eux, jadis ? Suis-je en train de me glisser pour de bon dans la peau de Cat ? Toujours est-il que je me sens bien vivante, et ce pour la première fois depuis des mois. De nouveau, j'éprouve un pincement au cœur, du moins à l'endroit où mon cœur était, avant. La chaleur est si agréable, l'air si pur que soudain je me dis que le monde est peut-être habitable, finalement. Peut-être que non seulement j'arriverai à survivre à Londres mais que j'y trouverai aussi le bonheur, un jour. Un bonheur différent, bien sûr – il y a six jours seulement, je ne pensais qu'à subsister, et maintenant, au milieu de ce magnifique paysage, j'envisage la possibilité d'un avenir paisible (l'espace d'un instant, j'ai oublié la maison de Finsbury Park et l'agence CSGH, incarnations de la laideur et de la vanité). Je promène autour de moi un regard émerveillé, comme si je voyais le monde pour la toute première fois, je souris comme une imbécile et j'ai envie de faire des pirouettes sur la pelouse. Je suis tellement soulagée d'avoir surmonté mon épreuve, d'être ici. Je me dis que j'ai pris la bonne décision, pour nous trois, et que tout va finir par rentrer dans l'ordre. Je lève les bras pour m'élancer quand, soudain, je vois un homme qui me dévisage. Il me regarde non pas comme une folle qui s'apprête à faire la roue dans l'herbe mais comme s'il me reconnaissait. Je le vois qui s'avance, le sourire aux lèvres, et soudain je suis prise de panique. On m'a démasquée. Alors je fais demi-tour et me mets à courir le long de la barrière qui borde le lac. Je franchis le pont, je m'enfonce sous les arbres. Il fait sombre, je ne vois pas grand-chose, je trébuche, mais je continue à courir jusqu'à perdre haleine.

Je suis perdue dans cette lande immense, dépourvue d'indications. J'ai l'impression de marcher depuis des siècles, tête baissée, sans regarder où je vais, peu m'importe tant que je ne retombe pas sur ce type. J'arrive sur une route. Un bus est arrêté à une station. J'ignore où il va mais tant pis, je monte et je m'assois, raide d'angoisse, en regardant fixement par la vitre. Le bus me dépose devant une bouche de métro, je ne sais pas où, je n'ai jamais entendu parler d'Archway. Je dois emprunter des tas de correspondances pour revenir sur Finsbury Park, mais au moins je sais où aller. Heureusement car je suis trop anéantie pour demander mon chemin. Quand j'arrive à la maison, je monte discrètement dans ma chambre blanche et propre, je me couche à plat ventre sur le lit et me mets à pleurer sur mon sort, sur mon mari, sur mon fils, sur nos vies gâchées. Je suis crevée, vidée, écœurée. J'ai commis une terrible erreur en croyant qu'il suffisait de m'enfuir, que cela valait mieux pour tout le monde. Et quand je n'ai plus de larmes à verser, je sens monter en moi un étrange soulagement d'être là toute seule, au calme.

On frappe. Lorsque je lève la tête, je m'aperçois que des heures ont passé. Angel est là, sur le seuil, dans sa robe de chambre blanche. « Oh désolée, je t'ai réveillée, trésor ? Tu veux toujours sortir faire les magasins ? Il faut qu'on se dépêche si… » Elle voit ma tête. J'ai l'impression que, pendant mon sommeil, toute la douleur de ces trois derniers mois s'est plaquée sur mon visage, comme un masque de tragédie. Je ne comprends pas pourquoi la vision de cet homme sur la pelouse m'a autant bouleversée. Mais c'est un fait, il m'a RECONNUE. Il n'existe donc aucun endroit où je puisse me cacher ? Angel s'assoit au pied de mon lit, je me redresse et recommence à sangloter en râlant comme un animal blessé. On doit m'entendre dans toute la maison mais je m'en fiche, ils peuvent penser ce qu'ils veulent. Je me recroqueville en essayant de contenir la douleur qui me laboure la poitrine. Angel est tellement atterrée qu'elle reste immobile à me regarder et, quand elle sent que je me calme un peu, elle me prend la main sans rien dire. Nous restons un très long moment ainsi, face à face, puis j'essuie mes yeux et dis, d'une voix aussi joyeuse que possible : « Je serai prête dans dix minutes, si tu es toujours partante. » Angel répond : « Bien sûr, si tu en as envie, allons-y, trésor. » C'est hallucinant, elle n'essaie même pas de me consoler, elle se contente de m'accepter comme je suis.

Nous mettons « cap à l'ouest », comme dit Angel. Cette expression me rappelle la série *EastEnders*, mais j'ignorais que les Londoniens parlaient vraiment comme ça. Je fais de gros efforts pour paraître normale, être normale, laisser l'apparente normalité d'autrui déteindre sur moi. Nous marchons sur Oxford Street, passons devant des magasins discount, des touristes perplexes (c'est *ça*, Londres ?), des boutiques de téléphonie et nous entrons chez Selfridges, le même qu'à Manchester mais en plus grand et plus animé. Angel semble connaître cette grande surface comme sa poche. Nous prenons l'escalator et, dans le rayon prêt-à-porter, au premier étage, Angel me choisit des vêtements que je n'aurais jamais imaginé acheter un jour. Elle a bon goût et, malgré moi, je me retrouve devant le miroir et je pense : Oui, peut-être que Cat Brown porterait ce genre de choses. Pourtant, je ne suis pas à mon aise – comme si je n'avais pas le droit de m'adonner à une activité aussi frivole qu'essayer des fringues, comme si je redoutais de dépenser l'argent dont j'ai besoin pour survivre. Les vendeuses nous laissent faire, il est tard, elles sont fatiguées. Impatientes de rentrer chez elles, elles examinent leurs ongles parfaits sans nous prêter attention. Angel transporte des piles de vêtements dans la petite cabine d'essayage où elle m'a fait entrer, comme si elle la connaissait déjà. C'est une cabine à l'ancienne, cachée derrière un miroir en pied, un habitacle si minuscule et terne qu'il paraît presque déplacé dans cet endroit. On se croirait revenu à une époque plus discrète, avant l'apparition des luxueux salons d'essayage garnis d'immenses miroirs ciselés et d'épais rideaux de brocard, où des filles rachitiques se promènent dans des sous-vêtements hors de prix. Angel est insatiable. Elle dépose près de moi des brassées d'habits dans des tailles différentes si bien qu'à la fin il n'y a presque plus de place pour bouger. Je me dis : Voyons toujours, et je me lance, j'essaie tout, même les modèles qui me semblent trop osés. On dirait que ma crise de larmes m'a fait du bien, je me sens comme purifiée. Et soudain je revois ma dernière séance de shopping, *avant*. J'étais partie faire les boutiques avec ma mère. Je sursaute. Oh mon Dieu, elle aussi je l'ai abandonnée ! C'est incroyable, je n'ai pas pensé une seule seconde à elle, ni à mon père d'ailleurs, pas même quand j'organisais ma fuite, à Manchester. Je n'ai pas songé au mal que j'allais leur faire. J'étais trop obnubilée par Ben, par Charlie. Et par moi-même, bien sûr. Putain, mais qu'est-ce qui cloche dans ma pauvre tête ?

Je n'ai plus envie d'acheter quoi que ce soit. Pour autant, je ne veux pas décevoir Angel qui semble si déterminée à m'aider. (Je n'ai pas peur de briser le cœur de mes proches mais par contre je m'inquiète pour Angel, je suis vraiment tordue.) Ayant remarqué mon changement d'humeur, Angel me propose d'aller boire un café et de revenir plus tard, quand j'aurai décidé quel style me plaît le plus. Elle ne veut pas me presser. Nous sortons donc de la cabine, sans rien remettre en place (j'essaie de ranger un peu mais Angel me traite de sotte, les vendeuses n'ont que ça à faire, dit-elle), nous redescendons par l'escalator et nous faufilons entre les sacs à main et les parfums. Une fois dans la rue, je me calme un peu, malgré l'agitation qui nous entoure. La foule me fait du bien. En voyant Angel jouer des coudes, je la trouve décidément trop frêle, trop fragile pour le métier qu'elle exerce, trop innocente pour travailler dans ce monde nocturne où l'espoir et le désespoir se mêlent dans un tourbillon d'indifférence. Cette fille m'étonne. Nous trouvons un bar non loin de là – je n'avais pas vu l'heure, il est trop tard pour un café, trop tard pour retourner chez Selfridges aujourd'hui. Brusquement, je m'inquiète de ce que je vais pouvoir mettre lundi, comme si cela avait une quelconque importance. Je n'ai pas besoin de demander à Angel ce qu'elle veut boire. Je commande deux vodkas tonic qu'on nous sert bien tassées avec de la glace et du citron vert. Ce bar a l'air récent, il est somptueusement décoré, trop peut-être. Tout cela sonne creux. Un lieu à mon image. Nous nous asseyons dans le fond, près d'un mur tapissé de grosses fleurs, sur des chaises brillantes identiques, et nous écoutons une musique parfaitement aseptisée. Je regrette les vrais cafés avec leurs vieilles plaques publicitaires Martini, leurs tables dépareillées, leurs éternelles bougies fichées dans des goulots de bouteille, même si ça fait ringard. Pourquoi le monde est-il devenu un espace hygiénique, homogénéisé, ennuyeux ? Je pourrais être n'importe où, à Londres, à Manchester, à Prague. Ces bars sont partout les mêmes. *Tu devrais être à Manchester,* me susurre une petite voix que j'essaie de noyer en aspirant une lampée de vodka à travers ma paille. Angel fouille d'un air ravi dans son immense sac à main Mulberry (authentique ?). Il est tellement gros qu'à côté elle paraît encore plus minuscule, une vraie poupée. Elle me tend une poche en plastique sous la table. Un emballage tout simple mais raide au toucher, comme s'il était doublé de métal. À l'intérieur, je découvre la robe en soie orange et la jupe courte en denim sur lesquelles j'ai flashé tout à l'heure mais que j'ai renoncé à acheter suite à ma crise d'angoisse. En dessous, je vois un corsage bleu pailleté et une robe chemisier gris argent qui me plaisaient beaucoup aussi, mais que je trouvais à la fois trop chers et trop osés. Je ne saisis pas tout de suite, mais quand je vois les étiquettes encore accrochées, je lève les yeux et la regarde d'un air horrifié.

Angel sourit innocemment. « Oh, trésor, ne t'en fais

pas, ils peuvent se le permettre, des magasins comme celui-ci ont un budget prévu pour ça.

— Ce n'est pas la question », dis-je en murmurant et en remettant les vêtements dans le sac renforcé d'aluminium que je cache très vite sous la table. Angel prend un air contrarié.

« J'essayais seulement de t'aider », gémit-elle comme une enfant prise en faute.

De peur de la blesser – c'est absurde, la rapidité avec laquelle je me suis entichée de cette fille –, je lui paie une deuxième vodka tonic et je la remercie, lui dis que son geste me touche mais que, dans le fond, je me fais du mauvais sang. Je n'ai jamais rien volé, je ne connais même personne qui l'ait fait, dans mon entourage – à part Caroline évidemment. Angel admet qu'elle s'est méprise sur mon compte. Elle a l'air tellement honteuse que je décide de garder les vêtements – après tout, je n'ai rien d'autre pour lundi. Nous en sommes à notre troisième vodka quand un groupe d'hommes entre dans le bar, toujours aussi triste et froid au demeurant. Angel leur décoche des sourires, glousse en les regardant et, avant que je comprenne ce qui se passe, deux coupes de champagne atterrissent devant nous. Personnellement, je n'ai rien à leur dire. Ces types sont beaucoup plus vieux que nous, portent des chemises hors de prix, perdent leurs cheveux et ont dans les yeux ce regard vaguement impatient signifiant que le champagne était le début de la transaction et que maintenant nous leur devons quelque chose. Je veux m'en aller mais Angel s'amuse, l'alcool et l'adrénaline font briller ses yeux. Un homme du groupe – moins moche que les autres – semble avoir jeté son dévolu sur elle. Du coup, je reste assise dans mon coin comme une plante verte pendant qu'ils flirtent ensemble et, comme je ne décroche pas un mot, les autres me lâchent et retournent s'asseoir au bar. Peut-être que je devrais rentrer et la laisser avec ce type. Angel penche la tête en arrière, exposant son cou de cygne qui remue quand elle boit. Durant une fraction de seconde, je vois le désir dans les yeux de l'homme se refléter dans les miens. Angel termine son verre, repose trop brutalement sa coupe sur la table en bois sombre – elle a dû mal calculer son coup, nous sommes aussi bourrées l'une que l'autre maintenant –, mais le verre vibre sans se briser.

« Oups, fait-elle. Merci, les gars, j'ai été ravie de vous connaître. » Et d'un seul mouvement, elle se lève, glisse son bras sous le mien et m'entraîne vers la sortie. Nous franchissons d'un pas chancelant l'espace qui nous en sépare et quand je me retourne, je vois le soupirant d'Angel nous suivre d'un regard agacé, comme s'il s'était fait avoir. Angel lui adresse un petit signe de la main, d'un air coquin, il hoche la tête en souriant, soudain amadoué, rejoint ses copains et commande un autre verre.

Angel propose de poursuivre la tournée dans un bar qu'elle connaît à Soho. Je suis fatiguée, déprimée, je veux rentrer, même si je sais qu'elle sera déçue car c'est la première fois depuis des semaines qu'elle est libre le samedi soir. « Je t'en prie, vas-y sans moi, ça ira », dis-je. Angel insiste pour me raccompagner à la maison. De toute évidence, elle s'inquiète pour moi, mais son téléphone sonne deux fois et je devine que quelqu'un a vraiment très envie qu'elle reste en ville. La situation est embarrassante. Nous sommes les meilleures amies du monde – c'est en grande partie grâce à elle que j'ai pu m'installer dans cette maison, dans cette vie – et pourtant les choses me paraissent si différentes, ici dans le West End. Je ne me suis pas encore remise de cette histoire de vêtements volés, des vêtements hors de prix qui sont toujours planqués dans son sac à main. Certes, elle m'a parlé de son enfance et du copain de sa mère, ce gangster qui l'emmenait dans les bijouteries pour faire ses mauvais coups, elle m'a dit qu'à l'époque elle volait des bagues en diamant sur les comptoirs pendant que sa mère détournait l'attention des vendeurs, mais je croyais naïvement que tout cela appartenait au passé. Voilà qu'à présent je pénètre dans un nouveau territoire avec une fille qui connaît la vie tandis que moi, jusqu'à ces derniers jours, je n'étais qu'une ennuyeuse juriste de province. Les événements de la semaine précédente, des mois précédents me tombent brutalement sur les épaules, je me sens faible, j'ai besoin de repos.

« Viens, trésor, dit Angel. Allons juste boire un verre et tu verras comment tu te sens. On va s'amuser, je te le promets. » Quand elle me prend la main, son sourire ravissant me coupe bras et jambes. Nous remontons la totalité d'Oxford Street (comment peut-elle marcher avec ces talons ?), traversons la chaussée et brusquement je m'aperçois que nous sommes dans ma rue, celle où je travaille, celle de l'agence ! Je montre le bâtiment à Angel qui s'exclame : « Mince alors, ils se refusent rien ! » Après Wardour Street, nous passons dans Old Compton Street et, soudain, j'ai mal aux pieds. J'éprouve le besoin irrésistible de rentrer à la maison (mais quelle maison ?). Angel me tire par la main, me fait descendre quelques marches étroites que je n'aurais jamais remarquées sans elle. L'endroit fait louche mais, une fois passé la porte d'entrée, je découvre un espace gigantesque, avec de hauts plafonds, des murs en briques nues et des lustres colossaux. Un film porno hardcore passe sur l'écran géant qui couvre la cloison du fond. On voit les acteurs en plan rapproché mais, Dieu merci, le son est coupé. En revanche, la musique techno est assourdissante, enfin s'il s'agit bien de techno. Il y a un monde fou, rien que des gens très beaux, vêtus à la dernière mode. De quoi ai-je l'air avec mon jean et mon T-shirt minable ? Je ne sais pas où poser les yeux – je n'ai jamais vu de pénis aussi grand et la façon dont il s'en sert me laisse sans voix. Plantée à côté d'Angel devant le comptoir, j'attends que l'un des barmen daigne me remarquer. C'est curieux comme ils arrivent à combiner agitation frénétique et absolue froideur. Personne ne regarde l'écran à part moi. Au lieu d'un acte sexuel gargantuesque, ce film pourrait très bien montrer un manifestant tenant une pancarte, tant les gens l'ignorent consciencieusement. À quoi cela sert-il ? Est-ce de l'art ? De la mode ? Mais qu'est-ce que ça peut bien faire ? me dis-je ensuite. Je n'ai toujours pas réussi à commander les vodkas tonic quand j'entends une voix mélodieuse s'exclamer : « Angel, ma ché-rie ! Tu es venue. » Quand je me retourne, je découvre un Noir immense et très apprêté. Son T-shirt couleur banane moule parfaitement son torse musclé. Il embrasse Angel en l'enveloppant dans ses bras comme une petite fille qu'on aiderait à sortir d'une baignoire. Angel sourit béatement et le regarde d'un air aguichant, bien qu'il soit ouvertement gay. Avec tout ça, j'ai perdu ma place dans la file approximative, alors je recommence à poireauter en me disant qu'ils font exprès de ne pas me voir. Quand je finis par attirer l'attention d'une superbe barmaid aux sourcils ornés de piercings, je demande trois doubles – l'ami d'Angel est hors de portée de voix et je n'ai pas envie de m'éloigner du comptoir. On me réclame une somme extravagante, je n'aurais jamais imaginé que trois cocktails pouvaient coûter si cher. À force de jouer des coudes, je finis par rejoindre Angel et son ami. « Dane, dit-elle, je te présente ma nouvelle colocataire, Cat, une fille géniale que j'ai trouvée sous un buisson. » Elle se met à glousser.

« Salut, dis-je avec un sourire timide. Comme j'ignorais ce que vous vouliez boire, je vous ai pris une vodka. » Dane hurle de rire et répond : « Moi, je carbure plutôt au mojito, mais pas de souci, ma chérie, Ricardo m'en amène un. » Et je vois approcher un deuxième apollon, plus petit et plus sombre de peau, avec deux verres givrés remplis d'un liquide vert qui mettent en valeur ses belles mains manucurées. Angel prend sa vodka, si bien que je me retrouve avec les deux autres. Je me dépêche de boire la première pour pouvoir me débarrasser du verre qui m'encombre. Aussitôt, une vague de chaleur m'envahit. Je tente de refiler la deuxième à Angel qui refuse d'un hochement de tête. « Elle est pour toi, trésor. » Résultat, j'avale deux vodkas en l'espace de quinze minutes, avec pour conséquence une terrible sensation de vertige. Je plane, je ne suis plus tout à fait présente, mais je fais de mon mieux pour suivre la conversation malgré la musique entêtante, tout en évitant de regarder les incroyables parties génitales qui s'activent sur l'écran.

Je n'ai aucune idée de l'heure qu'il est. Je suis perchée sur une table (a-t-on changé de lieu entre-temps ?), vêtue de la robe chemisier argentée qu'Angel a volée pour moi. Je n'ai pas de chaussures. Je le sais parce que la table est collante et humide sous mes pieds. Près de moi, Angel exécute une danse lascive. Moi je tortille des fesses en essayant de suivre la musique, mes longues jambes à moitié fléchies, mes pieds bien campés sur le plateau de la table. Il me reste à peine assez de conscience pour comprendre que je suis parfaitement ridicule. Une seconde plus tard, c'est reparti, l'euphorie m'emporte à nouveau, j'oublie tout, je suis libre, je suis soûle, je m'entends hurler d'excitation. Peu importe ce que les gens pensent, je continue à danser même si j'ai du mal à suivre la musique.

« Viens, on va prendre un autre verre ! » Il faut que je crie pour me faire entendre d'Angel. Je saute de la table comme si je jouais dans *Dirty Dancing* et je me vautre par terre. Quelqu'un (Dane ?) m'aide à me relever. Angel apparaît près de moi, m'entraîne vers les toilettes, je la suis comme je peux avec mes jambes qui ne répondent plus. En m'appuyant sur elle, j'arrive à entrer dans une cabine. Je m'assois sur l'abattant de la cuvette et pose la tête sur mes genoux. Les toilettes sont sales mais je ne ressens pas de dégoût, juste une fatigue immense. Tout ce que je veux c'est dormir. Je déclare cette journée TERMINÉE. Angel me donne une gifle, me secoue. « Allez, trésor, réveille-toi », dit-elle. Au bout d'un temps infini, je me redresse. Son visage est flou. Puis soudain, une image atroce explose dans ma tête et je me mets à hurler, à pleurer sans pouvoir me retenir. Angel me caresse les cheveux : « Allons, trésor, je vais m'occuper de toi, tout va s'arranger. » Elle passe derrière moi, trifouille quelque chose sur le réservoir de la chasse d'eau.

« Prends un peu de ce truc, trésor, ça va t'aider, je te le promets », dit-elle. Malgré mes vertiges, je m'agenouille sur le siège des toilettes et j'examine la ligne de poudre qui s'étire sur la céramique. Je sais ce que c'est mais je m'en fiche. On m'en a déjà proposé, à l'université, et ça ne m'a jamais tentée, pas même un petit peu. J'ai vaguement conscience du tableau pitoyable que j'offre, ma robe argentée ouverte jusqu'au nombril, mes pieds sales et mouillés, mes longs cheveux hirsutes qui balaient mon visage. Je veux rentrer chez moi, mon vrai chez moi, avec Ben et Charlie et – et quoi ? Je suis tellement crevée. Je rabats mes cheveux en arrière, prends le billet roulé que me tend mon amie, la femme qui m'a sauvée, en qui j'ai toute confiance, j'ai raison, pas vrai ? Mes yeux se ferment comme si je retombais dans les vapes, Angel me secoue, plus fort cette fois. Que dois-je faire ? Je veux que ça s'arrête, c'est tout. Si seulement je pouvais dormir ici, mais on dirait que c'est impossible. Alors, de guerre lasse, je penche la tête, ma décision est prise. Et c'est ainsi que je franchis l'étape suivante et la moins glorieuse de cette étrange existence qui est désormais la mienne.

DEUXIÈME PARTIE

22

Les portes s'ouvrent, la foule se déverse sur le quai, une foule encore plus nombreuse s'engouffre dans le wagon, remplissant tous les espaces disponibles. On me bouscule, on se frotte contre mon beau manteau de laine beige. J'ai quitté l'appartement plus tôt ce matin et le métro est plus bondé qu'à l'accoutumée. Je suis une passagère anonyme noyée parmi des milliers d'autres, dans ce train qui nous transporte des quartiers ouest vers le centre-ville. Personne ne fait attention à moi. Je ne suis qu'une fille très banale, perchée sur des escarpins de grande marque, avec un trou béant au-dedans de moi, à l'endroit où se trouvait mon âme autrefois. Hier, sur les conseils d'Angel, je suis allée « faire les boutiques ». Il faut bien se faire plaisir de temps en temps. Aujourd'hui, j'ai un nouveau foulard de soie gracieusement noué autour de mon cou. Il fait tiède dans le métro et on s'y sent bien, malgré tous ces inconnus au visage amer, malgré le manque de places assises. C'est réconfortant d'être à l'abri sous la terre quand on sait que le vent souffle dehors, bien qu'on soit au mois de mai.

J'ai décidé d'être de bonne humeur aujourd'hui,

même si je me fais secouer comme un prunier, même si nous sommes lundi. C'est mon premier jour de travail depuis ma promotion. Je suis donc obligée de sourire. Le temps a passé très vite après mon embauche à CSGH. Neuf mois durant lesquels les contrats se sont enchaînés. Suite à mon premier remplacement à l'accueil, on m'a nommée réceptionniste en titre (la précédente n'est jamais revenue de Bodrum, il paraît qu'elle est tombée amoureuse d'un soldat turc), puis chef du service (la douce Polly s'est envolée pour une agence concurrente), puis chargée de clientèle. Et voilà trois jours, on m'a bombardée responsable des grands comptes ! Ce prodigieux avancement n'en finit pas de me surprendre moi-même. En juillet dernier, je croyais qu'un responsable des grands comptes était un comptable un peu plus gradé que les autres. Alors qu'en réalité ce poste consiste à superviser la création d'affiches de trois mètres sur deux et de films publicitaires coûtant les yeux de la tête. Cette ascension, je la dois en partie au fait que je suis plus âgée que les autres, que j'ai été juriste d'entreprise (encore que personne ne le sache, bien entendu), ce qui me donne un peu plus de poids que mes homologues. Cela dit, je n'aurais sans doute pas grimpé si vite si je n'étais pas la petite chouchoute de Simon. Je sais bien ce qu'on raconte à l'agence. Les gens croient que je couche avec lui et j'avoue que cette idée m'a traversé la tête. En d'autres circonstances, j'aurais probablement craqué pour lui – après tout, c'est un homme séduisant et je n'éprouve aucune sympathie pour le glaçon qui lui sert de femme. Et pourtant, quoi que j'aie pu faire par ailleurs, je ne peux me résoudre à coucher avec un autre que Ben. J'ignore pourquoi. Entre l'alcool et la drogue, j'aurais pu cent fois me retrouver dans le lit d'un étranger ou tirer un coup vite fait dans les toilettes d'un club minable. Mais non, le sexe est le seul domaine où je conserve quelques principes. Et je n'ai pas l'intention de les transgresser.

Quand nous atteignons la station suivante, personne ne descend. En revanche, des tas de gens pénètrent vaille que vaille dans le wagon. Nous sommes serrés comme des sardines maintenant. La sensation de confort relatif a disparu. C'est même carrément désagréable d'être ainsi écrasée contre des corps étrangers. Cette promiscuité m'insupporte. Heureusement, je n'ai pas à prendre de correspondance. La ligne est directe depuis Shepherd's Bush et il ne me reste que trois arrêts.

L'appartement que je partage avec Angel n'a rien à voir avec Finsbury Park Palace. Nous payons nettement plus cher tous les mois mais occupons un bel espace blanc dans une grande villa victorienne. Nous avons un salon, une jolie cuisine (plus de poubelles qui débordent, plus d'odeurs de ragoût à la brésilienne) et la salle de bains vient d'être refaite. Fini les traces de moisissure et les rideaux de douche visqueux. C'est la raison qui nous a poussées à choisir ce logement. Il est propre, neutre, aux antipodes de notre ancienne maison, et en plus on a le métro à quelques dizaines de mètres. Ici, plus besoin d'enfiler des tongs, plus besoin de trimballer partout sa trousse de toilette. Toutes mes petites affaires sont proprement rangées dans l'armoire à pharmacie au-dessus du lavabo. Nous sommes heureuses à notre manière, Angel et moi. Elle travaille toujours la nuit dans les casinos, ce qui l'oblige à dormir le jour ; elle vole toujours à l'étalage, sniffe toujours de la coke. Mais je suis mal placée pour la critiquer. Je me trouve à des années-lumière de la fille que j'étais autrefois – la défonce était peut-être le seul remède à mon désespoir, une fois passé l'excitation de cette première semaine d'agonie. C'est étrange mais on dirait que je commence à ressembler à ma sœur jumelle, sur le tard. Nous avons les mêmes gènes, après tout. J'ai simplement mis plus de temps à comprendre ce qu'elle savait depuis le début : les drogues et l'alcool ont le pouvoir d'apaiser la souffrance, ils vous apportent l'oubli.

Par contre, j'ai du mal à expliquer pourquoi je vole. Ce n'est pas seulement pour me sentir plus proche d'Angel, même si, pour être honnête, il y a un peu de cela. Non, il s'agit d'autre chose. Quand je prends un objet dans un magasin, j'ai l'impression de remplir un vide. L'acte de chaparder ressemble à une petite mort, m'aide à oublier ce que j'ai perdu. Après, je me dégoûte – *mon Dieu,* moi qui étais une femme de loi ! –, mais jamais assez pour franchir le pas et restituer ce que j'ai volé. Le plus pervers dans l'histoire, c'est que mes nouveaux vices m'ont aidée à progresser dans l'entreprise – dès que j'ai commencé à m'habiller correctement, à fréquenter les bars après le boulot, à m'éclipser dans les toilettes entre deux rendez-vous avec des clients, je suis devenue quelqu'un de brillant, de pétillant, de spirituel, presque comme Caroline, la méchanceté en moins. C'est vraiment bizarre mais aujourd'hui les gens me trouvent formidable, voire drôle. Dans mon ancienne vie, j'étais une femme solide, posée, belle mais sans plus, les gens m'aimaient bien. À présent, je suis gonflée à bloc, élégante, raffinée et terriblement séduisante. Et bien qu'au fond de moi je sache pertinemment que j'ai passé les bornes, que je prends trop de drogue et que je vole trop de vêtements, j'arrive à me convaincre que tout baigne, que cette période de ma vie est un mal nécessaire au processus d'oubli. C'est sûr, ce n'est qu'un passage.

J'adore notre nouvel appartement mais mes anciens colocataires me manquent presque, alors qu'avant ils m'agaçaient. Chanelle la femme d'affaires, Jerome le bricoleur, Bev et son langage de charretier, les garçons basanés qui ne décrochaient pas un mot, Brad le gros bébé, même Erica et sa figure de carême. Ils étaient devenus comme une famille pour moi et, soit dit en passant, ils ne sont pas plus cinglés que ma vraie famille, si on creuse derrière les apparences. Je vis seule avec Angel mais nous n'avons pas le temps de nous ennuyer car nous recevons sans cesse de la visite – les dealers d'Angel, son grand ami Rafael qu'elle a rencontré au casino, les deux apollons Dane et Ricardo et parfois Ruth, la mère d'Angel.

Ruth a une allure folle. Elle a 47 ans, en fait dix de moins, se produit encore dans les clubs, change de petit ami tous les quatre matins, vit dans un immeuble à Bayswater, une HLM je pense, et passe la nuit sur notre canapé, de temps à autre, quand elle s'est embrouillée avec son dernier concubin en date. Angel la traite comme une petite sœur, voire une fille, sans la juger, sans essayer de la changer. Elle l'accepte telle qu'elle est, avec la même douceur qu'elle a toujours manifestée envers moi. J'adore Angel. Parfois j'ai l'impression que la moitié de l'amour que j'éprouvais pour mon mari s'est reporté sur elle, sur cette superbe gosse abandonnée, affligée d'une lourde hérédité et de très mauvaises habitudes. La deuxième moitié revient à Simon, mon chef si talentueux mais si triste, trônant dans son bureau étincelant d'où il gère les humeurs et les egos de ses clients tout en produisant à prix d'or des publicités pour des corn flakes ou des voitures. Je trouve que j'ai de la chance de les avoir tous les deux dans ma vie. Ils m'ont aidée à sortir de mon personnage de femme brisée ayant quitté son foyer un matin de juillet sous une température caniculaire, et à endosser celui d'une miraculée à qui tout réussit désormais.

J'ai beau être très proche de ces deux personnes, je n'ai jamais ressenti le besoin de leur révéler mon grand secret. Je ne leur ai jamais parlé de la juriste heureuse en ménage, mère d'un merveilleux petit garçon de 2 ans aux yeux lumineux, aux cheveux blonds comme les blés, et enceinte d'un autre bébé. Le fait d'avoir radicalement changé de vie m'a permis d'enfouir tout cela très profondément ; parfois même je me demande si je n'ai pas rêvé.

Ils ignorent également que je suis la moitié d'une paire de sœurs jumelles – la moitié prétendument normale et facile à vivre –, mais c'est mieux ainsi. Les gens ont tendance à considérer les jumeaux comme des êtres à part et ils n'ont pas tort, nous sommes des êtres à part ayant besoin l'un de l'autre pour nous sentir complets. Il existe entre deux jumeaux des liens que nul ne peut percevoir, et encore moins comprendre. Si seulement ils savaient à quel point c'est vrai. Je suis contente d'être débarrassée de Caroline, de l'avoir abandonnée à son sort. Elle n'a que ce qu'elle mérite, après ce qui s'est passé. *Aujourd'hui, je la hais.*

Le métro poursuit sa route vers l'est et mes pensées s'envolent loin des rails sur lesquels je tente sans grande conviction de les river. Je songe à mes pauvres parents qui durant ces trente dernières années ont dû se coltiner les humeurs et les caprices de Caroline (entre anorexie, folie et alcoolisme, elle leur a donné du fil à retordre, assurément), jusqu'à sa dernière crise et la catastrophe qui s'est ensuivie. Avec le recul, j'ai presque l'impression d'avoir vu cette histoire dans une émission de téléréalité, qu'elle ne m'est pas vraiment arrivée. Je n'ai jamais bien compris le rôle de maman dans tout ce gâchis. Que s'est-il passé pour que Caroline déconne à ce point ? Je suis à peu près sûre que maman a commis une erreur énorme. Même quand nous étions petites, je voyais bien que quelque chose ne tournait pas rond entre elles deux. J'étais clairement la préférée mais c'est seulement maintenant que j'arrive à l'admettre. Le jour où elles ont fini par se parler, par mettre à plat leurs problèmes – c'était pendant le séjour de Caroline dans cette clinique où elle a réappris à s'alimenter –, il était déjà trop tard. Le mal était fait.

J'ignore pourquoi mais c'est la première fois que j'essaie vraiment d'analyser cette situation – j'ai toujours souhaité m'entendre avec Caroline mais voilà, depuis notre plus tendre enfance, elle a toujours été pour moi quelqu'un dont il fallait se méfier, qu'on ne devait pas contrarier. Rétrospectivement, je pense que j'avais un peu peur d'elle. Quand elle a failli gâcher notre fête de mariage, je lui ai pardonné – Ben m'a soutenue, alors qu'il aurait pu me tourner le dos. Sur l'instant, j'ai cru qu'elle n'avait pas agi sciemment. C'était dans sa nature : « Caroline sera toujours Caroline. » Mais aujourd'hui, après ce qu'elle a fait, je suis contente d'être libérée d'elle. Voilà au moins une chose que je ne regretterai jamais.

Pour les parents, c'est autre chose. Quand je pense à eux, maintenant que je suis en sécurité dans ma nouvelle vie, je me sens triste de les avoir laissés à leur sort. Mon pitoyable père. Lui qui croyait que personne n'était au courant de ses frasques avec l'amie de Caroline, la nuit même de notre mariage. Mais le lendemain matin, il suffisait de voir l'expression sur le visage de Danielle et l'air embarrassé de Caroline – elle était dans la même chambre qu'eux, pour l'amour du ciel ! – pour comprendre ce qui s'était passé. Pour ma mère, cette dernière humiliation en public a été l'élément déclencheur. Elle a quitté le foyer conjugal peu de temps après. C'est ainsi que j'ai appris le calvaire qu'elle avait vécu en silence durant toutes ces années. Moi qui adorais mon père, je n'en croyais pas mes oreilles. Dans un premier temps, maman s'est installée chez nous. Ben n'y a pas vu d'inconvénient bien que nous soyons jeunes mariés. Mais en accueillant ma mère, il a fallu aussi accepter les visites fréquentes de Caroline qui ne se gênait pas pour faire du gringue à mon mari. En plus, nous avions papa au téléphone *tous les jours*. Il n'arrêtait pas de pleurer, de nous supplier de lui passer sa femme qui refusait obstinément de lui parler. Quand j'y repense, Ben mérite une médaille. Il devait vraiment m'aimer, à cette époque.

Mes pensées filent encore plus vite que le métro, mais elles vont dans l'autre sens, à reculons. Tous les êtres que j'ai laissés en partant défilent devant mes yeux : Ben et Charlie bien sûr, maman et papa, mes charmants beaux-parents, mes anciens collègues Dave et Maria (sont-ils encore ensemble ?), mes demoiselles d'honneur, mes copines du cours de préparation à l'accouchement, notre voisin Rod et son vieil épagneul que j'espère encore en vie, mon amie Samantha qui habitait un peu plus haut, la dame de la cantine qui nous préparait des cafés infects. Voilà un an exactement, j'appartenais encore à ma vie d'*avant*, j'étais à la charnière. Cette pensée me désespère.

Le métro pénètre en trombe dans la station Oxford Circus. Je m'ébroue pour mieux revenir dans le présent. Ma frange méchée se balance devant mes yeux. Je lisse mes cheveux, me compose une attitude et remets le passé à sa place. Je bataille pour m'extirper du wagon, suis la foule le long du quai, monte l'escalator (sur la pointe des pieds pour ne pas abîmer mes talons, en répétant mentalement mon arrivée cordiale dans mon nouveau service) et j'émerge dans la froidure de cette journée de printemps.

23

Caroline regarda la ligne bleue apparue dans la fenêtre du bâtonnet en plastique blanc et poussa un discret soupir de… quoi exactement ? De peur ? D'impatience ? Elle n'avait que 22 ans mais tout lui souriait. Elle venait d'obtenir son diplôme de styliste, vivait dans un appartement sur Brick Lane, avait un petit ami très mignon et un poste prometteur dans une maison de couture. Elle avait été enceinte deux fois auparavant mais ce n'était jamais le bon moment. Et cette fois-ci ? Elle ne savait qu'en penser. Sa fécondité l'étonnait, elle qui avait passé son adolescence à s'affamer. Aussi s'était-elle juré de faire attention désormais, pour éviter d'autres avortements. Comme Dominic devait passer la prendre plus tard, elle en profiterait pour tâter le terrain car elle ignorait s'il avait envie d'être père. Elle reposa le capuchon sur le test de grossesse, le rangea au fond de l'armoire à pharmacie puis se doucha et enfila sa tenue préférée. Elle voulait paraître à son avantage aujourd'hui. Elle se sentait proche de ce futur bébé – peut-être parce qu'elle l'avait conçu avec un homme qu'elle aimait et pas juste un partenaire d'un soir. Caroline baissa les yeux vers son ventre couvert d'un T-shirt orange et l'imagina gonflé par un joli petit poupon. Un enfant qu'elle pourrait aimer et qui l'aimerait en retour, de manière inconditionnelle. Cette idée lui plaisait.

Lorsqu'elle eut fini de s'habiller, Caroline arrangea son dessus-de-lit argenté au lieu de le laisser en boule comme elle le faisait d'habitude. Sur les murs rose fuchsia de sa chambre étaient accrochés plusieurs tableaux achetés à des amis, étudiants aux Beaux-Arts : il y avait des peintures abstraites montrant des femmes nues, les jambes écartées, des photos en noir et blanc représentant des hommes musclés avec des ceintures et des colliers sado-maso, un coucher de soleil sanguinolent. Elle aimait ces œuvres choquantes. Qui sait, peut-être un jour prendraient-elles de la valeur. Même si la chambre était grande, le lit occupait une telle place qu'un berceau n'y serait pas rentré. Il faudrait qu'elle déménage avant la naissance, songea-t-elle. Dominic et elle pourraient s'installer ensemble, quelque part dans un quartier pratique pour les enfants, à Islington ou même à Ealing. Caroline enfila ses chaussures – des tennis dorées à semelles compensées avec lesquelles il était presque impossible de marcher – et passa dans la cuisine. Comme l'appartement se trouvait sous les combles, les murs se resserraient au-dessus de sa tête et les placards occupaient des angles improbables, mais la pièce était claire et joyeuse. En regardant le ciel aussi bleu que le manteau de la Vierge, Caroline se sentit euphorique. Elle prépara une tasse de café, sortit une cigarette puis, se rappelant qu'elle était enceinte, la reposa et ouvrit le journal de la veille. Même les mauvaises nouvelles lui parurent bonnes tant elle voyait la vie en rose. Elle songea un instant à appeler sa mère.

Non, elle l'annoncerait d'abord à Dominic, pensa-t-elle. Mieux encore, elle allait lui téléphoner tout de suite. Elle composa son numéro et laissa sonner un long moment, sans basculer sur sa messagerie. Il n'était que neuf heures trente, elle réessaierait plus tard. Elle commençait le travail à midi. Alors elle s'installa devant la télévision et zappa jusqu'à tomber sur son émission préférée – des femmes vulgaires qui s'engueulaient sur divers sujets, certaines se crêpaient le chignon entre sœurs, d'autres avouaient avoir couché avec l'amant de leur mère ou annonçaient à leur copain qu'il n'était pas le père de leur enfant. Malgré la forte personnalité qu'elle s'était forgée au fil des ans – elle n'était pas du genre à se laisser marcher sur les pieds sans réagir –, Caroline fondait en larmes devant ce style de programme, comme si le déballage d'émotions auquel donnaient lieu ces concours d'invectives avait le don de toucher un point sensible au fond d'elle-même. Un certain Glen de Sheffield était sur le point de découvrir si oui ou non il était le père de sa fille de 2 ans quand le téléphone de Caroline se mit à sonner. Elle vérifia l'identité de son interlocuteur avant de décrocher.

« Salut, Dom, dit-elle d'une voix aimable, bien différente du ton sarcastique qu'elle employait avec certains.

— Salut ma beauté, j'ai vu que tu m'avais appelé.

— Ouais… » Elle voulut lui annoncer la grande nouvelle mais elle s'embrouilla et changea d'avis. « C'est juste que je me demandais à quelle heure tu finissais ce soir.

— Vers dix-neuf heures trente. Ça te va ? Je me disais qu'on pourrait grignoter un truc en ville avant d'aller à la soirée d'anniversaire de Danielle.

— Impec, dit Caroline. À plus tard. » En raccrochant, elle songea qu'il valait mieux lui apprendre la chose de vive voix. Quand elle retourna s'asseoir devant la télé, il était trop tard. Elle avait raté le dénouement de l'affaire Glen – heureux père ou pauvre cocu ? –, mais bizarrement, tandis qu'elle portait la tasse de café à ses lèvres, Caroline s'aperçut qu'elle s'en fichait royalement.

24

En sortant du métro, je prends un raccourci qui m'amène sur Liberty Street, puis je longe Great Marlborough Street (ce qui me permet d'éviter les touristes sur Oxford Street). Je marche tête baissée en essayant d'oublier pourquoi mon ancienne vie me revient dans la figure, aujourd'hui tout spécialement. J'ai pourtant fait de gros efforts, mais comment pourrais-je oublier qu'on est en mai et que le jour anniversaire tombe vendredi ? *Ce* vendredi. Dans un sens, c'est une chance que je prenne mes nouvelles fonctions au même moment – j'aurai trois comptes à gérer, deux personnes sous mes ordres et mon chef direct sera la terrible et justement nommée Tiger Carrington. Ainsi, je n'aurai pas le temps de penser à ce qu'il s'est passé il y a un an.

« La chatte et la tigresse », s'est esclaffé Simon durant le déjeuner qui a suivi l'annonce de ma promotion. Je lui ai fait les gros yeux en lui murmurant de se taire. « Il n'y a pas de quoi rire. Je suis sûre qu'elle me déteste.

— Cat Brown, comment pourrait-on te détester ? »

Simon avait beau dire, je savais pertinemment que

la plupart de mes collègues trouvaient scandaleuse mon irrésistible ascension au sein de l'agence. Et ils n'étaient pas les seules personnes à me détester puisqu'il y avait aussi mon mari.

En arrivant devant les hautes portes en verre où sont gravés les quatre noms, je ne suis plus aussi intimidée que ce premier vendredi où je me suis présentée dans mon affreuse robe noire, avec ce foulard d'emprunt. Maintenant, je sais tortiller du derrière comme les autres filles, mon visage est parfaitement maquillé, je porte des vêtements de créateur. Je suis devenue accro à tout ce qui brille. Eh oui, une enveloppe vide.

Je traverse le hall d'accueil comme si la boîte m'appartenait, passe à côté des meubles aux formes étranges, de la superbe réceptionniste nouvellement embauchée et je m'engouffre dans l'ascenseur aux parois de verre qui m'amène au deuxième étage. Première arrivée. Je m'assois à mon bureau, allume mon ordinateur portable, vérifie l'emploi du temps que je connais déjà par cœur. Cet après-midi, réunion au sujet d'une campagne pour un déodorant ; mercredi matin, présentation des projets autour d'une pub pour une automobile ; vendredi, cérémonie de remise des prix.

Vendredi.

Je ne veux pas y aller mais il le faut, Tiger y tient. Je ne trouve aucune excuse valable, disons plutôt aucune excuse avouable. Nous sommes bien partis pour recevoir un prix pour Frank, la marque de déodorant. Un clip télé que nous avons tourné en Espagne, dans les collines derrière Malaga. À ce propos, heureusement que j'avais mon passeport avec mon nom de jeune fille. Ce qui ne m'a pas empêchée de passer la douane dans un état second, et pas uniquement parce que j'avais peur de me faire prendre. En fait, cela m'a rappelé que j'avais prévu d'emmener mon fils pour la première fois à l'étranger à cette même période. Il m'a fallu une double vodka dans l'avion pour me calmer.

Le voyage en Espagne m'a fait du bien. Le soleil était au rendez-vous et tout le monde était ravi d'être là, un peu grâce à la sangria, bien sûr. Le dernier jour de tournage, le personnage principal (celui qui transpirait) a été éjecté dans les broussailles par le poney qu'il était censé monter. Quand on s'est aperçus qu'il n'avait rien, on a tous été pris d'un fou rire à en avoir mal au ventre. D'autant plus que l'intégralité de la scène avait été filmée.

Je vois Tiger débarquer. Elle s'est fait des mèches argentées et je parierais que son bronzage est factice. Mais il faut avouer que cette femme a de la classe. Tout en elle respire le raffinement, l'élégance, elle est tout bonnement magnifique. Je suis sûre qu'elle est botoxée. Au lieu des dernières marques à la mode, elle porte des vêtements classiques mais haute couture. J'aimerais avoir son allure à son âge. En ce moment, je me surprends fréquemment à songer à l'avenir, et de manière plutôt sereine. Encore une fois, je m'étonne d'avoir si bien négocié ma reconversion et je repense à cette première semaine, ces premiers mois.

« Bonjour, grogne Tiger.

— Salut, Tiger ! » Je lui ai répondu sur un ton joyeux, mais ensuite je ne trouve rien à ajouter. Cette femme me rend nerveuse. « Ton week-end s'est bien passé ?

— Très bien », lâche-t-elle. Je sais que c'est faux et je regrette d'avoir posé la question. Je ne suis pas censée le savoir mais elle en est à son deuxième divorce. Elle va bientôt quitter le domicile conjugal à Barnes pour s'installer dans un appartement chic derrière Harrods. Je suis désolée pour elle mais que puis-je dire ? Je dois tenir ma langue. C'est Simon qui me l'a appris. Tout le monde n'est pas au courant à l'agence mais, comme je sais garder un secret, Simon n'hésite pas à me raconter des tas de choses. En ce moment, j'ai l'impression d'être la doublure de sa femme. Il se confie à moi, me parle de ses espoirs, de ses craintes, me met au courant des ragots de la boîte, et moi j'essaie de le rassurer, de le conseiller. Son épouse en titre ne s'intéresse à rien d'autre qu'à la énième rénovation de leur maison (d'une de leurs nombreuses maisons, devrais-je dire), aux leçons de tennis qu'elle prend deux fois par semaine et à la nouvelle voiture qu'elle pourrait s'acheter pour remplacer sa Porsche vieille d'un an. C'est de Simon que je tiens cela car je ne l'ai jamais rencontrée ; cela dit, à la façon dont elle me parle au téléphone, j'ai tendance à croire qu'il n'exagère pas. Leur fils de 8 ans est au pensionnat. Elle n'a même pas à se soucier de lui. Je me demande comment une mère du XXIe siècle peut laisser son petit garçon se débrouiller tout seul dans un collège datant d'un autre âge. Mes yeux s'embuent. Je redescends sur terre. On est lundi matin.

« … ils attendent donc de voir les avant-projets aujourd'hui », termine Tiger. Je n'ai pas entendu un traître mot, je ne sais même pas de quel client elle parle.

« Hein ? Oui bien sûr, évidemment, Tiger », dis-je. Je sais qu'elle sait que je suis complètement à côté de la plaque. Tiger rugit.

« Pour l'amour du ciel, Cat, est-ce qu'il va falloir

que je répète tout depuis le début ? J'ai pourtant dit à Simon que ce poste était trop difficile pour toi. Tu n'as quasiment pas d'expérience.

— Désolée, Tiger. C'est juste que » J'essaye d'adopter un ton blagueur mais son regard me transperce de part en part et je finis ma phrase en coassant. « Je n'ai pas encore pris mon café et, comme on est lundi, j'ai du mal à émerger. Tu en veux un ?

— D'accord », dit-elle après un temps d'hésitation.

Je suis passée tout près de la catastrophe, cette fois-ci.

25

Emily revint de l'hôpital traumatisée. Elle s'y était rendue dans la matinée pour un frottis. Ben avait proposé de l'accompagner mais elle lui avait répondu que non, ça irait, qu'on ne lui donnerait pas les résultats aujourd'hui. Pas besoin qu'il pose une demi-journée pour si peu. En fait, elle avait eu tort. Assise sur une chaise en plastique dans la salle d'attente vivement éclairée, elle feuilletait nerveusement un vieux numéro du *Reader's Digest* quand la réceptionniste vint lui demander de remplir un formulaire avant de passer devant le médecin. Emily prit le stylo Bic mâchonné menotté à une planchette de plastique noir par une ficelle graisseuse, et elle se dépêcha de remplir les cases. Nom, adresse, date de naissance, traitement médicamenteux (non), autres maladies (non), opérations au cours des cinq dernières années (non), date des dernières règles (?). Les yeux fixés sur la question, Emily ne trouvait rien à inscrire en face. De quand dataient ses dernières règles ? Mystère. Avant leurs vacances d'été ou après ? Si elle les avait eues en Crète, elle s'en serait souvenue. Mais alors quand ? Elle traça un point d'interrogation, se leva pour poser le formulaire sur le comptoir puis se rassit en essayant de remonter le temps. Il y avait eu tellement de travail au bureau, dernièrement. Tout se mélangeait dans sa tête. Elle consulta son agenda. Quand étaient-ils revenus de vacances, déjà ? Cela faisait cinq semaines. Dans ce cas non, elle n'avait pas eu ses règles depuis. Donc ses dernières règles remontaient à plus de cinq semaines. Beaucoup plus que cinq semaines. Elle reprit le magazine et tourna rapidement les pages crasseuses, incapable de se concentrer. Elle ouvrit son sac, sortit son portable et songea à appeler Ben pour lui poser la question. Mais elle n'était pas seule dans la salle et n'osait pas en sortir, de peur qu'on l'appelle. Elle aurait pu lui envoyer un texto mais il l'aurait prise pour une folle et, de toute façon, il en savait probablement encore moins qu'elle sur ce sujet.

« Madame Coleman », appela la gynécologue. Emily bondit sur ses pieds et la suivit dans le cabinet en tentant d'ignorer la table d'examen avec les étriers en métal glacé sur laquelle elle allait bientôt devoir s'allonger.

Le docteur s'assit, parcourut le questionnaire d'Emily d'un regard pressé jusqu'à la dernière ligne, puis leva les yeux d'un air interrogateur. « Je sais, je suis désolée, c'est ridicule mais je n'en ai aucune idée », dit Emily avant de se ménager une pause.

« Je suis allée en Crète récemment », reprit-elle, comme si cela expliquait tout.

La gynécologue sourit.

« Voudriez-vous faire un test de grossesse ?

— Quoi, maintenant ? Vous pourriez me dire si je suis enceinte, juste comme ça ? » Elle regretta aussitôt d'avoir parlé sans réfléchir. Il n'y avait rien de plus simple qu'un test de grossesse. Pourtant Emily n'en avait jamais fait ; elle avait toujours pris ses précautions, à la limite de la paranoïa. Elle ne voulait surtout pas suivre l'exemple de Caroline.

« Bien sûr que oui. Dites-moi juste si vous acceptez. » Emily hocha la tête. « Bon. Commençons par ça et ensuite nous procéderons à l'examen. »

Une infirmière la conduisit dans une petite cabine où Emily ôta son pantalon noir et ses sous-vêtements blancs comme neige pour enfiler la chemise qu'on lui avait donnée. Puis elle passa aux toilettes et revint dans la salle d'examen armée d'un flacon contenant ou pas la preuve d'une grossesse.

« Installez-vous, madame Coleman. » Emily grimpa sur la table et, non sans réticence, écarta les jambes pour caler ses pieds dans les étriers.

« Je sais que ce n'est pas agréable mais j'ai besoin que vous écartiez davantage, dit la gynéco. C'est mieux. Maintenant vous allez ressentir une impression de froid. »

Emily fit la grimace. Elle avait horreur de ça. Moins à cause de la douleur que de la position. Elle se sentait trop vulnérable ainsi. Elle ferma les yeux, respira profondément et tenta de combattre le réflexe de serrer les genoux.

Deux minutes plus tard, l'infirmière entra précipitamment. La gynéco suspendit son geste, regarda son assistante. « Eh bien, elle l'est ? » dit-elle aussi platement que si elle avait demandé à Emily si sa voiture était garée sur le parking de l'hôpital.

« Oh que oui ! » répondit l'infirmière. Emily poussa un petit cri étouffé, enfouit son visage dans ses mains et se mit à pleurer. « Oh, Oh », se lamentait-elle d'une petite voix étranglée. Le médecin et l'infirmière se placèrent de chaque côté d'elle. « C'est une merveilleuse nouvelle, ne pleurez pas, madame Coleman. » Bien que ses pieds soient encore coincés dans les étriers, les deux femmes l'embrassèrent gentiment. Et pendant ce temps Emily, raide d'angoisse et de panique, s'employait à gérer deux pensées antagoniques : *Quelle merveilleuse nouvelle !* et *Comment vais-je pouvoir l'annoncer à ma sœur ?*

26

Je prépare un délicieux café pour Tiger et moi, je vais jusqu'à réchauffer le lait au micro-ondes mais, quand je lui tends sa tasse, elle lève à peine les yeux, trop absorbée sans doute dans la lecture de ses mails. Voulant éviter d'autres frictions, je la laisse seule et me retranche dans mon bureau. Entre-temps, le reste de l'équipe est arrivé. Ils échangent leurs souvenirs de week-end : qui a couché avec qui, les boîtes où ils sont allés, les péripéties sentimentales de telle ou telle célébrité. Je suis un peu gênée face à eux, non pas que je trouve leur conversation puérile – j'adore papoter, depuis quelque temps –, mais plutôt parce que tout a changé entre nous. Vendredi dernier, j'étais encore leur égale, aujourd'hui je suis leur patronne. Je me demande comment ils prennent la chose.

« Super, tes chaussures, lance Nathalie. J'imagine qu'elles ont coûté cher ?

— Merci. Effectivement, elles n'étaient pas données », dis-je en songeant aux trois cents livres que j'ai dû débourser pour me les offrir, la semaine dernière. Une manière comme une autre de célébrer ma promotion. J'ai un peu honte en pensant que, neuf mois plus tôt, j'ai meublé toute une chambre pour le même prix.

Je m'installe à ma place en tentant de me concentrer malgré l'habituel brouhaha du lundi matin. Mais j'ai les nerfs à fleur de peau et j'ignore ce que je suis censée faire pour commencer. Comme je n'ai pas bien compris ce que Tiger m'a dit tout à l'heure et que je redoute de l'interroger de vive voix, je décide de lui écrire.

« Bonjour Tiger. Juste pour confirmation, peux-tu me dire si les avant-projets pour Frank sont à rendre aujourd'hui ? »

Je clique sur « Supprimer », au cas où la plaquette ne serait pas destinée à ce client-là. Deuxième essai.

« Bonjour Tiger. Je suis désolée de te déranger mais peux-tu me confirmer le nom du client qui attend la plaquette aujourd'hui ? » Trop direct, trop d'excuses inutiles, surtout pour mon premier jour à ce poste.

« Bonjour Tiger. Peux-tu me confirmer STP qui attend la plaquette aujourd'hui ? Merci, Cat. » Parfait, c'est bref, j'ai enlevé les excuses et, avec un peu de chance, elle ne le prendra pas mal. Je clique sur « Envoyer ».

Je passe la matinée à m'assurer que tout sera prêt pour mon rendez-vous client. Je sermonne les créatifs, je discute avec les chefs de projet, je corrige les dossiers photo, j'ajuste les différents plannings et je vérifie que Nathalie a bien commandé le déjeuner. Vers midi, comme je n'ai toujours pas réussi à me calmer, malgré mes bonnes résolutions, je file aux toilettes – portes en verre dépoli, surfaces blanches étincelantes, savon liquide de grande marque – et me fais une toute petite ligne, juste assez pour tenir l'après-midi. Je me maudis intérieurement mais je regagne mon bureau toute pimpante. Tiger m'a répondu. Son mail est très bref : « Tu es virée. » Je me sens tellement invincible que je prends cela pour une blague.

27

Assis derrière son bureau gris, Andrew tentait en vain d'analyser les chiffres des ventes mensuelles. Il savait que ses collègues le considéraient comme une ordure – ses histoires de fesses avaient fait le tour de l'entreprise –, mais jusqu'à présent ses supérieurs avaient choisi de privilégier ses qualités professionnelles. Toutefois, ces derniers temps il avait du mal à réaliser ses objectifs. Il fallait qu'il réagisse avant que son patron ne prenne les mesures qui s'imposaient en pareil cas.

Cela faisait plusieurs années qu'Andrew allait mal. Les choses avaient commencé à se gâter avec le départ de sa femme. Trop habitué à la passivité de Frances face à ses écarts de conduite, il n'avait pas réalisé que son comportement lors du mariage d'Emily constituait pour elle un point de non-retour. Voilà pourquoi il ne l'avait pas crue lorsqu'elle lui avait platement annoncé qu'elle le quittait alors qu'ils rentraient du Devon en voiture. Elle avait fait sa valise le soir même. En la voyant partir, Andrew s'était dit qu'elle ne tarderait pas à revenir. Après tout, elle n'avait nulle part où aller. Puis, comme elle ne rentrait pas, il avait dû se débrouiller seul. Or, il ne savait ni faire la cuisine ni mettre en marche la machine à laver et il ignorait où se trouvaient les tablettes pour le lave-vaisselle. Affolé, il téléphona à tous les gens susceptibles de lui dire où Frances était passée – ses amies, sa sœur Barbara, Caroline –, mais personne n'était au courant. De guerre lasse, il se rendit chez Ben et Emily, alors qu'ils étaient en pleine lune de miel, et cogna à leur porte en suppliant qu'on lui ouvre. Frances refusa de le laisser entrer. Andrew découvrit trop tard la vraie nature de la femme qu'il avait épousée. C'était le genre de personne capable de tout encaisser jour après jour, année après année, mais qui, une fois la coupe pleine, tirait un trait définitif sur son passé. Bon d'accord, elle en avait eu marre mais, quand même, une telle intransigeance ne lui ressemblait guère. Andrew comprit alors combien Frances avait souffert.

Depuis qu'il était seul, Andrew déclinait littéralement tandis que, de son côté, sa femme reprenait goût à la vie. Ayant appris par Caroline que Frances s'était fait relooker par un coiffeur avant de partir faire de l'escalade au Kenya pour une œuvre de charité, il avait effectué des recherches dans l'espoir de retrouver Victoria – la femme qu'il aimait depuis toujours –, mais son ex-maîtresse jadis si éprise de lui n'avait pas répondu à ses mails de plus en plus fébriles. À la fin, elle lui avait toutefois écrit pour lui intimer d'arrêter de la harceler, sinon elle appellerait la police.

Même le sexe avait perdu son attrait pour Andrew. À l'époque où il devait se cacher pour tromper sa femme, il avait pris tous les risques, allant jusqu'à payer des prostituées, mais aujourd'hui qu'il était libre d'exercer ses penchants, il n'en avait plus envie. Et par un juste retour des choses, il commençait à comprendre ce que

Frances avait enduré pendant toutes ces années. Au fil du temps, il devint moins assidu à son travail, ne bougea plus guère de son petit meublé et passa ses soirées à regarder des films sur Sky Plus en mangeant des plats à emporter. Pris d'une douleur persistante au bras gauche, il alla voir son médecin, et durant la consultation il s'écroula en pleurs et déballa tout ce qu'il avait sur le cœur – son mariage raté, sa garçonnière déprimante, la solitude, l'angoisse au travail. Le docteur lui prescrivit des antidépresseurs doublés d'une psychothérapie. Andrew attendit trois mois avant de se décider mais, quand il vit que la psychologue était une femme noire somptueuse, il reprit du poil de la bête et décida que ce traitement lui ferait sans doute du bien.

Au bout d'un an environ, Andrew était de nouveau sur les rails. Il se nourrissait mieux, avait repris le badminton, retrouvé son intérêt pour les jolis minois et les belles poitrines. Le temps passa. Ses deux filles volaient de leurs propres ailes, Emily lui avait même donné un petit-fils qu'il adorait. Mais un jour, il reçut un coup de fil de Ben et tout s'écroula de nouveau. La nouvelle le projeta dans une zone de son cerveau qu'il n'avait jamais explorée, même le jour où il avait raté la naissance des jumelles, même quand il avait réalisé son inutilité en tant que mari et père, un matin très tôt dans ce lotissement à Telford, même quand Frances l'avait quitté. Le fichier Excel se mit à danser devant ses yeux embués de larmes – ce qui lui arrivait presque tous les jours depuis. Andrew se pencha encore plus bas sur son ordinateur. Et pendant qu'il feignait d'étudier ces chiffres incompréhensibles, les néons au plafond faisaient luire son crâne entre ses cheveux clairsemés.

28

Je raccompagne mes clients et me laisse tomber dans un fauteuil du hall pour feuilleter le magazine *Campaign*. Mon rendez-vous s'est bien passé. Jessica et Luke, mes deux plus gros clients sur le déodorant Frank (slogan « soyez fabuleux, soyez Frank »), étaient déjà au courant de ma promotion. Ils m'ont chaleureusement félicitée en disant que je la méritais, qu'ils étaient ravis, etc. Ils ont beaucoup aimé les nouvelles plaquettes (Dieu merci, les documents leur étaient bien destinés, même si Tiger ne s'est pas donné la peine de me le confirmer), le dossier photo a fait mouche et les chefs de projet ont eu l'idée géniale de repositionner la nouvelle formule multi-particules qui stoppe la transpiration même sous les plus hautes températures. Je pense que j'y serais arrivée sans la coke. Dans un rare éclair de conscience, je me demande où est passé mon cœur. Maintenant que l'effet de la drogue commence à se dissiper, je ressens d'autant plus la fatigue. J'ai tellement sommeil que je pose un instant ma nuque sur l'étrange boudin qui tient lieu d'appuie-tête en pestant silencieusement contre l'inconfort de ces canapés. Juste une seconde, histoire de décompresser, me dis-je. Le soleil de cette fin d'après-midi me réchauffe le visage à travers les parois vitrées. C'est agréable. Je ferme les yeux.

J'entends les portes s'ouvrir mais je ne réagis pas. Je suis trop bien, trop engourdie. « Mais qu'est-ce que tu fabriques ? » gronde une voix que j'identifie aussitôt comme celle de Tiger. Ce coup-ci, je ne vais pas y couper. Décidément, pour une première journée sous ses ordres, je les collectionne. Mais pourquoi est-elle si agressive envers moi ? *Parce qu'on t'a imposée à elle, parce qu'elle croit que tu couches avec Simon*, me répond l'écho. Soudain, je revois le mail qu'elle m'a balancé ce matin (« Tu es virée ») et je me redresse brusquement, prise de panique.

Perchée sur ses hauts talons, Tiger plonge son regard d'amazone vers moi, créature insignifiante posée sur un canapé en forme de rein. Le sourire carnassier qui illumine son visage ne me dit rien qui vaille.

« Eh bien, eh bien, dit-elle. Je viens de croiser Jessica et Luke. Ils ne cessent de chanter tes louanges. Et moi qui te prenais pour une lèche-cul dépourvue de talent ! » Sur ces bonnes paroles, elle tourne les talons et se dirige à grands pas vers l'ascenseur.

J'ai la tête qui tourne. Il vaut mieux que je prenne un taxi pour rentrer. Tiger était tellement enchantée des commentaires élogieux de mes clients de chez Frank que, lorsque j'ai regagné mon bureau la queue basse, elle ne m'a même pas laissée m'asseoir. Nous sommes redescendues aussi sec et elle m'a emmenée au bar à champagne, de l'autre côté de la rue, où nous avons bu deux grandes coupes chacune, servies sur des sous-verres blanc immaculé, en grignotant des pois wasabi vert fluo. Cette femme est une énigme pour moi. D'abord elle se comporte comme la pire des salopes, l'instant d'après elle me balance des blagues vaseuses (mon licenciement par mail en fait partie, mais elle me dit qu'elle l'a entendue hier soir dans une émission de divertissement dont elle est complètement accro) et, pour finir, elle me déclare sa flamme. Tout cela parce que des clients ont dit du bien de moi. Maintenant je commence à comprendre son mode de fonctionnement : si je lui suis utile, si je lui rapporte de l'argent, elle se fiche de savoir si j'ai deux têtes au lieu d'une ou si je couche avec tout le personnel de la boîte. Je crois même qu'elle me pardonnerait d'avoir tué quelqu'un.

Je me retranche sur un terrain moins risqué. Le plus grand secret que Simon m'ait jamais confié la concerne : en réalité, Tiger s'appelle Sandra Balls, pas étonnant qu'elle ait changé de nom. Simon m'a fait jurer sur la vie de ma mère que je n'en toucherais mot à personne. Mais ce soir, le champagne a coulé à flots, et quand elle m'a dit que je devais remettre ça mercredi, pour notre grande présentation de pub automobile, je me suis penchée vers elle et une réponse s'est formée dans mon cerveau embrumé par l'alcool : « Pas de lézard, Sandy. » Heureusement, je me suis ravisée au dernier moment et, au lieu de signer mon arrêt de mort, je me suis enfuie en prétextant un dîner entre amis à la maison.

Assise au fond du taxi, je me marre en pensant à la malheureuse Sandy Balls – d'après Simon, c'est le nom d'un parc de loisirs dans le New Forest. Le chauffeur doit se dire : C'est reparti, encore une gonzesse complètement bourrée. Où va le monde ? Les femmes ne sont plus ce qu'elles étaient. Il n'essaie pas de me parler, ce qui m'arrange parce que je peux regarder tranquillement les gens qui circulent dans la rue. Nous sommes dans cette tranche horaire intermédiaire, trop tard pour être encore au travail, trop tôt pour rentrer chez soi avec un coup dans le nez. Nous dépassons une cycliste dotée d'un énorme postérieur. Sur la selle, ses fesses remuent comme des joues d'écureuil. Je me retourne pour voir à quoi elle ressemble de face. Son visage présente un tel panaché d'expressions – effort, conviction, résolution – que j'ai presque honte de me prélasser dans un taxi, en me moquant d'elle par-dessus le marché. Je me rencogne dans la banquette et je fixe le plafond en priant pour ne pas vomir.

J'arrive à la maison vers vingt heures. Il est encore tôt. Étalée à plat ventre au milieu du salon dans sa robe de chambre duveteuse et virginale, Angel joue aux échecs avec son ami espagnol Rafael, prostitué de son état. Rafael est tellement doué que même Angel n'arrive jamais à le battre, alors qu'elle est elle-même très forte à ce jeu. Elle aime toujours la vodka mais la boit avec du jus de myrtille à présent. Le verre posé à côté d'elle a l'air de contenir du sang allongé d'eau. J'ai envie d'un thé, Rafael en voudrait bien une tasse lui aussi, j'utilise donc une vraie théière et même un petit pot à lait. Nous sommes devenus des gens civilisés.

Rafael est joli garçon. Il n'a que 18 ans et fait encore plus jeune. Il m'a confié qu'il exerçait ce métier depuis trois ans déjà, sans se sentir particulièrement exploité. Le jour où il a découvert son penchant insatiable pour le sexe anal, il a tout simplement décidé de joindre l'utile à l'agréable. Dans un sens, j'admire son esprit entrepreneurial. La plupart de ses clients sont des types réglos qui ne lui cherchent pas d'ennuis, d'autant plus qu'ils sont presque tous mariés. Quand Rafael m'a dit cela, j'ai aussitôt pensé à mon père. Lorsque maman l'a quitté et que toute la vérité est apparue au grand jour – ses multiples liaisons, son penchant pour les prostituées –, j'avoue que cela m'a fait un choc. Aujourd'hui, je me demande s'il ne couchait pas également avec des hommes. Pourquoi un type aussi séduisant que lui aurait-il payé pour baiser avec des femmes ? Je pense que je ne saurai jamais le fin mot de l'affaire car je ne reverrai jamais mon père. Soudain il me manque terriblement. Peut-être que je devrais me servir une vodka, tout compte fait.

« Échec », annonce Angel d'un air triomphant.

Rafael contemple l'échiquier quatre secondes, déplace son fou et prend le cavalier d'Angel.

« Échec et mat », claironne-t-il. Angel reste un instant bouche bée, puis fait semblant de piquer une crise de nerfs et renverse le plateau.

J'ai décidé de faire un effort à partir de maintenant. Continuer à sniffer avant les réunions de travail ne me mènera nulle part. Il est temps de grandir, de remettre de l'ordre dans ma vie – je n'ai pas envie de devenir comme ma jumelle. Je suis fière d'avoir résisté à la vodka et fait du thé à la place, pour moi et pour Rafael qui, malgré son métier, est quelqu'un de casanier. Nous nous installons devant une émission de téléréalité. Un couple de bobos est en train de transformer une vieille centrale électrique pourrie en une maison high-tech, tout en acier et en verre.

Ils ne sont pas peu fiers, ceux-là, avec leurs beaux projets, leurs gosses tirés à quatre épingles et leurs certitudes. Ils croient peut-être qu'ils sont bénis des dieux, que leur vie est toute tracée. Je me dis qu'ils risquent fort d'être déçus, j'ai même hâte que ça leur arrive. Je me trouve aigrie, ces derniers temps, et je n'aime pas ça. Je n'étais pas ainsi autrefois. Mais ce soir, c'est plus fort que moi.

Peut-être parce que le 6 mai arrive dans quatre jours seulement.

Quand l'émission se termine, le téléphone de Rafael se met à vibrer. Il regarde ses messages, se lève d'un bond et déclare joyeusement : « Un habitué – je me sauve, *hasta luego.* » Il nous fait la bise et disparaît vers quelque rendez-vous que je préfère ne pas imaginer. Angel se fait couler un bain, elle aussi travaille ce soir. Je zappe sur les informations. Une femme a assassiné ses enfants dans un hôtel en Grèce. Comment peut-on commettre une horreur pareille ? Mon humeur baisse d'un cran supplémentaire. Je n'en peux plus. Cette journée m'a tuée. D'abord il y a eu cette prise de tête dans le métro, ensuite la cocaïne, ensuite le rendez-vous client et enfin le champagne avec Tiger. Je pense qu'un bain me fera le plus grand bien. J'attendrai qu'Angel soit partie. Je me sens aussi sale dedans que dehors. Après cela, j'irai me coucher de bonne heure et j'essaierai de dormir un peu sans songer à vendredi.

Allongée dans la baignoire, je repense aux événements de la journée et à ceux des neuf derniers mois. D'un côté, je suis fière de ce que j'ai accompli, de l'autre je me dégoûte. Je ne suis pas comme Angel qui a passé la moitié de sa vie à protéger sa propre mère, quoi qu'elle fasse de louche. Personne ne lui a jamais expliqué la différence entre le bien et le mal. Moi si. Aujourd'hui, j'ai une bonne situation, je m'en sors même très bien, alors pourquoi continuer à voler et à prendre de la drogue ? Je n'ai plus autant besoin de me distinguer de la fille que j'étais autrefois – j'ai sauté le pas, je suis devenue une autre personne. Je plie les genoux et me laisse glisser le long de la paroi inclinée, la peau de mon dos crisse contre l'émail. Lorsque mon menton touche l'eau, je descends encore jusqu'à ce que je sente la mousse crépiter autour de ma tête. Mon crâne repose sur le fond plat et dur de la baignoire. Le sang me monte au cerveau mais je tiens bon. Et quand je n'arrive plus à retenir ma respiration, je cale mes pieds sous les robinets et je pousse de toutes mes forces. Une vague se forme, l'eau déborde derrière moi, se répand sur le carrelage. Je cherche une serviette à tâtons, j'enfouis mon visage dedans et quand je la retire, elle est chaude et humide, à cause de l'eau et des larmes, des larmes de renaissance et d'absolution.

29

Toujours aussi ponctuel, Dominic débarqua chez Caroline à dix-neuf heures trente tapantes, vêtu d'un T-shirt blanc moulant col V et d'un jean à la dernière mode. Il avait beau exercer le métier de charpentier, Caroline lui trouvait l'allure d'un mannequin. Elle n'en revenait pas qu'il soit hétéro. Ils s'étaient rencontrés à l'école de stylisme, où Dominic avait été chargé de fabriquer les décors des défilés de fin d'année. Toutes les filles avaient craqué pour lui. Mais c'était elle, Caroline, que Dominic avait choisie et, presque cinq mois plus tard, il semblait toujours aussi épris. Comme il ne prêtait aucune attention à ses remarques désagréables voire venimeuses, elle avait presque renoncé à en faire. Loin d'être stupide, il faisait toutefois partie de ces gens que rien ne choque tant ils sont sûrs d'eux-mêmes. Le respect que Caroline lui portait ne faisait que croître avec le temps, ce qui constituait un changement salutaire dans ses rapports avec les hommes. D'habitude, une fois passé l'excitation de la rencontre, elle n'avait de cesse de broyer leur amour-propre, de les écraser comme on aplatit sous son talon un mégot de cigarette.

Dominic semblait d'humeur joyeuse, ce soir-là. Caroline aurait préféré qu'ils restent à la maison pour pouvoir lui annoncer la grande nouvelle, mais il avait envie de sortir. « Je m'étais dit qu'on essaierait ce nouveau restaurant italien à Soho. Il paraît qu'il est excellent. D'accord ?

— Bien sûr », répondit Caroline. Elle adorait que Dominic lui impose ses vues sans lui demander son avis. Elle était contente de sortir avec un homme, un vrai, pour changer. Ils se dirigeaient vers le métro quand elle vit Dominic héler un taxi noir qui passait. Ce geste lui parut extravagant car ils ne roulaient sur l'or ni l'un ni l'autre.

« Ne t'en fais pas, Caro », dit Dominic en lui enlaçant les épaules. Elle renifla sa bonne odeur de savon et songea que tout était possible – rentrer dans le rang, vivre une histoire d'amour normale, être comme tout le monde. Malgré son jeune âge, elle avait déjà eu de nombreuses expériences. Elle avait beaucoup vécu. Non, décidément, ce n'était pas trop tôt. Quand elle se lova contre lui, elle sentit son courage revenir. Elle lui parlerait du bébé ce soir, se répéta-t-elle tandis que le taxi s'éloignait en ronronnant à travers les rues crépusculaires, en direction du West End.

Caroline était assise en face de Dominic dans le restaurant carrelé de bleu. Elle le trouvait nerveux – il avait peut-être deviné, pour l'enfant, ou bien sa propre agitation déteignait sur lui. En d'autres temps, Caroline aurait géré la situation de manière radicalement différente : elle aurait jeté brutalement le bâtonnet en plastique, saisi son portable sans même se laver les mains et déclaré quelque chose dans le genre : « Je suis enceinte. Je suppose que tu veux que j'avorte ? »

Cette fois-ci, au contraire, elle se disait que l'avortement n'était pas forcément la bonne solution, qu'elle avait rencontré un homme capable de l'aimer vraiment, qu'il se réjouirait à l'idée de devenir père. Quand le serveur apporta les menus, Caroline en était à tortiller sa serviette de table. Dominic commanda du champagne – il avait *sûrement* deviné, songea-t-elle, et il était content, Dieu merci.

Le serveur amena les coupes. L'une des deux semblait sale, comme s'il y avait un dépôt dans le fond. Contrairement à son habitude, Caroline ne broncha pas car elle ne voulait pas gâcher cet instant par un scandale. Quand le champagne fut versé et que les bulles jaillirent vers le ciel, Dominic leva sa coupe et dit : « À nous deux, Caroline », puis il se pencha vers le sol, comme pour ramasser quelque chose. Caroline le vit s'agenouiller devant elle et, soudain, il y eut une détonation suivie d'un appel d'air. La seconde d'après, ils étaient allongés par terre. Elle ressentit une vive douleur au ventre. Pendant un temps infini, rien ne bougea, puis soudain quelqu'un poussa un long cri strident, ce qui déclencha une vague de panique dans le restaurant. Tout le monde se mit à courir, à hurler, tout le monde sauf Dominic.

Toujours couchée sous la table du restaurant, Caroline constata qu'elle n'était pas grièvement blessée. Un objet avait dû lui tomber dessus. Dominic se relevait déjà, visiblement indemne. Une expression d'épouvante déformait son visage. Les autres clients paraissaient choqués, désemparés. Heureusement ils étaient tous en un seul morceau et personne ne saignait. La vaisselle, les verres avaient explosé, les meubles jonchaient le sol mais, en dehors de cela, il y avait étonnamment peu de dégâts. Les hurlements avaient laissé place à un calme inquiétant. Les gens, abasourdis, regardaient autour d'eux sans savoir que faire. Dehors dans la rue régnait un terrible vacarme. On entendit quelqu'un crier que la devanture du pub d'à côté, l'Admiral Duncan, avait implosé. Dominic redressa une chaise renversée, fit asseoir Caroline et dit : « Tu vas bien, Caro ? Ce doit être un vrai carnage à l'extérieur, je vais leur donner un coup de main. Attends-moi ici. » Il déposa un baiser sur ses cheveux et se précipita dans la rue, parmi la fumée, les plaintes, les clous tordus, les chairs meurtries. Le visage blême, Caroline l'attendit en grelottant sur sa chaise pendant quarante-cinq minutes. Son cerveau était incapable d'analyser tout ce qui lui était arrivé aujourd'hui : une ligne bleue sur un bâtonnet en plastique, un taxi noir, un éclair blanc, une fumée grise malodorante. Quand elle finit par comprendre ce que Dominic avait eu l'intention de faire avant la déflagration, Caroline partit à sa recherche sans prêter attention au chaos environnant, aux gens qui erraient, couverts de sang. Elle voulait juste retrouver son futur fiancé. Sur Old Compton Street, la police refoulait les passants vers Frith Street et Soho Square où les blessés étaient déjà rassemblés dans un hôpital de fortune. Caroline bouscula une policière en braillant : « Il faut que je trouve mon fiancé », franchit le cordon et enjamba les corps sans prendre la peine de vérifier s'ils étaient vivants ou morts. Elle n'avait qu'une chose en tête : retrouver Dominic, lui répondre oui, lui dire que malgré toute cette haine, toute cette horreur, un petit cœur battait, un cœur innocent, tout neuf, blotti au fond de ses entrailles.

Elle ne le trouva pas. Au téléphone, elle tombait directement sur sa messagerie. Caroline décida de retourner au restaurant. Peut-être s'étaient-ils croisés sans se voir au milieu du tumulte. Mais à présent, il n'y avait plus personne dans la salle et tout était sombre. La devanture du pub voisin était éventrée. Une épaisse fumée mêlée de poussière s'élevait paresseusement dans le ciel gris sale. Ne sachant que faire, où aller, elle suivit les derniers rescapés qui s'éloignaient en titubant vers la place où l'on avait étendu les blessés pour leur administrer les premiers soins dans une ambiance lugubre. Caroline arpenta le square dans un sens puis dans l'autre. Il n'y était pas. Elle s'apprêtait à franchir le cordon de police pour rejoindre Charing Cross Road et trouver un taxi qui la ramènerait chez elle, quand elle vit une tête brune penchée sur une personne en détresse, un T-shirt blanc maculé de boue. Juste à côté de lui, un secouriste effectuait un massage cardiaque.

« Dominic », hurla-t-elle. Quand il leva les yeux, elle vit que le jeune homme couché sur le sol avait un trou dans la poitrine.

« Désolé, Caro, c'est pas le moment », dit-il, puis il détourna le regard. Caroline sentit quelque chose se briser en elle.

« Mais putain, ça fait des heures que je te cherche. Qu'est-ce qui t'a pris de me laisser tomber comme ça ?

— Chut, Caro, fit Dominic d'une voix lasse.

— Non mais ça va pas ? Tu crois peut-être que tu

vas t'en tirer en me disant "Chut, Caro", espèce de con ? Tu m'as larguée, tu m'as abandonnée dans ce foutu restaurant et tu n'es pas revenu me chercher. Et moi, je suis restée à t'attendre comme une abrutie, tout ça parce que je voulais te dire que je vais avoir un putain de bébé. » Et elle partit en courant, traversa la pelouse et sortit du square par le portail latéral, en ignorant les appels de Dominic qui lui criait de revenir.

Caroline finit par trouver un taxi noir devant un bar sur Goodge Street. Dans cette rue, les gens rigolaient, pris d'alcool. Ils avaient vaguement entendu parler d'une explosion mais, trop occupés à oublier leur semaine, ils se fichaient de ce qui pouvait se passer moins d'un kilomètre plus loin. Quant à cette fille sale qui passait devant eux en sanglotant, elle semblait faire partie du décor habituel. Le chauffeur de taxi lui-même n'y prit pas garde. On était vendredi soir, après tout. Lui non plus n'avait pas entendu parler de la bombe – il n'écoutait pas les informations, c'était trop déprimant. Assise toute seule à l'arrière, Caroline se sentait minuscule dans ce grand espace vide, sans Dominic pour prendre soin d'elle. Toute sa vie s'était écroulée en l'espace d'une soirée, entre deux trajets en taxi. Dans le premier, elle avait vu un avenir radieux s'ouvrir devant elle, et maintenant il n'y avait plus que la douleur. Elle savait qu'elle avait perdu Dominic. Il ne lui reviendrait jamais, pas après ce qui s'était passé – la tragédie dont ils avaient été témoins, le comportement ignoble qu'elle avait eu, le regard qu'il lui avait lancé.

Soudain, Caroline éprouva le besoin de parler de sa grossesse à quelqu'un d'autre – elle était si désemparée qu'elle finissait par se demander si la ligne bleue n'était pas le fruit de son imagination. Elle essaya de joindre sa mère mais le téléphone sonnait toujours occupé. En pestant, elle appela son père et tomba sur le répondeur. Alors elle composa un autre numéro sans même réfléchir. Quand sa sœur jumelle répondit, Caroline ne savait plus quoi dire.

« Salut, Caroline ! dit Emily. Ça fait plaisir de t'entendre… Allô ? Allô ? Caro, tu es là ?

— Oui, sanglota Caroline. Je suis enceinte.

— Oh », lâcha Emily en se demandant si elle devait se réjouir ou pas. « Pourquoi tu pleures, Caro ? ajouta-t-elle doucement.

— La bombe a explosé et après j'ai perdu Dominic, et il était en train de me demander en mariage et il ne savait même pas pour le bébé à ce moment-là, et maintenant c'est fichu, je l'ai traité de con. Oh, Emily, je l'aime tellement, je veux que nous ayons notre bébé, mais maintenant c'est fini, je l'ai perdu. »

C'était la première fois qu'Emily recevait un appel au secours de sa sœur. Caroline ne s'était jamais tournée vers elle auparavant. Emily lui en fut absurdement reconnaissante. Puis elle prit une décision. Le lendemain était un samedi. Elle n'avait rien d'urgent à faire et, surtout, il lui était insupportable d'entendre Caroline pleurer ainsi.

« Je vais venir, Caro, dit-elle. Je prendrai le premier train demain matin.

— Oh », dit Caroline. Elle n'avait pas prévu cela. Elle avait composé le numéro d'Emily sans intention particulière.

« Si tu veux que je vienne », précisa Emily.

Dans un premier temps, Caroline hésita puis, sans

doute à cause du traumatisme, répondit automatiquement : « Bon, d'accord.

— On se voit demain matin, dit Emily. Au revoir, Caro, sois forte, je t'aime.

— Je t'aime aussi, Emy. »

Et quand les deux sœurs raccrochèrent, elles étaient dans le même état : perplexes, choquées, en pleurs.

Après réflexion, Emily n'était plus très sûre d'avoir pris la bonne décision. Caroline désirait-elle vraiment sa présence ? Au bout du fil, elle n'avait pas bondi de joie à cette perspective – et jusqu'ici toutes ses tentatives de rapprochement avaient fait chou blanc. Emily décida de l'appeler juste avant de partir, pour vérifier, mais le moment venu elle craignit que Caroline ne le prenne mal, comme si Emily avait essayé d'échapper à une corvée. De toute façon, la pauvre avait besoin d'aide après cette horrible expérience. En voyant les images de l'attentat à la télévision, Emily avait été bouleversée : au départ, elle avait cru que Caroline en rajoutait, comme d'habitude, avec cette histoire de demande en mariage suivie d'une explosion, elle-même suivie de la disparition du petit ami en question. Mais en fin de compte, l'attentat avait bel et bien eu lieu. Pauvre Caroline !

Le voyage en train lui parut interminable. Il y avait des travaux de maintenance aux abords de Northampton. Quand elle descendit à Euston, elle suivit les pancartes indiquant le métro puis chercha son chemin tant bien que mal, car Londres lui était relativement inconnue et elle avait oublié de demander conseil à Caroline. Emily avait cru que Brick Lane était aussi le nom d'une station, mais visiblement ce n'était pas le cas.

Comme elle était sous terre, impossible d'appeler sa sœur pour vérifier et il n'y avait pas le moindre agent des transports dans les parages. Elle jeta un œil sur les gens qui attendaient le long du quai – deux jeunes avec sacs à dos, polos de base-ball et tennis blanches, qui semblaient aussi perdus qu'elle ; une petite grand-mère asiatique portant un magnifique sari orange, des chaussettes épaisses et des sandales, qui détourna la tête quand Emily s'avança pour lui parler ; une jeune fille maussade, toute de noir vêtue, les yeux charbonneux, qui avait probablement passé la nuit dehors. Ne restait plus qu'une seule option : un jeune homme noir d'une beauté à couper le souffle, portant des boucles d'oreilles et un collier en or. Quand elle trouva le courage de s'adresser à lui, il lui fit un sourire si radieux qu'elle eut envie de le ramener chez elle pour le présenter à sa mère. Elle le remercia en rougissant et se dirigea vers le plan affiché au bout du quai.

Lorsque Caroline lui ouvrit, Emily eut un choc. Les yeux de sa sœur étaient gonflés comme si elle avait reçu des coups. Caroline lui jeta un regard furibond qui lui fit aussitôt regretter d'être venue.

Caroline avait un goût éclectique en matière d'ameublement, avec une préférence pour les couleurs primaires, les bibelots étranges et l'art pornographique. Dans l'entrée, trois chapeaux melons identiques étaient suspendus en file, au-dessus de photos en noir et blanc représentant des singes vus en gros plan, qui semblaient souffrir comme si on les torturait. Emily supposa que ces clichés avaient été pris dans des laboratoires de recherche mais se garda bien de poser la question, tant elle les trouvait dérangeants.

Comme Caroline restait immobile à la lorgner d'un air peu engageant, Emily força le passage et entra dans une minuscule cuisine déglinguée. Sous le regard amorphe de sa sœur, elle posa la bouilloire sur le feu, prépara le thé et rajouta deux sucres pour Caroline qui semblait en avoir besoin. Au moment où elle reposait la cuillère, sa jumelle s'écroula sur le sol en gémissant comme un animal blessé.

« Allons, ma petite Caro chérie, ça va s'arranger », dit Emily en se penchant pour l'aider à se relever. C'est alors qu'elle vit une tache rouge vif sur le carrelage blanc. Elle lui trouva une certaine ressemblance avec les œuvres exposées dans l'appartement puis, quand elle aperçut le regard de sa sœur entre ses paupières pochées, elle comprit ce qui venait de se produire.

30

Cette semaine hautement problématique est sur le point de s'achever sans autres frictions avec Tiger. La présentation des projets pour la nouvelle voiture à sept places s'est magnifiquement déroulée – les clients ont apprécié l'idée des quintuplés, fort médiocre au demeurant – et l'équipe a l'air d'accepter de travailler sous mes ordres. Je dirais qu'ils me respectent, même si je ne le mérite pas. Cela dit, je n'ai pas pris de drogue depuis lundi midi, et je n'en suis pas peu fière. J'ai même obtenu qu'Angel échange sa vodka contre du thé cette semaine. C'est officiel, nous sommes au régime sec toutes les deux. Je vais peut-être réussir à m'engager sur une nouvelle voie, à tirer un trait sur les excès qui avant m'aidaient à survivre.

Il me reste une étape à franchir, et pas la moindre. J'ignore comment je vais m'y prendre. Que dois-je faire ? L'affronter bille en tête ou biaiser ? En tout cas, elle est là, devant moi.

Devant moi.

Simon m'a invitée à déjeuner pour célébrer ma première semaine en tant que responsable des grands comptes. J'ai accepté, ce qui veut dire qu'il sera avec moi pour franchir le cap. C'est mieux ainsi. Toute seule, je me sens incapable d'y faire face. Je sais que Tiger va me balancer une réflexion mais pour une fois je m'en moque. J'aurais peut-être dû prendre ma journée, mais non, je ne peux pas me retrouver face à moi-même. Ce serait tout bonnement insupportable. La compagnie de Simon m'aidera sans doute.

Je jette un œil à ma montre. Onze heures sept. Encore trois heures et sept minutes. Les chiffres sont trop concrets, impossible d'y échapper. J'ai chaud, je m'énerve. Je n'ai pas la tête au travail. Ma volonté s'étiole, se dissout, je la vois disparaître comme si quelqu'un avait tiré la chasse. Je me lève d'un bond, passe à côté du bureau de Nathalie, derrière la chaise de Luke, me dirige vers ces fabuleuses toilettes. Dans ma tête, une image m'apparaît soudain. Je vois mon mari, mon fils, puis plus rien, mais je les supplie quand même de me pardonner…

Simon m'emmène dans un restaurant chic près de Tower Bridge. Je crois qu'Angel a vécu dans ce quartier, autrefois. J'ai eu beau suggérer d'autres endroits, plus près de l'agence, ce n'est pas le choix qui manque, Simon tenait à venir ici. On dirait qu'il devine que quelque chose me chagrine aujourd'hui. Ce serait sympa d'aller jusqu'au fleuve, a-t-il dit, le temps est tellement extra. Simon utilise un vocabulaire un peu désuet – avec lui les choses sont toujours extras, épatantes, ou à l'inverse déplorables ou calamiteuses. J'aime ça. Cet homme est un vrai gentleman. Raison pour laquelle il ne peut se résoudre à quitter son effroyable épouse, je suppose. Ce ne serait pas convenable. Je sais qu'il en pince un peu pour moi et, pour être sincère, il ne m'est pas indifférent. Mais il n'a jamais abordé le sujet et c'est très bien ainsi.

Nous nous installons près d'une fenêtre ouverte pour profiter de la vue sur la Tamise. Un homme affublé d'un nœud papillon exécute quelques arpèges sur le piano à queue. Tout est calme et raffiné. C'est un endroit charmant, Simon avait raison. J'oublie ma tristesse le temps de partager un gigantesque plateau de fruits de mer arrosé d'un délicieux vin blanc. Et quand je regarde ma montre, il n'est encore que treize heures quarante-cinq. Encore vingt-neuf minutes à attendre. Attendre quoi ? L'anniversaire inutile d'une journée désastreuse. Je ne peux éviter de penser que l'année dernière, à cette même heure, j'avais encore un mari merveilleux, un fils adorable, un bébé qui grandissait en moi. Je nageais dans un bonheur dégoulinant. Depuis, je les ai tous abandonnés, chacun de manière différente. Je sais bien que ce genre de pensée ne mène à rien, alors je laisse le sommelier me resservir. J'ai connu une telle réussite ces derniers mois que j'ai presque oublié Emily Coleman. Mais aujourd'hui, particulièrement, tout me revient à la figure. Cette date m'obsède. J'ai bien tenté de l'enfouir au fond de ma mémoire mais elle ressurgit sans cesse pour me narguer, me hanter. Il s'est quand même passé une chose positive aujourd'hui : j'ai renoncé à la drogue, eh oui, définitivement. Je suis fière de moi. Tout à l'heure, à l'agence, quand je suis allée aux toilettes pour respirer une autre petite ligne d'oubli, j'ai pensé à mon cher petit garçon et à ce qu'il dirait de moi s'il me voyait. Je suis entrée dans une cabine, j'ai vidé le contenu du sachet dans la cuvette et j'ai tiré la chasse.

Le pianiste entame un air que j'ai entendu un millier

de fois mais dont le titre m'échappe, ce qui m'agace. Je me demande ce que Ben et Charlie sont en train de faire, en ce moment, mais j'évacue aussitôt cette pensée. Une voix s'élève. Je m'aperçois que Simon s'adresse à moi.

« Est-ce que tu as goûté le crabe ? Il est vraiment délicieux. » Je le regarde d'un air vague en secouant la tête. Il a dû repérer en moi une faiblesse, une ouverture, parce qu'il me prend la main.

« Pourquoi es-tu si triste, Cat chérie ? Tu sais que tu peux tout me dire – nous sommes amis. » Et il prononce ces mots avec une telle tendresse, une telle sincérité, que je suis tentée de tout lui avouer. Je suis à deux doigts de le faire. J'en ai envie, plus encore que durant ces dernières soirées avec Angel, quand j'étais si soûle, si shootée que j'aurais pu lui hurler la vérité, juste pour me soulager. Cette vérité, je la garde au fond de moi depuis trop longtemps. Peut-être que tout déballer m'aiderait à passer les prochaines minutes. J'ouvre la bouche mais j'hésite, comme si choisir ou non le mot juste pouvait améliorer les choses, ou les aggraver. J'ai l'impression de me tenir en haut d'un plongeoir, le corps crispé, fléchi, impatient. J'y vais ? Je n'y vais pas ? Je respire un bon coup et je me lance dans le vide.

31

Caroline respirait dans le téléphone. Elle avait la tête vide, le corps brisé, ne trouvait rien à dire. Dominic avait attendu deux jours pour l'appeler et, entre-temps, elle avait perdu son enfant. Chacun avait vécu de tels traumatismes qu'ils ne savaient plus comment se parler. Un fossé les séparait. Dans la journée, Caroline avait sorti le test de grossesse de l'armoire à pharmacie. Constatant la disparition de la ligne bleue, elle s'était mise à douter, à croire qu'elle avait rêvé. Elle regrettait cette ligne, elle regrettait le diamant posé au fond de sa coupe de champagne. Où était-il à présent ? Mais avant tout, elle regrettait son bébé. Les fois précédentes, elle s'était dépêchée de supprimer ce fœtus encombrant. Celui-ci était différent, il tenait du miracle puisqu'il avait symbolisé son union avec Dominic. Mais maintenant, c'était fini et ils le savaient. Leur amour s'était enfui et leur bébé aussi. Il n'y avait pas de retour possible. Une seule autre personne était au courant. Emily. Or Caroline ne lui avait jamais rien confié de personnel avant. Quelle chose étrange qu'elles se soient rapprochées à cette occasion. Bien sûr, Caroline savait que cet événement n'aurait pas de lendemain et pourtant Emily avait été formidable, il fallait le reconnaître. Elle était restée calme, n'avait porté aucun jugement, même quand Caroline lui avait parlé de son abominable crise de colère au milieu du carnage à Soho Square. « C'est à cause du choc et des hormones. Tout cela en même temps. Je t'assure, Caro », avait dit Emily en lui prenant la main. Un geste que Caroline avait trouvé curieusement réconfortant. Peut-être devrait-elle cesser d'être aussi méchante avec sa jumelle ; ce serait agréable de l'avoir comme amie, pour changer. Après que Dominic eut raccroché en promettant de rappeler bientôt, Caroline resta longtemps assise sans bouger. Il n'avait même pas proposé de passer la voir. Manifestement, il ne l'avait pas crue au sujet du bébé. C'était un peu gros comme coïncidence. Pourtant il la rappela, comme promis, plusieurs fois même. À chaque fois ils sortaient dîner mais il n'était plus jamais à l'heure et le repas se déroulait dans un silence gêné. Le premier soir, Caroline insista pour qu'il monte chez elle. Ils essayèrent de faire l'amour mais ça ne marchait plus de ce côté-là non plus. Il ne resta pas toute la nuit. Finalement, Caroline en eut assez de faire semblant ; leur relation n'était qu'une pâle copie de ce qu'ils avaient naguère ressenti l'un pour l'autre. Finalement, un soir, elle lui envoya un texto de rupture. Dominic n'y trouva rien à redire. Caroline se demanda pour la énième fois comment leur histoire aurait évolué s'il n'y avait pas eu cet attentat à la bombe, s'ils avaient choisi un autre restaurant. Un an plus tard environ, elle apprit par des amis qu'il s'était marié, que sa femme était enceinte. Cette nouvelle conjuguée à la perte de son bébé engendra chez Caroline une amertume qui ne la quitterait jamais.

32

Je suis assise dans un restaurant près du fleuve, le soleil brille et j'ai décidé de me confier à Simon. J'ai ouvert la bouche, mais pour dire quoi ? Que je ne suis pas vraiment Cat Brown mais Emily Coleman, une faussaire, un déserteur ? Oui, pourquoi pas ? Cela me ferait peut-être du bien si je crachais enfin la vérité. Pendant que je forme les premiers mots dans ma tête, mes yeux se posent d'eux-mêmes sur la nappe, glissent vers mon téléphone où s'affiche, dans toute sa crudité numérique :

14 h 14
6 mai

Prise d'un haut-le-cœur, je me lève en envoyant valser ma chaise et je sors précipitamment du restaurant. J'arrive à me retenir le temps d'atteindre la rambarde et, là, je me penche et je vomis dans le fleuve. Le jet m'éclabousse, je m'écroule dans mes propres déjections. Je voudrais être morte.

Je suis au fond de mon lit, chez moi à Shepherd's Bush. On m'a enlevé mes vêtements souillés mais mes cheveux – ou est-ce ma bouche ? – puent. Angel est assise devant la télé. Quand je remue, elle se lève et vient vers moi. J'ai honte, encore que je ne sache pas trop pourquoi. Que m'est-il arrivé ? Je me rappelle que Simon – et qui donc ? Un serveur ? Un touriste qui passait ? – m'a aidée à me relever et à longer la rive sur quelques mètres jusqu'à un taxi. Je n'étais pas inconsciente (pas plus que l'année dernière à la même date) mais dans un tel état de nerfs que Simon, je m'en souviens à présent, a dû appeler un docteur qui m'a donné quelque chose, d'où mon engourdissement actuel. De longues heures ont dû s'écouler depuis. Je sursaute en songeant à Tiger, à la cérémonie des prix, et je reviens enfin dans le monde réel.

« Il faut que je me lève. On m'attend au Dorchester.

— Ne sois pas stupide, trésor, dit Angel. Tu n'iras nulle part ce soir. »

Un an jour pour jour

J'ai besoin de bouger, de vivre les années qu'il me reste, il n'y a pas de temps à perdre. Soudain, on dirait que je suis passée du désespoir à… quoi exactement ? L'acceptation ? Mon ancienne vie, la phase heureuse de ma vie, se trouve à une année de moi. J'ai franchi un cap. Je ne peux plus dire : *Au même moment, l'année dernière, j'étais…* Quel soulagement. Je tente une sortie mais ce médicament m'a assommée, je retombe sur les oreillers et Angel tire la couette sous mon menton.

« Sois sage, trésor. Je vais te préparer une bonne tasse de thé. » Angel serre ma main dans la sienne puis elle quitte la pièce en fermant doucement la porte.

Moi, je la regarde partir et je lui suis profondément reconnaissante de s'occuper de moi, comme ma maman le faisait autrefois. J'ai de la chance de l'avoir.

Comment se fait-il que Simon connaisse mon adresse ? Au bureau, ils ont toujours celle de Finsbury Park. Il a dû consulter le répertoire sur mon portable et appeler quelqu'un au hasard. Il ne contient pas beaucoup de numéros. Quelques collègues de l'agence, des clients, de vagues relations comme Bev et Jerome. Et Angel. Il a sûrement trouvé cela bizarre – très peu d'amis, pas de mère, pas de père. En revanche, je lui ai souvent parlé d'Angel. Soudain, je réalise qu'il est venu dans cet appartement, qu'il a rencontré Angel, et je ressens un absurde accès de jalousie.

Angel revient avec la tasse rose où l'on voit un homme nu quand la boisson est chaude. Elle essaie sans doute de m'amuser un peu, alors je souris pour lui faire plaisir.

« Tu ne m'avais pas dit que Simon était si craquant, lance Angel.

— Oh… Tu trouves ? » De nouveau, je pense : *Pas touche, chasse gardée*. Et tout de suite après, je me demande ce qui ne tourne pas rond chez moi.

« Il se faisait vraiment du souci, trésor, poursuivit-elle. Il n'en pincerait pas un peu pour toi ?

— Non, dis-je trop vite.

— Au fait, que s'est-il passé ? Tu as débarqué ici dans un état comateux, couverte de trucs immondes. Je croyais qu'on était au régime sec cette semaine. » Angel se met à rire nerveusement. Je comprends qu'elle s'inquiète énormément pour moi, ce qui me pousse à lui montrer que tout va bien, que le pire est passé. Je n'aime pas la voir triste. Mon portable sonne sur la table de nuit. Angel devance mon geste.

« C'est Simon, dit-elle. Je réponds ?

— Oui », dis-je en pensant non. Pour la première fois, je réalise combien il est dangereux d'avoir une amie aussi belle qu'Angel.

« Salut, Simon… Non, c'est Angel… Oh, je vais bien, merci (rires)… Elle a émergé, elle se remet, je crois… Oui… Non (rires). Je lui ai dit que ce serait une folie… Oh. OK, c'est gentil de votre part, je lui demanderai… Vous voulez lui dire un mot ?… Oh, OK, peut-être à tout à l'heure, dans ce cas. Au revoir. »

Je lui demande de me répéter ce qu'il lui a dit. J'ai été fâchée contre Angel une seule et unique fois, le jour où nous sommes allées faire du shopping et où j'ai découvert qu'elle était cleptomane. Mais ça n'a pas duré.

« Simon dit que si tu te sens mieux dans la soirée, tu peux le rejoindre pour dîner. Il a parlé de quelqu'un qui ne pouvait pas venir – un certain Luke, je crois –, alors il m'a proposé de t'accompagner. Ce serait sympa, non ? » Elle dit cela en toute innocence, sans arrière-pensée. J'ai honte de moi. Je n'ai que deux vrais amis au monde et je ne veux pas qu'ils se rencontrent. Quelle puérilité ! C'est peut-être à cause de ces médicaments. Je ne me sens pas très bien.

« Je ne sais pas », dis-je d'un air morose. Je balance mes jambes hors du lit et cette fois Angel ne m'en empêche pas, elle semble même ravie de me voir bouger.

« Va prendre une douche, me conseille-t-elle. Et après, on verra comment tu te sens. » Je grommelle un truc et je pars en zigzaguant vers la salle de bains.

33

Debout devant le berceau, Emily contemplait son bébé endormi sans oser faire un geste. Comme elle venait d'ouvrir les rideaux, le soleil d'été entrait à flots dans la petite chambre : il était temps de le réveiller car les beaux-parents d'Emily les attendaient à Buxton. Elle abaissa le montant du lit pour pouvoir attraper l'enfant. Ce mouvement fit bouger les personnages du mobile Winny l'Ourson. Ils oscillèrent doucement, comme s'ils s'éveillaient eux aussi. Emily hésitait à interrompre le sommeil de son fils. Elle aimait tant le regarder dormir. Pour elle, cet enfant était une merveille – une tête bien formée couverte d'un duvet soyeux, une joue ronde posée comme un coussin contre sa petite épaule ; des bras écartés dans une posture d'abandon, les coudes pliés de telle sorte que ses petits poings se trouvaient au niveau de son nez ; son ventre battant sous la grenouillère blanche au rythme du souffle qui bruissait dans ses petites narines (avant, elle ne savait pas que les bébés ronflaient) ; ses petites jambes grassouillettes, ses genoux à fossettes ; ses pieds délicats, perdus dans les minuscules chaussettes blanches trop grandes pour eux. Le lit était blanc, les draps et les couvertures aussi. L'enfant avait l'air si pur, si neuf, qu'Emily aurait aimé rester éternellement dans cette position. À le regarder.

La maternité l'avait changée plus qu'elle ne l'aurait cru. Elle voyait les choses différemment, plus simplement peut-être. Elle n'avait pas prémédité sa grossesse, bien au contraire. Ben était prêt depuis longtemps, mais elle non. Elle avait craint de contrarier Caroline. C'était ridicule, elle le comprenait à présent. Elle aimait tout ce qui se rapportait à la maternité : les odeurs, la chaleur, son dévouement absolu envers son fils. Pourtant, ses braillements la rendaient folle et elle terminait ses journées sur les rotules. Mais tout cela n'avait pas d'importance. L'arrivée de ce bébé les avait rapprochés encore plus, Ben et elle. Même Caroline s'était montrée formidable. Emily ne méritait pas un tel bonheur.

La lumière le réveilla peu à peu. Il ouvrit les yeux, la regarda en clignant les paupières et, au lieu de se mettre à pleurer comme à son habitude, il lui fit un grand sourire édenté. Elle se pencha pour le prendre et le serra contre elle. En entendant ses gazouillis, elle songea que le temps avait passé à une allure folle depuis la naissance. Elle devait reprendre le travail deux mois plus tard. La place en crèche était déjà réservée. Bientôt, il y aurait des matins difficiles où elle devrait le réveiller de force – des matins sans sourires –, puis ce serait la cavalcade pour le nourrir, l'habiller, l'emmener loin de la maison. Plus la date approchait, plus l'idée de retourner travailler la rendait malade. Ce fut probablement ce jour-là, sur le canapé jonché de peluches de cette petite chambre si claire, si calme, qu'elle prit sa décision. Mais comment allait-elle l'annoncer à Ben ?

Elle se jeta à l'eau quelques heures plus tard, alors qu'ils étaient allongés l'un contre l'autre dans leur lit.

« Ben, je ne veux pas retourner au bureau », déclara-t-elle.

Son mari remua, se souleva légèrement pour pouvoir la regarder en face dans la pénombre. Il lui prit la main.

« Je sais, j'ai toujours dit que je ne lâcherais pas mon boulot, mais voilà, je ne supporte pas l'idée de le laisser à la crèche. Il a besoin de moi, il a besoin de sa mère.

— Ouah, tu as changé ton fusil d'épaule, dit Ben en se penchant pour lui donner un baiser sur le nez.

— Alors, tu n'es pas fâché ?

— Bien sûr que non.

— Nous aurons beaucoup moins d'argent. Il faudra rogner sur le budget vacances, renoncer à s'acheter une maison plus grande. Et deux voitures, c'est trop cher à entretenir, on devra en vendre une.

— Emily, dit Ben. Cela m'est parfaitement égal. Nous formons une famille, le reste n'a pas d'importance.

— Vraiment, tu es sûr ? Tu ne dis pas ça juste pour être gentil ?

— Non, je préfère cette solution. Si je ne t'en ai pas parlé avant, c'est que je pensais que tu tenais à travailler. Je me fiche pas mal de l'argent. Nous nous en sortirons.

— C'est noté. Je te le rappellerai quand nous devrons mendier pour vivre », répondit Emily. Elle était si béatement heureuse que même cette perspective ne lui faisait pas peur.

34

Je suis sous la douche. L'eau ruisselle sur mes cheveux, emporte les dernières traces de vomi. Je me sens étrangement sereine – apaisée, purifiée. Serais-je enfin libre ? Je voudrais bien savoir quel genre de médicaments m'a donné le médecin de Simon, pourquoi mes jambes sont si molles, mon esprit si calme. J'emprunte le peeling à l'ananas d'Angel, mes joues brûlent mais je n'éprouve toujours aucun malaise. Je suis peut-être guérie.

Au sortir de la douche, mes jambes sont plus solides. Je songe à la robe fendue en satin couleur jade suspendue dans mon armoire, à mes escarpins argentés – et si j'y allais, finalement ? Ce serait drôle d'emmener Angel là-bas.

Drôle ? Tu parles !

Il n'est que dix-neuf heures trente. Nous avons une heure pour nous préparer. En plus, je m'aperçois que j'ai faim. Ce midi, je n'ai guère fait honneur au plateau de fruits de mer et à leurs fameuses pinces de crabe pimentées. Il y a mieux comme publicité pour un restaurant, me dis-je en rigolant. Aussitôt, une pensée douloureuse transperce mon esprit embrumé.

Je regagne ma chambre en me pavanant dans ma serviette de bains. Angel regarde une série sentimentale débile. Je fais un tour sur moi-même et m'écrie : « Cendrillon, il est l'heure d'aller au bal. » Angel m'examine d'un air interloqué, hésite un long moment, le temps de soupeser le pour et le contre, puis se lève en disant : « OK, je vais m'habiller. »

35

Contre toute attente, c'est au casino qu'Angel rencontra son prince charmant, plus précisément à la table de poker. D'habitude, Angel ne sortait pas avec ses clients, ce n'était pas son style, mais Anthony avait de la suite dans les idées. Avant de quitter le casino, il lui avait soutiré son numéro de téléphone et l'avait ensuite appelée toutes les heures jusqu'à la fin de son service à six heures du matin.

Le lendemain, on lui livra quarante roses rouges. Angel n'était pas une ingénue, mais quand elle regarda sur Internet et vit que ce nombre signifiait « mon amour pour toi est sincère », elle fut tellement flattée que le soir suivant, quand il la supplia de se faire porter pâle, elle ne se sentit pas le cœur de refuser. Il passa la prendre au volant de sa Maserati et l'emmena dîner dans un restaurant de la City avec vue plongeante sur la ville. La soirée se prolongea dans l'appartement du jeune homme où ils sablèrent le champagne en écoutant des morceaux de jazz sirupeux qu'elle ne connaissait pas. Et lorsqu'il la conduisit sur le balcon donnant sur la Tamise pour l'embrasser, Angel se dit qu'elle vivait un conte de fées. Cette nuit-là, il lui prêta un

T-shirt et l'accueillit au creux de son épaule en la traitant comme une poupée de porcelaine.

Anthony dirigeait sa propre société d'investissement. C'était un homme fortuné (Angel ignorait encore que l'étalage de la richesse ne garantissait pas forcément sa solidité), beau et séduisant. Grâce à lui, Angel découvrit que la vie pouvait ressembler à ses rêves les plus fous – longs week-ends à parcourir les routes de France avec étapes gastronomiques dans des restaurants étoilés, vins fins, opéras, films art et essai dont elle avait du mal à prononcer le nom des réalisateurs. Elle qui n'avait jamais compris l'intérêt des balades à la campagne trouvait cela bucolique, à présent. Il lui acheta de beaux vêtements, des dessous chics, des boucles d'oreilles en diamant, le sac à main Burberry qu'elle convoitait. Angel était si follement éprise qu'au bout de quelques semaines elle quitta son appartement, démissionna et vécut comme une princesse. Mais comme il arrive parfois aux princesses, un petit pois était caché sous son lit.

36

Angel s'habille en dix minutes, montre en main, alors que c'est le genre de fille qu'on imagine passer des heures devant la glace. Elle a téléphoné au casino pour dire qu'elle était malade – ce qu'elle n'a pas fait depuis des siècles. Sa robe légère à volants lui va à ravir et ses cheveux blonds tirés en chignon bas, légèrement décalé, me font pâlir d'envie. J'aimerais bien savoir comment elle arrive à le faire tenir avec juste trois ou quatre épingles. À côté d'elle, je me sens gauche comme un échassier en robe de soirée.

Angel insiste pour appeler un taxi mais, dès que nous prenons place sur la banquette, j'ai de nouveau mal au cœur. Les housses sont sales, ça empeste le tabac froid et le désodorisant. Je suis obligée de baisser la vitre et de pencher la tête dehors, au risque de me retrouver toute décoiffée. Pendant ce temps, Angel reste sagement assise, avec ses pommettes bien dessinées, ses jambes fines et lisses, son chignon fermement campé sur la nuque. Quand nous arrivons à destination, je suis sûre que mon visage est aussi vert que ma robe. J'aurais mieux fait de rester au lit.

Les convives viennent de passer à table. Un bataillon

de serveurs et de serveuses fondent sur eux comme une armée d'invasion. Angel et moi devons nous faufiler entre les filets de bœuf nappés d'une sauce au champagne et à la crème, et les aumônières de potiron à la ricotta, l'option végétarienne. Comme Angel remplace Luke, et que je sais qu'il a commandé un repas sans viande, je lui balance une mauvaise blague sur les goûts alimentaires de mon cavalier absent. « Chut », dit Angel en souriant. C'est vrai, j'ai peut-être parlé *un peu* trop fort, mais son rappel à l'ordre me plaît moyennement.

Simon semble enchanté de me revoir en vie, propre et parfumée. Quand il aperçoit Angel, son visage s'illumine. Elle s'assoit à côté de lui, et moi entre elle et Nathalie. J'étais pourtant sûre d'être placée à la droite de Simon – le plan de table fait toujours alterner un homme et une femme, les noms sur les étiquettes sont là pour le prouver. Normalement, Angel devrait occuper le siège de Luke. Je parie que Simon a interverti les cartons, et cette idée me rend dingue.

Je m'assois en ruminant. Tout tangue autour de moi, la salle penche. Je mets cela sur le compte de ma soudaine jalousie envers Angel. Qu'est-ce qui me prend ? Pourquoi est-ce que je m'attarde sur des broutilles pareilles ? Il y a des choses bien plus graves. Et tout à coup, je réalise que la journée fatidique n'est pas encore terminée. J'avais juste cessé d'y penser. Je me tourne brusquement vers Nathalie.

« Tu es très élégante, Nat, j'adore ta robe.

— Merci, Cat, c'est du vintage, de chez Oxfam[1] ! »

1. Organisation caritative comparable au mouvement Emmaüs. (*N.d.T.*)

Elle rit puis ajoute, d'un air inquiet : « Tu vas mieux ? Simon disait que tu avais mangé une huître pas fraîche au déjeuner. Tu as tout dégobillé ?

— Heu, oui. Je me sens mieux à présent. » Et, pour le prouver, je me jette sur ma tranche de rôti.

La cuisine est assez bonne mais je suis toujours aussi grognon – Simon n'en a que pour Angel et, même si Nathalie est charmante, je ne suis pas d'humeur à discuter de banalités et je ne trouve aucun autre sujet de conversation. Tiger trône de l'autre côté de la table, avec son air féroce. Nous n'échangeons pas un mot mais quand elle croise mon regard, je comprends que Simon s'est confié à elle, car elle me fait un sourire empreint d'une gentillesse dont je ne la pensais pas capable.

Angel se tourne vers moi, visiblement gênée par l'attention que lui porte Simon. Elle ne veut pas me contrarier. « Je vais aux toilettes, tu m'accompagnes ? » murmure-t-elle. Sachant ce qu'elle entend par là, je décline sa proposition d'un hochement de tête. Je tiendrai bon, je ne trahirai pas la promesse faite à mon petit garçon, même si cela n'a pas d'importance puisqu'il n'en saura jamais rien.

Angel se lève et traverse la salle. Malgré sa petite taille, tout le monde se retourne sur elle quand elle passe. C'est peut-être à cause de sa façon de marcher. Elle me rappelle Ruth, sa mère.

Simon se penche vers moi. « Comment vas-tu, Cat ? Tu m'as fait peur tout à l'heure.

— Je me sens mieux, dis-je, même si je suis toujours à côté de mes pompes. On dirait que tu as sympathisé avec Angel.

— Elle est géniale, concède Simon. Et puisque tu ne veux pas de moi… »

Je le regarde au fond des yeux et j'y vois du désir, mais un désir presque désincarné, qui va au-delà de l'affection qu'il me porte ou qu'il porte à Angel. Un désir d'amour vrai, sincère, absolu, comme celui que j'avais pour mon mari avant que Caroline – ou peut-être moi – ne détruise tout. Je lui prends la main.

« Simon, je suis désolée pour ce qui s'est passé. Ça ne se reproduira pas. J'espère que je n'ai pas abîmé ton beau costume. Tu me donneras la note du pressing », dis-je pour blaguer.

Simon ne renchérit pas. Il me regarde d'un air pénétré. « Tu étais sur le point de m'avouer ton secret, n'est-ce pas Cat ? Il n'est pas trop tard, je peux tout entendre. Je pourrais t'aider, j'en suis sûr. »

Je le regarde tristement car il se trompe, personne ne peut rien pour moi. Je sais aussi que je m'éloigne du gouffre, que mon passé est derrière moi et que je n'en parlerai jamais à quiconque, aussi longtemps que je vivrai.

37

Après trois ou quatre mois de bonheur sans mélange, Angel sentit un léger flottement dans sa relation avec Anthony. Il commença par lui demander de l'accompagner dans ses dîners d'affaires. À ses clients, il la présentait comme son « petit ange des banlieues », sobriquet peu courtois à son égard. Prenant cela pour une preuve d'affection, elle ne s'en formalisait pas et tenait modestement sa place entre les invités d'Anthony, riait toujours au bon moment en rejetant sa jolie tête en arrière, ce qui mettait en valeur son cou de cygne. Elle voyait bien l'effet qu'elle produisait sur ces hommes ; elle n'était pas née de la dernière pluie. Puis, un soir, alors qu'Anthony était sorti passer un coup de fil, un détail dans la conversation lui fit dresser l'oreille. Apparemment, les affaires d'Anthony n'étaient pas aussi florissantes qu'il voulait le faire croire. En rentrant chez eux, elle lui avait demandé des explications.

« Bordel, mais qu'est-ce que tu racontes ? s'écria-t-il.

— Heu, eh bien, Richard se disait inquiet au sujet du contrat Fitzroy. J'essayais juste de comprendre pourquoi.

— Putain, mais de quoi tu te mêles ? »

Décidant que deux gros mots suffisaient amplement, Angel se redressa du haut de son mètre cinquante-sept. « Ne me parle pas sur ce ton. Pour qui tu me prends ? »

Anthony la toisa d'un air si vindicatif qu'elle en fut toute retournée. Tremblant de colère, il émergea des profondeurs du canapé et fonça vers la chambre d'amis. Sur le seuil, il parut se raviser, mais son hésitation ne dura qu'un instant. Il entra et claqua la porte derrière lui si violemment que le portrait de Charlie Parker, exposé à côté de ses homologues dans le vestibule, se décrocha et se brisa par le milieu, fendant en deux le sourire radieux du grand jazzman.

Avec le temps, l'humeur d'Anthony passa de mauvaise à exécrable. Si Angel avait le malheur de laisser brûler un toast, portait une tenue qui lui déplaisait ou passait trop de temps à papoter avec une copine au téléphone, il explosait, poussait des hauts cris et la traitait de tous les noms. Angel essaya de se rebeller, mais que pouvait-elle faire maintenant qu'elle dépendait entièrement de lui ? Elle avait lâché son boulot, son appartement, ses amis lui tournaient le dos, et tout cela pour quoi ? De beaux habits, des repas fins, une vue imprenable sur la Tamise et un petit ami qui la traitait de conne. Elle n'osa même pas en parler à sa mère – Ruth était tellement ravie que son Angela ait trouvé un amant beau et riche qu'il aurait été trop humiliant de lui avouer la vérité. Angel faisait donc profil bas, essayait de ne pas contrarier Anthony sans toutefois y parvenir, ne voyait plus guère ses amies, ne portait que des vêtements dont elle était sûre qu'ils lui convenaient, et ne s'avisait jamais de lui répondre.

Même quand il se mit à décider à sa place des plats qu'elle devait commander au restaurant, elle le laissa faire, de peur de provoquer un esclandre.

Les choses auraient pu continuer ainsi mais, un jour, Anthony passa à la vitesse supérieure. Au lieu de vociférer en lui balançant des obscénités, il commença à la menacer. « Si tu oublies encore de mettre en route le lave-vaisselle, je te tue, salope. » Et, joignant le geste à la parole, il la poussa violemment contre les placards de la cuisine et lui cracha au visage.

Angel faisait de son mieux pour arrondir les angles – elle ne voulait pas devenir comme sa mère qui avait collectionné les amants douteux et les séjours aux urgences sous les yeux de sa fille terrorisée. Mais Anthony était tellement séduisant, et il s'était montré si gentil avec elle, au début ! Elle se disait que, en y mettant du sien, elle finirait par redresser la situation. Hélas, plus elle tentait de l'amadouer, plus les choses s'envenimaient, et cela se terminait toujours par des représailles. Après chaque crise de fureur, Anthony la serrait contre lui en sanglotant. Il lui promettait de ne jamais recommencer mais, le jour où Angel lui proposa une courte séparation, le temps qu'il résolve ses problèmes, il monta sur ses grands chevaux, lui confisqua son portable et l'enferma dans l'appartement. Elle songea à crier au secours depuis le balcon dallé de marbre mais Anthony la devança et verrouilla également la porte de la terrasse.

La première fois, il la garda prisonnière durant une semaine pour qu'elle comprenne bien la leçon. Cette méthode parut porter ses fruits car il n'eut plus guère besoin de l'enfermer ensuite. Elle n'avait plus envie de se battre, semblait accepter son sort – elle l'avait peut-être mérité. Alors elle commença à maigrir, à perdre ses cheveux, ce qui fournit à Anthony un bon prétexte pour lui dire qu'elle était laide, qu'elle n'était bonne à rien et qu'elle avait de la chance de l'avoir. Angel finissait par le croire.

Elle avait toutefois conscience que la situation avait assez duré. Il fallait qu'elle parte mais elle n'arrivait pas à échafauder un plan. Elle se sentait si faible, si indécise. Anthony avait effacé les numéros de ses amis sur son portable avant de le lui rendre. Si jamais elle s'était réfugiée chez l'un ou l'autre, il n'aurait eu aucune difficulté à la retrouver. Et comme il connaissait l'adresse de sa mère, il était inutile de se cacher chez elle.

Finalement, elle se rappela une conversation qu'elle avait eue avec l'un de ses anciens collègues. Il disait qu'il y avait toujours une chambre de libre dans la communauté où il habitait. Peut-être serait-il en mesure de l'aider. Un beau matin d'avril, Anthony, tout ragaillardi par l'arrivée du printemps, était sorti pour assister à une réunion à la City. Angel en profita pour s'échapper. En marchant le long du fleuve, elle essayait de se fondre dans le paysage, comme un fantôme, terrifiée à l'idée que quelqu'un la remarque et la dénonce. Puis elle tenta de se raisonner et poursuivit son chemin, la tête basse, en luttant contre le vent. Elle traversa Hay's Galleria, coupa vers Tooley Street où elle trouva une cabine téléphonique, une de ces cabines rouges à l'ancienne qui ne servaient plus beaucoup. Cela faisait des années qu'elle n'était pas entrée dans ce genre d'habitacle mais elle reconnut d'emblée les odeurs d'urine rance et de salive séchée. Elle appela les renseignements puis le casino. Il lui fallut deux minutes pour obtenir un correspondant. Reconnaissant la voix d'un responsable, elle se présenta et demanda à parler à son collègue. Par chance, il était de service et comprit aussitôt de quoi il retournait. Sans lui demander d'explication, il lui conseilla de partir sur-le-champ. Alors elle courut jusqu'à l'appartement, entassa ses vêtements préférés dans une valise sans se soucier du reste, et quand elle redescendit dans la rue quinze minutes plus tard, des nuages gris voilaient le soleil. Il faisait froid, le temps était à la pluie, des ombres menaçantes se déplaçaient rapidement sur les trottoirs. Angel sauta dans un taxi qui l'emmena sur l'autre rive, traversa le quartier des affaires, ce qui la rapprocha dangereusement du territoire fréquenté par son tortionnaire, puis enfin la conduisit saine et sauve le long d'Upper Street jusqu'à Finsbury Park. En arrivant, elle découvrit que la maison était un taudis, sans terrasse sur le fleuve, sans portier galonné pour l'accueillir d'un « Bonjour, mademoiselle Crawford », mais Angel était sauvée et libre de ses mouvements, et à ses yeux cette baraque valait mieux qu'un palace.

38

Angel revient des toilettes tellement joyeuse et guillerette que je regrette presque de ne pas l'avoir accompagnée. Elle s'assoit à la gauche de Simon et se met à discuter avec le H de CSGH. À son air, je comprends qu'elle a vite saisi que ce monsieur était le parasite du quatuor, celui qui a eu de la chance, à défaut d'avoir du talent. Angel est une fille si intelligente, c'est une honte qu'elle soit obligée de travailler dans un casino. Je me dis qu'elle gâche son avenir, puis je me rappelle tout ce par quoi elle est passée. C'est déjà un miracle qu'elle soit encore en vie.

Le régiment de serveurs repart à la charge en nous distribuant des tartes au citron accompagnées de myrtilles et de crème fouettée. Pour une occasion pareille, ils auraient pu faire un petit effort sur le menu. La deuxième partie de la soirée, la remise de récompenses, devrait commencer bientôt. Comme maître de cérémonie, ils ont fait appel à un présentateur vedette de Channel 4. Je l'aperçois en grande discussion avec une femme stressée, portant un bloc-notes et des talons si hauts qu'elle peut à peine marcher avec. Un serveur s'approche de moi, me verse du vin d'un geste brusque sans me demander mon avis. Je suis trop lasse et déprimée pour réagir, alors, presque malgré moi, je porte le verre à mes lèvres et je prends une gorgée, puis deux. Je me sens toujours en décalage, à moitié ici, à moitié ailleurs, en observatrice, pourrait-on dire. Quand je regarde Simon, son visage me semble disproportionné. Le reste de la salle aussi. J'ai du mal à supporter l'éclat des projecteurs qui valsent autour de la scène tandis que le spectacle commence. Je baisse les yeux sur ma tarte au citron entamée. J'ai mal au cœur. C'est sûrement à cause de ces fichus médicaments. Trop forts pour moi. Je ne sais pas quoi faire de mes mains, alors je lève mon verre et je bois.

L'animateur essaie de faire rire le public en laissant entendre que les publicitaires sont tous une bande de branleurs mais sa plaisanterie tombe à plat, puisque tout le monde ici travaille dans la pub. Quelqu'un l'interpelle en lui faisant remarquer que les gens de sa profession ne fréquentent pas les salons de massage, contrairement à certains... suivez mon regard. Allusion à peine voilée au récent scandale révélé par les tabloïds. L'animateur prend la mouche et s'apprête à quitter la scène mais Miss Bloc-Notes arrive à l'en dissuader depuis les coulisses.

La remise des prix s'éternise. Je finis par me demander comment j'ai pu imaginer que ma présence était indispensable, surtout un jour comme celui-ci. Les déodorants Frank obtiennent le prix du meilleur clip télévisé. C'est le moment où je dois me lever pour recevoir la récompense avec Simon. Plantée sur la scène dans ma robe de soirée verte, j'adresse un sourire crispé à la caméra en brandissant un trophée censé couronner un film mettant en scène des poneys au galop, tourné à la gloire d'un machin qu'on se colle sous les aisselles. Le ridicule de la situation m'apparaît brusquement et je me demande pourquoi il m'a fallu tout ce temps pour m'en apercevoir. D'où me vient cette insupportable vanité ? Je ne suis pas réalisatrice de cinéma, je ne viens pas de recevoir un oscar, j'ai juste essayé de vendre un déodorant. C'est franchement marrant.

Le malheureux animateur en remet une couche en balançant une autre vanne pourrie sur la publicité. Pendant que la lauréate suivante monte sur scène dans une volumineuse robe orange, le public ricane nerveusement. Trop c'est trop. Je regarde ce qui se passe autour de la table. Simon est collé contre Angel, Tiger s'emmerde avec élégance, l'air de penser que tout ce cirque est indigne d'elle. Je suis bien d'accord. Je ne rêve que d'une chose : traverser la salle en courant, me réfugier dans les toilettes et profiter tranquillement de ce que je transporte dans mon sac à main. Soudain je me rappelle que j'ai tout versé dans les W.-C., ce matin au bureau. Je me traite de grosse maligne et, pour me donner une contenance, je lève mon verre et termine mon vin blanc. Il est tiède mais tant pis, je le bois cul sec. L'espace autour de moi se dilate et, comme si une faille venait de s'ouvrir dans le sol, la scène recule, dérive en direction de Park Lane. Je reste coincée là, sur mon petit radeau publicitaire, perdue au milieu de l'océan de ma vie gâchée. Dans un dernier sursaut de conscience, je me rappelle que ce jour est censé marquer un nouveau départ. *Mais non, pas du tout, on est encore vendredi, et de toute façon quelle différence cela fait-il ?* Brutalement, je réalise que mon malheur n'aura pas de fin, que je souffrirai toujours.

J'ai eu beau changer d'identité, de vie, je me retrouve un an plus tard dans la même situation qu'au début. Le désespoir fait partie de moi, maintenant et à tout jamais. Cette gymnastique mentale m'épuise. Je ferme les yeux, je sens que ma tête penche irrésistiblement vers la table. Et ma joue atterrit dans les restes de la tarte au citron.

39

Ben était dans la cuisine d'Emily à Chester. À présent qu'il avait emménagé dans son minuscule appartement, l'espace commençait à manquer, malgré les efforts d'Emily pour tout ranger correctement. Comme il pleuvait, ils avaient dû allumer le néon, lumière qu'Emily avait en horreur. Ben reposa son téléphone et la regarda d'un air indéchiffrable.

« Alors ? demanda Emily.

— Alors quoi ?

— Je t'en prie, Ben. Ne me fais pas languir, c'est trop cruel.

— Ils ont réfléchi. Et ils ont décidé de… » Il s'interrompit.

« *De quoi ?*

— Ils ont décidé de… » Emily lui décocha un regard lourd de menaces qui ne produisit aucun effet sur Ben dont la mine sombre laissait présager le pire. Visiblement, il n'osait pas lui annoncer la mauvaise nouvelle.

« … Ils ont décidé de… d'accepter notre offre. » Emily poussa un cri de joie et se jeta dans ses bras.

« Ne nous réjouissons pas trop vite, Emy, dit-il en riant sous ses baisers. Rien n'est encore signé. Et même si tout se passe comme prévu, on devra se serrer la ceinture dans les premiers temps. » Ben tâchait de se montrer raisonnable mais Emily savait qu'il était aussi excité qu'elle. Il essayait juste de ne pas s'emballer avant d'être sûr et certain – comptable avant tout.

« Je m'en contrefiche », s'écria Emily en songeant au petit cottage dont ils allaient devenir propriétaires. Certes, il y aurait pas mal de travaux à faire avant de pouvoir y habiter, mais elle se sentait capable de le transformer en une jolie maison confortable. Pour eux et les enfants qu'ils auraient un jour. Cette idée la rendit carrément euphorique – puis, soudain, elle pensa à Caroline et, même si elle s'en défendait de toutes ses forces, elle ressentit une pointe de culpabilité. Mais il n'était pas question de gâcher cet instant de bonheur.

Le camion blanc effectua une marche arrière hésitante en direction du trottoir d'où Emily dirigeait la manœuvre. Comme s'il ne lui faisait pas entièrement confiance, Ben s'efforçait de repérer les obstacles en se penchant par la vitre.

« Vas-y, recule, cria-t-elle. Encore un peu. » À la voir frapper dans ses mains, plier et déplier les doigts, on l'aurait crue en plein exercice de physiothérapie. Tout à coup elle s'immobilisa et, au lieu de lui ordonner de freiner en lui montrant ses paumes, hurla « HOOO » comme pour calmer un cheval emballé. Puis, constatant que son interjection ne produisait pas l'effet escompté, elle s'écarta du passage et se mit à cogner sur le flanc du fourgon. Mais il était trop tard.

Le choc produisit un bruit évoquant celui d'un crâne fracassé. « Bordel de merde… hurla Ben.

— Zut, désolée.

— Pour l'amour du ciel, Emy !

— Quelle idiote je fais », se lamenta-t-elle en jetant un regard navré sur l'arrière du véhicule qui venait d'emboutir un réverbère.

Ben coupa le moteur, sauta hors de la cabine et entreprit d'examiner les dégâts, la mâchoire crispée de colère.

« S'il te plaît, dis-moi que ce n'est pas grave, murmura-t-elle. C'est juste le feu stop, hein ?

— Mouais, tu as de la chance, dit-il en se redressant. Le boîtier en plastique est brisé mais c'est tout. »

Emily sentit son estomac se dénouer. « Dieu merci, souffla-t-elle en observant Ben pour juger de son humeur. Cela dit, ce n'est pas vraiment ma faute, tu aurais dû faire attention. » Puis elle ajouta, en bonne juriste : « Tu conviendras comme moi que le conducteur d'un véhicule est seul responsable des accidents qu'il provoque.

— Ça ne me fait pas rire, Emily, dit-il. Si nous avons décidé de déménager par nos propres moyens, c'est pour économiser de l'argent, pas pour le gaspiller en réparations. »

Elle se serra contre lui, le prit dans ses bras et lui dit que ce n'était pas grave puisqu'ils avaient trouvé la maison de leurs rêves. Ben se raidit mais il eut beau essayer, il n'arrivait pas à lui en vouloir. Il fallait avouer que manœuvrer ce camion de location relevait de l'exploit. Le regard braqué sur le boîtier défoncé, Ben sursauta car on venait d'entendre une pétarade plus loin, sur la route. Une voiture approchait en crachant une fumée noire. « Tiens, voilà Dave, dit Ben en s'écartant d'Emily. Je ferais mieux de garer correctement ce tas de boue. Comme ça, on pourra commencer à décharger. » Quand il eut repris le volant et démarré le moteur, il baissa les yeux vers elle en disant : « Merci pour ton aide, mais je vais me débrouiller tout seul. »

Quelques heures plus tôt, ils avaient vidé l'appartement d'Emily et rassemblé les dernières bricoles qui avaient accompagné leur vie commune dans ce lieu – pelle, balai, seau, torchons, déplantoir, paillasson, une vieille paire de Wellington – avant de les jeter en vrac dans de gros sacs-poubelle noirs, car ils manquaient de cartons.

« Au fait, Maria a proposé de passer dans l'après-midi, avait annoncé Emily d'un air innocent. Je me disais que ce serait bien d'avoir quelqu'un pour nous aider, en plus de Dave.

— Emily, cesseras-tu un jour de vouloir les marier, ces deux-là ? avait soupiré Ben. Tes manigances ne trompent personne.

— Tu ne crois pas qu'ils feraient un merveilleux couple ? »

Ben l'avait regardée d'un air exaspéré. Elle était si entêtée, parfois.

« Peut-être mais, de toute évidence, ils ne partagent pas cette opinion, sinon ils seraient ensemble depuis longtemps étant donné le nombre de rencontres soi-disant fortuites que tu as organisées.

— Pourtant Maria est la femme idéale pour lui. Je parie qu'elle adorerait sauter en parachute. Et elle est si triste depuis qu'elle est séparée d'Ash. Elle a connu des moments si difficiles.

— Emily, tu ne peux pas passer ta vie à réparer celle des autres – regarde tout ce que tu as fait pour Caroline. Maria n'a pas de problème particulier. Cesse de la materner.

— Loin de moi cette intention. Elle voulait nous

donner un coup de main, de toute façon. Elle a dit qu'elle n'avait rien à faire ce week-end.

— Eh bien d'accord mais, je t'en prie, lâche-leur la grappe. Et encore une fois, ne te fais aucune illusion, il ne se passera rien entre eux.

— Comment peux-tu le savoir ? » avait répliqué Emily en disparaissant dans le placard du vestibule, si bien que ses paroles suivantes furent quasiment inaudibles. « Tu n'es qu'un mec, après tout.

— Emily, avait dit Ben en regardant son dos. Je t'aime de tout mon cœur mais tu ne diriges pas une agence matrimoniale. » Emily s'était retournée vers lui, une trace de poussière sur le nez. Ses cheveux s'étaient échappés de la pince censée les retenir. Elle lui avait adressé un petit sourire satisfait avant de lui jeter à la figure le gros coussin en tissu aztèque que Frances lui avait confectionné quand elle était petite.

Peu après dix-huit heures, Ben et Dave buvaient des canettes de bière, affalés sur le canapé nouvellement installé dans le joli salon. Maria, qui avait préparé du thé pour Emily et elle, occupait le fauteuil en osier argenté, bien moins confortable. Quant à Emily, elle ne cessait de s'agiter au-dessus d'un carton marqué « bibelots » d'où elle extrayait vases, bougeoirs, photophores, cadres, avant de les déballer et de chercher dans la pièce l'emplacement idéal pour chacun.

« Tu ne voudrais pas t'asseoir, Emily ? dit Maria. Je pense que tu as assez bossé pour aujourd'hui.

— Non, laisse-la s'amuser, intervint Ben. C'est l'activité qu'elle préfère. »

Emily sourit. « Je sais que ça pourrait attendre demain. Mais j'aimerais rendre cet espace plus agréable pour notre première soirée. » Elle hésita. « Ça vous dirait de partager une pizza avec nous ? On se la ferait livrer. Ce serait notre cadeau de remerciement.

— Non, ça ira, répondit Maria si rapidement qu'elle prit de court le pauvre Dave dont le regard s'illuminait déjà à l'idée de manger une pizza. Il faut que je rentre et, de toute façon, c'est votre première soirée ici, vous avez sûrement envie de la passer tous les deux. » Emily eut beau s'évertuer à la faire changer d'avis, Maria campa sur ses positions. Finalement Emily insista pour la raccompagner chez elle en voiture. C'était le moins qu'elle puisse faire pour la dédommager de ses efforts. Quand elle revint et vit que Dave n'était plus là, elle reprocha à Ben de l'avoir laissé partir sans qu'elle ait pu lui exprimer sa reconnaissance.

Ben lui demanda si elle ne préférerait pas un curry au lieu de la pizza. Elle poussa un soupir moqueur en prétendant que ça lui était égal, allons-y pour le curry. *Pour changer,* ajouta-t-elle non sans ironie. Ils mangèrent sur le canapé devant la télévision qui grésillait un peu, car Sky n'était pas encore branché – ce qui n'avait aucune espèce d'importance pour Emily qui ne s'intéressait guère au programme, trop obnubilée par la décoration des pièces. Valait-il mieux voiler les fenêtres avec des rideaux ou des stores ? De quelle couleur allait-on peindre les murs ? Quelles plantes choisiraient-ils pour les jardinières ? Tant et si bien que Ben dut la supplier de se taire parce que ses jacassements l'empêchaient de suivre *X-Factor*. Au bout du compte, elle l'obligea à s'extirper du canapé en prétextant qu'elle était crevée et qu'ils feraient mieux d'aller voir ensemble à quoi ressemblait leur chambre.

40

Angel me réveille en douceur. J'entends fuser des rires. Quand je me redresse sur ma chaise, toujours ensommeillée, je m'aperçois que c'est de moi que les gens se moquent. Cet abruti d'animateur m'a prise pour cible. Je tente de retrouver une certaine contenance mais, au fond, je me fiche royalement de ce qu'il a pu dire sur mon compte. Ils peuvent bien rire, tous autant qu'ils sont, aujourd'hui ça m'est égal. Je secoue la tête comme un cheval qui s'ébroue. Une miette de tarte tombe de ma joue, mon oreille est collante mais j'ai encore trop d'alcool dans le sang pour y prendre garde. D'un geste nonchalant, j'avale la dernière goutte de vin blanc et l'attention générale se reporte vers la scène et son épuisant défilé de lauréats.

« Tu vas bien, trésor ? chuchote Angel. La cérémonie se termine, je crois. Après, on s'en ira et je m'occuperai de toi.

— Je me sens bien », dis-je, encore soûle mais tout de même un peu plus lucide. Il n'y a rien de tel qu'un petit roupillon pour vous aider à supporter le pire des pince-fesses. Je regarde ma montre – mon Dieu, il n'est que vingt-deux heures trente. Je souris béatement aux gens assis autour de la table. Ils me regardent, mais sans dédain ni condescendance, juste avec inquiétude. Je les ai peut-être mal jugés, ils ont l'air gentils, finalement.

Le présentateur balance sa dernière réplique suivie de quelques applaudissements polis et s'en va reprendre son ennuyeuse carrière télévisuelle et ses diverses activités nocturnes. Je devrais lui en vouloir de m'avoir tournée en ridicule, mais non. Je le plains, comme Emily l'aurait fait voilà un an. Angel m'emmène par la main jusqu'aux toilettes. Près d'elle, j'ai l'impression d'être une grande sauterelle verte. Au passage, les gens me dévisagent, moi et ma joue gluante de crème au citron. Angel m'aide à me nettoyer puis me propose d'entrer dans une cabine. Elle dit que ça me fera du bien. J'en ai tellement envie – après tout, je l'ai bien mérité après cette soirée atroce – que je dois rassembler toute ma volonté pour refuser. Je fais cela pour mon fils. Mon abstinence délibérée me donne une sensation de puissance, de triomphe. Penchée sur le lavabo, je me passe le visage sous l'eau froide. C'est bon, me voilà tout à fait réveillée, disons même débordante d'énergie. Quand nous traversons la salle dans l'autre sens, je ne suis plus une grande sauterelle maladroite. Je suis une belle plante, un bouquet d'algues qui se balance gracieusement dans les vagues. Ma robe verte ondule merveilleusement autour de mes jambes, mes fins escarpins embellissent ma démarche au lieu de l'entraver. Si les gens tournent la tête sur mon passage, c'est pour m'admirer. Je regagne ma place à côté de Simon, lui décoche un sourire à un million de dollars et il me sert une coupe du champagne qu'il a commandé en l'honneur de notre victoire déodorante.

« Félicitations, Cat chérie. Tu te sens mieux ?

— En pleine forme », dis-je en avalant une bonne lampée. Et je le pense sincèrement – je ne sais toujours pas d'où sort ce médicament mais quand on le mélange au champagne, c'est de la dynamite.

« Une amie m'a invité à une fête, au Groucho – ça te tente ? C'est en petit comité mais je peux vous y emmener, juste toi et Angel. Alors s'il te plaît, n'en parle pas aux autres.

— Ça me botte », dis-je sans hésiter. Je vide mon verre, prends Simon par la main et l'entraîne sur la piste de danse. Le DJ vient d'envoyer *I Will Survive*. Curieusement, Simon se laisse faire. La piste est déjà bondée. Les bras levés au-dessus de la tête, je chante toutes les paroles du début à la fin. Je me sens libérée, forte, invincible.

41

Lorsqu'elle décida de faire ses valises après l'humiliation que son mari lui avait infligée pendant les noces d'Emily, Frances se demanda pourquoi elle avait tant attendu. En dépit de ses multiples trahisons, elle avait continué à l'aimer et n'avait mesuré que tardivement la gravité du vice qui entachait la personnalité d'Andrew. Un vice dont il ne se débarrasserait jamais tant il était bien ancré. Jamais il ne pourrait résister à un joli visage ni à une belle paire de seins – ni à quiconque aurait le talent de stimuler son ego au point de lui faire oublier son état de mari, de père, sa carrière peu reluisante et sa calvitie naissante.

Frances n'avait pas eu l'intention de s'incruster chez Ben et Emily, qui après tout étaient de jeunes mariés (de plus, depuis qu'elle vivait chez eux, Caroline venait souvent la voir et manifestait envers Ben une affection qui n'était pas du goût de tout le monde). Mais au lendemain du mariage, cette solution lui était apparue comme la plus pratique – la maison était vide, elle avait la clé dans son sac, cela lui permettait de couper les ponts – et elle savait qu'Emily et Ben n'y verraient pas d'inconvénient, étant donné les circonstances.

Emily avait été charmante, comme toujours, allant jusqu'à aider sa mère à trouver un appartement dont elle avait même payé le loyer en attendant la vente de la maison familiale. Maintenant que Frances possédait un petit cottage dans la vieille ville, elle préférait oublier son ancien pavillon aux murs tristes et aux redoutables portes vitrées. Elle s'inscrivit à un cours d'écriture, se mit au yoga et fit la connaissance de personnes sympathiques, dont certaines étaient aussi seules qu'elle. Frances se lia d'amitié avec une dénommée Linda rencontrée au cours d'écriture. Linda, qui avait magnifiquement rebondi après son veuvage, formait le projet d'escalader le mont Kenya pour une œuvre de charité. Quand elle lui proposa de l'accompagner, Frances se dit : *Pourquoi pas ?* Et la voici donc, presque un an après sa séparation, sur le point de prendre l'avion à Heathrow. Inquiète à l'idée de laisser Caroline seule, elle tentait de se rassurer en se répétant qu'elle ne partait que pour dix jours et qu'il n'y avait aucune raison pour que les choses tournent mal en son absence.

42

Après le deuxième morceau, Simon m'entraîne hors de la piste de danse et me propose de faire un tour à la fête de son amie. Je sais pertinemment que je devrais m'en abstenir, rentrer à la maison et me fourrer au lit. La journée a été longue et éprouvante. D'un autre côté, je suis excitée comme une puce et j'adore danser dans ma longue robe vert émeraude. C'est absurde mais je n'ai plus envie de m'en tenir là, je veux franchir le cap des douze coups de minuit, basculer dans le jour d'après. Le 7 mai, c'est sûr, tout ira mieux pour moi. J'ose même abandonner ma main dans celle de Simon, tiède et réconfortante. Toujours aussi mignonne, Angel me prend par l'autre bras. Pourtant, je n'ai plus besoin qu'on me soutienne, j'ai dessoûlé, je me sens solide, j'ai franchement bien récupéré. Le chauffeur de Simon nous attend devant l'hôtel et nous conduit à travers les rues du centre-ville. La circulation est fluide, la grosse limousine noire roule à bonne vitesse, ses épaisses portières me font l'effet d'un cocon. Quand nous atteignons Dean Street, je n'ai pas envie de descendre. Pendant que le chauffeur se gare devant le club, je songe un bref instant à Caroline et à l'attentat dont elle a été témoin, à deux pas d'ici. Elle était si jeune à l'époque, elle a perdu son bébé, son fiancé. J'éprouve une telle compassion que je lui pardonne presque ce qu'elle m'a fait.

Le Groucho est bourré de gens chics et de célébrités. Malgré moi, je me sens déplacée. Ne suis-je pas une imposture vivante ? En revanche, Angel a l'air comme un poisson dans l'eau. Elle évolue avec aisance, passe d'un groupe à l'autre, discute longuement avec l'hôtesse, une créatrice de mode tenant boutique à Covent Garden. Simon me conduit vers le bar et commande encore du champagne. Dès la première gorgée, je réalise qu'il est minuit passé et je me félicite d'avoir tenu jusqu'au jour d'*après* quand je sens qu'on me tape sur l'épaule. Je me retourne et découvre un jeune homme excentrique, les cheveux blonds décolorés, les yeux noirs de khôl. « Caro, ma chériiiie, c'est toi ! piaille-t-il. Trop cool de te voir ici. » Et comme si j'étais une délicate porcelaine, il m'entoure de ses bras parfumés sans presque me toucher. Je le regarde, éberluée, puis je comprends – il doit me prendre pour Caroline ! C'est bien la première fois que ça m'arrive. Soudain, je repense à cette affreuse rencontre sur la pelouse de Hampstead Heath. Comment n'y ai-je pas pensé avant ? Ce n'était pas moi que cet homme avait reconnue. Lui aussi m'avait confondue avec elle. Même si j'ai tendance à l'oublier, j'ai une sœur jumelle et nous nous ressemblons comme deux gouttes d'eau. Je reste à le regarder sans rien dire. Simon se penche vers moi mais je parie qu'il n'a pas saisi ce que disait l'autre. Tant mieux.

« Tiens salut, dis-je en tremblant de panique.

— Comment tu vas ? Qu'est-ce que tu fais en ce moment ? demande le minet trop parfumé.

— Oh, un peu de tout, dis-je d'un air vague. Je travaille toujours dans la mode. » J'espère que Simon n'a rien entendu. « Désolée, faut que j'aille au petit coin, c'était sympa de te revoir. » Et je mets le cap sur Angel, lui demande à l'oreille de me prêter sa petite pochette en soie rose, ce qu'elle fait non sans réticence. D'après elle, je ne suis pas en état.

La drogue me monte droit au cerveau. Je vacille sur mes hauts talons. Cette fois, il faut vraiment que je rentre me coucher. C'est déjà trop pour une seule journée. Angel a raison, j'ai mon compte. Qu'est-ce qui m'a pris de venir jusqu'ici ? Je vais sortir des toilettes, retrouver Simon, lui dire que je ne me sens pas bien, qu'il m'appelle un taxi. Et en attendant, j'irai prendre l'air sur le trottoir. Pas besoin de prévenir Angel, je ne veux pas lui gâcher sa soirée. Pourvu que personne d'autre ici ne connaisse Caroline. Mais il n'y a quasiment que des créateurs de mode dans cette soirée. Comment ai-je pu être aussi stupide ? Je me ficherais des baffes. Dans le miroir, je vois une grande fille aux joues rouges, aux yeux brillants, une balafre carmin en travers de la bouche et, en dessous, une robe vert émeraude. J'ai un look d'enfer, tout bien considéré. Je redresse les épaules, me tourne vers la porte, ouvre et, au même instant, mon cerveau s'affole : c'est trop pour lui, il n'arrive plus à analyser les données, il ne comprend pas ce que fait mon mari planté en face de moi.

43

L'escalade du mont Kenya constitua une étape déterminante dans la vie de Frances. Elle n'avait jamais franchi les frontières de l'Europe, jamais dormi sous la tente, jamais voyagé en altitude ni grimpé une montagne avec des poulets vivants qu'on lui servirait en ragoût deux jours plus tard. Jamais elle n'avait assisté au lever du soleil sur une savane immense depuis le sommet d'une montagne gelée, à cinq heures du matin, en se disant qu'un tel spectacle donnait un sens à la vie, que telle était la raison de sa présence sur terre. Elle trouva enivrant, fascinant, le contraste entre les couleurs chaudes de la plaine et la froidure des cimes revêtues de glace. Malgré l'absence de confort, les difficultés physiques, elle tomba sous le charme de l'ailleurs et décida de renouveler l'expérience le plus souvent possible. Fini les séjours barbants en Bretagne ou en Cornouailles avec son chaud lapin de mari. Toutefois, son cœur ne battait pas seulement pour la beauté des paysages. Parmi les guides, elle en avait repéré un. Il était de vingt ans son cadet, mais quelque chose dans la ligne de son dos, la manière dont il dirigeait le groupe, attirait indiciblement ses regards.

On peut même dire qu'elle ne le lâchait pas des yeux. Quand il s'approchait d'elle ou lui demandait si elle allait bien, Frances rougissait comme une gamine. Une vague de tristesse l'envahit lorsque vint le moment de redescendre dans la plaine. En atteignant les pentes inférieures, ils firent halte dans un village avant le retour à Nairobi, prévu pour le lendemain matin. Assise dans l'herbe sous le soleil déclinant, Frances buvait une bière locale avec ses compagnons de voyage. Elle n'avait pas envie de quitter cette montagne, elle aurait voulu que cet instant dure éternellement. Quand en fin de soirée le beau jeune homme lui glissa à l'oreille le numéro de sa hutte, elle fut d'abord choquée mais Linda lui conseilla d'accepter. Alors elle le rejoignit et passa avec son dieu africain une nuit tellement chaude, passionnée et sauvage que, même si elle avait dû ne plus jamais faire l'amour par la suite, elle n'en aurait éprouvé aucun regret.

44

Le Ben qui se tient face à moi est celui dont je suis tombée amoureuse voilà des années, pas l'homme triste et brisé qu'il est devenu. Je suis tellement perturbée par le flot d'événements qui se sont produits durant cette interminable journée, et surtout par le fait qu'on m'ait confondue avec Caroline, que je reste pantoise devant ce revenant. J'ai l'impression d'avoir perdu tout contact avec la réalité. Je le dévisage, il me dévisage. Son regard passe sur mes yeux battus, ma bouche sanglante. Le courant circule entre nous, aussi fort que le jour où j'ai rencontré mon mari, à l'instant où, quelques minutes avant mon pitoyable saut en parachute, il a rajusté mon harnais et allumé le feu en haut de mes cuisses. Je reprends vaguement contenance, baisse les yeux vers mes pieds, mes escarpins argentés qui ne vont pas tarder à me transporter loin de cette journée de fous. Il faut que je me tire d'ici, sinon je vais encore tomber sur un importun. Quelqu'un qui me connaît ou connaît ma sœur, un habitant du monde obscur que je porte en moi. Je fais un pas en avant, me tords à moitié la cheville, il me rattrape par un bras et dit : « Vous allez bien ?

— Oui. Juste un léger malaise. Je crois que j'ai besoin d'air. » Et ce bel homme surgi de mon passé me guide d'une main délicate à travers la foule. Nous longeons le bar, croisons Simon et Angel qui ne nous voient pas, et sortons ensemble dans la fraîcheur nocturne.

« Je dois rentrer chez moi, dis-je. Voudriez-vous m'appeler un taxi ?

— Bien sûr, répond-il. Mais ça risque de prendre du temps. Vous tiendrez debout ? » Je hoche la tête mais je m'appuie lourdement sur lui comme si j'allais tomber. « Faisons quelques pas, nous trouverons plus facilement un taxi sur Charing Cross Road. Vous pouvez marcher ? » Et nous voilà en train de déambuler sur Old Compton Street. Nous passons devant l'Admiral Duncan reconstruit. Les gens nous dévisagent ; j'ignore pourquoi, car je marche normalement à présent. Quand nous arrivons sur l'avenue, pas le moindre taxi noir à l'horizon. Mon nouvel ami hèle un minicab, un de ces taxis louches qui coûtent une fortune. Je m'apprête à monter quand il m'arrête en disant : « Écoutez, ça m'ennuie de vous laisser comme ça. J'habite à deux pas. Voulez-vous venir, juste le temps de vous reposer un peu ? Je vous ferai une tasse de thé. »

Je ne connais toujours pas son nom mais je viens de vivre une journée tellement surréaliste que je m'entends répondre oui. Il n'a pas une tête de tueur en série. Il demande au chauffeur de nous conduire à Marylebone et, quand nous arrivons à destination, son appartement placé au-dessus d'un genre de boutique est tout bonnement fantastique – immense, superbement décoré. En m'asseyant sur le canapé, je me sens bien pour la première fois depuis longtemps, comme si j'étais rentrée chez moi. Je n'ai qu'une seule envie : me pelotonner sur les coussins et dormir.

« Désolée, mais je ne sais pas qui vous êtes », dis-je. Il me regarde bizarrement et répond : « Moi non plus, je ne sais pas qui vous êtes.

— Je m'appelle Emily, dis-je sans réfléchir.

— Moi c'est Robbie.

— Enchantée de vous connaître, Robbie », murmuré-je en souriant timidement. Puis je ferme les yeux.

45

Lorsque Frances regagna son hôtel à Nairobi, un message l'attendait. « Salut maman, rappelle-moi vite, je t'aime, Emy. » Frances grimaça. Soudain, elle se sentit impure, honteuse, comme si sa fille avait pu deviner ce qu'elle avait fait toute la nuit avec son amant olympien. Tout en composant le numéro, une appréhension ô combien familière lui tordait le ventre. Caroline avait certainement encore fait des siennes. Frances redoutait de retomber si vite dans le drame et la tourmente. Elle aurait tant aimé passer le restant de ses jours sous le soleil d'Afrique.

Il lui fallut du temps pour obtenir la communication, et après Emily mit du temps à répondre. En effet, c'était un problème avec Caroline. On l'avait arrêtée pour conduite en état d'ivresse, avec un taux d'alcoolémie dépassant deux fois et demie la limite autorisée. Elle avait fait un scandale au commissariat, si bien qu'elle avait passé la nuit en cellule de dégrisement.

« J'ai hésité à t'appeler, maman, mais Caroline dit qu'elle veut aller en cure de désintoxication, ce qui est une très bonne chose à mon avis, sauf que… elle n'a pas d'argent. Nous pouvons rassembler une petite somme, Ben et moi, mais ça coûte extrêmement cher.

— Dis-lui d'y aller et ne te fais pas de souci, je m'occuperai de la note », répondit Frances en se demandant où elle allait trouver cet argent. Mais c'était le moins qu'elle puisse faire pour sa fille – après tout, c'était sa faute si Caroline avait mal tourné. Heureusement, elles s'étaient rapprochées l'une de l'autre, dernièrement. C'était déjà cela. Frances se demanda si le traitement marcherait cette fois-ci, si Caroline recouvrerait la santé de manière définitive ou si elle passerait sa vie à souffrir de telle maladie ou de telle addiction. L'âme en peine, Frances sortit du hall et s'allongea sur son transat. À l'autre bout du monde, sa petite fille avait besoin d'elle, de cette mère inutile, vautrée près d'une piscine en Afrique, le ventre encore douloureux et les narines remplies de la douce odeur du sexe.

46

Quand je me réveille, je vois une couette étendue sur moi. Je suis allongée de tout mon long sur un canapé, dans un lieu inconnu. J'essaie de récapituler les événements de la veille : le déjeuner interrompu avec Simon, ma crise de nerfs, l'après-midi comateux au fond de mon lit, l'ignoble remise de récompenses, mon comportement insensé, le club privé, le type qui m'a prise pour Caroline... Peu à peu, j'en arrive à la dernière partie de la soirée. J'ai pris un taxi avec un parfait étranger qui m'a ramenée chez lui. Je soulève la couette. Je porte encore ma robe verte (bon signe), je dors dans le salon (autre bon signe). Mais où est-il ? C'est atrocement gênant. J'ai dû m'évanouir. Depuis combien de temps suis-je ici ? Quelle heure est-il ? La pendule sur le mur affiche six heures trente. Du matin ou du soir ? Du matin sûrement, on est samedi matin. J'ai la bouche sèche, la gueule de bois, une migraine carabinée. Je m'assois en me tenant la tête. Comment vais-je sortir d'ici ? Cet homme avait l'air aimable et, visiblement, il ne m'a pas molestée. Je pourrais peut-être m'en aller en lui laissant un mot pour le remercier de son hospitalité. Ou peut-être passer la tête par la porte de sa chambre, histoire de lui dire au revoir. Quelle est l'attitude la plus convenable, bon sang ? Cela dit, je vais avoir l'air d'une dingue dans la rue avec ma robe en satin et ma figure barbouillée de maquillage. Si j'appelais un taxi ? Mais comme j'ignore où je suis, je serais bien en peine de donner une adresse au téléphone. Il faut absolument que je boive. Je me dresse sur mes jambes et traverse la pièce en titubant. La cuisine est à l'autre bout du couloir. C'est une pièce immense, hypermoderne, avec un îlot au milieu et quatre hauts tabourets blancs en plastique moulé parfaitement alignés tout du long. Je trouve un verre sur l'égouttoir à vaisselle mais quand je tourne le robinet, les tuyaux se mettent à vibrer dans tout l'appartement. Je sursaute, ferme le robinet et vide mon verre d'un trait. J'en suis toujours à me demander comment je vais partir d'ici lorsque j'entends des pas. Robbie apparaît sur le seuil, vêtu d'un T-shirt blanc et d'un boxer. Il secoue la tête pour tenter de se réveiller.

« Désolée d'être encore ici, dis-je.

— Moi pas », rétorque Robbie.

Je regarde mes pieds d'un air embarrassé. Cet homme a une présence que je n'ai jamais vue chez personne à part Ben. J'ai l'impression de trahir mon mari mais c'est ridicule.

« Voulez-vous du thé ? propose-t-il.

— Il est tellement tôt, vous devriez retourner vous coucher.

— Non, non, ça va », dit-il en allant allumer la bouilloire. Quand il passe devant moi, je me sens attirée par lui comme par un aimant. Un courant électrique me traverse de part en part.

Robbie me trouble. Il est séduisant, plein d'attention,

probablement riche, trop beau pour être vrai. Sa cuisine brille comme un sou neuf, on dirait qu'il ne l'utilise jamais. Il prépare deux tasses de thé, nous passons dans le salon et je m'assois au bord du canapé, la couette en boule à côté de moi. Robbie s'installe sur le fauteuil d'en face. Je me plonge dans l'examen de la mousse marron qui borde l'intérieur de ma tasse, à cause du lait que Robbie a rajouté. J'ai peur de le regarder, je ne sais pas quoi dire tant est surprenante sa ressemblance avec mon mari. En plus, j'ai encore très mal à la tête.

« Avez-vous des cachets contre la migraine ? dis-je pour briser le silence.

— Bien sûr. » Robbie se lève. Je le regarde passer devant moi et je m'aperçois que je ne respire plus. D'un coup de pouce, je sors les comprimés de leur enveloppe argentée et, bien qu'il m'ait apporté un verre d'eau, je les avale avec une gorgée de thé et je me brûle la gorge.

« Je n'ai pas vraiment la gueule de bois, dis-je. C'est juste que j'ai eu une grosse journée, hier.

— Pas de problème », dit Robbie. Il s'interrompt. « Écoutez, je suis fatigué, vous avez la migraine. Alors ne m'en veuillez pas mais j'aimerais vous proposer de… vous pourriez venir vous étendre. Ce sera plus confortable qu'ici. »

Je ne réponds pas.

« J'ai une chambre d'amis, si vous préférez », ajouta-t-il.

J'essaie de réfléchir. Je sais que je devrais rentrer à la maison mais dès que je me lève, ma tête explose. Du coup, je ne m'imagine pas prendre un taxi. J'ai besoin de me rendormir. Je crois que lui aussi. Je pourrais peut-être opter pour la chambre d'amis mais quelque chose me dit que ce serait dommage. Pourquoi ? Mystère.

« Je veux bien », dis-je enfin sur un ton poli, comme s'il m'avait proposé une autre tasse de thé. « Ça vous ennuie si je vous emprunte un T-shirt ou autre ? Je meurs d'envie d'ôter cette robe et… » Je ne termine pas ma phrase.

« Pas de souci », dit Robbie. Et quand il se lève et me conduit vers sa chambre, je réalise avec une absolue lucidité que je me trouve à un moment charnière. Si je suis cet homme, je vais entrer dans une nouvelle phase de ma vie.

47

Après le départ d'Emily, Ben fit de son mieux pour continuer à vivre. Au lieu de la blâmer, il essayait de comprendre pourquoi elle avait agi ainsi. Le fait de savoir qu'elle avait tout planifié, emporté son passeport et vidé son compte en banque le rassurait, finalement – cela prouvait qu'elle était vivante, qu'on ne retrouverait pas son cadavre au fond d'une forêt ou gisant dans un égout. Parfois, il entrait dans une colère noire, lui reprochait de les avoir lâchement abandonnés, lui et Charlie, au lieu de rester et d'affronter l'adversité à ses côtés. Elle avait faux sur toute la ligne – dès le premier regard, ils avaient su qu'ils étaient faits l'un pour l'autre et qu'ils vivraient ensemble à jamais, pour le meilleur et pour le pire, c'était écrit. Mais brutalement, le monde avait fait un tour sur lui-même, il n'avait plus montré que sa face cachée, obscure. À partir de *ce* jour, tout était parti à vau-l'eau et Ben n'avait pu y remédier. Il avait fait des pieds et des mains pour la retrouver mais ses efforts étaient restés vains. Il n'avait trouvé aucune aide. Ni du côté de la police qui s'était contentée de le plaindre, ni de la part des impôts. L'administration fiscale lui avait opposé une fin de non-recevoir ; en cas de disparition volontaire, ils n'étaient pas habilités à fournir des renseignements personnels, lui avait précisé la femme revêche qu'il avait réussi à contacter par téléphone. Ben lui avait presque raccroché au nez, outré par une telle indifférence. Ne sachant plus où se tourner, il avait pris un congé sans solde et parcouru le Devon et le pays de Galles jusqu'au Peak District, au volant de sa voiture, montrant la photo d'Emily dans les hôtels et les restaurants qu'ils avaient fréquentés autrefois. C'était humiliant. Les gens le regardaient comme une bête curieuse et répondaient invariablement : « Désolé, monsieur, on ne peut rien faire pour vous. » Quant à ses beaux-parents, ils étaient complètement largués – Caroline vivait chez Frances depuis qu'elle avait rompu avec son dernier copain en date (le type en question l'avait trompée, apparemment) et elle était plus exécrable que jamais. Frances avait déjà tellement de mal à gérer sa fille et son propre mal de vivre, comment aurait-elle pu s'occuper de Ben ? Le pauvre Andrew faisait peine à voir. Il rétrécissait, comme s'il s'effaçait peu à peu. Ben le voyait rarement – il lui amenait Charlie de temps à autre mais Andrew ne semblait même plus s'intéresser à lui.

Quand Ben finit par comprendre qu'Emily ne reviendrait pas, il ne lui resta plus que son travail et Charlie pour le maintenir en vie. Il instaura des tours de garde avec ses parents, qui furent pour lui d'un remarquable soutien. Ils ne faisaient aucun commentaire mais Ben devinait ce qu'ils pensaient : quand on voyait la belle-famille, on s'étonnait moins qu'Emily soit partie. Ils l'avaient appréciée en tant que personne mais, depuis cet ignoble scandale lors du mariage, ils n'avaient cessé de redouter l'influence néfaste de ces gens sur la mère de leur petit-fils. Parfois, au cœur de la nuit, Ben retournait cette histoire dans sa tête. Pourquoi Emily était-elle partie ? Était-ce *seulement* à cause de ce qui s'était passé ? Ou sa famille avait-elle eu raison de son équilibre mental, au bout du compte ? Elle avait toujours semblé si saine, si compatissante, comme lui finalement, même si cette ressemblance avait quelque chose d'étrange en soi. Le premier jour, quand il l'avait vue piétiner nerveusement sur le parking du bureau en attendant de savoir dans quelle voiture monter pour gagner l'aérodrome, Emily lui avait tout de suite plu. En lui disant bonjour, il avait ressenti un frisson de vérité, vu quelque chose de familier en elle, comme s'il la connaissait déjà. Et elle, de son côté, avait aussitôt perçu l'amour fou qu'il éprouvait pour elle. Le fait qu'elle en ait ensuite douté, ne se trouvant pas assez belle pour le séduire, n'avait fait que renforcer les sentiments de Ben. Sur le moment, il avait cru qu'il s'illusionnait, mais, plus tard dans l'après-midi, après qu'il l'eut aidée à sangler correctement son parachute, elle s'était redressée et l'avait regardé fixement, comme saisie d'une brusque révélation. Puis la gêne avait repris le dessus et elle s'était tenue à l'écart pendant qu'il assistait les autres apprentis parachutistes en essayant de se concentrer sur ses gestes car cette tâche requérait une précision absolue.

Sur la route du retour, il était resté dans son coin au lieu de discuter avec Emily. Il s'en était terriblement voulu par la suite mais, à l'époque, il ne savait pas gérer ses sentiments. C'était la première fois qu'il tombait amoureux et il croyait que le coup de foudre n'existait que dans les contes de fées. Puis, des mois plus tard, ils s'étaient retrouvés dans d'incroyables circonstances. Quand ils commencèrent à sortir ensemble, elle lui parla de son enfance, de sa jumelle qui ne l'aimait pas beaucoup. Alors seulement il comprit qu'elle avait besoin de lui autant qu'il avait besoin d'elle. Dans un certain sens, il prit la place que sa sœur n'avait jamais occupée. Il devint son *alter ego*, son meilleur ami, son confident, celui à qui elle pouvait tout dire sans craindre de passer pour folle ou timorée. Il l'avait toujours soutenue, comprise intuitivement. Ils avaient tant de points communs que leur passion amoureuse leur apparaissait comme un bonus, même si Emily s'amusait à le taquiner en disant qu'il lui plaisait *malgré* sa profession et ses passe-temps bizarroïdes. Et lui se vengeait gentiment en lui répétant que si jamais elle le quittait, il pourrait toujours se rabattre sur sa doublure qui n'attendait que cela. Et ils en riaient de bon cœur car ils étaient sûrs de leurs sentiments réciproques.

Souvent, lorsque Charlie dormait, Ben repensait à leur vie commune, assis seul sur le canapé qu'ils avaient choisi ensemble. Le jour où ils l'avaient essayé dans le magasin, Emily avait retiré ses chaussures pour s'y lover comme une chatte et s'assurer de son parfait confort – à ce prix-là, on n'a pas le droit de se tromper, avait-elle dit. Récemment, Ben avait branché son ordinateur sur la télé et, depuis, il passait un temps infini à visionner des photos, comme hypnotisé – leurs deux visages battus par le vent sur une plage du Devon, en hiver ; Emily devant le palais des Doges, sur la place Saint-Marc, pour leur deuxième anniversaire de mariage ; Ben au bord d'une rivière près de Buxton, portant Charlie dans ses bras de crainte qu'il ne saute à l'eau ; Emily rayonnante dans sa robe de mariée avec en arrière-fond la mer qui scintillait comme pour leur donner sa bénédiction ; Emily berçant leur bébé au milieu des roses, dans le petit jardin de Frances ; Ben et Emily pendant leur lune de miel à Sorrente, se tenant par la main devant des maisons orange et roses bâties à flanc de colline ; Charlie et son meilleur ami Daniel, blottis dans ce même canapé ; Emily arrosant les fleurs en riant, avec Charlie tout trempé à côté d'elle ; Emily posant, l'air serein, devant les colonnes rouges d'un temple à Cnossos, ignorant encore qu'elle était enceinte ; toute la petite famille dans le même lit, au matin de Noël, Charlie assis sur la tête de Ben. Les images défilaient de manière aléatoire sur l'écran. Ben avait juste le temps de replacer chacune dans son contexte avant qu'elle ne disparaisse, remplacée par la suivante. Ben était capable de les regarder pendant des heures – *encore une et après j'arrête* – jusqu'à ce que la nuit tombe et que le froid le transperce, trop fasciné pour se lever et allumer le chauffage ou l'électricité. Il avait l'impression qu'elle lui parlait de loin – *te souviens-tu de ce jour-là, de cet endroit-là ?* – et cela lui procurait un étrange réconfort. Pourtant, certaines fois, il arrivait qu'une image plus réelle que les autres l'interpelle méchamment comme pour le narguer. Et de nouveau, l'éternelle question refaisait surface. Comment avait-elle pu l'abandonner ? Le plus douloureux, c'était d'ignorer où elle était, comment elle allait. Alors, vaincu par l'angoisse, il s'étendait par terre en sanglotant, en frappant des poings, pareil à un petit enfant éperdu de chagrin.

Les feuilles tombaient, l'année tirait sa révérence. Au grand étonnement de son entourage, Ben commençait à remonter la pente ; et pourtant le simple fait de penser à Noël lui donnait envie de hurler. Alors, ses parents prirent le taureau par les cornes et organisèrent un court séjour dans un petit hôtel qu'ils connaissaient dans les Highlands. Le temps n'était pas trop mauvais pour la saison et ces petites vacances s'annonçaient sous de bons auspices. Partis de Manchester un matin de bonne heure, ils longeaient les rives du Loch Lomond quatre heures et demie plus tard. Quand ils firent une pause pour laisser Charlie courir un peu dans l'herbe, l'air était si léger, si pur que Ben eut l'impression de respirer pour la première fois depuis longtemps. Il remplissait ses poumons avec un réel appétit de vie, pas uniquement par obligation envers Charlie. Ses parents avaient été bien inspirés, l'hôtel était accueillant, un peu vétuste mais aménagé avec goût, et surtout Ben n'y avait aucun souvenir susceptible de le perturber. Les propriétaires s'entichèrent de Charlie. Ils le trouvaient trop mignon et ne cessaient de lui faire la fête, de lui donner des gâteaux, et personne ne trouva rien à y redire, pour une fois. On aurait dit que Charlie commençait à oublier Emily – il gambadait joyeusement le long du lac, poursuivait les canards –, et le voir si insouciant, si heureux de vivre, leur remontait le moral à tous. Ce changement d'air leur permit de supporter vaillamment la période de Noël. Ben souffla un peu sans toutefois relâcher sa vigilance. Souvent, il regardait derrière lui pour voir si par hasard Emily n'apparaîtrait pas entre deux nappes de brouillard. Il l'imaginait pliant ses longues jambes fines, s'accroupissant, ouvrant les bras pour que Charlie coure se réfugier contre son cœur et lui montre qu'il l'aimait toujours, même si elle l'avait abandonné.

48

La chambre de Robbie est gris ardoise, le parquet et les meubles blanchis à la céruse, le linge de lit blanc immaculé. Une déco élégante, androgyne mais stricte, tout comme la cuisine. Je me demande s'il l'a conçue lui-même ou s'il a eu recours à un professionnel. C'est peut-être l'œuvre de sa petite amie. Je préfère ne pas creuser la question pour le moment. Il me donne un T-shirt de marque. Quand je l'enfile devant la glace de la salle de bains, je constate qu'il me va bien. Un peu court à mon goût, toutefois. Mes jambes ont l'air interminables. En regagnant la chambre, je tire sur le devant pour mieux cacher le haut de mes cuisses. Robbie me regarde sans mot dire et, quand je me glisse entre les draps, me prend dans ses bras et me serre doucement, sans aucune violence. Mon corps réagit bien, fusionne avec le sien. La douleur dans ma tête commence à se calmer.

« C'est tellement agréable que tu me prennes comme je suis, dit-il à voix basse.

— Mais c'est normal. » Je m'installe confortablement et, pour la première fois depuis un an, j'éprouve une merveilleuse impression de paix, de sécurité – je me sens aimée. Je sais que cela ne durera pas mais, pour l'instant, c'est l'accord parfait entre nous. Peut-être avons-nous eu besoin l'un de l'autre au même moment. Je ressens un tel bien-être que je m'endors aussitôt et, ô surprise, je fais des rêves agréables, reposants. Quand je rouvre les yeux, du temps a passé. Robbie est assis sur le lit près de moi, tout habillé. Il m'a préparé une tasse de thé parfaitement infusé.

« Que dirais-tu d'un petit déjeuner ? demande-t-il. Je suis sorti acheter des œufs, du bacon, des saucisses, des muffins, tout ce qu'il faut.

— Pourquoi es-tu si gentil avec moi ?

— Pourquoi ne le serais-je pas ? dit-il. De toute façon, je m'ennuyais à cette soirée, ce monde n'est pas le mien, et puis je ne voulais pas te laisser seule dans ce taxi, pas dans l'état où tu étais. Et quand tu t'es évanouie sur mon canapé, je n'allais pas te jeter dehors, non ? » Il sourit. « Puis j'ai pensé que tu serais mieux dans un lit pour dormir. Et maintenant j'ai faim et je vais faire le petit déjeuner. Qu'y a-t-il de gentil là-dedans ? »

Qu'y a-t-il de gentil là-dedans ? Et pourquoi ressemble-t-il tant à mon mari ? Comme je ne trouve rien à dire, je m'abstiens.

« Ça t'ennuie si je prends une douche d'abord ?

— Vas-y. Tu as besoin de vêtements ? » Robbie traverse la pièce et va ouvrir la porte du dressing attenant. Toutes ses affaires sont parfaitement ordonnées, rangées par couleur. Il prend un jean et deux hauts pour que je choisisse celui que je préfère, et me donne le drap de bain le plus grand et le plus moelleux que j'aie jamais vu.

La douche est vaste, le jet puissant. Debout sous

le déluge, je sens les dernières bribes de ma migraine dégringoler le long de ma colonne vertébrale, de mes cuisses. Elles disparaissent par le siphon. Au contact de la serviette éponge, mon cœur s'emballe. J'ai peur tout à coup. C'est trop beau pour être vrai, quelque chose cloche, je ne mérite pas tant d'égards. Je n'ai toujours pas appelé Angel pour lui donner de mes nouvelles. Quand je le trouve au fond de mon sac, mon portable est déchargé et je ne connais pas son numéro par cœur. Mon inquiétude monte d'un cran.

J'enfile le jean de Robbie, un polo rose layette, je passe les doigts dans mes cheveux mouillés et le rejoins dans la cuisine où une odeur de tomates grillées et de jambon fumé me met l'eau à la bouche. Je m'assois timidement sur un tabouret-champignon tellement haut que mes pieds battent l'air, comme ceux d'un bambin.

Robbie sourit, prend des assiettes dans le placard, ouvre le frigo, sort deux œufs bleu pâle et les casse dans la graisse du bacon dont le sifflement meuble le silence. Ses gestes sont adroits, assurés, et, quand il pose l'assiette devant moi, je vois que la nourriture est présentée comme au restaurant. Assis côte à côte, nous mangeons en silence mais nos corps s'attirent comme s'ils étaient reliés par un élastique. Dehors, le ciel est gris foncé. La fumée et les odeurs de cuisine me tournent la tête.

« Veux-tu t'asseoir au salon ? demande Robbie quand nous avons terminé. Je vais nous faire du café.

— D'accord », dis-je en me tortillant pour descendre du tabouret. Je regagne le salon sur la pointe des pieds et, au moment où je m'enfonce dans le canapé, j'entends craquer le tonnerre – j'ai dû rater l'éclair –

puis il se met à pleuvoir à torrents. L'averse frappe les fenêtres, tambourine sur le toit, la température chute brutalement. Robbie arrive avec deux tasses de café au lait mousseux, les pose sur la table puis va mettre de la musique sur son iPod. Eva Cassidy. Il s'assoit près de moi, nous nous regardons au fond des yeux et je sens monter en moi un mélange d'émotions : du désir, du désespoir et, oui, de l'*amour*, un amour tendre et pur pour cet homme que je viens de rencontrer. Cette aventure a quelque chose d'insolite mais je ne saurais dire quoi. Je suis embêtée, Angel doit se faire du souci pour moi (comme une demi-douzaine de personnes à Manchester depuis bientôt un an). Tant pis, ce moment est trop spécial, délicat, paisible, pour risquer de le gâcher. Je voudrais que le temps s'arrête avant que tout se dégrade encore une fois. Quand je plonge ainsi mon regard dans les yeux de Robbie, j'ai l'impression d'être avec Ben, le Ben d'*avant*. La voix mélodieuse d'Eva Cassidy se mêle au battement de la pluie. Mon cœur s'arrête, je ne respire presque plus pendant au moins une chanson et demie. Puis Robbie s'approche de moi, lentement, doucement. Quand il m'embrasse, sa bouche tiède a un goût de café et de bacon. Son baiser est tendre, patient, sincère.

Je regarde ma montre. Il est presque midi. Je devrais m'en aller mais je ne veux pas interrompre ce délicieux voyage vers mon passé. « Je vais te laisser. Tu as sûrement d'autres choses à faire, dis-je sans décoller mes lèvres des siennes.

— Tu sais quoi, j'ai eu une semaine très chargée. Et il fait tellement mauvais que j'ai décidé de rester à la maison pour écouter de la musique et peut-être, plus tard, regarder un film. » Il laisse passer deux secondes.

« Si tu acceptais de partager ce moment avec moi, ce serait encore plus agréable. »

J'hésite. J'évite de penser au vrai Ben, à Charlie, à ce qu'ils font, où ils sont. Angel doit s'inquiéter. J'ai trop envie de revivre le passé. Ma décision est prise. Je m'écarte, prends la main de Robbie, pose mes lèvres sur sa paume, à la racine de ses doigts, lève les yeux vers lui en oubliant ma timidité et dis : « Tu sais quoi ? Ce programme me convient parfaitement. »

49

Après son séjour bénéfique dans les Highlands, le passage d'une année à l'autre et la fin des longues soirées d'hiver, Ben vit avec appréhension se profiler le mois de mai et le jour anniversaire de l'événement le plus pénible de sa vie. Pour franchir cette étape, il voulait être totalement seul. En l'absence d'Emily, il n'aurait même pas supporté la présence de Charlie. Il le laissa donc chez ses parents et se rendit en voiture dans le Peak District, où il marcha pendant des heures – toujours en ligne droite, il ne savait pourquoi – hors des sentiers battus, à travers les broussailles et les ronces, franchissant les clôtures, escaladant les monticules rocheux. Au départ, il avait eu l'intention de grimper au sommet du Kinder Scout où il avait fait sa demande en mariage (Emily s'était moquée de lui quand elle l'avait vu s'agenouiller, puis elle s'était penchée vers lui et avait dit : Oui, je veux t'épouser.) Mais sans elle, il ne s'en sentait pas le courage, d'autant plus qu'il risquait de croiser des promeneurs. Alors il marchait d'un pas obstiné, la tête vide, sans voir le temps qui défilait ni les lieux qu'il traversait. Pendant de brefs instants, il oublia même Emily et leur bonheur perdu. Charlie, lui aussi, avait senti la date approcher, même s'il ne comprenait pas tout, bien sûr. Quand Ben l'avait déposé chez ses parents, il faisait peine à voir. Il n'avait pas hurlé mais s'était mis à pleurnicher à fendre l'âme, ce qui était peut-être pire. Ben avait emporté une petite tente sur son dos. À la tombée du jour, il s'arrêta pour la planter près d'une charmante rivière. L'endroit était désert, on n'entendait que le gargouillis de l'eau et, de temps à autre, le cri d'un oiseau inconnu. Ben resta éveillé la moitié de la nuit, goûtant *presque* la sensation d'être seul au monde, d'avoir tout le temps et l'espace nécessaires pour exprimer sa douleur. Il se réveilla étrangement ragaillardi, soulagé d'avoir franchi le cap et d'être arrivé de l'autre côté sans trop de dommages.

50

Robbie ne me pose aucune question personnelle. Moi, j'aimerais bien savoir comment il a pu s'offrir un si bel appartement à son âge, d'où il tient son talent de cuisinier et ses manières de gentleman, mais je reste discrète. Comme nous avons les mêmes goûts musicaux, nous restons allongés sur le canapé à écouter les Doves, les Panics, les Libertines, Oasis et même Johnny Cash. Quand j'entends les premières notes de notre chanson de mariage, je me crispe, c'est trop horrible, et je déclare que je déteste les Smiths alors que je les adorais autrefois, bien sûr. Ben disait pour plaisanter que si nous avions emménagé à Chorlton, c'était uniquement pour pouvoir croiser leur batteur à l'Irish Club. Robbie ne fait pas de commentaires, il semble comprendre à mi-mot et passe au morceau suivant. Je me calme un petit peu mais, quelques minutes plus tard, il y a cette chanson des Wannadies. Quand le refrain commence, Robbie me regarde longuement dans les yeux. J'ai l'impression que mon cœur va se briser. La pluie tombe toujours, il fait encore plus froid mais cela nous est bien égal. Nous sommes si douillettement blottis l'un contre l'autre, les yeux dans les yeux, comme deux adolescents. Nous passons tout l'après-midi à nous caresser par-dessus nos vêtements, en laissant croître le désir. Nous avons terriblement envie d'aller plus loin mais, pour l'instant, par accord tacite, nous restons sages.

51

Ben demanda à ses parents de bien vouloir garder Charlie la nuit suivante, celle du samedi. Il avait mis des heures à refaire le chemin en sens inverse jusqu'à sa voiture et, en arrivant chez lui à bout de forces, les jambes écorchées, les pieds meurtris, il s'était senti incapable de s'occuper de qui que ce soit, même de Charlie. Il tira les rideaux, commanda un curry et s'installa devant les programmes du samedi soir – occupation qu'il prétendait détester, contrairement à Emily, mais qu'en réalité il adorait sans oser l'avouer.

Pourtant regarder la télé tout seul, ce n'était pas pareil. Autrefois, il prenait un malin plaisir à se moquer d'Emily quand elle pleurait à chaudes larmes devant telle ou telle émission débile. Elle lui disait de se taire car elle voulait savoir si tout s'arrangerait à la fin. Où pouvait-elle bien être en ce moment ? Que faisait-elle ? Comme Charlie n'était pas à la maison, Ben pouvait se laisser aller, cesser de feindre la gaîté. Soudain, au fond de son cœur, il découvrit inchangée la douleur lancinante qu'il avait ressentie le jour où il s'était aperçu que son fourre-tout en cuir n'était plus sous le lit, qu'elle était partie.

On sonna à la porte. Merde, c'était sûrement le livreur.

Il devait se ressaisir, se dit-il en s'essuyant les yeux. Puis il prit son portefeuille pour payer le curry.

En ouvrant la porte, il resta bouche bée, les yeux écarquillés comme un imbécile. Quoi ? Comment ? Où était son curry ? *Elle était revenue ?* Il eut l'impression de recevoir une balle en pleine poitrine et se vit étalé par terre, gisant dans son propre sang.

« Tiens, c'est toi, marmonna-t-il.

— Je peux entrer ? demanda Caroline. Je n'aurais peut-être pas dû venir mais je suis déjà passée hier soir. Il fallait que je te voie. Pour te demander pardon.

— Pardon de quoi ? ricana Ben.

— Je t'en prie, laisse-moi entrer. Tu n'es pas le seul à souffrir. On pourrait peut-être s'entraider.

— Non, je ne crois pas », dit-il en s'écartant néanmoins pour qu'elle passe. Il la suivit dans le salon et, pendant qu'elle ôtait son manteau, la sonnette retentit de nouveau. Cette fois-ci, c'était bien le curry. Ses mains tremblaient encore quand il donna l'argent au livreur. Il versa la nourriture dans deux assiettes – il en avait trop pris, comme d'habitude –, alla se chercher une bière, hésita – il ne devrait pas boire devant Caroline pour ne pas la tenter, et merde, tant pis –, lui prépara un verre de jus d'orange.

Il finissait de disposer le repas sur des plateaux quand Caroline entra dans la cuisine en chancelant sur ses hauts talons. Elle lui demanda un verre à pied et sortit de son sac à main une bouteille de vin blanc enveloppée de papier rouge. Voyant qu'elle était fraîche, Ben devina qu'elle l'avait achetée chez le caviste d'à côté. Mais il était à la fois trop fatigué et trop gêné pour faire une remarque et risquer une dispute. Ils mangèrent en silence devant la télé. Un homme avalait des balles de golf, une vieille dame dansait avec son caniche et la jupe étroite de Caroline ne cessait de remonter le long de ses cuisses parfaites où le plateau reposait en équilibre. À la pause publicitaire, comme elle avait terminé son verre – pourtant énorme et rempli à ras bord –, elle voulut qu'il la resserve.

Ben sentit quelque chose se briser en lui. Il se leva, furieux, se rua vers la cuisine, ouvrit le frigo et, d'un geste rageur, décapsula une autre canette qu'il but d'une traite. Et pourquoi pas, merde ? Il avait envie de tout casser. Et pendant que l'alcool pénétrait dans son organisme, il réalisa qu'il n'était même plus en colère contre elle. À présent, il en voulait au monde entier.

52

La nuit est tombée mais nous sommes toujours étendus sur le canapé, après avoir vaguement regardé deux films, écouté un nombre infini d'albums. Je commence tout doucement à m'imaginer refaire ma vie avec ce nouveau Ben. Peut-être même qu'un jour nous nous marierons. Et alors je deviendrai madame – madame qui, au fait ?

« Quel est ton nom de famille, Robbie ? » dis-je à mi-voix contre son épaule.

Robbie prend un air embêté que je ne lui connais pas. « Heu, je… heu, je m'appelle Brown. »

Je me redresse et le regarde fixement. « C'est comme ça que je m'appelle moi aussi, dis-je. Ça, c'est un signe du destin. » Et j'éclate de rire.

« J'ai faim, fait-il précipitamment. Que dirais-tu de commander quelque chose ?

— Il doit y avoir des tas de restos sympas dans le coin. Si nous sortions manger un morceau ?

— Je préfère rester ici avec toi, dit-il. Il pleut vraiment trop. J'ai du champagne au frais. En plus, tu ne vas pas sortir en escarpins lamés par ce temps. » Il n'a pas tort.

« OK. » Ça m'est égal, en fait je préfère.

« Curry, ça te va ?

— Parfait. » Mais mon estomac se crispe, Ben commandait toujours du curry. « Tu n'as qu'à choisir, moi j'aime tout. » Il fouille dans un tiroir, trouve un prospectus et quand il passe la commande au téléphone, je trouve qu'il parle vite. Il murmure et sa voix me paraît étrangement aiguë.

Il s'éclipse un instant et revient avec une bouteille de champagne et deux grandes flûtes. En voyant cela, je repense immédiatement à la pochette en soie rose. Et je réalise dans un sursaut que je ne l'ai pas rendue à Angel. Je récapitule mentalement les événements de la soirée au Groucho, en particulier mon passage aux toilettes. Avec quelle facilité j'ai rompu la promesse faite à mon petit garçon, me dis-je. Mais de toute manière, ce n'est pas la première fois que je lui tourne le dos. Je l'ai abandonné quand il avait le plus besoin de moi. Alors, quel mal y aurait-il à sniffer une petite ligne de temps à autre ?

J'ai besoin d'en prendre. En l'espace de quelques secondes, cette idée fixe investit les moindres replis de mon cerveau embrumé. Mais je ne sais pas ce que Robbie en penserait. Je parie que ce n'est pas son truc et je détesterais le décevoir. Alors je repousse aussi loin que possible la vision magnétique de la petite pochette en soie. *Si elle n'était pas au fond de ton sac, il n'y aurait pas de problème. Tu n'as qu'à faire comme si.* Robbie remplit nos flûtes, nous trinquons à nous deux et aux dernières vingt-quatre heures, il m'embrasse et je ne pense plus du tout à la drogue.

Quand on sonne à la porte, Robbie se lève d'un bond.

« Veux-tu aller ouvrir ? dit-il. Je reviens dans une minute. » Il me glisse un billet de cinquante livres dans la main et se précipite vers la salle de bains. Quand j'appuie sur l'interphone, je vois le livreur sourire sur l'écran vidéo. Quelques minutes plus tard, dans la cuisine rutilante, je suis en train de déposer le contenu odorant des jolies boîtes en carton dans des assiettes blanches carrées quand Robbie refait son apparition. Nous emportons le repas dans le salon, nous asseyons et nous jetons sur la nourriture comme des goinfres, en regardant *L'Angleterre a du talent*. C'est tellement agréable de passer un samedi soir à la maison, comme je le faisais autrefois avec mon mari. Avec Robbie, nous rions aux mêmes blagues, faisons le même genre de commentaires au même moment. Chaque fois que je regarde cette copie de Ben, mon estomac se noue, mon pouls s'emballe, tant et si bien que je dois détourner les yeux. Robbie ouvre une deuxième bouteille. Nous la buvons en nous prélassant sur les coussins, l'alcool produit son effet et, fatalement, il m'aide à me lever pour me conduire dans la chambre. Cette fois, nous ne restons pas blottis l'un contre l'autre. Nous sommes prêts à partager un moment merveilleux. C'est comme si nous nous connaissions depuis toujours. Et quand nous nous détachons l'un de l'autre, je réalise ce que je viens de faire : je suis officiellement une femme adultère. Pour juguler ma panique, peu m'importe ce qu'il en pense désormais, je lui propose une ligne. Robbie me regarde longuement et, à ma grande surprise, il accepte. C'est étrange mais faire cela avec lui, dans son bel appartement de Marylebone, ne me paraît pas aussi sordide qu'ailleurs. Au contraire, c'est excitant, enivrant. Quelques heures plus tard, le sommeil nous emporte. Quand je me réveille, je vois l'aube percer par les volets entrouverts. Nous sommes allongés côte à côte, moi rongée de culpabilité, lui raide mort.

53

Ben était encore dans tous ses états quand il revint de la cuisine. Mais maintenant il en voulait autant à Emily de l'avoir quitté qu'à Caroline d'être venue. C'en était trop que d'avoir en face de lui une femme qui n'était pas la sienne mais avait le même visage, la même voix. *Elle a eu tort de s'enfuir, c'est une attitude tellement égoïste !* À cause de l'alcool, il ressentait l'absence d'Emily comme un vide physique, un trou béant dans son ventre, à la place de ses entrailles. Il toucha son estomac pour vérifier – tout était à sa place, on ne l'avait pas éventré à son insu. Il regarda méchamment Caroline, avachie sur le canapé avec sa jupe trop courte, ses cheveux plus longs que d'habitude. Il ne souhaitait qu'une chose : qu'elle aille se faire foutre. Que cherchait-elle d'ailleurs ? Il marcha jusqu'au fauteuil en osier. De mémoire, il ne s'y était plus assis depuis cette soirée magique dans l'appartement d'Emily, des années auparavant. Il était si défoncé, si inconfortable, qu'ils auraient dû s'en débarrasser. Non, *il* aurait dû s'en débarrasser, il n'y avait plus de *ils* désormais. De nouveau, il souhaita que Caroline se tire de chez lui mais n'osa pas le lui ordonner, de crainte qu'elle ne fasse encore un scandale. Ce soir, il ne le supporterait pas.

« Où étais-tu ? » dit-elle d'une voix pâteuse.

— Dans la cuisine », répondit Ben, vaguement étonné que Caroline soit aussi éméchée que lui alors qu'elle n'avait bu qu'un verre de vin. Il n'avait pas remarqué la flasque de whisky vide qui traînait par terre.

À la télé défilaient les mêmes émotions feintes, les mêmes sentiments surjoués. Une petite fille dotée d'une voix puissante massacra une chanson de Whitney Houston. Un groupe d'hommes en salopette dansa avec des brouettes. Ben en eut soudain par-dessus la tête, il avait envie de dormir. Il appuya sur le bouton de la télécommande par réflexe, et quand l'écran s'éteignit, un silence assourdissant se répandit dans la pièce. Caroline lui décocha un regard assassin. En voyant son visage crispé, ses joues blêmes sous le maquillage, Ben comprit qu'elle était en crise.

« De quoi voulais-tu me parler ? » dit-il en espérant qu'elle se déciderait peut-être à partir une fois qu'elle aurait déversé ce qu'elle avait sur le cœur. Caroline baissa la tête en se triturant les doigts.

« Je voulais te demander pardon.

— À quel sujet ? insista Ben.

— Au sujet de ce qui est arrivé, bredouilla-t-elle. Je suis désolée pour tout ça.

— Pas autant que moi, répondit Ben d'une voix dénuée de toute ironie mais teintée d'une infinie tristesse.

— Tu crois qu'elle reviendra ? » renchérit Caroline. Ben mit tellement de temps à répondre qu'elle crut qu'il n'avait pas entendu.

« Non, je n'y crois plus », admit-il pour la toute première fois. Quand Ben réalisa ce qu'il venait de dire, il voulut se lever pour quitter la pièce – il n'était pas question de pleurer devant Caroline, surtout pas elle –, mais dans sa précipitation il trébucha sur la flasque de whisky et s'écroula de tout son long sur le canapé, près de Caroline. Ce meuble était si bas, si profond, si moelleux que, en dépit de ses efforts, il ne parvint pas à se relever. Alors il cessa de se débattre et, l'alcool aidant, s'avoua vaincu.

Caroline se dégagea, le prit dans ses bras et le serra tendrement sur son cœur. Ivre de bière, de douleur et de solitude, Ben sanglotait à fendre l'âme mais trouvait un étrange réconfort à rester ainsi blotti contre cette femme si différente d'Emily par le caractère mais dont elle avait le visage, le corps et même l'odeur. Mis à part le pauvre Charlie, Ben n'avait plus tenu personne dans ses bras depuis très longtemps. Cette situation le perturbait, lui rappelait des temps plus heureux. Alors, quand elle se mit à lui caresser les cheveux en disant : « Là, là, ça va aller », son cerveau engourdi perdit ses derniers repères. Et quand elle se pencha pour l'embrasser, il se laissa faire, lui rendit son baiser et ainsi de suite. La scène suivante fut aussi rapide que sauvage. Ben réalisa trop tard qu'il avait confondu la méchante et la gentille jumelle. Lorsqu'il vit ce qu'il avait fait, il la repoussa, lui hurla de foutre le camp, de le laisser tranquille, puis il quitta la pièce en titubant, monta dans sa chambre et claqua la porte derrière lui.

54

Le beau Robbie a du sang coagulé dans les narines. Les draps sont froids, sa peau est bleue. Il n'y a pas le moindre doute, il est mort. Au lieu de hurler, je saute du lit et je cours vers la fenêtre en haletant comme un chien. Tout se bouscule dans ma pauvre tête. Je ne peux pas, *je ne peux pas* le regarder. Son image est définitivement fixée au fond de mon esprit comme une vision infernale, encore une. Je viens de détruire une autre vie, et pour quoi ? Mon estomac se révulse, j'arrive à retenir le vomi dans ma bouche le temps de courir jusqu'à la poubelle mais j'en mets partout. Pour la deuxième fois en quarante-huit heures, je m'écroule dans mes propres déjections. J'ai hâte que cette vie de merde s'achève enfin. Je me relève péniblement. J'ai les jambes en coton, ma poitrine monte et descend à une allure folle, l'air ne pénètre presque plus, j'essaie de réguler mon souffle, en vain. Que dois-je faire ? Qui peut aider Robbie ? *(Personne, il est trop tard.)* Et moi, qui peut m'aider ? *(Idem.)* Je ne peux pas appeler Angel, ni Simon, ni ma mère, ni mon père. Mon portable est déchargé et je ne me rappelle aucun de leurs numéros. Il n'y en a que deux que je connaisse par cœur – celui de mon ancienne maison à Chorlton et celui des urgences. Si au moins Ben était là, il saurait quoi faire. Par pur réflexe, je compose le numéro de Manchester et quand j'entends sonner à l'autre bout de la ligne, je réalise ce que je suis en train de faire. Qu'est-ce que je vais bien pouvoir dire ? Je raccroche. Mes mains tremblent mais je parviens à faire le 999. La voix claire d'une opératrice retentit dans l'écouteur.

« Pompiers, police ou ambulance ? » demande-t-elle.

Qu'est-ce que j'en sais ? Une chose est sûre, il est mort, alors pas besoin d'ambulance.

« Allô ? insiste-t-elle. Voulez-vous les pompiers, la police ou une ambulance ? »

Je réponds entre deux halètements. « Quelqu'un est mort ici.

— Vous en êtes sûre ? Cette personne respire-t-elle ?

— Il est froid et sa peau est bleue. Ça signifie qu'il est mort, non ? » Et j'éclate en sanglots. Je pleure sur le pauvre Robbie, sur sa vie gâchée. C'est atroce.

« Où êtes-vous, madame ? Donnez-moi votre adresse.

— Je ne sais pas. C'est quelque part à Marylebone.

— D'accord, nous allons tracer ce numéro. Restez en ligne, mon chou, essayez de vous calmer. Comment s'appelle la personne décédée ?

— Robbie. Robbie Brown.

— Et vous ?

— Catherine Brown.

— Vous êtes sa femme ?

— Non, dis-je en gémissant. On vient de se rencontrer. » La pièce se met à tourner. Je crois que je suis en train de m'évanouir, mais non, c'est à cause des gyrophares bleus dans la rue, au pied de l'immeuble. La police est déjà là.

Dieu merci. Tout à coup, je m'aperçois que je suis nue et couverte de vomi. Je cours à la salle de bains, ouvre le robinet de la douche et passe sous le jet sans attendre l'eau chaude. J'ai à peine le temps de m'envelopper dans l'un des immenses draps de bain de Robbie qu'on frappe violemment à la porte d'entrée.

J'ouvre, une seconde avant qu'ils ne la défoncent. Les policiers s'engouffrent dans l'appartement, l'un d'eux se dirige droit vers la chambre. Un instant plus tard, je l'entends s'exclamer : « Oh, nom de Dieu, viens voir ça, Pete. »

Le dénommé Pete va le rejoindre mais s'immobilise sur le seuil de la chambre, comme paralysé. Quand il voit le pauvre Robbie et tout le bazar qui traîne sur la table de nuit, il pousse un cri d'horreur et se tourne vers moi. Il y a de la haine dans ses yeux.

55

Dans la nuit, Ben se réveilla avec la sensation que quelqu'un s'était introduit dans sa chambre et lui avait fendu la tête en deux. Puis il se rappela la visite de Caroline, l'alcool qu'il avait absorbé et ce qu'il avait fait avec la sœur jumelle de sa femme disparue. Pris d'une violente nausée, il n'eut pas le temps de courir à la salle de bains et vomit longuement dans la corbeille à papier. Quand il eut tout rendu, un jet de bile aux relents d'épices lui brûla la gorge. Heureusement que Caroline n'était pas venue le rejoindre dans son lit. Avec un peu de chance, elle serait partie – après la colère qu'il avait piquée tout à l'heure, elle n'aurait quand même pas osé rester. Jamais de sa vie il ne la reverrait, quoi que l'avenir leur réserve.

Ben resta couché dans un état comateux des heures durant. Quand il finit par émerger, il était midi et Caroline avait effectivement déguerpi. Il passa sous la douche, s'ébouillanta presque puis se frotta le corps à s'en faire saigner. Mais il se sentait toujours sale, détruit, fichu : après ce qu'il avait fait, Emily ne reviendrait jamais vers lui. Ne sachant que faire de sa peau, il décida de nettoyer à fond le salon et la cuisine pour faire disparaître jusqu'à la moindre trace, comme sur une scène de crime. Il jeta les restes du plat à emporter, mit les verres, les assiettes, les couverts dans le lave-vaisselle, qu'il régla sur « Très sale ». Il désinfecta la table basse, aspira le tapis, épongea les coussins du canapé tachés de honte, les sécha au sèche-cheveux et les retourna. Il balança canettes de bière, flasque de whisky, bouteille de vin dans la poubelle de recyclage. Et quand il eut tout fini, il se prépara un café bien corsé, se posa et mit les informations. En entendant sonner le téléphone fixe, Ben pensa d'abord que c'était Caroline. Mais si c'était *elle* ? Il se leva donc pour décrocher et arriva trop tard devant l'appareil. Son esprit était encore si embrouillé que, en voyant le visage de Caroline sur l'écran de télé, il crut à une hallucination. Mais non, c'était bien Caroline, sauf qu'il ne comprenait rien à ce qu'on racontait dans le reportage. Qu'est-ce qu'elle avait encore fait, celle-là ? se demanda-t-il vaguement. Son cerveau fonctionnait trop lentement pour traiter les informations en temps réel. Il fallut que le journaliste prononce par trois fois le nom de Catherine Brown – et non pas Caroline Brown – pour que Ben réalise enfin qu'il avait retrouvé sa femme.

56

Pete et son collègue ne savent pas trop quoi faire de moi. Je suis toujours nue sous le drap de bain. Ils s'entretiennent d'une voix anxieuse, demandent qu'on leur envoie du renfort et, finalement, m'arrêtent pour meurtre. Je les écoute énoncer mes droits en hochant bêtement la tête. Ces mots ne m'évoquent rien. Et de toute façon, je m'en fiche. Peu importe ce qui m'arrivera. *Pauvre, pauvre Robbie, si jeune, si plein de vie. Bon Dieu, qu'est-ce que j'ai fait ?* Je me remets à sangloter. Une policière entre dans l'appartement, ils ont dû l'appeler spécialement. Elle m'emmène dans la salle de bains pour me fouiller. Je lâche la serviette. Il n'y a rien d'autre à voir que mon corps nu et l'horreur qui écarquille mes yeux. La fouille prend dix secondes. Elle m'ordonne de m'habiller. Après un échange discret avec ses collègues, elle me dit de prendre des vêtements propres dans la garde-robe de Robbie pour ne pas perturber la scène de crime. C'est l'expression qu'elle emploie : scène de crime. Parce qu'il y a eu meurtre et que c'est moi la coupable, apparemment. La policière est une femme solide, avec des cheveux courts et de grosses bottes. Elle me passe les menottes mais sans rudesse, comme si elle s'excusait – elle voit bien que je n'ai pas l'intention de me débattre ni de m'enfuir. Les bracelets sont glacés, trop serrés, mais ils me rassurent. Les policiers me font sortir de l'appartement. Mes pieds nus s'enfoncent dans la moquette épaisse de l'escalier. Quand j'émerge dans le petit matin blême, je me sens fragile, minuscule à côté des agents, comme si j'avais rétréci de plusieurs centimètres dans la nuit. Pete m'escorte jusqu'au fourgon. Des photographes sont massés sur le trottoir. On va parler de moi dans la presse. Je serai bientôt démasquée, ma famille saura où je suis, découvrira ce que j'ai fait. Que diront-ils quand ils apprendront que j'ai encore détruit une vie ? Au bord de l'évanouissement, je comprends qu'on m'emmène au commissariat.

Dans le fourgon, ils m'enferment derrière des barreaux, comme un animal. Je suis assise presque au ras du sol. Entre les fumées de diesel et les ressorts des amortisseurs, je recommence à avoir mal au cœur. Je n'ai même pas la force de tenir ma tête droite. Elle repose sur la cloison métallique, si bien que, à chaque cahot, une douleur sourde se diffuse dans mon crâne. Je n'ai que ce que je mérite. Malgré ma torpeur, je suis mentalement le parcours du véhicule. Je sais quand il s'arrête aux feux, quand il change de voie, tourne aux carrefours. J'ai l'impression d'avoir quitté mon corps et de regarder une actrice jouant le rôle de la méchante dans un film. Quelque dix minutes plus tard, le chauffeur appuie sur le champignon, prend un virage à gauche sur les chapeaux de roues, donne un coup de volant à droite. J'entends crisser les freins. Le fourgon stoppe brutalement. Les policiers discutent de l'autre côté de la vitre. Et puis nous voilà repartis, mais plus lentement cette fois. Encore quelques mètres et nous sommes arrivés. Les portes arrière s'ouvrent, la lumière radieuse du mois de mai, ravivée par la pluie de samedi, s'engouffre dans l'habitacle, m'aveugle. Je ferme les yeux, il n'y a pas de place en moi pour la clarté.

On m'ordonne de descendre du fourgon mais je m'y prends mal. Je trébuche. Ma cuisse frotte contre la portière. Une traînée de graisse noircit le jean de Robbie. Je ne sais pas pourquoi je dis pardon en essayant de frotter le tissu taché. « Suivez-moi, madame. » La policière me prend le bras sans méchanceté et me guide vers les marches d'un immeuble massif. Nous entrons dans un hall – si c'est bien le terme exact dans un commissariat. Il y a partout des policiers qui me dévisagent. J'ignore pourquoi tout le monde me regarde ainsi. On me fait traverser un couloir à toute vitesse pour me pousser à l'intérieur d'une petite pièce hideuse qui pue la misère. Un médecin nous rejoint, m'interroge sur ma santé, physique et mentale, me demande si je m'automutile, si j'ai des tendances suicidaires. C'est déprimant. Je dis que cela dépend de ce qu'ils entendent par automutilation. Au lieu de répondre, ils m'observent d'un œil torve. Et quand je refuse de leur dire si oui ou non j'ai l'intention de me tuer, ils griffonnent un truc sur un calepin et s'inquiètent de savoir si je souhaite prévenir quelqu'un. C'est presque comique, vu que tout le pays est sans doute déjà au courant de mon arrestation, à en juger par la foule de journalistes postés devant l'immeuble de Robbie. Au fait, comment ont-ils fait pour arriver si vite ? Ils me demandent si je veux un avocat. Comme réfléchir me fatigue, je choisis la solution de facilité et réponds non. Après cela, ils me collent en cellule. Dès que je me retrouve seule, je m'aperçois que je suis très calme. Je ne ressens rien, je ne pense à rien, je suis retranchée à l'intérieur de moi-même, dans une zone de mon cerveau où rien ne peut m'atteindre. De toute façon, que peut-il m'arriver de pire ?

57

Angel était si occupée à discuter avec son nouvel ami Philip qu'elle ne vit pas Cat sortir du club. Et quand, longtemps après, elle s'aperçut de son absence, elle crut qu'elle était avec Simon, puis, voyant que Simon était en train de bavarder avec une belle brune dont la frange brillante barrait les sourcils, Angel s'avança pour lui poser la question. Simon non plus n'avait pas vu Emily s'en aller. Il y avait tellement de monde dans ce bar qu'il poireautait depuis des heures au comptoir pour se faire servir. À une heure trente, Cat n'ayant pas refait surface, Angel tenta de l'appeler sur son portable, et bascula immédiatement sur la messagerie.

Très bien, se dit Angel, elle avait dû rentrer se coucher, tout simplement. C'était un peu surprenant qu'elle n'ait pas dit au revoir, surtout qu'elle avait emporté sa petite pochette en soie rose – Angel aurait bien aimé l'avoir car elle ne connaissait personne susceptible de la dépanner, dans cet endroit. Faute de mieux, elle rejoignit Simon, se noya dans le champagne et oublia totalement la pochette. Quand Simon lui demanda si elle aimerait prendre un dernier verre à son hôtel – juste au coin –, elle se dit pourquoi pas, c'était un homme séduisant. En plus, cela lui ferait économiser le prix du taxi. En sortant avec lui du club, Angel espéra, mais un peu tard, que Cat ne s'en formaliserait pas.

58

Du temps a passé. De nombreuses heures plus tard, assise au bord de ma couchette dans une cellule du commissariat de Paddington Green, je ne comprends toujours pas pourquoi ils me traitent comme une meurtrière. *L'ai-je vraiment tué ?* Quand je me suis réveillée à côté de son cadavre, j'étais trop terrifiée pour faire le lien avec nos activités de la veille. Or, nous avons partagé la coke d'Angel et c'est moi qui en ai pris l'initiative. Je suis donc responsable de son décès. Je n'arrête pas de trembler, il fait si froid ici. La tenue blanche fournie par la police est trop légère. À bien y réfléchir, mes pathétiques efforts pour échapper à mon passé, refaire ma vie, viennent non seulement d'échouer lamentablement mais ont provoqué un malheur encore plus grand. On m'a fouillée au corps une deuxième fois, elles s'y sont mises à deux, c'était humiliant, mais quelle importance quand on a l'odeur de la mort pour toujours imprégnée dans les narines ? Seule consolation, je n'ai plus à faire semblant. Je me fiche de vivre ou de mourir. Ironiquement, à cause de mes réponses évasives au sujet du suicide, ils m'ont placée sous surveillance. Tous les quarts d'heure, quelqu'un m'espionne à travers la grille. Justement ça recommence. Un visage bouffi apparaît, je le regarde longuement sans broncher, comme une femelle gorille dans un zoo. Puis je me tourne face au mur.

59

En regagnant l'appartement, le samedi vers midi, Angel constata l'absence de Cat et commença à s'inquiéter. Elle n'avait jamais osé aborder la question (se disant que Cat le ferait d'elle-même au moment voulu) mais, dès le début, elle avait décelé une étrange mélancolie chez son amie. Repensant à la crise nerveuse de la veille, elle s'interrogea sur sa cause réelle, se demanda où elle était passée, si elle allait bien ou s'il fallait prévenir la police.

Ne sois pas sotte, pensa Angel. Tu n'es pas sa mère. Elle a peut-être passé la nuit avec un type, pour une fois. Mais elle avait beau se raisonner, rien n'y faisait. Avant de partir travailler le samedi soir, Angel laissa un message lui demandant de la rappeler le plus tôt possible et inscrivit son numéro derrière une quittance de gaz qu'elle posa sur la table près de la porte d'entrée, au cas où Cat aurait perdu son portable.

Ce fut par l'entremise d'un client, à la table de black-jack, qu'Angel apprit la triste nouvelle : Roberto Monteiro était mort. Dès la fin de son service, elle consulta les brèves de la BBC sur son téléphone et découvrit par la même occasion que sa meilleure amie avait été arrêtée pour meurtre.

60

Je pleure en silence car, ayant enfin pris la mesure de la situation, je regrette amèrement tout ce que j'ai pu faire au cours de ces dernières quarante-huit heures, absolument tout. Si seulement je m'étais montrée raisonnable, comme je l'étais autrefois, si j'étais restée sagement à la maison. Si seulement j'avais eu le courage de franchir le cap seule dans mon coin. Si seulement j'avais décliné l'invitation à déjeuner de Simon, quelle idée stupide, comme si j'avais eu le cœur à m'amuser. Si seulement les médicaments du docteur ne m'avaient pas ôté tout sens commun. Si seulement j'avais passé la nuit au fond de mon lit au lieu de ressortir. Mais qu'est-ce qui m'a pris ? Pour assister à cette cérémonie débile, en plus. Si seulement je n'avais pas quitté le club, si je n'avais pas rencontré Robbie, si je n'avais pas emporté la pochette d'Angel. Des si, et encore des si… Maintenant, par ma faute, l'un des sportifs les plus célèbres de ce pays est couché sur une dalle, à la morgue. Lorsque la police a prononcé le nom de Roberto Monteiro, tout m'est revenu d'un coup. J'ai compris pourquoi les gens nous dévisageaient quand nous cherchions un taxi ; pourquoi il s'était si vite attaché à moi, pauvre ignorante, pensant avoir trouvé une femme qui l'aimait pour lui-même ; pourquoi il était si riche malgré son jeune âge. Pas un seul instant je n'aurais pu l'imaginer en footballeur. Je croyais que ces gens-là vivaient à la campagne dans des grandes baraques de style Tudor, pas dans des appartements londoniens. Je sais que c'est nul mais je le trouvais trop cultivé, trop bien élevé. Il paraît que sa sœur est mannequin et qu'elle est amie avec la styliste qui organisait la soirée. D'où sa présence dans ce club. Il se remettait d'une opération au genou, à la suite d'une blessure. On lui avait donné la permission de sortir ce vendredi soir. Si je sais tout cela, c'est que j'ai entendu le dénommé Pete en parler à quelqu'un devant ma cellule, tout à l'heure. Le pauvre gars pleurait presque. Sûrement un supporter de Chelsea.

Comme tout le monde, j'ai bien sûr entendu parler de Roberto Monteiro, même si le foot ne m'a jamais passionnée. Je sais que ça paraît bête mais, hors contexte et dans l'état où j'étais ce soir-là, je n'ai strictement rien pigé. Quand je songe à ma stupidité, j'ai envie de hurler de rire comme une démente. Qu'est-ce que Robbie a pu voir en moi ? Était-ce juste à cause de mon ignorance à son égard ? Ou y avait-il plus que cela ? Et moi, pourquoi me plaisait-il ? Parce qu'il me rappelait mon mari ? C'est tout ? J'imagine que je n'obtiendrai jamais de réponse. Les larmes jaillissent, de grosses larmes bien épaisses, je pleure sur Robbie, sa jeunesse, son avenir gâché, sa beauté qui ne s'épanouira jamais. Puis je repense à tout le reste et je me recroqueville sur ma couchette pourrie en envoyant le monde entier se faire voir ailleurs.

61

En séduisant le mari de sa sœur, Caroline avait éprouvé une formidable sensation de triomphe. C'était de bonne guerre, après tout, puisque Emily avait laissé choir le pauvre Ben. Il l'avait prise avec une telle passion, une telle fougue, qu'elle s'était sentie sublimée, toute-puissante. Ils avaient enfin donné libre cours à leur désir et cet instant avait été pour elle le couronnement d'une vie passée à lutter avec sa sœur. Mais quand, après l'amour, il l'avait repoussée avec cette expression haineuse, avant de quitter précipitamment la pièce, elle s'était rendu compte de son erreur. En fait, Ben ne ressentait que du dégoût pour elle. Tout cela n'avait donc servi à rien. Le cœur serré, elle se versa un autre verre. Pourquoi ne l'aimait-on pas ? Qu'est-ce qui clochait chez elle ?

Caroline passa la nuit à se soûler sur le canapé, toute seule comme une idiote. Au petit matin, elle monta jusqu'à la chambre de Ben et resta plantée devant la porte fermée en espérant qu'il sortirait. Elle serait bien entrée de force mais la poignée penchait bizarrement, comme si elle ne tenait plus, alors elle changea d'idée. La veille au soir, il lui avait vraiment fichu les jetons.

Elle tourna les talons, sortit dans la rue en titubant, parcourut une centaine de mètres et s'arrêta devant le caviste. Le rideau de fer était fermé comme un piège à loup. À force de vaciller au bord du trottoir, elle faillit se faire renverser par un bus. Finalement, elle traversa entre deux voitures, s'engagea dans une rue latérale et, comme elle ne savait où aller, se percha sur un muret, plongea la tête dans sa veste et fondit en larmes. Elle sanglotait avec tant de conviction que, cinq minutes plus tard, deux garçons portant des T-shirts aux couleurs de Manchester United l'abordèrent en roulant des mécaniques. « Pleure pas, chérie. Ce serait pire si tu étais supporter de Chelsea. » Elle les considéra d'un air éberlué qui les fit bien rigoler. « Quoi ? T'es pas au courant ? Roberto Monteiro est mort. »

62

Cela fait des heures que je moisis dans cette cellule à ruminer des pensées nocives avec pour seule distraction le regard las d'un policier tous les quarts d'heure. Je crois que je me suis endormie car je sursaute en entendant le bruit du plateau-repas qu'on glisse par le guichet. Le gardien me dit que la collecte des indices n'est pas encore terminée. Mon interrogatoire n'aura pas lieu tout de suite. Je ne réponds rien, non par grossièreté mais parce que cela m'est égal qu'ils m'interrogent ou non, qu'ils me sortent ou non de cette cellule. Mon repas se compose d'une barquette de lasagnes surgelées. Je suppose qu'ils les ont réchauffées eux-mêmes au micro-ondes. Je n'ai rien mangé depuis le curry d'hier soir. J'ai fait une croix sur ma vie mais mon estomac continue à me narguer en gargouillant. Je goûte une bouchée, c'est vraiment bon. Je n'en laisse pas une miette, ce qui me surprend un peu. Ils ne me font pas assez confiance pour me donner un couteau et une fourchette, je dois me contenter d'une cuillère en plastique. Quand j'ai terminé, l'agent me demande de la lui rendre, comme s'il s'agissait d'un objet précieux. Je la glisse par le guichet et vais me recoucher. Pendant des heures encore, rien ne se passe. Pourtant j'entends des cris, des insultes dans le couloir, un remue-ménage qui fait penser à une bagarre. Puis une porte claque, quelqu'un se met à gémir d'une voix aiguë, bien différente de la précédente, laquelle était grave et menaçante et s'exprimait dans une langue inconnue. La lumière baisse. J'utilise les toilettes dans un coin de ma cellule. Malgré la pénombre, je vois qu'elles sont répugnantes, maculées d'excréments. Je me rallonge sur le dos et je m'endors.

Quand j'ouvre l'œil, il fait jour. On me fait passer un petit déjeuner réchauffé au micro-ondes. J'hésite à demander ce qui m'attend aujourd'hui mais j'y renonce par paresse et désintérêt. Je préfère qu'on me fiche la paix. En revanche, j'ai faim. Je m'empare de mes couverts inadaptés et engloutis la nourriture en tenant ma cuillère comme une gamine. Je n'ai pas encore fini que la porte s'ouvre. Un jeune homme vêtu d'un jean impeccable et d'une chemise si bien repassée qu'on voit encore les marques de pliage me demande de le suivre pour l'interrogatoire. Je crois qu'on est lundi matin – au bureau, les conversations doivent aller bon train, je leur ai fourni de quoi cancaner pour un siècle au moins. Quand je me lève, mes os craquent. L'officier de police me précède dans le couloir, je passe devant les autres détenus. L'un d'entre eux est en plein délire. Il lâche une bordée de jurons et supplie qu'on le laisse sortir parce qu'il doit nourrir son chien. J'imagine le pauvre animal enfermé quelque part sans rien à manger et je pleure. Soudain, l'idée que je vais subir un interrogatoire de police un an pile après le précédent me paraît insupportable. Je me sens tellement coupable et désemparée, à cause de la mort de Robbie cette fois-ci, que j'ai même du mal à mettre un pied devant l'autre. Nous franchissons des doubles portes, longeons un autre corridor sinistre et pénétrons dans une petite pièce aveugle pourvue de trois chaises en plastique orange et d'un bureau sur lequel repose un énorme magnétophone à bande. L'enquêteur me dit de m'asseoir et s'installe sur la chaise placée de l'autre côté du bureau. Cet homme me paraît trop propre, trop soigné pour un tel environnement.

Je replonge en moi-même. Je suis aussi sereine et détachée que si je regardais la scène sur un écran de cinéma. Nous attendons quelque chose comme trente secondes, puis une policière en civil entre et s'assoit. L'interrogatoire peut commencer. Ils me redemandent si je souhaite un avocat. Mon sort m'est indifférent, alors je dis que non merci, ça ira.

Je réponds à toutes les questions dont ils me bombardent. Comment j'ai rencontré le défunt, pourquoi je suis allée chez lui, ce que nous avons fait durant les dernières trente-six heures. Sous cet angle, notre rencontre prend un aspect sordide. J'essaie de leur expliquer que pas du tout, c'était au contraire une belle histoire romantique. À mon avis, on peut difficilement rêver d'une fin de vie aussi agréable. (En disant cela, j'éclate en sanglots et ils suspendent l'interrogatoire.) Quand je retrouve mon calme, ils me demandent d'où venait la drogue. Je leur dis qu'elle appartenait à mon amie, que nous n'avions pas forcé sur la dose… Là, ils m'interrompent. « Vous voulez dire que c'est vous qui avez fourni la substance à M. Monteiro ? » Je réponds oui, je crois.

Je n'ai nulle envie de ressasser cette horrible histoire, à quoi bon, cela ne le fera pas revenir, mais les policiers insistent. Ils veulent savoir qui est mon amie, comment j'ai fait sa connaissance, le métier qu'elle exerce, où elle habite, ce genre de choses. J'aurais dû dire que la drogue m'appartenait mais il est un peu tard pour m'en rendre compte. Ils sont tellement insistants que je ne trouve aucun bobard à leur raconter. Je déballe donc la vérité et après je me sens mal parce que Angel risque d'avoir des ennuis à cause de moi. Comme si je n'avais pas fait assez de dégâts comme ça. L'interrogatoire prend fin, on me ramène dans ma cellule sans m'informer de ce qui m'attend. La clé tourne dans la serrure, je m'allonge, le regard fixé au plafond. J'essaie de faire le tri dans mes pensées. Est-ce qu'ils croient vraiment que je l'ai tué ? *Est-ce que je l'ai tué ?* Après tout, Robbie était adulte, il a pris la drogue sciemment. Est-ce que la coke était trafiquée ? C'est peut-être cela qui l'a tué. Mais alors, pourquoi suis-je encore en vie ? Voilà que je m'apitoie sur mon sort et sur ma famille qui va subir les retombées de ma bêtise, mais surtout je plains Robbie qui n'avait rien demandé et qui est mort. Maintenant, ma vie est fichue, on ne se remet pas d'un truc pareil.

Je n'ai aucune idée de l'heure qu'il est. L'inspecteur en civil refait son apparition sur le seuil de ma cellule et me demande de l'accompagner sur un ton poli, comme s'il voulait me montrer ma chambre d'hôtel – il doit être nouveau dans le métier, c'est trop mignon. Je me relève, m'assois au bord de ma couchette sale et me penche pour coller ma tête entre mes genoux, comme si par ce geste je pouvais évacuer la honte et la souillure. L'inspecteur attend patiemment que je me redresse et me conduit dans une autre pièce, peut-être celle où ils m'ont enfermée la première fois, elles sont toutes aussi déprimantes. Un autre policier en civil m'accueille en disant : « Catherine Emily Brown, je vous inculpe pour possession de drogue de catégorie A, c'est-à-dire de cocaïne. Vous êtes libérée sous caution en attendant le procès pour lequel vous recevrez une convocation. »

Je le regarde sans sourciller. Je n'ai pas entendu le mot *meurtre* dans sa bouche. Que veut-il dire par *caution* ? Je sens un nerf tressaillir dans ma joue gauche. Ma bouche s'ouvre d'elle-même. Je dois avoir l'air totalement abrutie entre mes tics, mes yeux bouffis et ce pyjama blanc trop léger. Il fait une deuxième tentative. « Mademoiselle Brown, je viens de vous dire que vous êtes libre. »

Qu'est-ce que je vais bien pouvoir mettre pour sortir ? C'est un problème. Ma belle robe verte a disparu. Ils l'ont gardée comme pièce à conviction, personne ne peut me dire où elle est mais on me promet que je la récupérerai un jour. Peu m'importe. Ils me rendent quand même mes chaussures. Je ne peux pourtant pas circuler dans la rue en tenue de prisonnier, on me prendrait pour une criminelle en cavale, même si c'est ainsi que je me considère. Ils me proposent des vêtements venant des objets trouvés mais ils sentent trop mauvais. Tout compte fait, je décide de garder mon pyjama et mes escarpins lamés, en espérant pouvoir sauter dans un taxi, s'ils acceptent de m'en appeler un. Un policier déclenche l'ouverture de la porte en appuyant sur un bouton et voilà, je suis libre, de l'autre côté du comptoir. Le hall est bondé, l'ambiance survoltée. Quelqu'un prend une photo. Je sursaute, non pas à cause du flash mais parce que là-bas, dans un coin, est assis un homme infiniment triste, amaigri, vieilli. Mon mari.

TROISIÈME PARTIE

63

Le monde qui défile à l'extérieur du taxi est tellement lumineux, agité, vivant, que mon cerveau a du mal à s'y adapter. Je me tiens dos à la vitre, recroquevillée sur moi-même. La voiture nous emporte vers le nord de Londres, mon mari et moi. Je n'ai pas bonne mine mais ça pourrait être pire. Je suis une femme libérée sous caution, vêtue d'un pyjama blanc de prisonnière et chaussée d'escarpins lamés. Rien d'extraordinaire, en somme. Je ne suis plus sous les verrous mais le piège s'est refermé sur moi. Il fait sombre et triste dans ce taxi, malgré le soleil qui brille au-dehors. Une radieuse matinée de mai, comme ils diraient à la radio.

J'ai retrouvé d'office mon ancienne identité. C'est drôle mais la chose s'est faite sans difficulté. Il faut dire que je n'avais pas le choix. Ben m'appelle toujours Emily. Pourquoi me fatiguer à le détromper ? Qu'ai-je à faire de Cat Brown à présent que le masque est tombé ? Je vais devoir affronter le passé. Je ne voulais pas quitter le commissariat avec Ben et en même temps j'en avais terriblement envie. Quand je l'ai vu dans le hall, deux sentiments antagoniques m'ont assaillie :

la joie de constater qu'il m'aimait peut-être encore ; l'angoisse de devoir assumer les conséquences de mes actes. Me pardonnera-t-il un jour tout le mal que je lui ai fait ?

Je reste assise sans bouger sur la banquette mais j'aimerais tant pouvoir m'évaporer dans l'air, me dissoudre comme un fantôme, échapper au regard de Ben, à l'accablante déception que je lis sur son visage défait. J'ai l'impression d'assister en direct à l'extinction des derniers feux de son amour pour moi. Ben n'a plus rien dit après les quelques mots prononcés au commissariat : « Bonjour, Emily, je crois qu'il vaut mieux que tu me suives. » Il m'a prise par le coude et, d'une main douce mais ferme, m'a fait traverser la foule des journalistes. Quand j'ai senti le contact de ses doigts à travers le tissu, j'ai cru recevoir une décharge électrique ou une injection d'adrénaline destinée à faire redémarrer mon cœur. J'ai soudain émergé de l'état végétatif où j'étais plongée depuis mon arrestation. Pour la première fois depuis des jours, depuis la veille du 6 mai très exactement, je me suis vue telle que j'étais et, sous le masque de douleur, j'ai aperçu une infime lueur d'espoir.

Ben m'emmène dans le petit hôtel de Hampstead où il a dormi la nuit précédente, après avoir déposé Charlie chez ses parents – lesquels, indignés, lui ont manifesté leur désapprobation – et sauté dans le premier train pour me retrouver avant que je ne disparaisse à nouveau. C'est un établissement bien tenu mais trop banal, trop impersonnel pour servir de décor à la grande scène finale. Je suis soulagée que Ben n'ait pas amené Charlie, l'épreuve aurait été trop dure pour lui, mais il me tarde de le revoir maintenant que j'ai retrouvé Ben. J'ai besoin de le serrer contre moi, de le bercer, de lui demander pardon, et le plus vite possible.

Dans la chambre, tout est propre, neutre, rien n'évoque notre histoire commune et ce n'est pas si mal, après tout. Ben me propose une douche, je suis son conseil et quand je me déshabille, je m'aperçois que je suis sale, que je pue. L'eau jaillit comme des coups de poignard, j'ai réglé la température à fond, pour avoir mal, pour me punir. Quand je sors de la salle de bains, timidement drapée dans ma serviette, ma peau est rouge sang. Ben me regarde dans les yeux et annonce qu'il va descendre m'acheter des vêtements si je *promets* de l'attendre gentiment entre les draps blancs, en regardant la télé par exemple – tout ce qui me fera plaisir du moment que je n'en profite pas pour mettre les voiles. Je lui rends son regard et je promets. Il reste devant la porte un instant, comme s'il hésitait à me croire, puis il dit à mi-voix : « À tout de suite, Emily. » L'espace d'une seconde, je me demande si je ne devrais pas sauter sur l'occasion pour lui fausser compagnie, mais je m'étends sur le lit et le sommeil emporte ce qu'il me reste de volonté.

J'entends le déclic de la clé magnétique, le lourd battant pivote. J'ai à peine réalisé que Ben était parti que le voilà de retour avec les vêtements promis. Des vêtements qui conviennent à Emily mais déplaisent à Cat. Je n'y prête pas trop attention, replace la serviette autour de mon corps dans un geste de pudeur absurde et passe dans la salle de bains où Ben a déposé ses achats. Quand je ressors, je suis habillée comme une gentille fille sage d'un jean indigo et d'un chemisier de coton blanc. Le pantalon me serre un peu, j'ai pris du poids depuis la dernière fois qu'il m'a vue. J'étais tellement maigre à l'époque. Je pose le bout de mes fesses sur le lit et contemple mes mains, mes ongles sales malgré la douche, la bande de peau où devrait se trouver mon alliance. Ben s'assoit sur la chaise de bureau et nous restons l'un en face de l'autre, sans savoir par où commencer tant il y a de choses à dire. Après un silence de plusieurs minutes, Ben se lance sans tourner autour du pot.

« Emily, il faut que tu me dises ce qui s'est passé ce jour-là. Je ne voulais pas te brusquer, je pensais que tu me parlerais quand tu t'en sentirais capable, mais tu es partie, tu m'as laissé tomber. Le moment est venu, fais-le pour nous deux, même si je ne compte plus pour toi. »

Je sais qu'il a raison, c'est là que se situe le nœud du problème, pas dans le fait qu'on m'ait arrêtée pour le meurtre d'une célébrité. J'ai gardé le silence trop longtemps. L'amour que je vois dans les yeux de Ben me donne du courage. Il me faut encore quelques minutes pour rassembler mes idées mais, finalement, j'ouvre la bouche et je raconte.

64

Quinze mois plus tôt

Il y avait un tel choix dans le rayon volaille que Caroline n'arrivait pas à se décider. Des filets, avec peau ou sans peau, des cuisses, des ailes, des pilons, du poulet élevé en plein air, nourri au maïs, bio, entier, en quartiers… et le reste à l'avenant. Caroline grelottait de froid en arpentant l'allée. Éclairée par des néons trop blancs, la chair pâle des volatiles luisait sous le film alimentaire. Elle fit plusieurs fois l'aller-retour entre les caisses et le fond du magasin. Que disait la recette, déjà ? Sur sa liste était écrit « Poulet, 300 g », entre les oignons et la crème aigre. Faute d'inspiration, elle prit des filets sans peau de poulet élevé en plein air mais pas bio, car ces derniers étaient hors de prix. Caroline passa en revue le reste des courses à faire : lait, cheddar, fromage de chèvre, yaourt. Au rayon crèmerie, elle trouva la même profusion d'articles, si bien qu'il lui fallut un temps infini pour trouver les bons, en bonne quantité et au meilleur prix, à savoir les produits en promotion. On se serait cru dans une gigantesque chasse au trésor version mathématique.

Quand elle passa dans l'allée suivante (tomates et haricots en conserve, ketchup, herbes aromatiques, pâtes), Caroline se prit au jeu. Finalement, c'était amusant de pousser son chariot d'un rayon à l'autre en consultant la liste des commissions ; cela prouvait qu'elle était une femme normale entretenant des relations normales avec la société. Pas une cliente pressée entassant dans son panier des plats surgelés pour une personne ou, pire encore, une anorexique invétérée n'achetant que des fruits, du Coca zéro et du chewing-gum.

Au bout d'une heure et demie, ayant quasiment achevé son parcours, elle entra dans le rayon des liquides, prit un pack de bières pour Bill et trois bouteilles de tonic pour elle, fort satisfaite d'être passée sans s'arrêter devant les innombrables boissons alcoolisées. Les victuailles remplissaient son chariot presque à ras bord. Elle s'interrogea un bref instant sur le montant de la facture mais c'était secondaire, l'essentiel étant qu'elle se sente importante, adulte. En arrivant aux caisses, elle revérifia sa liste pour s'assurer qu'elle n'avait rien omis.

La crème aigre ! Elle avait oublié la crème aigre. Merde, pensa-t-elle, c'était à des kilomètres, à l'entrée du magasin. Et elle en avait besoin pour la recette de poulet. Elle sentit un léger chatouillis à la base de la nuque, comme une pointe d'agacement qui se dissipa bien vite tandis qu'elle parcourait à rebours une distance équivalente à deux terrains de foot, son chariot devant elle, un petit sourire béat sur le visage. De retour dans le rayon crèmerie où la température stagnait à quelques degrés au-dessus de zéro, Caroline ressentit un nouveau frisson. Mais pas juste à cause du froid. Impossible de trouver les crèmes, encore moins la crème aigre. Comme précédemment, elle longea les cohortes de yaourts, briques de lait, fromages en tout genre. En vain. Soudain, elle ressentit une autre crispation nerveuse mais plus forte que la première et un peu plus bas, entre les omoplates. Où avaient-ils pu planquer cette putain de crème ? Ce supermarché était tellement gigantesque, il y avait tellement de choses dans les rayons qu'elle commençait à en avoir par-dessus la tête. Ce n'était plus drôle du tout. Penchée en avant sur son Caddie, elle chercha des yeux quelqu'un susceptible de l'aider. Elle avait la chair de poule, les poils des bras au garde-à-vous. Vivement qu'elle dégage de cette glacière. Quel besoin avaient-ils de baisser à ce point la température ? Son regard balaya la longueur de l'allée vaste comme la nef d'une cathédrale – pas un chat. Elle gara son chariot, marcha jusqu'à la tête de gondole, tourna devant les gâteaux industriels et se dirigea vers la boucherie. Assis sur un tabouret bas, un employé emmitouflé dans une polaire bleue rangeait sur les étals des paquets de viande si rouge que l'animal semblait encore vivant.

« Excusez-moi », dit-elle sur un ton sec qui trahissait son impatience. L'homme ne réagit pas.

« Ex-cu-sez-moi », répéta Caroline en haussant la voix.

L'employé leva les yeux. Il était chauve, plus jeune qu'elle n'aurait cru, son bouc sombre semblait perdu au milieu de ses bajoues et sa petite bouche pincée évoquait irrésistiblement la forme d'un vagin, pensa-t-elle sournoisement.

« Pouvez-vous me dire où se trouve la crème aigre ?

— Rangée 32, marmonna l'homme en replongeant dans ses piles de steaks.

— Où se trouve l'allée 32 ? »

D'un geste du menton, l'homme désigna l'endroit d'où Caroline venait. Puis il reprit son travail.

« J'ai déjà regardé là-bas, dit Caroline. Pourriez-vous me montrer, s'il vous plaît ? »

Cette fois-ci, quand il la regarda, ce fut avec une franche hostilité. Caroline crut qu'il allait l'envoyer promener, mais non. Utilisant l'étagère inférieure comme point d'appui, il souleva du tabouret sa volumineuse carcasse, se dandina jusqu'à la tête de gondole, à la manière d'un ours s'éveillant d'une longue hibernation, agita vaguement le bras et repartit s'occuper de ses aloyaux en promotion.

« J'ai déjà cherché à cet endroit, explosa Caroline. Vous ne pourriez pas remuer un peu votre cul au lieu de faire semblant de m'aider ? C'est votre boulot, non ? »

L'homme s'immobilisa. « Madame, si vous continuez à me parler sur ce ton, je vais en aviser mon supérieur. Les employés de ce magasin doivent être traités avec respect.

— Parfait, hurla Caroline. Allez donc chercher votre imbécile de supérieur et dites-lui que vous êtes un glandeur doublé d'un incapable. » Elle vit des clients s'arrêter pour les dévisager. L'homme s'éloigna en direction des caisses, laissant Caroline en plan avec son chariot débordant d'articles parmi lesquels point de crème aigre. Merde, pourquoi s'était-elle laissé déstabiliser par ce gros plein de soupe ? Et si un vigile venait lui demander de s'en aller ? Comment osait-on la menacer ainsi ?

Pendant que les clients attroupés reprenaient leurs activités sans trop s'approcher de Caroline, cette dernière prit une décision. Elle abandonna son Caddie au milieu de la rangée 32, se précipita vers la sortie, passa derrière des caisses et déboucha dans la tiédeur mitigée de cette belle matinée d'été. Ayant rejoint sa voiture d'un pas chancelant, elle sortit du parking sur les chapeaux de roues, manquant d'écraser un enfant qui ne dut la vie sauve qu'aux bons réflexes de sa mère. En larmes, elle repartit en direction de Leeds, faisant un usage immodéré des pédales de frein et d'accélérateur, cognant du poing sur sa portière dès qu'elle grillait un feu rouge. Quand elle arriva chez elle, Caroline se jeta en sanglotant sur le canapé de cuir bon marché. Quand elle n'eut plus de larmes, elle alluma la télé et regarda *Des chiffres et des lettres* pour se calmer avant le retour de Bill.

Ce soir-là, Caroline se fit livrer un plat préparé. Elle dit à Bill qu'elle était désolée mais qu'elle n'avait pas eu le temps d'aller au supermarché comme prévu. Bill ne s'en offusqua pas, il aimait la cuisine chinoise.

Caroline ne remit jamais les pieds dans cette grande surface. Elle découvrit un autre supermarché de taille plus modeste dans un quartier plus sympathique, à quinze minutes en voiture seulement de chez elle. C'est là qu'elle fit ses courses désormais. Il y avait moins de choix, ce qui n'était pas plus mal en ce qui la concernait, ils vendaient d'excellents produits, elle mettait quatre fois moins de temps pour parcourir les rayons et on n'y gelait pas comme dans l'autre. Elle s'aperçut que le froid lui donnait des angoisses ; il lui rappelait son adolescence malheureuse, quand elle avait 15 ans, pesait moins de trente-cinq kilos et ne parvenait jamais à se réchauffer. Si elle avait craqué l'autre jour, dans le rayon des produits laitiers, c'était certainement à cause de cela. Une mésaventure qui ne se reproduirait jamais plus, elle en était persuadée.

Sa passion pour les courses en grande surface ayant fait long feu, Caroline se consacra ensuite à la cuisine. Elle adorait se plonger dans ses livres de recettes et prenait plaisir à préparer le dîner en attendant que Bill rentre du travail. Elle qui avait autrefois cultivé une profonde aversion pour la nourriture se lançait à présent dans la confection de plats somptueux et de préférence bourrés de calories. Parfois, Bill lui demandait pourquoi elle touchait à peine à son assiette, pourquoi elle ne goûtait pas aux profiteroles au chocolat qu'elle s'était donné tant de peine à confectionner. Mais comme Caroline s'obstinait à nier l'évidence en prétendant qu'il se faisait des idées, Bill cessa de l'importuner avec ses questions.

Un vendredi, jour de l'anniversaire de Bill, Caroline avait acheté le matin même de quoi préparer un bœuf stroganoff et une tarte à la banane. Chaque semaine, le vendredi, elle se faisait une joie de mitonner un plat sortant de l'ordinaire. Comme Bill rentrait en général à quatre heures, ils pouvaient manger tôt et se vautrer ensuite dans le canapé pour regarder un film. Il lui arrivait de réfléchir aux changements radicaux qui s'étaient opérés dans son mode de vie – elle était passée d'une existence anarchique, ponctuée de drames et de crises incessantes, à une routine domestique bien huilée. Certes, Bill n'était pas aussi élégant que ses anciens copains, mille fois moins beau que Dominic, son ex-futur fiancé, mais c'était un homme tranquille et qui l'aimait, ce qui compensait largement. Elle en avait soupé des mélodrames. Leur minuscule pavillon avec cuisine aménagée, salon donnant sur véranda et fausse cheminée, était pour elle l'image du bonheur. Son emploi à temps partiel dans un magasin de prêt-à-porter du centre-ville lui rapportait peu et n'avait rien de commun avec le poste qu'elle avait occupé autrefois à Manchester, mais pour l'instant elle s'en contentait. Tout en ne roulant pas sur l'or, Bill et elle avaient quand même les moyens de s'offrir une soirée en ville de temps à autre et un week-end prolongé quand l'envie leur en prenait. De plus, le fait de mener une vie plus calme multipliait ses chances de tomber enceinte, même si elle n'avait pas encore fait part à Bill de ses projets. Caroline sourit en elle-même.

Étendue de tout son long sur le canapé, elle regardait *À prendre ou à laisser* quand elle entendit la clé tourner dans la serrure. (Elle était complètement accro à cette émission – il fallait toujours qu'elle soit accro à quelque chose, ses anciens vices ayant simplement été remplacés par la cuisine hypercalorique des années 1970, inspirée de sa mère, et les programmes de télé abrutissants, ce qui valait quand même mieux.) Elle baissa un tantinet le volume en percevant le double claquement des chaussures que Bill jetait sur le sol, après les avoir ôtées. Elle l'entendit enlever sa veste, monter les marches, faire longuement couler l'eau dans la salle de bains, tirer la chasse. La pompe d'alimentation des robinets fit vibrer toute la maison. D'habitude, quand il rentrait, il commençait par venir la voir pour l'embrasser. Il devait vraiment avoir envie d'aller aux toilettes. Oh non ! Le candidat n'avait pas réagi à temps pour empocher les 38 000 livres de la banque, du coup la cagnotte de 250 000 livres lui était passée sous le nez. Cet imbécile allait repartir avec une somme dérisoire, songea-t-elle, comme s'il ne savait pas que ce jeu reposait uniquement sur le hasard. Quand Bill fit son apparition, elle l'accueillit avec un sourire.

« Bonjour, mon amour, dit-elle.

— Salut », dit Bill en se penchant pour lui donner un petit baiser. Voulant l'attirer contre elle, Caroline le prit par la nuque mais Bill résista. « Je suis fatigué, chérie. Comment s'est passée ta journée ?

— Très bien, dit Caroline. J'ai dépensé 76,38 livres au supermarché, je respecte de mieux en mieux notre budget. Le dîner sera prêt à cinq heures. Je t'ai préparé l'un de tes plats favoris. »

Bill s'installa sur le gros fauteuil inclinable alors que d'habitude il s'asseyait au bout du canapé pour que Caroline pose les pieds sur ses genoux pendant qu'ils regardaient ensemble les dernières minutes du jeu télévisé. Il est fatigué, pensa-t-elle, la semaine a été longue. Il ouvrit le *Sun*.

« Tu ne regardes pas la télé ? C'est la partie la plus excitante.

— Non, pour être honnête, ce truc m'ennuie un peu. »

Caroline haussa les épaules. « Emily a téléphoné ce matin. On est invités au baptême du petit le 6 juin. Elle dit qu'il vaut mieux le faire avant qu'il n'ait plus assez de voix pour brailler. » Et elle se mit à rire.

« OK », fit Bill sans lever le nez de son journal. Caroline posa sur lui un regard attendri. C'était tellement agréable de pouvoir se rendre au baptême de son neveu au bras d'un homme en qui elle avait confiance, quelqu'un de correct qui ne lui ferait pas de scène. Bill portait bien le costume – cela dit, il avait pris un peu de ventre, peut-être à cause de ses petits plats. Il avait un visage avenant, des traits réguliers, de larges épaules. D'un autre côté, il commençait à perdre ses cheveux et sa tête était légèrement trop grosse pour son corps. Mais il aimait s'habiller et achetait lui-même ses vêtements – ils s'étaient rencontrés dans la boutique où travaillait Caroline. Au départ, elle l'avait trouvé collant mais, au bout d'un moment, son empressement avait porté ses fruits. Elle avait fini par se sentir flattée et quand il lui avait proposé d'aller prendre un verre, elle s'était entendue répondre : « Oui, pourquoi pas ? » À la suite de cette première sortie, plus distrayante qu'inoubliable, elle avait consenti à le revoir – après tout, elle n'avait pas d'autre soupirant – et, quand ils avaient passé la nuit ensemble, Caroline avait eu l'heureuse surprise de découvrir que c'était un amant exceptionnel. Peu à peu, elle s'était installée chez lui – il avait rénové sa maison de ses propres mains –, laissant d'abord sa brosse à dents sur le lavabo, puis quelques vêtements dans les placards, et ainsi de suite. Son thérapeute – le dernier en date – lui avait conseillé de prendre les gens tels qu'ils étaient. C'était exactement ce qu'elle faisait en acceptant le physique imparfait et l'amour passionné de Bill. Pour la toute première fois de sa vie, elle nageait dans un bonheur raisonnable, sans aspérités.

« Dix livres ! Il est vraiment nul, ce type. Il aurait pu en empocher 38 000 ! » hurla-t-elle.

Bill leva les yeux vers Caroline. « Je ne saisis pas pourquoi tu regardes cette connerie.

— Ça fait partie de mes habitudes, répondit-elle sans lever la voix, ce qui la surprit elle-même. Je sais que c'est stupide mais c'est plus fort que moi. Je vais mettre le riz à cuire – le dîner sera prêt dans dix minutes. »

Elle balança ses jambes interminables hors du canapé. Bill la regarda s'éloigner puis éteignit la télévision et ferma les yeux.

Caroline avait déjà dressé la table : des sets ovales couleur taupe avec d'autres sets par-dessus, ceux-là ronds et argentés, des couverts assortis. Elle était sur le point d'allumer la bougie quand elle se ravisa – Bill ne semblait pas d'humeur pour un dîner aux chandelles et comme les jours rallongeaient, il faisait encore clair. Elle lui versa une bière et prit pour elle un verre de tonic dans lequel elle ajouta de la glace et une rondelle de citron. Elle buvait des litres de tonic en ce moment. Cette boisson lui donnait l'illusion de l'alcool, ce qui l'aidait à supporter le manque.

Bill s'installa à sa place habituelle et, lorsqu'elle amena le bœuf stroganoff, déclara : « Merci, ça m'a l'air délicieux. » Ils mangèrent dans un silence un peu gêné. Chose inhabituelle, Caroline ne trouvait rien à lui raconter. Alors Bill se leva et alluma la radio. Le programme n'avait rien de fantastique. Ils écoutèrent « Zoom » par le Fat Larry's Band et une ballade méconnue de Michael Jackson. Quand Bill se releva pour débarrasser son assiette, il annonça : « Au fait, j'ai promis de passer chez Terry et Sue ce soir, ils ont encore un problème avec leur chaudière.

— Je croyais que tu l'avais réparée ? s'étonna Caroline.

— La veilleuse n'arrête pas de s'éteindre. Il faut la rallumer sans arrêt. Une vraie corvée. Ça ne devrait pas être long.

— D'accord, quel film aimerais-tu qu'on regarde à ton retour ?

— Peu importe, tu n'as qu'à choisir. J'aimerais en

terminer avec cette histoire de chaudière, comme ça, après, je pourrai me détendre. À plus tard. » Il administra une petite tape sans conviction sur le ravissant postérieur de Caroline et s'en alla. Sue et Terry occupaient la maison d'à côté. Sue était une femme d'une exubérante jovialité. Elle portait les cheveux courts et toujours la même tenue – des leggings et des corsages froncés par des smocks – qui soulignait son physique de paysanne obèse, mal proportionnée : un corps et des pieds massifs, une tête minuscule en comparaison. Terry n'était guère plus mince qu'elle. En revanche, leurs deux fils semblaient plus musclés que gras. Comme ils étaient passionnés de football, Terry passait tout son temps libre à les conduire à l'entraînement ou aux matchs. Bill disait qu'il avait de l'ambition pour ses enfants. Caroline, qui n'avait jamais connu de femme comme Sue – bruyante, ignorante, énorme –, lui disait à peine bonjour quand elle la croisait dans la rue. Voyant que les gens du quartier lui battaient froid, Caroline supposait que Sue les avait montés contre elle. Il lui arrivait de se demander ce qu'elle faisait dans ce pavillon de banlieue, avec un homme comme Bill et des voisins aussi stupides, mais, à chaque fois, elle refoulait ces pensées le plus loin possible. Caroline était douée pour vivre dans le déni. Elle était heureuse.

Caroline n'arrivait pas à dormir. Bill ronflait légèrement à ses côtés. Il était cinq heures du matin et elle n'avait pas fermé l'œil de la nuit. Dans la faible lumière de l'aube, elle laissa son regard courir sur les murs ternes de leur chambre, les rideaux à rayures horizontales dont la couleur, quand il faisait jour, allait du bleu foncé au bleu pâle. Franchement, c'était trop kitch. En examinant l'armoire rustique, elle se demanda encore une fois comment elle avait pu échouer dans cette maison minable, dans cette vie médiocre. Elle se retourna sur le ventre mais, comme cette position lui faisait mal aux côtes, malgré la mollesse du matelas, elle s'assit et alluma la lampe de chevet en dirigeant le faisceau de lumière loin des yeux de Bill, qui remua légèrement mais ne se réveilla pas. Elle le regarda dormir. Sa volumineuse poitrine velue, contrastant avec son beau visage carré, se soulevait au rythme de son souffle comme un animal doté d'une vie propre. Elle se détourna pour prendre son livre posé sur la table de chevet. Cela faisait six mois qu'ils vivaient ensemble et elle s'en trouvait bien. Bill avait le don de l'apaiser, elle se sentait meilleure à son contact. De même, sa vie personnelle ne lui apportait que des satisfactions – elle aimait son travail, s'était fait de nouveaux amis –, mais elle ne pouvait se départir d'un curieux malaise dont elle ignorait la cause exacte. Avait-elle consenti à cette existence par amour pour Bill ou parce que c'était la seule qui lui convenait, ou parce qu'elle avait eu envie de se ranger et que Bill était tombé à pic pour l'y aider ? Son désir d'enfant la surprenait aussi – tout comme la surprenait l'affection qu'elle ressentait pour son unique neveu. Elle s'était montrée parfaitement ignoble pendant la grossesse d'Emily, elle en était consciente. Et puis bizarrement, quand l'enfant était né, elle avait aussitôt ravalé son amertume et sa jalousie. Ce bébé était tellement mignon, tellement innocent. Elle s'était même sentie plus proche de sa jumelle, plus encline à désirer une vie tranquille comme celle d'Emily, comme celle des gens normaux et normalement heureux. C'est à cette époque qu'elle avait commencé à noter sa courbe de température. Elle s'était bien gardée d'en parler à Bill mais, à chaque période de fécondité, elle faisait en sorte de se rendre désirable. Parfois elle craignait que Bill ne découvre son manège – en ce moment, par exemple, il n'était pas trop porté sur le sexe. Peut-être les hommes étaient-ils équipés d'un radar pour ce genre de choses. Elle se rassurait en se disant que Bill et elle avaient déjà parlé de fonder une famille, c'était même lui qui avait abordé le sujet. Tout à coup, elle s'aperçut qu'il n'y avait pas fait allusion depuis un certain temps. Caroline était persuadée que le jour où la chose arriverait pour de bon, quand un bébé grandirait dans son ventre, Bill n'y verrait pas d'objection.

Elle promena son regard attendri sur la fossette qu'il avait au menton, l'ombre qu'elle projetait sur le bas de son visage, à cause de la lampe de chevet, les gentils plis qui s'étoilaient autour de ses yeux. Tant pis s'il ronflait, elle s'y habituerait. Elle s'approcha de lui et, quand elle se lova contre son torse massif si confortable, il se mit à grogner et chercha à la repousser. Mais elle conserva sa position jusqu'à ce que le sommeil la gagne.

Bill venait de partir au travail quand elle entendit un coup de sonnette. Chose exceptionnelle, Caroline était déjà levée et prenait son deuxième café. Elle supposa que c'était le facteur – qui d'autre à pareille heure ? –, aussi se montra-t-elle surprise quand elle découvrit son voisin Terry sur le pas de la porte.

« Oui ? dit-elle.

— Je peux entrer ?

— Bill n'est pas là.

— Je sais, c'est à toi que je veux parler. »

Caroline hésita. Terry avait une tête à faire peur. Que s'était-il passé pour qu'il veuille lui parler ? Elle était embêtée, elle avait prévu de se laver les cheveux ; ils étaient si longs en ce moment qu'ils mettaient une éternité à sécher.

« Tu ferais mieux d'entrer », dit-elle en l'emmenant dans la cuisine. Elle ne lui offrit rien à boire – elle ne voulait pas qu'il s'éternise, ils n'avaient rien à se dire.

Terry tira une chaise et posa sa grande carcasse dessus, de biais par rapport à la table. Il se tenait de telle manière qu'elle craignit qu'il ne bascule. Pourquoi la regardait-il si fixement ? « De quoi s'agit-il ? démarra-t-elle.

— Tu sais que ton Bill s'envoie en l'air avec ma femme ? » lâcha-t-il à brûle-pourpoint.

Le regard de Caroline glissa vers le cactus assoiffé posé sur le rebord de la fenêtre, derrière l'énorme silhouette de Terry. Cette plante a besoin d'eau, pensa-t-elle, elle se meurt.

« Qu'est-ce que tu veux dire par là ? demanda-t-elle.

— Tu m'as très bien entendu. Ton Bill et ma Sue, ils ont une liaison. »

Caroline était tellement stupéfaite qu'elle ne savait comment réagir. Le premier sentiment à s'imposer fut la répulsion. Comment pouvait-il coucher avec cette baleine ? Elle avait des bourrelets partout et la graisse lui faisait des bracelets de chair autour du cou et des poignets. Sans parler de son gigantesque fessier. Après, elle se dit qu'il y avait une erreur quelque part – cette femme ne pouvait soutenir la comparaison avec elle, si fine, si élancée, un vrai top model. Puis elle sombra dans le doute – comment, quand, où ? C'est alors qu'elle se rappela l'histoire de la chaudière qui s'éteignait, celle du robinet qui fuyait, celle du four en panne… Comme par hasard, il y avait toujours quelque chose à réparer le vendredi soir. Il sortait après dîner et revenait une heure plus tard pour regarder un film avec elle et lui faire l'amour, en fonction de ses courbes de température.

« Caroline ? dit Terry. Tu vas bien ? Assieds-toi.

— Où es-tu le vendredi soir ? Où es-tu ? Et les enfants ?

— À l'entraînement de foot. On revient pas avant huit heures. C'est à ce moment-là qu'ils se retrouvent. Et des fois le matin aussi. Sue m'a tout raconté. »

Évidemment. En fait, ça crevait les yeux. Si Caroline n'avait rien soupçonné, c'était juste parce qu'elle n'aurait jamais imaginé qu'un homme, Bill encore moins que les autres, puisse trouver du charme à ce boudin. Maintenant qu'elle revoyait les yeux pétillants de Sue, son joli visage rond, son rire communicatif, la fureur montait en elle. Bill savait que Caroline n'adressait jamais la parole aux voisins, qu'elle n'était pas du genre à interpeller Terry dans la rue pour prendre des nouvelles de sa chaudière. Du coup, il s'en était donné à cœur joie dans la maison d'à côté, sous l'adorable petit nez retroussé de sa copine officielle.

Caroline ne voulait pas en entendre davantage. Elle fit volte-face et courut vers la porte, suivie de Terry qui semblait relié à elle par une corde invisible. « Tu ferais mieux de partir », dit-elle sur un ton cinglant.

Terry se mit à pleurnicher. « Elle dit qu'elle veut me quitter pour vivre avec Billy.

— Grand bien lui fasse, répliqua Caroline. Je me fiche éperdument de ce qu'elle pense.

— Tu es un foutu robot. Ça ne te fait donc rien ?

— Je ne sais pas », dit simplement Caroline, et elle ferma la porte.

Caroline voulut appeler à son travail pour se faire porter pâle mais n'en trouva pas la force. Elle resta longtemps assise dans la cuisine, prostrée, incapable de bouger ne serait-ce qu'un doigt, les yeux fixés sur la chaise où s'était assis Terry, toujours posée de biais, détruisant l'harmonie de la pièce. Elle était frigorifiée, ne savait que faire, que ressentir, où aller. Au bout de deux heures environ, elle parvint à se lever, alla ouvrir le tiroir des couverts et choisit un petit couteau bien aiguisé muni d'une pointe incurvée. On appelle ça un couteau éplucheur, pensa Caroline en l'examinant sous tous les angles. Le soleil qui traversait la vitre, derrière le cactus moribond, dardait ses rayons sur les rivets métalliques du manche comme pour lui décocher des signaux d'avertissement. Elle regarda ses poignets – leurs veines renflées comme des cicatrices bleuâtres –, posa la pointe de la lame sur son menton, sa joue, son front, son cou, ses poignets, puis sortit de la cuisine et monta l'escalier à pas lents. En entrant dans la chambre qu'elle avait partagée avec Bill quelques petites heures auparavant, elle s'assit sur le lit et se mit à contempler d'un air absent l'horrible armoire jaune en pin. Elle resta de longues minutes ainsi avant de baisser les yeux sur la lame. Elle était si belle, si tentante, qu'elle l'appuya encore une fois sur son poignet, sans forcer. Puis elle reprit son face-à-face avec l'armoire.

Caroline ne bougeait pas, ne faisait rien, ne ressentait rien.

Au bout d'un temps infini, une émotion surgit en elle. La colère. Une colère démentielle.

Dans un rugissement guttural, elle se rua sur l'armoire, l'ouvrit violemment et, brandissant le couteau tel un poignard, entreprit de lacérer les vêtements de Bill avec la petite lame mortelle. Plus elle déchirait, tailladait ses chemises, ses vestes, ses jeans, plus sa rage enflait. Des cris de fureur, des flots d'injures se déversaient de sa bouche. Derrière le mur qui séparait les deux maisons, Sue l'entendait hurler et elle pleurait, recroquevillée dans un coin, comme un fauteuil poire. Lorsque Caroline eut étanché sa soif de destruction, elle résolut de partir avant le retour de Bill. Sinon, elle lui ferait subir le même sort qu'à ses vêtements, elle lui arracherait le cœur. Alors elle attrapa son sac, son téléphone, ses clés de voiture, et quitta la maison, le souffle court, les yeux injectés de sang mais parfaitement secs.

65

Je me sens bien allongée dans ce lit, encore à moitié endormie. Ben vient de passer sous la douche. Je profite de ce bref interlude avant que la petite voix appelle « Maaaaman ». Il sera alors temps de se lever. Le soleil qui filtre à travers les rideaux promet une journée chaude, mais pas trop, agréable en somme. C'est le début du mois de mai, on est jeudi matin et je suis une femme comblée. J'ai un mari formidable, un merveilleux petit garçon, nous habitons un charmant cottage dans un magnifique quartier de Manchester, un petit îlot préservé, peuplé de gens amicaux et entreprenants, à deux pas du centre-ville mais très proche de la nature. Nous passons souvent une partie du week-end à la campagne, dans le Peak District. Quand je pense qu'il m'a suffi d'une simple décision prise sur un coup de tête – sauter en parachute, imaginez un peu ! – pour arriver jusqu'ici, dans cette maison, dans ce lit où je repose avec, bien au chaud au creux de mon ventre, le souvenir de mon mari, et dans la chambre d'à côté, mon enfant qui dort du sommeil du juste.

J'ai dû m'assoupir parce qu'il est maintenant sept heures trente. Il faut vraiment que je me lève, mais mon esprit s'obstine à battre la campagne – sûrement à cause du soleil, d'autant qu'il a plu des cordes toute la semaine et qu'aujourd'hui c'est le premier vrai jour de printemps après un hiver particulièrement rigoureux. Je ressens un élan de gratitude envers le monde entier, sans doute un effet des hormones. J'étais déjà comme ça pendant ma première grossesse. Je ne m'inquiète même plus pour ma famille de dingues. On dirait qu'ils ont fini par trouver un certain équilibre. Maman escalade des montagnes, papa commence à se remettre du divorce, il a repris le badminton. Quant à Caroline, c'est elle qui m'étonne le plus. Sa dernière cure de désintoxication semble avoir porté ses fruits, Dieu merci. Elle a l'air de s'être réconciliée avec elle-même et elle a trouvé un gentil compagnon, Bill. Bon, d'accord, il n'est peut-être pas aussi glamour que le précédent mais c'est un type bien, normal, et il l'aime. Je suis très contente pour elle. Nous ne la voyons plus guère à présent qu'elle habite Leeds mais quand on se retrouve, tout se passe bien – elle s'entend mieux avec Ben et elle adore notre fils. Cerise sur le gâteau, je ne crains plus de la mettre en colère – j'avais tellement hésité à me marier et à avoir un enfant, de peur de la contrarier, que Ben avait fini par se fâcher. Aujourd'hui, je ne redoute pas de lui annoncer ma nouvelle grossesse et, avec un peu de chance, elle en sera ravie cette fois-ci. Son rôle de tante semble lui convenir à merveille.

Parfois je me demande comment je peux être aussi normale avec une telle famille, comment j'ai pu surmonter les crises de Caroline et le divorce de mes parents sans trop en subir les conséquences. Pourtant je ne suis ni froide, ni insensible, enfin je l'espère. À la base, je dois être quelqu'un d'équilibré. En plus, j'ai eu la chance de rencontrer un homme formidable qui fait vibrer mon cœur et mon corps. Nous nous complétons à tous points de vue. Je ne connais pas de couple plus heureux que le nôtre.

C'est parti, j'entends notre fils couiner. Tant mieux, j'ai hâte de voir son petit visage encore froissé de sommeil, le sourire avec lequel il va m'accueillir, moi, sa mère. Je repousse la couette et je sors de la chambre en courant presque.

Il est bientôt deux heures, j'ai débarrassé la table, nettoyé la cuisine. Nous sommes *enfin* habillés pour la promenade. Un peu en retard mais ce n'est pas grave. J'ai emporté tout le bric-à-brac dont un enfant de 2 ans a besoin quand il va jouer au parc – couches, lingettes, casse-croûte, vêtements de rechange au cas où il sauterait dans la boue, du pain pour les canards. J'ai un peu tendance à me laisser déborder, contrairement à ces supermamans qui trouvent le temps de remplir le congélo de purées bio tout en dirigeant une entreprise. Peu importe, *love is all you need,* me dis-je pour excuser mon manque d'organisation. Pour ce qui est de l'amour, il n'en a pas manqué. Dès l'instant où je l'ai tenu contre moi en salle d'accouchement, cet enfant est devenu mon fils adoré.

Nous sommes sur le point de partir quand on frappe à la porte. Je pense au facteur, mais non, c'est Caroline. Quelle surprise ! Elle est toute pâle, vêtue comme l'as de pique, ce qui n'est pas dans ses habitudes. On est jeudi après-midi, elle devrait être à Leeds, non ?

« Salut, Caro, dis-je en bredouillant. C'est… c'est sympa de passer nous voir. » Elle me dévisage sans mot dire. « Tu vas bien ? » Quand je me penche pour l'embrasser, elle recule. Certes, nous avons été plus proches pendant quelques mois, à la suite de l'attentat. Nous nous comportions presque comme de vraies jumelles, mais ça n'a pas duré. Je suppose que nos caractères sont trop différents. Pour être franche, je ne me soucie plus d'elle depuis un bon bout de temps. À présent, je le regrette. Elle ne dit toujours rien. Qu'est-ce qui cloche ?

« Qu'est-ce que tu fais ici, Caro ? dis-je prudemment. Tout va bien ?

— Ça va », fait-elle d'un air dégagé. Je ne la crois pas. « Vous alliez sortir ?

— Oui, nous allons au parc profiter du beau temps. » Je m'interromps et, sans réfléchir, je lui propose de nous accompagner. En fait, je n'en ai pas très envie.

« Familles nombreuses, familles heureuses ! » lance-t-elle en esquissant un sourire indéchiffrable. Je ne sais pas si elle est normale ou malveillante, avec elle la différence est infime. « Ouais, pourquoi pas ? »

Elle s'occupe de Charlie et moi, je prends la poussette. C'est un long trajet pour un enfant de 2 ans. Nous nous éloignons dans la rue inondée de soleil. Les arbres regorgent de fleurs roses soyeuses. On dirait que Dieu les a collées sur les branches durant la nuit. Elles forment un ravissant contraste avec le ciel sans nuages. Mais j'ai beau me répéter que le monde est merveilleux, un sentiment de malaise est venu troubler ma bonne humeur.

Charlie traînasse, s'arrête devant chaque arbre, chaque flaque, chaque portail. Caroline le laisse faire. Elle ne semble pas plus pressée que lui. Je marche devant avec la poussette. Le tressautement des roues sur les pavés me calme les nerfs. Mon anxiété se dissipe peu à peu. Je m'arrête au carrefour, à quelques mètres d'eux, et je les attends en rêvassant. Je me demande s'il vaut mieux commencer par les balançoires ou la mare aux canards. Caroline va sûrement adorer. Peut-être qu'après, nous ferons un crochet par la Licorne pour acheter un truc à goûter, ça va lui plaire. Nous pourrions même prendre un café au bar qui vient d'ouvrir en face. Je suis tellement plongée dans mes projets que je ne regarde pas ce qu'elle fait avec Charlie. Soudain, malgré le vacarme de la circulation, j'entends un bruit de verre brisé derrière moi. Je ne sais pas ce que c'est mais je crains le pire. Je me retourne vers ma sœur et Charlie.

Une flasque de – quoi, de la vodka ? – a explosé sur le sol. *Elle devait la cacher sous sa veste, elle l'a fait tomber, elle s'est remise à boire, elle est soûle.* De gros bouts de verre jonchent le trottoir autour du cul de la bouteille, toujours intact. La lumière du soleil se reflète sur leurs pointes acérées.

Je crie : « Attention aux pattes de Charlie ! » Mais il est trop tard, le chiot marche sur un tesson et pousse un hurlement pitoyable qui m'arrache le cœur. Caroline reste sans bouger, les yeux fixés sur le sol mouillé, pendant que Charlie gémit en levant sa petite patte, comme pour montrer qu'il a mal.

Je pars en courant vers ma sœur et mon pauvre chiot affolé – et, tout à coup, je me souviens de Daniel que je viens d'extraire de sa poussette pour qu'il se dégourdisse les jambes. Mais encore une fois, je réagis trop tard. Je le comprends dans la seconde. Quand je me retourne, je vois mon fils à dix mètres de moi, debout au bord du trottoir, devant la boutique du caviste qui se trouve au bout de notre rue, juste à l'intersection avec la grande route.

Je hurle : « Daniel ! » Mon petit bonhomme tout blond, tout joyeux, tourne la tête vers moi et me fait le plus beau des sourires. Comme il adore les autobus, il fait volte-face pour regarder les gens qui attendent sous l'abribus. Ils ont l'air affolés, ils font de grands gestes avec les bras. On dirait des ailes de moulin.

Le temps ralentit comme si le vent avait cessé de souffler. Le ciel d'azur fait penser à la toile d'un décor. Je vois les bras qui s'agitent lentement, les bouches qui hurlent sans bruit. Un cycliste passe de l'autre côté de la route. Il se retourne pour regarder mon fils, par-dessus son épaule, puis il tangue, jette son vélo par terre, mais je sais que c'est inutile, lui non plus ne peut rien faire. Il n'arrivera pas à temps. Un oiseau passe au-dessus de la chaussée, ses ailes battent si lentement qu'il pourrait tomber. Je vois Ben embrasser Daniel ce matin pour lui dire au revoir. Il lui ébouriffe les cheveux en disant : « À plus tard, fiston », mais il a tort. Je vois le nouveau-né qu'on pose sur ma poitrine, je sens l'amour qui bat dans mon corps. Je vois le dos de mon fils, son anorak bleu cobalt, son petit pantalon en velours beige, ses chaussures bleu marine toutes neuves, ses cheveux dorés. Le soleil fait ressortir les couleurs.

Je retrouve mes esprits, commence à courir vers lui. Mon sang a cessé de circuler, mes genoux tremblent. Daniel secoue sa petite main, dit bonjour aux gens massés dans l'abribus sur le trottoir d'en face. Il fait encore un pas sur la route, puis un autre.

Dans mon cœur, il n'est de place que pour le silence. Le calme m'oppresse, ajoute à ma douleur. C'est insupportable. Je suppose que tout le monde éprouve cela en perdant un être cher. Le monde cesse de tourner, le temps n'existe plus, il reste suspendu durant un atroce sursis, avant de retomber dans un cri – d'où vient ce cri ? De moi ou d'ailleurs ? – qui se prolonge indéfiniment.

Ben me serre contre lui, dans cette chambre d'hôtel anonyme loin de Chorlton. Nous pleurons ensemble sur notre fils, pour la première fois peut-être. Je n'ai plus envie de m'enfuir, je veux rester là, mais je ne trouve plus mes repères. On dirait que la Terre a basculé sur son axe, que le jour s'est changé en nuit, le bien en mal. Je n'avais jamais raconté la mort de mon fils. Mes sanglots résonnent jusque dans le couloir. Ma détresse est aussi immense, aussi abominable que ce bus, ce numéro 23 qui a percuté mon adorable petit garçon devant mes yeux, qui a défoncé sa tête blonde, fermé ses yeux bleus, transformant la chair de ma chair en une vision d'horreur, venue du fin fond de l'enfer.

Ben me tient dans ses bras sans parler. Nous versons toutes les larmes de notre corps, nous pleurons sur notre enfant et sur l'abominable tragédie qui a brisé nos trois existences au moment même où le bonheur nous semblait acquis. Avant, je n'étais pas superstitieuse mais, aujourd'hui, je me demande parfois si la mort de Daniel n'était pas un signe du destin – on ne doit pas trop attendre de la vie, sinon elle se venge. Finalement, nous nous allongeons côte à côte sur le lit blanc et le sommeil nous emporte, blottis dans les bras l'un de l'autre, réunis par le malheur.

66

Je crois qu'ils m'ont donné un sédatif mais je me réveille quand même en hurlant. Je crie sans pouvoir m'arrêter. Ben se précipite à mon chevet, son visage est gris, ses yeux cernés de noir. Malgré mon délire, je réalise que je lui ai brisé le cœur.

« Pardonne-moi, je t'en prie, pardonne-moi », dis-je entre deux sanglots, puis je recommence à hurler. On dirait que ma mère est dans ma chambre. Elle court chercher le docteur pour qu'il me refasse une piqûre, je suppose. Quand je balbutie : « Où est Caroline ? », tout le monde me regarde comme si j'avais perdu la raison. Puis le petit corps brisé de Daniel me revient en mémoire et je beugle comme un animal. Le docteur arrive avec son aiguille étincelante et l'image d'horreur replonge dans les profondeurs obscures de ma conscience, d'où elle ne sortira plus.

Trois jours plus tard. Je ne suis plus à l'hôpital, on ne me donne plus de sédatifs. Ben essaie de m'expliquer que la police a besoin de ma déclaration. « Est-ce que Caroline est convoquée, elle aussi ? » dis-je. De nouveau, Ben prend un air étonné. « Qu'est-ce que

Caroline vient faire là-dedans ? » Alors je commence à imaginer que j'ai reconstruit la scène dans ma tête. J'ai peut-être cru qu'elle était là alors qu'en réalité tout est entièrement ma faute, elle n'y est pour rien. Puis brusquement, le bon sens me revient. Bien sûr qu'elle était là, pourtant on dirait que personne ne l'a remarquée. Les gens étaient trop focalisés sur la scène atroce qui se déroulait devant eux – l'enfant mort, la mère hystérique, le chauffeur de bus bouleversé – pour noter la présence de mon clone qui s'enfuyait. Quand je vois que Charlie boite légèrement, j'examine ses pattes et trouve sous l'antérieure gauche un minuscule éclat de verre qui luit comme un diamant. Je l'arrache, Charlie pousse un petit glapissement. C'est alors que je décide de me taire. Inutile de compliquer les choses, quelle importance maintenant ? Daniel ne reviendra pas. Et je jette le bout de verre à la poubelle.

Je me réveille de bonne heure avec une douleur lancinante dans le ventre. Je me sens vide. Ben me rappelle gentiment que nous ne devons pas perdre espoir. Il faut penser à cette autre vie qui grandit en moi. Je marche jusqu'aux toilettes en traînant les pieds et quand je m'assois, je sens qu'il y a un problème. Je me relève. Du sang rouge vif me coule entre les jambes. Je pousse un cri strident. Ben arrive en courant. Je déverrouille la porte des toilettes et le regarde fixement. Quand il me voit nue et sanguinolente, une telle consternation se plaque sur son visage que j'ai honte de moi. Je l'ai encore déçu, je lui ai volé son deuxième enfant.

J'ignore comment j'y arrive mais je me rends aux funérailles. Je saigne toujours, je tiens à peine debout, mais j'y vais quand même. Il faut que je dise adieu à mon garçon. Tout le monde m'observe. Ils doivent se dire : *Où avait-elle la tête, pourquoi ne lui tenait-elle pas la main avec la circulation qu'il y a toujours sur cette route ?* La honte me recouvre comme un suaire. Nul ne peut me réconforter. Quand je vois le petit cercueil de mon fils, blanc et lisse comme une boîte à chaussures toute neuve, et les fleurs posées dessus – quelqu'un a pensé à prendre du rose, la couleur préférée de Daniel –, je saisis la main de Ben, en quête de soutien. Je la serre très fort mais elle ne répond pas immédiatement. Je m'aperçois avec un coup au cœur qu'il m'en veut lui aussi, qu'il me reproche la mort de Daniel. J'ai l'impression que je vais m'évanouir mais le service funèbre se termine. Le cercueil s'éloigne, passe derrière le funeste rideau. En voyant cela, je hurle comme une bête. Ben tente de m'arrêter mais je me précipite dans l'allée, je cours vers mon fils. Puis soudain, je me fige. À quoi bon ? Je suis en retard, encore une fois. Alors je tourne les talons, je sors de la chapelle à toute vitesse et je débouche dans un monde sinistre et gris où le soleil ne brillera jamais plus.

67

En juin, par un matin de pluie et de vent, quatre semaines après la mort de son fils, Ben retourna au travail. Il n'y était pas obligé, son chef lui avait dit de prendre tout le temps nécessaire, mais il n'avait rien d'autre pour s'occuper. Il n'arrivait pas à communiquer avec sa femme, ne savait pas comment la prendre. Quoi qu'il dise, quoi qu'il fasse, il avait toujours l'impression de l'agacer. Peut-être avait-elle besoin de se retrouver seule face à elle-même pendant quelque temps. À cela s'ajoutait sa propre douleur. Il fallait qu'il pense à autre chose. Et pour cela, quoi de mieux que les chiffres ? Les colonnes bien alignées, les budgets à équilibrer lui permettraient de s'abstraire de son malheur, malgré leur lamentable futilité. Revenir chaque jour sur son lieu de travail lui demandait un effort. Il avait du mal à supporter les regards compatissants de ses collègues bien intentionnés. Comme ils ne trouvaient rien à lui dire, ils faisaient comme si rien ne s'était passé. Non seulement ils évitaient le sujet, mais ils censuraient leurs propres conversations en sa présence – quand ils racontaient leur week-end, ils ne parlaient jamais de leurs enfants. Ben avait beau savoir qu'ils faisaient cela pour l'épargner, il avait envie de leur hurler que leurs précautions étaient ridicules, qu'elles n'arrangeaient rien. Mais, bien sûr, il ne le faisait pas.

Il se sentait seul partout, avec tout le monde. La colère bouillonnait en permanence à l'intérieur de lui. La plupart du temps, il la dirigeait contre sa femme, qui refusait obstinément de lui expliquer ce qui était arrivé. Il ne voulait pas la brusquer mais il ne pouvait s'empêcher de se demander ce qui s'était passé ce jour-là. Comment avait-elle pu lâcher la main de leur fils sur la route de Manchester ? Cette artère était si fréquentée, l'enfant si petit. Plus il s'efforçait de contourner cette question, plus elle prenait de l'ampleur, s'insinuait dans son esprit dont elle envahissait les moindres recoins, comme la mousse proliférant sous un arbre mort gorgé d'humidité. Comble de malheur, on aurait dit qu'Emily ne le supportait plus. Elle semblait bien contente qu'il disparaisse toute la journée. Que lui reprochait-elle ? Peut-être était-il maladroit, mais comment se comporter face à la mère de son enfant mort ?

De même, il ne comprenait pas pourquoi Emily prenait si mal sa fausse couche. La nuit passée, Ben avait tenté d'évoquer l'avenir pour la première fois. Avec moult précautions, il lui avait proposé de mettre un autre bébé en route dans quelque temps – Emily tombait enceinte si facilement, peut-être que l'année prochaine les choses seraient totalement différentes pour eux.

« Que veux-tu dire ? » avait-elle murmuré. Tendue comme un arc, elle était assise sur le fauteuil en osier près de la fenêtre. « Comment pourrais-je ne serait-ce qu'envisager une nouvelle grossesse ? Tu crois qu'il suffit d'un coup de baguette magique pour remplacer Daniel et mon bébé mort avant de naître ?

— Non, évidemment, avait répondu Ben, sachant qu'il s'aventurait en terrain miné. Mais ce bébé, nous ne le connaissions même pas. Nous ne l'avons pas perdu comme nous avons perdu Daniel.

— Bien sûr que SI, avait-elle hurlé. Nous avons perdu son premier sourire, ses premiers pas, nous ne le verrons jamais grandir, devenir une vraie personne. Tu ne comprends donc pas ? J'étais enceinte de vingt semaines, j'étais à mi-chemin de le tenir dans mes bras. Il était assez développé pour reconnaître le son de nos voix, sauf que maintenant il est *mort*. Il y a dix jours, on aurait dû baptiser Daniel mais on a dû annuler parce qu'*il est mort, lui aussi* ; demain, Daniel aurait dû se rendre au goûter d'anniversaire de Nathan, le cadeau est encore là-haut ; en juillet, on aurait dû l'emmener à la mer pour la première fois, il était tout excité à l'idée de monter dans un avion. Chaque jour, je devrais lui préparer son petit déjeuner, l'habiller, jouer avec lui, le conduire à la garderie, le baigner, lui lire des histoires, le mettre au lit, le surveiller, l'aimer. Tu veux que je continue ?

— Non. Arrête. Pourquoi tu te comportes comme si tout était ma faute ? Qu'est-ce que j'ai fait ?

— Oh, rien, avait dit Emily en se levant. Tu t'es conduit comme un foutu saint, pareil que d'habitude. C'est moi la méchante, n'est-ce pas ? *Elle aurait dû le surveiller,* c'est ça que TU penses, c'est ce que tout le monde pense. Tu penses que c'est MA faute, pas vrai ? » Il avait vu briller la haine dans ses yeux. « PAS VRAI ? »

Ben avait reçu sa diatribe de plein fouet – Emily ne

criait jamais, même quand ils se disputaient autrefois, elle n'élevait pas la voix. C'était comme s'il avait une étrangère en face de lui, tant son visage était méconnaissable. Ben fit un effort pour ravaler sa rage. Il l'aurait bien attrapée par les épaules pour la secouer jusqu'à ce qu'elle retrouve ses esprits. Emily vit Ben serrer les poings, se lever et quitter la pièce. Elle courut derrière lui, lui martela le dos de ses poings, en proie à une fureur démentielle. Il voulut l'arrêter, lui immobiliser les bras, la serrer contre lui jusqu'à ce qu'elle se calme – s'il avait réussi à le faire, peut-être que les choses auraient tourné autrement –, mais elle le repoussa, le gifla violemment, lui griffa l'oreille et, quand il leva la main pour essuyer le sang qui coulait, sortit en trombe de la pièce.

Ben regardait fixement son ordinateur en faisant l'impossible pour s'absorber dans son travail, ne plus penser à leur dispute de la veille, mais son cœur battait la chamade, il avait les paumes moites. Brusquement, il se leva, annonça qu'il sortait quelques minutes pour acheter un sandwich, bien qu'il ne soit que onze heures, et une fois dans la rue tourna à droite sans réfléchir. Puis, branché sur pilote automatique, il prit encore à droite et s'engagea dans Rochdale Street. Il allait entrer dans son café habituel quand il vit quelqu'un sur le point d'en sortir. Il avait déjà la main sur la poignée mais ne pouvait se résoudre à pousser la porte. Alors il tourna les talons, enfila New George Street et quand il en atteignit le bout, prit de nouveau à droite, au hasard, juste pour aller quelque part, n'importe où. Finalement, il ralentit le pas et céda au besoin de l'appeler.

« Allô, dit-elle d'une voix glaciale.

— Salut, murmura-t-il avec difficulté. Tu vas bien ? » Aussitôt, il regretta ses paroles.

« Oh, ouais, c’est la grande forme, répliqua-t-elle d’un ton sarcastique qui le fit grimacer

— Je rentrerai de bonne heure, ce soir. Je préparerai le repas. Qu’est-ce qui te ferait plaisir ? » De nouveau, il se mordit la lèvre. Il ne disait que des bêtises. Décidément.

« Rien », finit-elle par répondre, d’une voix moins amère toutefois. Une voix blanche qui ne valait guère mieux.

« OK, je trouverai bien quelque chose. »

Emily n’ajouta rien.

« Qu’est-ce que tu fais ?

— Rien.

— Il fait beau aujourd’hui, peut-être que tu devrais désherber un peu le jardin.

— Qu’est-ce que tu entends par là ?

— Rien. Je… J’essayais simplement de te trouver une activité pour que tu te sentes mieux.

— Ben, je ne peux pas me sentir mieux, quoi que je fasse. » Elle ne se plaignait pas, elle ne l’accusait pas. Elle était juste désolée. « Il faut que j’y aille. Au revoir.

— Au revoir », dit Ben, mais elle avait déjà raccroché. Il resta comme un idiot sur le trottoir en face de l’ancien marché aux poissons, à contempler le bas-relief représentant une femme avec un bébé dans les bras et un petit garçon près d’elle. Puis, quand il s’aperçut qu’on le regardait, qu’on s’inquiétait peut-être pour lui, il se remit en marche d’un pas rapide, déterminé, et regagna son bureau sans avoir acheté de sandwich.

Dans un sens, Emily se sentit déchargée d'un poids quand Ben eut repris le travail. Elle n'était plus obligée de se lever, de faire semblant de s'accrocher à la vie. Quand il était au bureau, Ben ignorait qu'elle était capable de rester couchée pendant des heures sans rien faire, la tête vide – jusque vers midi où elle commençait à envisager de quitter le lit. Cette idée l'absorbait encore pendant deux bonnes heures. Pour se convaincre, elle se répétait des trucs comme *dans dix minutes je me lève*, et quand cela ne marchait pas elle disait *je compte jusqu'à dix et je sors du lit.* Mais le simple fait de compter était déjà trop compliqué pour elle. Alors elle restait vautrée jusqu'à ce que son corps décide à sa place. Il fallait bien aller aux toilettes de temps en temps. Elle rejetait la couette, passait dans la salle de bains en traînant les pieds. Parfois elle avait tellement envie qu'elle n'avait pas le temps d'arriver jusqu'aux toilettes, ce qui lui était parfaitement égal. Avoir la maison pour elle toute seule était un soulagement. Sa mère venait parfois l'après-midi faire un peu de ménage. Emily faisait à peine attention à elle, mais pas par méchanceté. On aurait dit que l'hystérie, les pleurs, les hurlements des premiers jours l'avaient laissée sans force. Elle ne faisait pas davantage cas de Ben. D'ailleurs, elle voyait bien qu'il ne l'aimait plus, qu'il la tenait pour responsable. La preuve, même pendant les funérailles de Daniel, il avait refusé de lui tenir la main. Passé le choc de cette révélation, elle s'était progressivement faite à l'idée que leur couple ne survivrait pas. Ce n'était qu'une question de temps mais il la quitterait, c'était évident. Il était aux petits soins avec elle, il faisait tout pour la ménager mais, en revanche, jamais il ne la prenait dans ses bras pour la réconforter. Il tournait en rond en ruminant son inexprimable colère.

En repensant à leur dispute de la veille, elle avait un peu honte de son comportement et, pourtant, le souvenir de sa propre violence ne produisit pas le déclic suffisant pour l'extraire de son apathie. Ben souhaitait que Charlie revienne à la maison pour qu'elle s'occupe de lui, ce qui lui changerait les idées. Emily refusait en arguant qu'elle n'y arriverait pas – peut-être la semaine prochaine, disait-elle à chaque fois. Elle n'était pas très sûre de vouloir sa présence, pas si vite. Si bien que le pauvre chiot restait chez les parents de Ben, tout triste d'être ainsi exilé.

Il était plus de quinze heures, Ben arriverait dans deux heures – il avait promis de rentrer tôt ce soir-là. Elle ferait mieux d'aller s'habiller. Assise en robe de chambre à la table de la cuisine, Emily ferma les yeux pour mieux s'imprégner de la musique qui passait. Elle avait trouvé le courage d'allumer la chaîne et, même si elle avait choisi les chansons les plus mélancoliques, aucune ne la touchait. Même quand elle reconnut *Time to Say Goodbye* par Andrea Bocelli, elle ne broncha pas. On aurait dit qu'elle ne ressentait plus rien, que ses émotions étaient enfermées dans une case vide de son cerveau, isolées du reste de son individu. Elle se demanda vaguement ce qui n'allait pas chez elle. Ben voulait qu'elle revoie le médecin, lui avait pris un rendez-vous la semaine suivante. Il poserait un jour de congé pour l'accompagner. Il doit croire que je n'irai pas si je suis seule, songea-t-elle. Il avait raison, elle n'irait pas, même avec lui. Quel intérêt ? Qu'aurait pu faire un docteur ? Ressusciter

Daniel ? Replacer son fœtus sanglant à l'intérieur de son ventre ?

Elle se leva d'un bond, saisie d'un accès de fureur pareil à celui de la veille au soir. Elle avait envie de hurler. Les cris la soulageaient car ils brisaient le silence feutré de sa dépression. Une onde d'énergie primale se forma au fond de son être comme si, programmé pour survivre malgré tout, son corps refusait de lâcher prise. C'était INSUPPORTABLE. Il fallait qu'elle sorte d'ici, qu'elle fasse quelque chose, ailleurs. Elle croisa les bras afin de contenir les tremblements qui l'agitaient, sa respiration de plus en plus rapide, marcha jusqu'à la porte d'entrée mais, au moment où sa main frémissante toucha la poignée, elle se sentit incapable de sortir dans la rue. Si elle partait à gauche, elle rejoindrait la route où Daniel était mort ; si elle prenait à droite, elle passerait devant la maison de son amie Samantha et la poussette garée sous le porche, comme pour la narguer. À tout instant, elle pouvait croiser un enfant, un petit gamin joyeux, innocent, physiquement intact. *Pas écrasé*. Et si jamais des voisins la voyaient passer, ils la regarderaient comme une bête curieuse en chuchotant dans son dos. Elle ne savait quoi faire de cette colère tapie au fond de son cœur, prête à exploser. Avec le calme inquiétant qui souvent annonce une crise de démence, elle longea le couloir, entra dans la cuisine et déboucha sur la véranda. Le jardin dépérissait faute de soins. Emily ouvrit la bouche pour avaler une bouffée d'air mais ne réussit qu'à paniquer davantage. Où aller ? Que faire ? Elle ne resterait pas une seconde de plus dans cette maison, dans ce jardin. Mais comment s'y prendre ? Qui lui viendrait en aide ?

Elle comprit tout à coup.

Il ne lui restait qu'un seul lieu où se réfugier désormais. Pourquoi n'y avait-elle pas pensé avant ? Elle fit demi-tour, grimpa l'escalier à toute vitesse et, pour la première fois depuis sa mort, ouvrit la chambre de Daniel. Figée sur le seuil, elle vit que rien n'avait changé depuis cinq semaines, un jour, deux heures et vingt-quatre minutes. Le petit lit en bois blanc où il se dressait chaque matin au réveil, ses petits poings crispés sur les barreaux pour mieux sautiller, comme sur un trampoline, en criant « Maman ! » jusqu'à ce qu'elle arrive. Contre le mur d'en face, le douillet canapé bleu où ils s'asseyaient ensemble parmi les peluches et les coussins, où elle lui racontait des histoires prises dans un livre ou, mieux encore, tirées de son imagination ; Daniel riait aux éclats en écoutant ces fables bizarroïdes où se côtoyaient volcans en chocolat et dragons cracheurs de moutarde. Dans un coin, l'armoire Ikea bleu pastel que Ben avait montée lui-même et qu'Emily rangeait avec le plus grand soin. Elle regarda le meuble un bon moment, la gorge nouée, puis, d'un pas hésitant, alla ouvrir les portes. À cet instant, la mémoire lui revint. Elle passa en revue les rangées de petits T-shirts bien empilés, prêts à l'usage, son short en denim préféré, celui qu'il avait voulu mettre au tout dernier matin de sa vie – elle l'avait obligé à enfiler un pantalon car il ne faisait pas encore assez chaud et il s'était roulé par terre en pleurant –, son pantalon crème et sa chemise bleu pâle, des habits neufs qu'il devait étrenner pour son baptême – Emily ne voyait pas trop l'intérêt mais Ben, plus croyant qu'elle, avait insisté.

Où sa foi l'avait-elle mené ? Où les avait-elle tous menés ?

Son regard dériva vers l'étagère du haut, elle aussi remplie de souvenirs. Elle vit la casquette de baseball rose vif dont Daniel ne se séparait jamais, celle qu'ils avaient oublié d'emporter au parc – sans doute à cause de l'arrivée intempestive de Caroline. Pour se faire pardonner, elle avait laissé Daniel descendre de sa poussette. Elle voulait juste lui faire plaisir, l'empêcher de pleurer. Si seulement elle avait pensé à prendre cette casquette, Caroline et Charlie auraient pu faire toutes les bêtises imaginables, son petit garçon serait resté bien attaché dans sa poussette.

Par conséquent, elle était l'unique responsable de ce malheur.

Elle prit la casquette, examina en souriant l'écusson argenté marqué « Hello Kitty ». Daniel était si mignon qu'on le prenait parfois pour une fille quand il la mettait. Emily la retourna, enfouit son visage dedans et respira longuement l'odeur de son fils.

L'espace d'un instant, elle retrouva la paix et un semblant de bonheur.

Puis elle vit Daniel gisant sur la route. Alors elle jeta la casquette sur le tapis et la piétina de rage en hurlant à pleins poumons. Elle attrapa tous les vêtements de l'armoire, à pleines brassées, et se jeta par terre en les serrant contre elle. C'est dans cette position que Ben la découvrit, plus de deux heures plus tard.

Emily se reposait étendue sur son lit. Comme pour un enfant malade, Ben lui monta un plateau-repas avec un sandwich au fromage et de la soupe à la tomate. Elle voulut lui exprimer sa gratitude mais n'en fit rien, tant elle était persuadée qu'il jouait la comédie. Pourtant, quand il l'avait trouvée dans la chambre de leur fils et l'avait serrée contre lui, elle avait cru qu'il l'aimait encore. De même, les petites attentions dont il l'entourait avaient quelque chose d'attendrissant mais elles ne prouvaient rien. Ben avait toujours été excessivement prévenant, c'était dans sa nature. Il fait semblant, se disait-elle. Elle n'avait pas rêvé, la veille au soir, quand elle avait vu cette terrible expression au fond de ses yeux. On aurait dit qu'il allait la frapper.

Emily ne mangeait quasiment rien. Elle avait beaucoup maigri. Ses os faisaient de curieuses bosses sous sa peau, comme des bulles à la surface du porridge. Lorsque Ben remonta dans la chambre, elle remarqua sur son oreille les marques rouges laissées par ses ongles et en conçut un peu de honte.

« Comment ça va ? » demanda-t-il. Elle esquissa un petit sourire et vit l'espoir renaître sur le visage de Ben.

« Un peu mieux, dit-elle. Je suis vraiment désolée, Ben, je suis un vrai cauchemar en ce moment.

— Pas de souci. C'est tout à fait compréhensible. »

Elle voulut faire un geste d'apaisement, lui accorder la plus belle faveur dont elle était capable pour le moment.

« Si on allait voir tes parents demain ? dit-elle. On ramènera Charlie. »

Ben inspira profondément. « Tu es sûre ?

— Oui. Je vais essayer de m'occuper de lui. » Ses yeux brillaient. « Mais il faudra que tu le promènes, je suis désolée mais je n'en suis pas encore capable.

— Bien sûr, pas de problème, je le sortirai avant de partir au travail et à mon retour. » Lorsqu'il se pencha pour l'embrasser sur la joue, elle recula d'instinct, comme si l'amour lui était devenu insupportable. Et pourtant, se dit Ben, elle avait demandé à ce que Charlie revienne. C'était une surprise pour tous les deux et peut-être le signe annonciateur d'une guérison.

La semaine suivante, Ben et Emily étaient assis dans la salle d'attente du médecin. Ben l'avait prévenue qu'elle risquait d'y croiser des enfants, mais heureusement il n'y en avait pas ce jour-là. Il la sentait un peu plus vaillante, il commençait à entrevoir le bout du tunnel, même si la distance jusqu'à la sortie lui paraissait encore infinie. Le samedi précédent, Emily ne l'avait pas accompagné à Buxton pour ramener Charlie. En apercevant le chien, elle était restée de marbre, mais on devinait qu'elle ne le détestait plus autant qu'à la mort de Daniel. Charlie avait beaucoup grandi mais paraissait triste et abattu. Peut-être que Daniel lui manquait, à lui aussi. Ou, plus simplement, percevait-il l'atmosphère qui régnait dans la maison. Ben avait lu quelque part que les chiens étaient infiniment plus sensibles que les humains. Sur la banquette posée près de la fenêtre, dans la salle d'attente, Ben voulut prendre la main d'Emily. Celle-ci se rétracta et fixa son regard sur le magazine qu'il lui avait donné mais qu'elle n'avait pas ouvert. Elle refusait tout geste de réconfort venant de lui. Ben se consolait en pensant que le retour de Charlie lui faisait du bien. La veille au soir, le chiot avait sauté sur le canapé, à côté d'Emily. Elle s'était écartée, mais pas aussi vivement que d'habitude, et quand il était venu se lover sur ses cuisses, elle l'avait laissé faire. Au bout de quelques minutes dans cette position, elle l'avait soudain empoigné – Ben avait craint pour l'animal, mais finalement elle s'était mise à le bercer comme un bébé, enfouissant son visage dans sa douce fourrure dorée. Ses épaules tressautaient. Du temps, il lui faut juste du temps, se répétait Ben, et tout ce que le docteur jugerait bon de lui faire avaler.

Mme Emily Coleman s'afficha sur l'écran. Ben lui donna un petit coup de coude, ils se levèrent et s'engagèrent dans le couloir menant à la salle 6. Quand ils furent à mi-chemin, une porte s'ouvrit et un petit garçon brun sortit en courant, suivi par une femme à l'allure de hippie, avec des cheveux courts décolorés et un petit diamant dans le nez.

« Emily ! dit-elle. Quel plaisir de te voir. Nous venons de rentrer. Comment vas-tu ? Où est Daniel ? » Et ensuite elle hurla : « Toby ! Viens par ici, espèce de petit monstre. »

Ben vit le visage d'Emily se décomposer. Il aurait tant voulu l'aider, la protéger, mais comment faire ?

« Daniel est mort. Désolée », lâcha-t-elle en poursuivant son chemin. Ben se retrouva seul face à cette pauvre femme qu'il ne connaissait pas. Comme elle le regardait bouche bée, il remarqua le clou qui lui perçait la langue. Il s'excusa et entra dans le cabinet de consultation où Emily se tenait recroquevillée dans un coin, tremblante, les mains sur le visage.

Emily ne remit pas le nez dehors de tout le mois de juin. Les rues étaient trop remplies de petits enfants et de mères bien intentionnées. Elle refusait de voir quiconque. En revanche elle lisait, de préférence des histoires tristes. La présence de Charlie paraissait bénéfique ; elle passait des heures à le bercer comme un bébé, ce qui bien sûr plaisait à l'animal. Puis au fil des semaines, Charlie devenant trop volumineux pour ce genre de câlins, Emily se sentit trahie par lui, encore une fois. Il était si mignon au début, si doux, et pas plus grand que Daniel – et voilà qu'il devenait encombrant, pataud. À bien y réfléchir, elle n'avait aucune raison de lui en vouloir, il n'avait pas fait exprès de marcher sur les bouts de verre, et encore moins de grandir, mais c'était plus fort qu'elle. Elle ne pouvait plus le sentir. Hélas, plus elle le rejetait, plus il lui faisait la fête. Il ne se lassait pas de sauter tantôt sur le lit, tantôt sur le canapé, pour glisser son grand museau humide dans sa main, se vautrer sur ses genoux, si bien qu'Emily, excédée, finissait par exploser de colère. Elle aurait bien aimé que Ben le ramène chez ses parents mais se garda d'en parler. Ben adorait ce chien, paraissait plus joyeux depuis qu'il l'avait récupéré et appréciait particulièrement les longues promenades solitaires qu'il faisait avec lui.

Un samedi de la mi-juillet, deux mois et demi après la mort de Daniel, Emily était allongée sur le canapé à lire *Jude l'Obscur*, Charlie posé en tas sur ses pieds. Il faisait chaud, le chien l'énervait – quand cesserait-il de la coller ainsi ? Elle savait qu'elle avait tort de le détester. Quand il était petit, elle le maternait, et maintenant elle le reniait. Décidément, elle était ignoble : mauvaise mère, épouse inexistante et tortionnaire de ce brave Charlie. Malgré cela, elle le poussa jusqu'à ce qu'il comprenne et descende du canapé. Ce faisant, sa queue heurta la tasse que Ben venait d'amener. Le thé se répandit sur la photo posée à côté – Ben l'avait placée sur la cheminée mais Emily voulait l'avoir près d'elle –, la dernière image de Daniel, prise le jour où ils avaient acheté Charlie. Daniel tenait la petite boule de poils au creux de ses bras, ses yeux brillant d'une joie sans mélange car sa maman et son papa lui avaient dit que cette adorable peluche était *à lui*.

« Mais il est con, ce clébard ! » hurla Emily en balançant un méchant coup de pied au pauvre Charlie. Ben arriva assez vite pour comprendre ce qui venait de se passer. Charlie s'éloigna l'oreille basse, puis se retourna vers elle et lui lança un regard pathétique. Emily décida que c'en était trop, elle était en train de se transformer en monstre. Elle venait de réaliser que les problèmes ne venaient pas du chien mais d'*elle*. Mieux valait qu'elle s'en aille et les laisse vivre tranquillement l'un avec l'autre.

Ben épongea les dégâts et quitta la pièce sans mot dire. Oubliant sa colère, Emily prit Charlie sur ses genoux et le caressa longuement. Cela faisait des semaines qu'elle n'avait pas eu les idées si claires. Elle en profita pour commencer à planifier son départ.

68

« Quand t'est venue l'idée de me quitter ? » demanda Ben, couché près de moi sans me toucher, dans notre chambre de l'hôtel de Hampstead. Nous parlons en fixant le plafond, comme si les solutions y étaient inscrites.

Je prends un temps fou pour répondre. « Probablement dans la chapelle. Quand tu as retiré ta main au lieu de me réconforter. J'ai pensé que tout était fini entre nous, que tu ne me pardonnerais jamais. J'ignorais comment tourneraient les choses mais tout à coup j'ai eu la certitude que notre couple ne survivrait pas à la mort de Daniel. »

Ben me jette un regard perplexe. « *Au lieu de te réconforter*, mais que veux-tu dire ?

— J'ai cherché à te prendre la main et tu n'as pas réagi. » En m'entendant prononcer ces paroles, je me revois à l'époque. Je n'avais pas toute ma tête, ce jour-là.

« J'aimerais que ce soit bien clair, répondit Ben. J'étais dans une colère noire. J'en voulais à la terre entière, à toi, au chauffeur du bus. La seule personne contre laquelle je n'avais rien, c'était Caroline. »

Son visage se crispe. « Je comprends enfin pourquoi elle m'a demandé de lui pardonner.

— Comment cela ? Elle est venue te voir ? »

Ben prend une inspiration et me raconte que le jour anniversaire de la mort de notre petit garçon, il est allé marcher dans le Peak District. Il a erré dans la montagne pendant des heures, campé en pleine nature. Sans moi, sans Daniel, il ne pouvait rien faire d'autre. Le lendemain soir, en rentrant à la maison, il a reçu la visite de Caroline. Elle venait pour s'excuser, mais de quoi précisément ? Elle avait tant de choses à se faire pardonner. Sur un ton calme, Ben m'explique qu'il l'a laissée entrer, s'est soûlé avec elle et qu'ils ont fini par s'envoyer en l'air – mon mari et ma propre sœur jumelle.

« Emily, je suis vraiment désolé. Tu me manquais tellement, j'ai dû vouloir me convaincre que c'était toi. Je croyais ne jamais te revoir. J'ai peut-être essayé de te retrouver à travers elle… Et puis quand j'ai émergé de ma cuite, j'ai dû affronter la triste réalité. C'était elle, pas toi. Alors je me suis mis en colère. Jamais je n'ai ressenti une telle haine, contre moi-même, contre le monde entier. » Il s'interrompt et me lance un regard éperdu de tristesse, comme si une chose s'était irrévocablement brisée en lui.

Malgré mon écœurement, ma fureur, je perçois aussitôt la similitude entre nos deux histoires. « Donc, ça s'est passé samedi soir ?

— Oui », répond-il. Cela peut paraître incroyable mais je n'ai aucune difficulté à lui raconter comment j'ai rencontré Robbie, un homme qui lui ressemblait comme un frère. Et j'ajoute que, en dépit de toutes les horreurs que j'ai pu commettre depuis que je suis partie, je l'ai trompé une seule et unique fois. Au moment même où il le faisait avec ma sœur.

Ben garde le silence pendant un temps infini. « Dans un sens, si tu n'avais pas couché avec lui, je ne t'aurais jamais retrouvée.

— Mais regarde ce que j'ai fait. Je l'ai tué. Il ne méritait pas de mourir. » Je me remets à pleurer, sur Robbie cette fois. Encore un gentil garçon plein d'avenir qui perd la vie à cause de moi.

« Ce n'est pas ta faute, Emy. Il a pris cette drogue de son propre chef, n'est-ce pas ? Il devait avoir un problème de santé pour mourir si subitement. »

Je n'avais pas songé à cela. C'est probablement vrai mais cela n'excuse rien. Je me sens toujours aussi déphasée, je vis un cauchemar, une descente aux enfers, encore une autre.

Ben change de sujet. « Emily, j'ai besoin de savoir. Pourquoi m'as-tu quitté du jour au lendemain ? J'ai le droit de connaître la vérité. C'est vraiment dégueulasse, ce que tu as fait. »

Je regarde mon mari. « Pour commencer, j'ai perdu Daniel, et après j'ai perdu notre futur bébé. Je n'aurais pu supporter de te perdre toi aussi. Je sais bien que je t'ai tourné le dos mais j'étais tellement sûre que tu ne m'aimais plus, que tu me considérais comme responsable. Ensuite, les choses sont allées de mal en pis. J'ai fini par penser que tu me haïssais. Nous étions chacun dans notre bulle. Et moi, je devenais chaque jour plus aigrie. Dans ma pauvre tête malade, je me suis dit que si je m'en allais, toi et Charlie seriez soulagés, qu'un jour tu rencontrerais une gentille femme avec laquelle tu fonderais une famille. Nous étions si malheureux dans les derniers temps. Tu voulais qu'on achète une nouvelle maison mais cela n'aurait rien arrangé. La seule différence, c'est que je n'aurais plus eu à faire de détour pour éviter la tache sombre sur le macadam, celle que personne n'a jamais pu nettoyer. Elle est gravée au fer rouge dans mon esprit, Ben, elle ne s'effacera jamais. J'ai pensé qu'il serait plus simple de m'enfuir, de refaire ma vie ailleurs. Sincèrement, j'ai cru que cette solution était la meilleure pour nous deux. C'était soit ça, soit… » Et je m'arrête.

« Je sais », dit Ben. Il se tourne sur le côté, me regarde, mais je continue à fixer le plafond blanc et froid. Il hésite, je devine ce qu'il va dire et j'ignore si je vais supporter de l'entendre. Sans doute parce que je suis toujours en état de choc.

« Emily, crois-tu que nous pourrons de nouveau être heureux ensemble, un jour ? »

Il me faut des siècles pour répondre, tant mon cerveau est embrouillé. Je ne trouve pas les mots.

« Franchement, je ne sais pas. Il s'est passé tellement de choses, il est trop tôt pour y penser. Le pauvre Robbie vient de mourir. » Mes yeux s'emplissent de larmes mais je m'efforce de poursuivre. « Et de toute façon, ce serait compliqué : j'ai un nouveau nom, un nouveau travail, un procès sur le dos, de nouveaux amis. Je suis quelqu'un d'autre, à présent. » Je vois son regard meurtri, je m'en veux horriblement de le décevoir.

Comme je ne trouve rien à ajouter, je décide de lui ouvrir mon cœur et de dire ce que je brûle de lui avouer depuis que je l'ai revu, assis tout seul dans ce commissariat.

« Ben, je t'aime toujours, je n'ai jamais cessé de t'aimer. C'est juste que j'ignore si nous pourrons revivre ensemble, après tout ce qui s'est passé. Tu as beau prétendre le contraire, un homme est mort à cause de moi. Un homme que tout le monde adorait. Les gens vont me cracher leur haine à la figure. Je ne sais pas comment je vais gérer ça, comment je vais supporter cette culpabilité supplémentaire.

— Voudrais-tu au moins essayer ? » insiste-t-il. Je hoche la tête automatiquement. Les larmes qui embuent mon regard sont presque des larmes de bonheur.

69

Le matin du mardi suivant ma libération sous caution, Ben m'emmène dans l'appartement de Shepherds Bush où je dois récupérer mes affaires. Je réalise qu'Angel n'a plus de nouvelles de moi depuis vendredi soir et mon départ du Groucho en compagnie de Roberto Monteiro. Je suis nerveuse, je me demande comment elle va réagir en me voyant, d'autant plus que j'ai donné son nom à la police en leur précisant qu'elle m'avait fourni la drogue prise par Robbie. Il n'y a personne, visiblement. Elle n'est pas encore rentrée. Je traverse le vestibule d'un pas hésitant quand je vois s'ouvrir la porte de sa chambre et Angel apparaître dans sa robe de chambre blanche duveteuse. Ses cheveux en bataille lui font une auréole dorée.

« Cat, mon trésor, mais que s'est-il passé ? » dit-elle en s'avançant vers moi pour me serrer dans ses bras avec une grande douceur. Je suppose que la police ne l'a pas encore contactée. « Putain, mais pourquoi tu ne m'as pas appelée ? »

Comme si elle venait de remarquer que je ne suis pas venue seule, elle sourit à Ben et lui tend la main : « Salut, je suis Angel.

— Angel, voici mon mari Ben », dis-je. Elle pousse un petit cri de joie et s'exclame : « Bonté divine, Cat, on ne s'ennuie jamais avec toi ! D'abord tu te fais arrêter pour meurtre, et pas n'importe quel meurtre, un joueur de Chelsea, excusez du peu. Après, tu me dénonces à la police, espèce de salope, et maintenant j'apprends que tu es mariée. C'est quoi la prochaine surprise ?

— Je ne m'appelle pas Cat mais Emily. » À peine ai-je prononcé ces paroles que ma décision est prise. Je vais reprendre ma vie d'avant.

70

Je tends la main au-dessus de la Bible. Je ne suis plus croyante mais, dans ma confusion, j'ai accepté de prêter serment. Ainsi donc, je jure devant Dieu tout-puissant de dire toute la vérité, rien que la vérité. Mêler Dieu à tout cela me gêne un peu. En revanche, je ne vois aucun inconvénient désormais à dire la vérité, le mensonge ne m'ayant menée nulle part jusqu'à présent. Par sa banalité, le tribunal ressemble plus à la salle des fêtes d'une école qu'aux cours de justice que je connais. Il y a des journalistes partout. Mes jambes flageolent. Au loin, j'aperçois mon mari qui m'adresse un petit sourire d'encouragement. Je retrouve un peu d'énergie. Pour me présenter devant les juges, j'ai choisi une veste bleu marine cintrée, une jupe crème et un chignon bien serré. Mon avocat m'a conseillé de m'habiller sobrement, pour avoir l'air sérieuse et repentante. Rien de plus facile, c'est exactement mon état d'esprit. Il faut juste que mon aspect extérieur y corresponde.

« Catherine Emily Brown, vous êtes accusée de possession de drogue de classe A, laquelle a été découverte dans l'appartement du 97 Marylebone High Street,

Londres, à 6 h 45 du matin, le dimanche 8 mai 2011. Que plaidez-vous ?

— Coupable », dis-je. En résonnant à travers la salle, ce mot me laisse perplexe et euphorique.

Le juge se ménage une pause avant de se lancer dans une interminable diatribe sur les méfaits de la drogue. Je trouve totalement aberrant de me retrouver du mauvais côté de la barre, à écouter un sermon qui m'est destiné, à moi Emily Coleman, autrefois juriste intègre, aujourd'hui accusée de détention de substances illicites – mais Dieu merci, pas de meurtre. Tel est l'ultime épisode de cette année de double vie. Je le trouve difficile à avaler, même si, depuis l'atroce disparition de mon précieux fils, j'ai connu une longue série d'événements incroyables qui m'ont emportée à mille lieues de moi-même. Après un petit détour, le destin me propulse en arrière, vers la personne que je suis réellement – Emily, femme de Ben, mère de Daniel (décédé), future mère d'un bébé sans nom (mort avant d'être né). J'ai beau faire des efforts pour suivre le discours du magistrat, mon esprit dérive toujours plus loin – la route nationale à Chorlton, le lit de mort de Marylebone, l'église maudite où j'ai fait mes pitoyables adieux à mon fils. Quand soudain j'entends les gens murmurer dans la salle, je ne comprends pas ce qui se passe. Sûrement rien de bon. Ensuite, Ben me répète le verdict et je réalise enfin que ma peine se résume à une misérable amende de cent quatre-vingts livres. Et c'est plié.

71

Trois ans plus tard

Je suis assise sur un banc dans une église remplie de fleurs dont le parfum me rappelle les prairies en été, voilà de nombreuses années, quand j'étais petite fille. L'église est belle, ses vitraux magnifiques. Leurs couleurs intenses me rappellent Daniel étendu sur le macadam comme une poupée désarticulée dans son anorak bleu cobalt, couvert de sang. Je détourne les yeux. Le lutrin doré représente un aigle dressé. Ses petites pattes charnues m'évoquent les mains de Daniel ; sa tête cruelle, son bec menaçant me font horreur. Je détourne les yeux. Depuis les funérailles, j'ai toujours autant de mal à entrer dans une église.

Ma robe de soie noire est un souvenir du temps où je travaillais à l'agence. Je me sens un peu gênée car je suis venue seule à ce mariage, le premier auquel j'assiste depuis mon divorce. J'aurais peut-être dû accepter d'être dame d'honneur, après tout, mais je me sens trop vieille, trop mal fagotée, trop brisée par la vie pour tenir ce rôle. La mariée ne m'en a pas voulu. Je ne cesse de me retourner pour voir si elle arrive mais elle se fait désirer, comme à son habitude. Je croise le regard du vieil ami d'Angel, Dane. Difficile de le rater avec ses larges épaules, son costume bleu roi aux boutonnières rouges, son crâne rasé qui brille cruellement. Lui aussi me fait penser à Daniel. Je lui adresse un petit signe, il me reconnaît, a d'abord l'air surpris puis me renvoie mon salut, accompagné d'un baiser théâtral. La mère d'Angel, Ruth, est assise devant moi dans une tenue rouge vif, la couleur du sang qui court dans ses veines. Elle est toujours aussi impressionnante.

J'ai envie de pleurer mais j'ignore si c'est juste à cause de Daniel ou parce que j'assiste à un mariage. Ou peut-être parce que les gens m'ont reconnue et me regardent en chuchotant. Pour eux, je suis la responsable du décès de Roberto Monteiro, le prodige des terrains de foot, fauché à 24 ans, en pleine jeunesse. Je me demande si ce harcèlement finira un jour. Pourtant, comme Ben l'avait supposé, l'autopsie a prouvé que la drogue n'avait rien à voir avec sa mort. Robbie a succombé à une déficience cardiaque rare qu'aucun médecin n'avait décelée auparavant.

Je tourne la tête vers l'autel où le futur marié poireaute. Il piétine à côté de son témoin Jeremy, tiré à quatre épingles. Je n'arrive pas à croire que ce bel homme élégant n'est autre que le garçon dégingandé qui, voilà des siècles, s'est retrouvé suspendu la tête en bas sous le ventre d'un avion, manquant me faire mourir de peur.

De nouveau, je jette un coup d'œil dans l'allée. Ce retard frise l'impolitesse. Le vicaire ronge son frein. Soudain, la musique retentit et, quand je me retourne à nouveau, la mariée apparaît au bout de la nef. Et là, je n'en crois pas mes yeux, c'est complètement dingue : mon ex-mari marche droit vers moi. Il vient de me repérer parmi la foule. Cela fait presque deux ans que je ne l'ai pas revu. Rouge comme une pivoine, je baisse la tête pour cacher les larmes de colère qui me brûlent les yeux. Resplendissante de beauté, Angel s'avance à son bras. Elle ne fait pas ses 27 ans avec ce voile de tulle virginal encadrant une cascade de cheveux blonds. Je ne l'ai jamais autant détestée qu'en cet instant.

La cérémonie nuptiale est vraiment agréable mais elle me semble interminable. J'essaie de garder la tête froide mais quand cela se termine enfin, je ne pense qu'à partir. Je ne peux pas assister au vin d'honneur dans cet état. Angel ne s'en formalisera pas. De toute façon, cela m'est égal après ce qu'elle m'a fait aujourd'hui. Je profite de la confusion et, pendant que les invités défilent à l'extérieur pour féliciter les mariés, je me faufile discrètement, traverse le cimetière et retrouve ma Golf noire sur le parking. Une fois assise au volant, je retire mes escarpins et tourne la clé de contact. Mon mascara me coule dans les yeux, j'y vois à peine. Le bruit du moteur couvre celui de mes sanglots. Comme le parking est derrière l'église, je suis obligée de contourner l'édifice et de passer devant les gens. Pas moyen de faire autrement. Je m'efforce de rouler droit afin de rester discrète mais, quand je me crois tirée d'affaire, un homme en costume de cérémonie surgit de la foule et se jette presque devant ma voiture. C'est lui. Il agite les bras pour m'ordonner de stopper mon véhicule – qu'est-ce qu'il veut ? Il faut que je parte, je ne supporterai pas de l'avoir en face de moi, surtout qu'il sort avec une autre femme ces temps-ci. Mon pied hésite une seconde – qui dure un siècle – entre l'accélérateur et le frein.

QUATRIÈME PARTIE

72

Je suis sur le trottoir devant la boutique du caviste, au bout de la rue où j'habitais autrefois, à Chorlton. Rien n'a vraiment changé. Personne ne fait attention à moi. Le contraire serait étonnant. Je ne suis rien d'autre qu'une femme d'une quarantaine d'années accompagnée de son mari. Nous avons l'air d'attendre que le feu passe au rouge. La pluie tombe. Je rêvasse. Mon corps et mon esprit ne sont plus en phase. Je m'aperçois que je vacille, si je n'y prends pas garde je vais perdre l'équilibre et tomber sur la chaussée. Guère rassuré, mon mari m'attrape par le bras et ne me lâche pas, comme si j'étais une enfant, comme j'aurais dû le faire pour mon propre enfant voilà tant d'années.

C'est drôle de constater à quel point il est difficile de s'abstraire d'une tragédie qui vous définira toujours. On a besoin de rassembler toute sa volonté pour ne pas revenir sur les lieux de la catastrophe, pour s'en éloigner au maximum. C'est ce que je croyais, du moins. Mais à présent que je suis ici, au bord de ce trottoir, je me dis que j'ai eu tort, j'aurais dû le faire voilà bien des années. Quand je vois les bus passer devant moi en grondant, je mesure mieux la facilité avec laquelle le drame a pu se produire. Il a suffi qu'une bouteille se fracasse sur le bitume pour que se dresse au grand jour la frontière entre la vie et la mort. Je comprends maintenant que de tragiques accidents comme celui-là arrivent chaque jour dans le monde. Cette pensée me fait l'effet d'un baume. Une mère dont l'attention est détournée l'espace d'une demi-seconde alors que son bébé prend son bain, se tient au bord d'une piscine ou d'une route passante, n'est ni une mère incompétente, ni une mauvaise mère. Ces choses-là sont monnaie courante, et, dans quatre-vingt-dix-neuf cas sur cent, elles n'ont aucune conséquence, l'enfant s'en sort indemne. Mon cher Daniel a eu la malchance de faire partie du un pour cent restant. Je le pleure encore aujourd'hui mais je sais qu'il est en paix, auprès de son frère – c'était un garçon, j'en suis persuadée.

Aujourd'hui, je ne pleure pas seulement mon fils. Une autre personne est morte ici, à ce carrefour. La semaine dernière, le jour du dixième anniversaire du décès de Daniel, ma sœur jumelle Caroline s'est suicidée en se jetant sous un bus. Elle a laissé sa propre marque sur le macadam. Nous l'avons enterrée tout à l'heure, à midi. Quand j'ai reçu le coup de fil de ma pauvre mère qui a tant souffert à cause d'elle, je n'ai pas été surprise car je savais depuis longtemps que Caroline ne serait jamais heureuse. On peut considérer son geste comme une demande de pardon, une volonté de réparer ce qui peut encore l'être. Elle m'a forcée à regarder la vérité en face, à revenir sur ces lieux de malheur pour faire mes adieux à mon fils et à elle en même temps. C'est étrange à dire, mais je lui en suis reconnaissante. D'un seul coup, ma jumelle nous a libérées l'une et l'autre – elle de son enfermement à perpétuité dans l'addiction et la tourmente, moi d'une peine de dix ans d'angoisse et de culpabilité. Debout sur ce misérable trottoir battu par la pluie, je sens la miséricorde s'écouler à travers mon corps. Je lui pardonne, je me pardonne. J'éprouve une intense sensation de légèreté, de clarté. J'ai l'impression que les quatre anges étincelants – un pour chaque vie perdue – qui pesaient sur mes épaules viennent de prendre leur essor au-dessus des rues sombres de Chorlton pour se perdre dans le ciel infini. Le processus de guérison se prolonge parmi le concert des klaxons, coups de frein, signaux sonores pour piétons et autres projections d'eau boueuse au passage des véhicules. Puis, quand j'estime qu'il est temps de partir, nous faisons demi-tour sans un mot et regagnons notre voiture.

73

Dès que je quitte le sentier gravillonné, le crissement rassurant sous mes pieds me manque. Il prouvait que j'étais bien réelle. Je marche tranquillement parmi les fleurs sauvages, me laissant guider par la brise et les abeilles. Derrière moi, la magnifique demeure géorgienne ; devant, le terrain de jeux près de la piste de course. Personne ne me prête attention. Je suis une mère élégante, accompagnée d'un vieux labrador et de deux jeunes enfants. C'est la première fois en dix ans que je reviens à Manchester. J'y suis arrivée hier pour les funérailles de ma sœur. Paradoxalement, la vie me paraît plus légère à présent. La brise est fraîche, purifiante, malgré le soleil qui darde ses rayons sur cette matinée de mai. Ce temps convient à mon état d'esprit.

C'est drôle comme il est beaucoup plus facile, une fois qu'on a réussi à regarder une chose en face, de s'en éloigner. Sachant que j'étais incapable de faire seule le voyage, mon mari m'a accompagnée, ainsi que ma mère et ma chère Angel, la seule personne avec Simon à m'avoir connue sous mes deux identités. D'ailleurs, Angel m'appelle toujours Cat. Ce n'est pas grave mais parfois les enfants me demandent pourquoi. Je leur raconterai cette histoire un jour, je leur dois bien cela.

Ça fait dix ans que Daniel et le bébé que je portais sont morts, six ans que je me suis remariée. Je remercie Dieu pour les deux petites filles que nous avons eues. Je suis bien contente que ce soient des filles – des garçons, j'aurais eu du mal –, mais j'avoue que ça m'a fait un choc d'apprendre que j'attendais des jumelles. Heureusement, elles ne sont pas identiques et s'entendent bien mieux que Caroline et moi. Je les adore autant l'une que l'autre.

Quand j'y repense, je me dis que notre divorce était inévitable. Après nos retrouvailles à Londres, nous n'aurions pas pu reprendre notre vie d'avant comme si de rien n'était. Trop de choses s'y opposaient. Notre tragédie s'est trouvée étalée sur la place publique, les médias ont fait leurs choux gras de la mort tragique de Daniel, et de ma désertion peu de temps après, on m'a prise comme bouc émissaire tandis que Roberto Monteiro devenait l'objet d'un véritable culte, comme tous ces jeunes prodiges qui ne vieilliront jamais. En outre, j'ai dû me faire aider pour guérir de ma dépendance à la drogue. Mais tout cela n'était rien comparé à la douleur d'avoir perdu nos enfants et à mon sentiment de culpabilité envers Robbie – pour lequel j'avais éprouvé de l'amour, et pas seulement parce qu'il ressemblait à Ben. Même si nous refusions de l'admettre, mon mari et moi étions chacun jaloux de l'aventure de l'autre – certes, j'avais couché avec un jeune et beau footballeur, mais lui, il avait couché avec *ma sœur*. C'était trop glauque. Je pense que Ben ne s'était pas remis de mon départ, quoi qu'il en dise, si bien que, une fois passé la période des retrouvailles, nous avons commencé à nous chamailler pour des bêtises. Durant ces disputes ressortaient la colère, la jalousie et la frustration accumulées. Quand, au bout d'une petite année, nous avons compris que la vie commune était impossible, il a paru plus facile de rompre que de s'échiner à recoller les morceaux. Au début, Ben n'était pas d'accord. Alors c'est moi qui suis partie. J'ai vécu chez maman pendant quelque temps. Je pense que nous étions épuisés, l'un et l'autre.

Nous descendons toujours la pente qui mène vers les prairies. Je laisse Charlie trottiner devant nous. Il n'est plus aussi agile, il faut dire qu'il a presque 11 ans. Mon esprit vagabonde pendant que les filles galopent dans l'herbe. Je suis un peu moins sévère avec elles en ce moment. Avant, j'avais tout le temps peur qu'on me les vole, qu'elles se noient ou se fassent écraser.

C'est à Angel que je dois mon deuxième mariage. Qui aurait pu imaginer qu'elle se caserait avec un ami de Ben, un comptable doublé d'un parachutiste, qui plus est ? Mais elle a suivi une thérapie, renoncé à la drogue et à ses mauvaises habitudes de voler dans les magasins et de coucher pour de l'argent. Je suis contente pour elle. J'ai toujours pensé qu'elle ferait un beau mariage, elle a toujours eu de la chance, dans le fond. Après avoir connu un type riche et invivable, elle a épousé un type riche et adorable. Elle a tout de suite vu le potentiel de Tim et elle a eu raison, car Tim est un beau parti. Il la traite comme une princesse de conte de fées, ce qu'elle a toujours été. J'ignore comment elle s'y est prise mais Tim se moque de ce qu'elle a pu faire avant lui. Il a eu le coup de foudre pour elle à l'instant où nous les avons présentés l'un à l'autre, le premier Noël après mes retrouvailles avec Ben. Quant à Angel, il lui a fallu un peu de temps pour s'habituer, mais aujourd'hui elle se comporte avec lui comme une lionne protégeant son lionceau. Ce qu'elle continue à faire avec moi. Bien sûr, elle a renoncé à son métier de croupière. Quand elle ne plane pas à dix mille pieds au-dessus de l'Andalousie, elle boursicote sur son ordinateur portable – Tim lui a enseigné les secrets des placements et, comme elle est maligne, elle s'en sort plutôt bien.

En revanche, j'ignorais ses talents de marieuse, je n'aurais jamais imaginé cela d'elle. D'accord, elle n'avait pas de père pour la conduire à l'autel, mais quelle idée de choisir Ben ? C'était franchement ridicule. Et sournois. Tout ce qu'elle voulait, c'était nous placer l'un en face de l'autre, sans échappatoire possible. Pourtant, j'ai essayé de m'enfuir, Dieu m'en est témoin.

La scène remonte à six ans. J'étais assise au volant, effondrée, je me demandais ce que j'allais bien pouvoir raconter à mon ex-mari que j'avais failli renverser dans ma hâte de lui échapper. En l'espace de quelques petites secondes, j'ai vu défiler plusieurs questions devant mes yeux, comme sur un prompteur fou : comment Angel a-t-elle pu me faire un coup pareil, elle qui se dit mon amie ? Pourquoi Ben se précipite-t-il ainsi vers moi ? Que me veut-il ? A-t-il vraiment cru que je voulais l'écraser ? Ou a-t-il compris que j'essayais simplement de lui échapper ? Qu'est-ce qui lui a pris d'accompagner Angel à l'autel ? Pourquoi Angel m'a-t-elle menti ? Pourquoi m'avoir dit qu'il travaillait à l'étranger, qu'il ne pouvait assister au mariage ? Avec qui est-il venu ? Où est la nouvelle copine dont on m'a parlé ?

En moins de temps qu'il n'en faut pour le dire, la portière passager s'est ouverte et Ben s'est engouffré dans l'habitacle. Il était plus grand que dans mon souvenir. En agissant ainsi, il comptait m'empêcher de redémarrer, je suppose. Je devais être en état de choc car je suis restée assise toute raide, le souffle court, le regard braqué devant moi, sur le capot noir où il avait failli s'encastrer. Je ne l'avais jamais vu dans une telle fureur.

« Mais qu'est-ce que tu fiches, espèce de folle ? me hurla-t-il au nez. Tu aurais pu me tuer. » Réalisant ce qu'il venait de dire, il continua toutefois sur le même ton. « Et qu'est-ce que tu fabriques ici ? Angel m'a dit que tu faisais du volontariat au Malawi avec ta mère. » J'ai accueilli ces derniers mots avec un ricanement destiné à cette sale petite traîtresse d'Angel.

« Ne rigole pas, c'est franchement pas drôle. Tu ne vas quand même gâcher ce mariage comme ta sœur a essayé de gâcher le nôtre ? Pourquoi tu ne me laisses pas tranquille ? Pourquoi tu continues à me tourmenter ? »

C'est alors que j'ai répliqué. « Te *tourmenter* ? Loin de moi l'idée de te tourmenter. Moi non plus, je n'avais aucune envie de te voir, tu peux me croire. Angel m'a juré que tu ne serais pas là. Qu'est-ce que tu vas t'imaginer ? Je voulais juste rentrer chez moi. Je ne voulais pas t'écraser. Je ne suis pas folle à ce point. J'essayais seulement d'éviter ÇA. » Au moment où j'ai craché ce dernier mot, quelque chose s'est brisé en moi. Je me suis tournée vers lui, l'ai regardé droit dans les yeux et j'ai senti mon cœur faire un tour sur lui-même. Un simple déclic qui a rouvert les vannes de mon amour pour cet homme que j'avais épousé. Voyant mon visage s'illuminer, Ben s'est penché vers moi, m'a prise dans ses bras – avec moins de tendresse que de rage – et embrassée fougueusement, à en perdre le souffle. Maladroitement agrippés l'un à l'autre, nous étions si occupés que nous n'avons même pas remarqué que tout le monde, y compris sa future ex-copine, nous regardait.

Charlie est couché sous un arbre, dans l'herbe haute. Il fait trop chaud pour lui. Les filles font des cabrioles. Je leur crie de prendre garde, il y a des orties dans ce champ. Charlie m'a beaucoup manqué durant les deux années où Ben et moi étions séparés, c'est tellement agréable de l'avoir près de moi. Aujourd'hui nous habitons Londres, ce qui me plaît énormément. Ben s'y était installé avant le mariage d'Angel. Dans la semaine qui a suivi la cérémonie, j'ai emménagé chez lui. Nous n'avions plus de temps à perdre. Au bout de quelques mois, nous avons acheté une petite maison pas loin de l'hôtel de Hampstead, celui où Ben était descendu lors de nos premières retrouvailles. Nous avons d'abord essayé de vivre dans un petit village du Cheshire, territoire neutre, mais ça n'a pas marché. Nous sommes d'indécrottables citadins. Quant à Manchester, c'était hors de question. J'adore Londres. Contre toute attente, il est possible de se sentir proche de la terre même au milieu d'une mégapole.

Je revois Simon de temps à autre. Il a retrouvé sa joie de vivre depuis qu'il est séparé de sa femme – pour cela, il a attendu les 18 ans de son fils, décision honorable qui lui ressemble bien – et sa nouvelle compagne est quelqu'un de génial. J'ai la chance d'avoir maman à proximité ; elle s'est rapprochée de nous pour voir ses petites-filles plus souvent. La mort de Caroline lui a fait très mal, bien sûr, mais j'espère qu'elle s'en remettra – désormais, elle n'aura plus à se ronger les sangs puisque Caroline repose en paix. Papa a repris du poil de la bête. Il a changé du tout au tout depuis qu'il a épousé une femme qui le fait marcher à la baguette. Peut-être qu'un jour nous comprendrons que le départ de Caroline était un bien pour nous tous.

Je ne ressens plus ni colère ni culpabilité envers elle. J'ai eu beaucoup de mal à lui pardonner tout ce qu'elle m'a fait mais elle-même a passé dix ans à s'en vouloir. Dix années de malheur et de torture mentale qui ont trouvé leur point final. Ben a tenu sa promesse et ne l'a plus jamais revue, de telle sorte que nous nous sommes éloignées, elle et moi. C'est triste quand j'y repense mais je me dis que son histoire ne pouvait pas s'achever autrement.

Je marche entre les étangs avec mes filles. J'appelle Charlie pour lui mettre sa laisse. Je ne veux pas qu'il coure après les canards. Quand je me relève, je vois mon mari qui s'avance vers moi. Il a dû terminer sa séance de natation plus tôt que prévu. Il transporte les journaux du week-end, du café et des brioches chaudes qu'il a achetés à la cafétéria près des courts de tennis. Mon cœur bondit de joie, les jumelles hurlent « Papa ! », Charlie s'échappe et gambade vers lui comme un jeune chiot. Ben l'attrape par le collier puis les jumelles courent embrasser leur père. Je les regarde rouler tous les quatre dans l'herbe molle. L'air parfumé emporte leurs rires.

NOTE DE L'AUTEUR

J'ai écrit *Partir* au début de l'été 2010, alors que ma mère commençait à se plaindre d'une fatigue inexplicable. Pour la distraire, je l'incitais à en lire des chapitres, ne sachant moi-même où j'allais avec ce texte. J'écrivais partout et n'importe où – assise dans mon lit, en regardant les enfants jouer dans le jardin, chez mes amies, à l'hôpital, dans l'avion pour Dublin où je travaillais à l'époque – tant je voulais le terminer vite. Je le faisais pour elle, même si j'ignorais alors qu'elle allait mourir. J'ai terminé la première mouture quelques jours avant sa disparition. Ce livre lui est dédié.

Sylvia Blanche Harrison,
7 septembre 1937 – 3 juillet 2010

REMERCIEMENTS

Je vous préviens, la liste est longue car de nombreuses personnes m'ont permis d'arriver jusque-là. La première d'entre elles n'est autre que mon mari, qui m'a conseillé de prendre comme agent Jon Elek de United Agents (en fait, il m'a même accompagnée au rendez-vous !) alors que j'étais plongée dans les affres de l'indécision. Je dois donc remercier Jon de m'avoir démontré simplement mais efficacement pourquoi j'avais besoin d'un agent. Je remercie également Linda Shaughnessy, Jessica Craig, Amy Elliott, Ilaria Tarasconi, Emily Talbot and Georgina Gordon-Smith, de la même agence. Je suis éminemment reconnaissante à l'équipe des éditions Penguin avec laquelle j'ai eu grand plaisir à travailler, en particulier Maxine Hitchcock, qui m'a aidée à peaufiner ce roman, mais aussi Lydia Good, Katya Shipster, Francesca Russell, Tim Broughton, Anna Derkacz, Olivia Hough, Sophie Overment, Nick Lowndes, Holly Kate Donmall, Elizabeth Smith, Kimberley Atkins, Fiona Price, Rebecca Cooney, Naomi Fidler et Louise Moore.

Merci aux critiques et aux blogueurs qui ont largement fait connaître ce livre à leurs lecteurs et à leurs amis. Je citerai entre autres Liz Wilkins, Anne Cater, Anne Williams, Janet Lambert, Trish Hannon, Shinjini Mehrotra, Jo Barton, Christian Anderson, Christine Miller, Marleen Kennedy, Michelle Iliescu, Karen Cocking, Dawn Cummings, Dianne Bylo, Allison Renner, Scarlett Dixon, Kelly Konrad, Teresa Turner, Kelly Jensen, Helen Painter, Sue Cowling, Gillian Westall, Cherra Wammock, Marion Archer, Sheli Russ, Linda Broderick, Natalie Minto, Nina Lagula, Patricia Melo, Charlotte Foreman, Suzanne Rogers, Patrice Hoffman, Denise Crawford, Catherine Armstrong, Chris French, Cleo Bannister, Trish Hartigan, Karen Rush, Heidi Permann, Ellen Schlossberg, Cindy Lieberman, Karen Brissette, Betty McBroom, Kristin Grunwald, Tellulah Darling, Don Foster, Mattie Piela, Debbie Krenzer, Sarah Fenwick, et tous ceux qui m'ont encouragée sur le net.

Encore merci à TOUS CEUX qui m'ont aidée et ont cru en moi dès le début. Parmi eux, Kavita Bhanot et Becky Swift de The Literary Consultancy, Helen Castor, Heather O'Connell, Matthew Bates, Jane Bruton, Tom Tivnan, Daniel Cooper, Amy Tipper, Mel Etches, Rachel Jones, Heidi Jutton, Phil Edwards, Sharon Hughes, Emily Cater, Caroline Farrow, Chris White, Peter Gruner, Laura Lea, Becky Beach, Lizzy Edmonds, Alex Bellotti, Laura Nightingale, Phil Hilton, Jessica Whiteley, Susan Riley, Olivia Phillips, Lucy Walton, Laurel Chilcot Smithson, Jane Corry, James Blendis, Rhian Prescott, James Comer, Ian Binnie, Debi Letham, Myles Clark, Jo McCrum, Mark McCrum, Fiona Webster, Geri Hosier, Charlotte Metcalf, Franca Reynolds, Arabella Weir, Keith Crook, Stephen Bass,

Jeff Taylor, Gary Rosenthal, John Anscomb, Scott Pearce, Susan Kirby, Laila Hegarty, Kristina Radke, Penny Faith, Deborah Wright, Lyndsey Kilifin, Angie Greenwood, Helen Cory, Jacky Lord, Harriet Lane, Clare Johnson, Katherine Ives, Michael Goodwin, Lorelei Loveridge, Teena Dawson, Louise Weir, Meike Ziervogel, Mel Sherratt, Hilary Lyon, Carolina Sanchez, Angela Echanova, Claire Lusher, Alli Campbell, Tracy Morrell, Bex Davies, Catherine Burkin, Lisa Parsons, Annabelle Randles, Monique Totte, Jane Morgan, Rachel Johnson, Nick Conyerd, Catherine Cunningham, Catherine West, Liz Webb, Garry Boorman, Lakshmi Hewavisenti, Conor McGreevy, Alice Baldock, Kathy Weston, Anna Jachymek, Claire Heppenstall, Donna Malone, Angie Starn, Gail Walker, Dave Sheehan, Val Young, Nicola Young, Nicole Johnschwager, Nathan Ruff, Mary Bishop, Colin Sutherland, Chrissy Paech, Joanne Doran, Sandie Kirk, Maxine Leech, Dave Martin, Helen Say, Jennifer Page, Ed Seskis, Dolly Lemon, Karen Seskis, John Harrison, Stuart Harrison, Angeles Borrego Martin, Connie Bennet, et, bien sûr, merci à tous mes amis, à mon fils adoré et à ma regrettée maman chérie.

Cet ouvrage a été composé et mis en page
par Nord Compo à Villeneuve-d'Ascq

Imprimé en France par CPI
en janvier 2017
N° d'impression : 3021194

POCKET - 12, avenue d'Italie - 75627 Paris Cedex 13

Dépôt légal : mars 2016
S25090/09